L'ENTREMETTEUSE

Elin Hilderbrand a grandi à Collegeville en Pennsylvanie avant d'étudier à l'université John Hopkins, puis à l'université de l'Iowa. Grande voyageuse, elle s'est finalement installée à Nantucket – toile de fond de ses derniers romans –, où elle vit avec son mari et ses trois enfants.

ELIN HILDERBRAND

L'Entremetteuse

ROMAN TRADUIT DE L'ANGLAIS (ÉTATS-UNIS)
PAR ANNE-SOPHIE BIGOT

JC LATTÈS

Titre original :

THE MATCHMAKER
Publié par Little, Brown and Company, New York
un département de Hachette Book Group.

À mon Nord, mon Sud, mon Est et mon Ouest :
Rebecca Bartlett
Deborah Briggs
Wendy Hudson
Wendy Rouillard

Et à l'aiguille sur la boussole :
Elizabeth Almodobar

I

Dabney

Dabney n'arrivait pas à le croire. Elle cligna deux fois des yeux : après tout, elle n'avait plus la vue d'une jeune fille, ni même celle d'une jeune femme, et elle ne se sentait pas dans son assiette ces derniers temps. Et s'il s'agissait d'une hallucination ? Vingt-sept années plus tard… Objet : *Bonjour.*

Dabney Kimball Beech, qui dirigeait la Chambre de commerce de l'île de Nantucket depuis vingt-deux ans, se trouvait dans son bureau situé à l'étage, avec vue sur les pavés anciens de Main Street. C'était la fin du mois d'avril, le vendredi avant le Festival des jonquilles, le deuxième week-end le plus important de l'année pour Dabney. La météo annonçait un temps printanier idéal : ce matin déjà, le soleil brillait et le thermomètre affichait 16 degrés, et le samedi et le dimanche seraient tout aussi ensoleillés, avec une température de 18 degrés.

Dabney venait de vérifier les prévisions pour la cinquième fois de la journée et la cinq millième fois de la semaine (car le Festival des jonquilles de l'an passé avait été gâché par une tempête de neige tardive) quand l'e-mail de Clendenin Hughes s'était affiché dans sa boîte de réception.

Objet : *Bonjour*.

— Nom de Dieu, souffla Dabney.

Dabney ne jurait jamais et prenait garde de ne jamais prononcer le nom de Dieu comme une interjection ; le piment de Cayenne que sa dévote de grand-mère lui administra un jour sur la langue, alors qu'elle n'avait que dix ans, pour avoir dit « Mon Dieu ! », l'en avait définitivement dissuadée. Cet écart suffit donc à attirer l'attention de Nina Mobley, l'assistante de Dabney à la Chambre depuis dix-huit ans.

— Qu'est-ce qui se passe ? s'enquit-elle.

— Rien, se hâta de répondre Dabney.

Dabney avait beau considérer Nina comme son amie la plus proche, elle n'imaginait pas lui annoncer qu'un e-mail de Clendenin Hughes venait d'apparaître sur son écran.

Elle se mit à mordiller une de ses perles, comme toujours quand elle se concentrait intensément, et bientôt elle faillit y mordre à pleines dents. Sans doute, en ce moment même, partout dans le monde, des millions de gens recevaient des e-mails, et un bon pourcentage de ces messages laissait les destinataires bouleversés, tandis que d'autres, en nombre plus réduit peut-être, les choquaient. Dabney se demanda pourtant si quelqu'un sur cette planète venait de recevoir un e-mail aussi bouleversant et aussi choquant que celui qu'elle avait devant elle.

Elle fixa l'écran et cligna des yeux, serrant toujours la perle entre ses dents. Celle-ci était granuleuse, ce qui prouvait son authenticité. *Bonjour*. « Bonjour » ? Pas un mot en vingt-sept ans, et maintenant… ceci ? Un e-mail à son adresse professionnelle ! *Bonjour*. Quand

Clen s'était envolé pour la Thaïlande, les e-mails n'existaient pas encore. Comment avait-il trouvé son adresse ? Dabney sourit. C'était un journaliste d'investigation récompensé par un prix Pulitzer ; obtenir son adresse e-mail n'avait guère dû lui poser de problèmes.

Bonjour.

Dabney tapota doucement du doigt sur la souris, comme pour la taquiner. Allait-elle ouvrir cet e-mail ? Que dirait-il ? Que pourrait-il bien dire, au juste, après vingt-sept années de silence ?

Bonjour.

Dabney ne pouvait pas ouvrir le message. Elle qui ne fumait pas et ne buvait que rarement des alcools forts eut soudain envie d'une cigarette accompagnée d'un verre de bourbon. Rien n'aurait pu la stupéfier plus que ce message – à part peut-être un e-mail de sa mère.

Sa mère était morte.

Bonjour.

Dabney avait l'impression qu'on l'électrocutait directement dans la moelle épinière.

À son ordinateur, Nina suçotait son crucifix en or. La mauvaise habitude avait traversé la courte distance entre leurs deux bureaux, comme par contagion.

— Dabney, dis-moi, qu'est-ce qu'il y a ? demanda Nina.

Elle ouvrit la bouche pour libérer son collier, et les perles retombèrent lourdement sur sa poitrine, comme si elles étaient en plomb. Elle ne se sentait pas très bien depuis plusieurs semaines, peut-être même un mois, et il lui semblait à présent que son corps la lâchait pour de bon. Un e-mail de Clendenin Hughes…

Elle se força à sourire à Nina.

— Nous allons avoir un temps parfait pour ce week-end ! « Soleil garanti », annoncent-ils.

— On mérite bien ça, après l'année dernière !

— Je vais au drugstore pour acheter un milkshake. Je te rapporte quelque chose ?

— Un milkshake ?

Nina fronça les sourcils et consulta le calendrier mural, gracieusement offert chaque année par la carrosserie.

— Si tôt dans le mois ?

Dabney aurait voulu ne pas être aussi prévisible, mais il fallait bien le dire, la prévisibilité constituait sa marque de fabrique. Chaque mois, elle prenait un milkshake à la fraise la veille du premier jour de ses règles, or celles-ci ne devaient arriver que dans une dizaine de jours.

— Oui, j'en ai envie, c'est tout. Alors, tu veux quelque chose ?

— Non, merci.

Nina l'observa encore un peu.

— Tu es sûre que tout va bien ? murmura-t-elle.

— Très bien, répondit Dabney après avoir dégluti.

Dehors, l'atmosphère avait quelque chose de festif. Après quatre mois de froid éprouvant, le printemps gagnait enfin Nantucket, et Main Street fourmillait de promeneurs tous vêtus de jaune. Dabney repéra les Levinson (couple n° 28), qu'elle avait fait se rencontrer dix ans plus tôt. Larry était alors veuf, et ses jumeaux faisaient leurs études à Yale et à Stanford, tandis que Marguerite, célibataire, officiait comme gouvernante dans un prestigieux pensionnat pour jeunes filles. Larry portait un cachemire ocre sur un pantalon de velours vert irlandais, et Marguerite, en blazer de popeline jaune, tenait en laisse leur golden retriever, Oncle Frank. Dabney adorait les chiens, en particulier Oncle Frank, et les Levinson étaient un de « ses » couples, ces gens aujourd'hui mariés uniquement parce qu'elle les avait présentés. En temps normal, Dabney se serait arrêtée pour discuter, et elle aurait gratté Oncle Frank sous sa muselière jusqu'à ce qu'il se mette à grogner de plaisir. Mais à ce moment précis, elle se sentait incapable de faire semblant. Elle traversa la rue en direction du drugstore puis, se ravisant, elle continua de descendre Main Street, traversa le parking du supermarché A&P, et fila droit vers les quais. De là, elle contempla le port. Elle aperçut Jack Copper qui s'affairait sur son bateau de pêche. Dans quelques semaines, l'été éclaterait dans toute sa gloire. Jack lui adressa un signe de la main et Dabney le lui rendit, naturellement. Elle connaissait tout le monde sur l'île, et pourtant il n'y avait personne à qui elle aurait pu parler de cet e-mail. Il lui faudrait l'affronter toute seule.

Bonjour.

Au loin, Dabney aperçut le ferry qui approchait de l'île. Le Steamship, enfoncé lourdement dans l'eau, contournait le phare de Brant Point. Dans moins d'une heure, le bureau de la Chambre de commerce, qui servait également d'office de tourisme, serait inondé de visiteurs, et Dabney avait laissé Nina toute seule. Pis, elle avait quitté le bureau sans consigner sa sortie dans le « registre », enfreignant la seule règle imposée par Vaughan Oglethorpe, le président du conseil d'administration de la Chambre. Dabney devait rebrousser chemin immédiatement et retourner à son bureau pour accomplir le travail qu'elle faisait à la perfection depuis deux décennies.

Objet : *Bonjour*.

*

Trois heures plus tard, elle craqua et ouvrit le message. Elle n'en avait d'abord pas eu l'intention, mais la tentation s'était emparée d'elle jusqu'à devenir physiquement insupportable. Elle avait des douleurs dans le dos et l'abdomen, comme si savoir que cet e-mail existait la rongeait de l'intérieur.

Chère Dabney,

Je voulais que tu saches que je serai bientôt de retour sur Nantucket pour une durée indéterminée. J'ai subi une perte très douloureuse il y a environ six mois, et je m'en remets lentement. Et puis, c'est la saison de la mousson, et j'ai fini par me lasser d'écrire à propos de cette région du monde. J'ai donné ma démission au Times. *Je n'ai jamais été transféré au bureau de Singapour. Cela a bien failli se faire il y a quelques années mais, comme toujours, j'ai énervé la mauvaise personne en lui disant le fond de ma pensée. Singapour restera donc pour moi de l'ordre du fantasme jamais assouvi. (Soupirs.) J'ai décidé que la meilleure chose à faire était de rentrer chez moi.*

J'ai respecté jusque-là l'ordre que tu m'avais donné de « ne plus jamais [te] contacter ». Mais plus d'un quart de siècle s'est écoulé, Cupi. J'espère donc que ton « jamais » a une date d'expiration, et que tu me pardonneras cet e-mail. Je ne voulais pas réapparaître sur l'île sans t'avoir prévenue d'abord, et je ne voulais pas que tu l'apprennes par quelqu'un d'autre. Je m'occuperai de la maison de Trevor et Anna Jones, au 436 Polpis Road, et je vivrai dans leur cottage d'invités.

J'ai peur à la fois d'en dire trop et de n'en dire pas assez. Avant toute chose, je veux que tu saches combien je suis désolé pour la manière dont nous nous sommes quittés. Cela aurait pu se passer autrement, mais j'ai depuis longtemps rangé notre rupture dans la catégorie des SITUATIONS IMPOSSIBLES : je ne pouvais pas rester ; tu ne pouvais pas partir. Pas un jour – sincèrement, Cupi, pas même une heure – n'a passé sans que je pense à toi. En m'en allant, j'ai emporté une part de toi, une part que j'ai chérie pendant toutes ces années.

Je ne suis plus l'homme que tu as connu – physiquement, mentalement, ou émotionnellement. Et en même temps, bien sûr, je suis toujours le même.

J'aimerais vraiment beaucoup te voir, même si je conçois que c'est peut-être en espérer un peu trop.

Je t'écris de mon ordinateur portable à l'aéroport de Los Angeles. Si tout se passe bien, je serai de retour à Nantucket demain matin.

436 Polpis Road, le cottage au fond du jardin.

À toi pour toujours, Clen

Dabney relut l'e-mail pour s'assurer que son cerveau embrouillé avait bien compris.

Demain matin.

Couple n° 1 : Phil et Ginger (née O'Brian) Bruschelli, mariés depuis vingt-neuf ans.

Ginger : Il serait présomptueux de ma part de présenter Dabney comme ma meilleure amie car, déjà en 1981 (notre première année au lycée), Dabney était la fille la plus populaire. Quand je dis « populaire », vous imaginez sûrement une pom-pom girl blonde qui habite une grande maison dans la plus belle rue de l'île. Mais non – elle était brune, les cheveux coupés au carré et toujours coiffés d'un serre-tête. Elle avait de grands yeux bruns, quelques taches de rousseur, et un sourire comme un éclat de soleil. Elle mesurait environ un mètre soixante et avait un petit corps bien fait, mais elle ne le mettait jamais en avant. Elle portait toujours un pull jacquard sur une jupe écossaise, ou un vieux jean Levi's avec une chemise d'homme trop large, qu'elle possédait en quatre couleurs : blanc, bleu, rose, et saumon. Elle avait toujours aux pieds des mocassins, et des perles autour du cou ainsi qu'aux oreilles. C'était Dabney.

Dabney Kimball était la fille la plus populaire du lycée parce qu'elle traitait tout le monde avec la même gentillesse. Elle se montrait sincèrement gentille avec Jeffrey Jackson, dont le visage était marqué d'une tache de vin, mais aussi avec Henry Granger, qui avait adopté les richelieus et la mallette en cuir depuis l'école primaire. Elle impliquait tout le monde dans l'organisation d'événements tels que les Délices de décembre ou le bal de promo. Enfant unique, elle avait grandi seule avec son père, le lieutenant Kimball, un officier de police. Quant à sa mère, elle… À vrai dire, personne ne savait au juste ce qui était arrivé à sa mère. Différentes rumeurs avaient circulé, comme toujours quand il y a un mystère, mais tout ce que nous savions, c'était que Dabney n'avait plus de mère – et cela nous la rendait encore plus sympathique.

Elle était aussi plus intelligente que tous les autres élèves du lycée de Nantucket, à part Clendenin Hughes, que notre professeur d'anglais, M. Kane, appelait « le génie du siècle ». Dabney était probablement le génie du demi-siècle.

En première année, Dabney et moi nous sommes inscrites dans l'association d'étudiants chargée de concevoir le *yearbook*, l'album annuel réunissant les photographies de tous les élèves. La plupart des membres étaient en troisième ou quatrième année – tous à part nous deux, à vrai dire. Dabney pensait que nous, les lycéens de première année, devions être représentés au même titre que tous les autres malgré notre statut inférieur, parce que personne ne défendrait nos intérêts à notre place. Aussi, cet hiver-là, je l'ai beaucoup fréquentée. On assistait aux réunions de l'association tous les mardi et jeudi après les cours, puis on allait regarder les matches de l'équipe de basket de l'école. J'avais alors un énorme faible pour Phil Bruschelli. Phil était en deuxième année, et il passait la majorité des matches sur le banc de touche. Si l'équipe menait de plus de vingt points, il entrait sur le terrain pour quelques minutes. Une fois, en le voyant se lever du banc, j'ai serré le bras de Dabney d'excitation.

Je n'oublierai jamais son expression. Un air de complicité amusée.

— Il te plaît, s'est-elle exclamée. Phil te plaît !

— Pas du tout !

Même si je considérais Dabney comme ma meilleure amie, je n'étais pas prête à lui avouer mon faible pour Phil. Mais elle a insisté.

— Oh mais si, je le vois bien. Tu es toute… rose.

— Bien sûr que je suis rose. Il fait 40 degrés et j'ai une peau d'Irlandaise !

— Mais non, nigaude, pas ton visage. Comment dire… Tu as un halo rose.

— Un halo ?

Après le match, Dabney m'a demandé d'attendre avec elle dans le couloir, devant la porte des vestiaires. Son père devait venir la chercher en voiture.

— Pourquoi tu ne rentres pas à pied ?

Dabney vivait presque en face de l'école.

— Reste avec moi, je te dis, a-t-elle soufflé.

Elle m'a recoiffée et remonté le col de mon chemisier Lacoste. Elle se tenait si près de moi que j'aurais pu compter ses taches de rousseur.

— Comment se fait-il que tu n'aies pas de petit ami, Dabney ? Tu es tellement jolie, et tout le monde t'adore.

— Oh, j'ai un petit ami. Il ne le sait pas encore, c'est tout.

J'allais lui demander ce qu'elle entendait par là, mais à ce moment précis, Phil Bruschelli a émergé des vestiaires, du haut de son mètre quatre-vingt-dix. Ses cheveux bruns étaient encore humides après sa douche et il portait une veste en agneau retourné marron foncé. Tellement craquant que j'ai bien failli m'évanouir.

Dabney s'est plantée sur son chemin.

— Salut, Phil.

Il s'est arrêté.

— Salut, Dabney.

— C'est chouette que tu aies pu jouer aujourd'hui. Et dans l'équipe principale, tu dois être aux anges !

— Bof, tu parles. Le coach dit que je dois encore faire mes preuves et qu'on verra l'année prochaine.

Dabney m'a attrapée par l'épaule.

— Phil, tu connais Ginger ? Ginger O'Brien. Elle s'occupe du *yearbook* avec moi.

Phil a souri, et ma vision s'est troublée. J'ai senti mes jambes se dérober. *Souris !* ai-je pensé, *mais souris-lui donc !* Au lieu de quoi il me semblait que j'allais me mettre à pleurer.

— Je t'ai déjà vue à l'église. Tu es enfant de chœur, non ?

Une vague de honte m'a chauffé les joues. Satanée peau d'Irlandaise… J'ai hoché la tête et laissé échapper un petit couinement de moineau. Qui voudrait qu'on se souvienne de lui comme d'un enfant de chœur ? Pourtant, c'était la vérité : je servais l'autel depuis que j'avais dix ans. Cela n'avait rien d'un secret.

— Ma mère m'oblige à aller à la messe une fois par mois, a continué Phil. Je t'y vois à chaque fois.

— Ça ne m'étonne pas que tu aies remarqué Ginger, dit Dabney. Elle est superbe.

Elle a passé son bras autour de mon cou avant d'embrasser ma joue brûlante.

— Bon allez, j'y vais ! Mon père m'attend !

Elle est sortie en courant pour rejoindre le parking, mais son père n'y était pas. Aucune voiture n'attendait devant l'entrée. Le lieutenant Kimball conduisait une voiture de police ; je l'aurais remarquée. Dabney rentrait donc chez elle à pied, m'abandonnant pile au moment où j'aurais eu besoin de son soutien. Je ne le lui pardonnerais jamais !

Mais ensuite, Phil m'a demandé si j'aimais le basket, puis, quand j'ai répondu par l'affirmative, m'a proposé de venir le voir jouer dans l'équipe secondaire le lendemain après-midi. Il a expliqué qu'il jouerait plus longtemps cette fois, et j'ai dit : « D'accord, super. » Il a conclu : « Bon, je te vois demain alors, n'oublie pas ! » et j'ai eu l'impression que des papillons se mettaient à voleter gaiement dans ma poitrine.

Phil et moi sommes mariés depuis vingt-neuf ans et nous avons quatre fils ravissants. L'aîné est pivot dans l'équipe de basket de l'université Villanova.

En bref : la vie en rose.

Dabney quitta son bureau à 16 h 30, comme à son habitude. Tout était fin prêt pour le Festival des jonquilles. Dabney aurait pu organiser les festivités les yeux fermés, et heureusement, car elle avait consacré tout l'après-midi à lire l'e-mail envoyé par Clen et à en retourner le contenu dans sa tête.

J'ai subi une perte très douloureuse il y a environ six mois, et je m'en remets lentement.

Ce passage intriguait Dabney. De quelle perte parlait-il ? Le décès d'un ami, d'une maîtresse ? Dabney avait perdu son père, emporté par une crise cardiaque dix ans plus tôt, et son labrador chocolat adoré, Henry, était mort juste avant Noël, à l'âge de dix-sept ans. Mais aucun de ces deux deuils ne se mesurait à celui qui accablait Clendenin.

Pas un jour – sincèrement, Cupi, pas même une heure – n'a passé sans que je pense à toi.

Dabney aurait menti en affirmant qu'elle n'avait plus jamais pensé à lui de son côté. L'amour de sa vie, sa moitié, son âme sœur. Le père de son enfant. Bien sûr, elle avait souffert de devoir rompre tout contact, mais après toutes ces années, Dabney voyait combien sa décision avait été étonnamment sage et mature.

La seule façon pour moi de survivre à tout ceci est une rupture totale. Je t'en prie, respecte mon choix et

oublie-moi, ainsi que cet enfant. S'il te plaît, Clendenin
Hughes, promets-moi de ne plus jamais me contacter.

Ces mots avaient provoqué une telle colère chez
Clen. Il avait appelé Dabney en pleine nuit sans se pré-
occuper du décalage horaire et pour la première fois de
leur relation, sur une ligne encombrée de parasites, ils
avaient haussé la voix. Chacun avait interrompu l'autre
jusqu'à ce que Clendenin décidât de mettre fin à l'appel en déclarant : « Nous faisons tous des choix » avant
de raccrocher rageusement. Il l'avait toutefois laissée
gérer la situation comme elle l'entendait, et ne l'avait
plus jamais contactée.

SITUATION IMPOSSIBLE : je ne pouvais pas res-
ter ; tu ne pouvais pas partir.

Voilà qui résumait bien leur histoire.

Malgré tout, Dabney avait pensé que Clendenin lui
rendrait peut-être visite à l'hôpital après l'accouchement. Elle avait imaginé qu'il apparaîtrait au fond de
l'église le jour de son mariage avec Box et que, comme
dans les films, il interromprait le prêtre au dernier
moment. Elle s'était attendue à le voir à la fête organisée pour son anniversaire au musée de la chasse à la
baleine, ou au premier récital de piano d'Agnes. Elle
avait cru qu'il reviendrait sur l'île après la mort de
sa mère, mais Helen Hughes avait été incinérée sans
aucune cérémonie.

Oui, au fond d'elle, Dabney avait toujours pensé que
Clendenin reviendrait un jour.

Si tout se passe bien, je serai de retour à Nantucket
demain matin.

Dabney rejoignit Charter Street, où elle habitait, à pied. Elle regretta que ce fût déjà vendredi. Plus tôt dans la semaine, elle aurait eu la maison pour elle toute seule, et donc de l'espace et du temps pour penser. Son mari, John Boxmiller Beech (Box pour les amis), détenait une chaire d'économie à l'université de Harvard et passait par conséquent quatre nuits par semaine dans la ville de Cambridge, où se trouvait le campus. Box avait soixante-deux ans – soit quatorze de plus que Dabney – et ses cheveux étaient tout blancs. C'était un chercheur brillant, dont l'esprit animait tous les dîners, et il avait nourri l'intellect de Dabney. Il l'avait aussi sauvée de mille façons, et surtout du fantôme de Clendenin Hughes, des décennies plus tôt. Box avait adopté Agnes quand elle n'avait que trois ans. Lui qui ne désirait pas d'enfant s'était d'abord montré réticent, mais à mesure qu'Agnes grandissait, il avait pris plaisir à lui enseigner les échecs ou à lui faire mémoriser les capitales d'Europe. Plus tard, il l'avait préparée à entrer à Harvard. S'il avait été déçu quand elle avait choisi d'aller plutôt à Dartmouth, il s'était acquitté tout de même des allers-retours en voiture jusqu'au campus, parfois à travers de féroces tempêtes de neige, puisque Dabney refusait catégoriquement de quitter l'île.

Demain matin. Il était entendu que Box accompagnerait Dabney pendant toutes les festivités du week-end, même s'il marchait plus lentement depuis son opération du genou et qu'il peinait à retenir les noms des gens qu'il connaissait depuis moins de vingt ans. Box serait déjà rentré, en train de travailler dans son bureau, et donc distrait, mais si Dabney frappait à la porte, il poserait son stylo et mettrait en sourdine le morceau de Mozart pour écouter son épouse annoncer ce qu'il redoutait sans doute d'entendre depuis le début de leur relation.

Clendenin Hughes m'a envoyé un e-mail. Il revient à Nantucket pour une durée indéterminée. Il arrive demain matin.

Comment Box réagirait-il ? Dabney n'en avait pas la moindre idée. Depuis leur rencontre, elle avait mis un point d'honneur à être honnête avec Box, et pourtant, sur le chemin de la maison, elle décida qu'elle ne lui parlerait pas de Clendenin. Elle réécrivit l'histoire : elle avait effacé le message sans le lire, puis l'avait effacé de la boîte des éléments supprimés, et le message avait disparu. Il n'avait même, pour ainsi dire, jamais existé.

Couple n° 8 : Albert Maku et Corinne Dubois, mariés depuis vingt-deux ans.

Albert : Dabney Kimball a été la première personne que j'ai rencontrée à Harvard. Assise sur les marches du Hall Grays, elle pleurait toutes les larmes de son corps. Les nouveaux étudiants transportaient leurs valises et leurs cartons d'un bout à l'autre du campus, accompagnés par leurs parents bon chic bon genre et une ribambelle de frères et sœurs turbulents. J'observais les retrouvailles de gens qui s'enlaçaient et criaient joyeusement. Ils avaient tout fait ensemble : les retraites d'été au Camp Wyonegonic ; les parties de lacrosse, l'un pour Gilman, l'autre pour Calvert Hall ; les voyages en voile de Newport aux Bermudes ; le ski à Gstaad… Tout cela devenait de plus en plus absurde, et je savais que les écouter une minute de plus achèverait

25

de me convaincre que je n'avais rien à faire là. Moi, je venais de Plettenberg Bay, en Afrique du Sud. Avec un père conducteur de poids lourd et une mère employée dans un hôtel, je n'aurais jamais pu étudier à Harvard sans la bourse que m'avait offerte l'Église Unie du Christ. Je ne me sentais pas à ma place dans le Hall Grays, ni à Harvard, à Cambridge, ou en Amérique. Je passais donc la porte du Hall avec l'intention de prendre la fuite – vers la station de métro, vers l'aéroport Logan, vers Le Cap.

Mais alors j'ai vu Dabney pleurer, et j'ai pensé, *Tu vois, Albert, il y a au moins une personne qui est aussi malheureuse que toi à Harvard.* J'ai pris place à côté d'elle sur la marche chauffée par le soleil et lui ai proposé un mouchoir. Ma mère m'avait envoyé à l'autre bout du monde, dans l'université la plus prestigieuse de la planète, armé de pas moins d'une douzaine de mouchoirs blancs méticuleusement repassés.

Et dans un sens, l'un de ces morceaux de tissu m'a valu ma première amie dans ce pays. Dabney a accepté celui que je lui tendais et s'est mouchée sans faire de manières. Ma présence ne semblait pas la perturber le moins du monde, malgré mes deux mètres pour soixante-quinze kilos et ma peau du même noir bleuté que les prunes sur l'étal du primeur de Harvard Square.

Quand elle a eu fini, elle a replié soigneusement le mouchoir en un petit carré humide qu'elle a posé sur ses genoux. Elle portait une salopette.

— Je le laverai avant de vous le rendre. Je m'appelle Dabney Kimball.

— Et moi Albert. Albert Maku, de Plettenberg Bay, en Afrique du Sud.

Puis, pour la forme, j'ai ajouté « Ngiyajabula ukukwazi », soit « Enchanté » en zoulou.

26

Dabney a éclaté de nouveau en sanglots. J'ai pensé que le zoulou l'avait peut-être effrayée, et je me suis juré de ne plus jamais y avoir recours pour me présenter à quelqu'un en Amérique.

— Qu'est-ce qui ne va pas ? ai-je demandé. Tu te sens seule ? Tu as peur ?

Elle m'a dévisagé avant de hocher la tête en silence.

— Je comprends. Moi aussi.

Plus tard, nous avons marché jusqu'à Mr Bartley's, un restaurant de burgers très populaire que nous avions trouvé dans le guide du nouvel étudiant. Nous avons commandé des hamburgers garnis d'oignons, sauce chili, fromage, cornichons et œuf au plat, accompagnés de frites, et en mangeant, j'ai pensé avec ravissement que je prenais un repas typiquement américain et que c'était délicieux.

Dabney Kimball m'a raconté qu'elle avait toujours vécu sur l'île de Nantucket, séparée de Harvard par cent kilomètres de terre et cinquante kilomètres de mer. Elle m'a précisé qu'elle était la cinquième génération de sa famille à être née sur l'île, et j'ai compris que pour un Américain, cela constituait une fierté. Son arrière-arrière-arrière-grand-père s'était installé sur Nantucket alors qu'il venait lui-même tout juste de finir ses études à Harvard.

Dabney a mentionné qu'elle détestait quitter l'île, à cause d'un événement remontant à son enfance.

— Ah oui ? Que s'est-il passé ?

Je m'attendais à ce qu'elle me raconte un vol à l'arraché ou un accident de voiture, mais en la voyant serrer les lèvres, j'ai compris que j'avais peut-être dépassé les limites de notre toute jeune amitié.

— Il n'y a pas d'université à Nantucket. Sans ça, je me serais inscrite là-bas.

Elle a attrapé l'une des dernières frites nageant dans la sauce avant de reprendre :

— C'est une phobie. Si je quitte l'île, je panique. Je ne me sens en sécurité que là-bas. C'est mon chez-moi.

Je l'ai rassurée : mon chez-moi se trouvait à Plettenberg Bay et, deux jours plus tôt, je n'avais jamais quitté l'Afrique du Sud. Mais Plettenberg Bay n'était pas une île, et j'avais voyagé à travers tout le pays avec la chorale de mon église : Le Cap, Knysna, Stellenbosch et Franschhoek, jusqu'à Johannesburg, Pretoria, et les plages chic de Durban. Finalement, comparé à Dabney, j'étais un vrai globe-trotter.

— Et puis, je suis amoureuse d'un garçon. Il s'appelle Clendenin Hughes, il est à Yale, et j'ai peur de le perdre à cause de la distance.

Dans ce domaine, en revanche, elle me battait à plate couture. En effet, à cette époque, je ne connaissais encore rien de l'amour.

Mon amitié avec Dabney a duré les quatre ans de nos études à Harvard. Elle rentrait à Nantucket tous les week-ends et pour les vacances, et à chaque fois qu'elle prenait la route, elle me proposait de l'accompagner. J'imaginais Nantucket comme un endroit réservé aux Blancs, cher et élitiste, et même si savoir qu'une personne aussi adorable que Dabney y vivait aurait dû me rassurer, je pressentais qu'un jeune Africain pauvre comme Job et maigre comme un clou ne serait pas le bienvenu. Je refusais donc systématiquement.

Et puis finalement, au début des vacances de printemps de la dernière année, ma confiance en moi est montée en flèche : non seulement je venais d'être accepté dans le programme de médecine de Columbia et de gagner une somme rondelette en travaillant comme réceptionniste à l'hôtel Charles, mais en plus, avec mon goût pour les films où jouait Mickey Rourke et pour les bières que je buvais au Rathskeller, j'avais désormais tout d'un vrai Américain. Aussi, quand Dabney m'a proposé à nouveau de l'accompagner, j'ai accepté.

À l'époque, Dabney conduisait une Chevrolet Nova de 1972 dans laquelle je me suis plié tant bien que mal pour faire la route jusqu'à Hyannis, où nous devions prendre le ferry pour Nantucket.

— Au fait, j'oubliais presque ! s'est exclamée Dabney. Mon amie Corinne Dubois vient aussi.

J'ai fait de mon mieux pour cacher ma déception. Je recherchais l'attention de Dabney, et je n'aimais pas l'idée d'être réduit au silence tandis qu'elle papoterait avec son amie, cette Corinne.

— Elle est géniale, merveilleuse, sublime, intelligente… Tu vas l'adorer, a continué Dabney. Elle décrochera bientôt son diplôme d'astrophysique au fameux Institut de Technologie du Massachusetts.

Corinne Dubois nous attendait devant le Musée des sciences, sur le boulevard Edward Land. Elle avait des cheveux cuivrés ondulés et portait des boucles d'oreilles en argent, un long jupon et des lunettes de soleil rondes. J'ai remarqué tous ces détails en un instant, mais je n'en ai d'abord pas pensé grand-chose, si ce n'est que Corinne Dubois n'avait vraiment pas le look d'une future diplômée en astrophysique. Puis, quand elle est montée dans la voiture, j'ai senti son parfum, et alors quelque chose a remué en moi. J'ai attendu qu'elle ait claqué la portière et retiré ses lunettes de soleil pour me présenter.

— Albert Maku.

— Corinne Dubois, a-t-elle répondu en me serrant fermement la main. Ravie de te rencontrer, Albert.

Ses yeux verts me souriaient. À ce moment précis, cela
m'est apparu comme une évidence : je n'avais jamais
connu l'amour jusqu'alors, mais je venais de le trouver.

Cela n'a pas échappé à Dabney. Elle m'a regardé attentivement avant de s'exclamer :

— Albert, te voilà tout rose !

Je me souviens d'avoir pensé : *Comment un homme à la
peau noir bleuté pourrait-il paraître rose ?*

Et pourtant, je savais qu'elle avait raison.

Dabney Kimball Beech descendait d'une longue lignée
de femmes fortes, à une exception près.

Elle tenait son prénom de son arrière-arrière-arrière-
grand-mère, Dabney Margaret Wright, épouse de
Warren Wright, capitaine du baleinier *Lexington* tra-
giquement disparu en mer lors de son second voyage.
Cette Dabney eut trois fils, et le plus jeune, David
Warren Wright, épousa Alice Booker, une jeune
femme de confession quaker dont les parents, ori-
ginaires de Pennsylvanie, étaient des abolitionnistes
qui avaient aidé des esclaves en fuite. Alice eut deux
filles, et son aînée, Winford Dabney Wright, rejoignit
le mouvement des suffragettes et s'unit au seul avocat
de Nantucket, Richard Kimball. Elle donna naissance
à un fils, Richard Kimball Junior, surnommé Skip,
qui abandonna ses études à Harvard et fit scandale
en convolant avec une femme de chambre irlandaise,
Agnes Bernadette Shea. Agnes était la grand-mère adorée de Dabney, la mère de son père, David Wright
Kimball, un vétéran de la guerre du Vietnam qui était

maintenant l'un des quatre policiers que comptait Nantucket. David rencontra une jeune femme qui passait ses vacances sur l'île, Patricia Beale Benson, et très vite, il l'épousa.

Patty Benson, la mère de Dabney, constituait le maillon faible de cette généalogie. Elle quitta Nantucket alors que Dabney n'avait que huit ans, et on ne la revit jamais.

Quand Dabney apprit qu'elle était enceinte (soit dit en passant, cette grossesse en dehors des liens du mariage fut le grand scandale de l'année 1988), elle pria pour avoir un garçon. Elle se sentait incapable d'élever une fille après avoir elle-même grandi sans mère. Mais quand on déposa le bébé dans ses bras, Dabney fut submergée par l'amour que connaissent toutes les nouvelles mères. Elle baptisa la fillette Agnes Bernadette en l'honneur de sa grand-mère, et décida que la seule manière de dépasser la douleur de son propre abandon était de faire mieux que Patty. Dabney serait une mère avant tout, une mère pour la vie.

Tandis qu'elle approchait de sa maison, Dabney aperçut la Honda Prius d'Agnes dans l'allée.

Agnes ! Le moral de Dabney remonta. Sa fille était venue pour le Festival des jonquilles ! Si elle lui avait fait cette surprise, alors, a priori, tout était pardonné.

Dabney préféra ne pas trop repenser au malentendu de Noël dernier. Cela avait été leur pire différend depuis… Eh bien, depuis la seule vraie dispute ayant jamais éclaté entre la mère et sa fille, quand Dabney avait révélé à Agnes, alors âgée de seize ans, qui était vraiment son père. Comparée à cette tempête, la crise de Noël semblait anodine.

Dabney entra par la buanderie et chercha sa fille.

Elle trouva Agnes dans la cuisine, installée au bar en train de manger un sandwich. Dabney la trouva trop mince, avec son jean qui bâillait à la taille, mais surtout : elle avait coupé ses cheveux !

— Oh non ! s'écria Dabney.

Elle tendit la main pour caresser le crâne presque nu d'Agnes. Toute cette belle chevelure brune, qui tombait autrefois sur ses fesses androgynes, disparue ! Maintenant, elle ressemblait à un jeune homme…

— Tu aimes mes cheveux ? demanda Agnes. C'est tellement différent que j'ai l'impression d'être une autre personne. Hier matin, j'ai sursauté en me voyant dans le miroir !

Dabney serra les lèvres pour barrer la route aux cinquante questions que la mère en elle brûlait de poser : *Quand est-ce que tu les as coupés ? Et pourquoi as-tu fait ça ? Oh, ma chérie, pourquoi, pourquoi !?*

Agnes mordit dans son sandwich au poulet et Dabney l'encouragea en pensée : *Vas-y, mange !* Telle était sa punition pour n'être jamais allée voir Agnes à New York, malgré toutes ses invitations : on lui rendait sa fille avec un look à mi-chemin entre un portrait de Twiggy en 1966, et un adolescent tout juste sorti d'un centre de détention pour mineurs.

Agnes avala sa bouchée et expliqua :

— C'est CJ qui m'a convaincue.

Bien sûr… CJ.

Dabney embrassa sa fille.

— Comment va-t-il ?

— Très bien, répliqua Agnes. Il est là. Il est venu avec moi !

— Ah, vraiment ? Où se cache-t-il ?

La voix de Dabney, à sa propre surprise, semblait enjouée.

— Il est allé courir.

— Ah, excellent !

Dabney se félicita de cette réponse parfaitement ambivalente. On pouvait le comprendre comme : *Ah, excellente idée, il profite de cette belle journée !* alors qu'elle voulait dire : *Ah, excellente nouvelle, j'ai un peu de répit avant de le voir.*

Dabney prit une profonde inspiration et se rappela sa résolution de ne pas se montrer trop dure avec CJ. Avec ses quarante-quatre ans, Charles Jacob Pippin n'avait que quatre ans de moins qu'elle, alors qu'Agnes en avait vingt-six. Dabney ne pouvait pas critiquer cette différence d'âge, puisque Box était son aîné de quatorze ans et que cela n'avait eu aucune importance dans leur relation. CJ était divorcé, et il ne manquait jamais une occasion de rappeler que son ex-femme, Annabelle, vivait maintenant à Boca Raton, dans le sud de la Floride, où elle dépensait allègrement la pension d'un million de dollars par an qu'il lui versait. En tant que manager sportif établi à New York, il représentait des membres en vue des équipes locales, dont neuf footballeurs des Giants et quatre joueurs de base-ball des Yankees, ainsi que plusieurs tennismen et golfeurs. CJ et Agnes s'étaient rencontrés en septembre, au gala de charité annuel du Boys and Girls Club de Morningside Heights, l'antenne locale d'un mouvement pour la jeunesse qu'Agnes dirigeait depuis peu. CJ avait fait un don généreux au Club, puis Agnes et lui avaient dansé dans la salle de réception de l'hôtel Waldorf jusqu'au bout de la nuit. Le lundi suivant, un carton contenant une vingtaine de ballons de basket flambant neufs était arrivé au Club, et le mardi, ç'avait été toute une cargaison de fournitures d'art plastique. Le mercredi, Agnes avait cru à une farce quand le célèbre défenseur des Giants, Victor Cruz, avait téléphoné pour savoir s'il pouvait venir signer des autographes pour les enfants. Le jeudi, enfin, elle avait reçu un énorme bouquet de fleurs, avec une carte de CJ l'invitant à aller dîner avec lui au très chic restaurant Nougatine le lendemain soir.

Agnes avait eu droit à une cour digne des meilleures comédies romantiques, et Dabney ne pouvait pas lui reprocher d'avoir succombé. Quelle jeune fille de son âge aurait pu résister à CJ ? Un homme intelligent, prospère et sophistiqué, avec qui on pouvait discuter de tout, depuis l'architecte Frank Lloyd Wright jusqu'aux superstars du catch. En seulement quelques mois de relation, il avait déjà emmené Agnes en voyage à Nashville, à Las Vegas, et même en Italie, où il avait loué une Ferrari pour sillonner la somptueuse côte amalfitaine.

Box, qui ne se laissait pourtant pas facilement impressionner, voyait en CJ la huitième merveille du monde. Cet homme jouait au golf, comprenait les théories économiques et votait républicain. Dans l'esprit de Box, il représentait une aubaine : un amoureux pour Agnes, et pour lui, un ami.

L'incident de Noël était survenu quand Agnes avait demandé à sa mère si CJ et elle étaient faits l'un pour l'autre.

Le cœur de Dabney s'était crispé. On l'appelait « Cupi » en référence à Cupidon, parce qu'elle était réputée être l'entremetteuse de Nantucket : quarante-deux couples s'étaient formés grâce à elle, et tous étaient encore ensemble. Dabney pouvait juger en un coup d'œil si deux personnes étaient faites l'une pour l'autre, suivant que le couple irradiait à ses yeux un halo rose, ou une brume vert sombre. Toutefois, elle préférait ne pas donner son avis sur les couples qu'elle n'avait pas arrangés. À quoi bon, puisque quelles que soient ses prédictions, les gens n'en feraient jamais qu'à leur tête ! La passion, et pire encore, le désir, étaient les ennemis jurés de la raison et du bon sens.

Aussi Dabney avait-elle préféré répondre :

— Oh, ma chérie, je n'en ai aucune idée.

— Maman, s'il te plaît. Dis-moi !

Dabney s'était alors forcée à penser au couple que formaient Agnes et CJ. Pour Noël, il lui avait offert une paire d'escarpins Louboutin, un nouvel iPad, et un bracelet Love de Cartier qu'il avait attaché avec cérémonie autour de son poignet. Ce cadeau-ci en particulier en disait long sur le caractère de CJ, qui semblait vouloir tout contrôler. Il tenait à ce qu'Agnes surveille son alimentation, et il la poussait à faire de l'exercice au moins une fois par jour, idéalement deux. Il voyait d'un mauvais œil ses copines, parce que selon lui, en l'invitant à boire des cocktails et à danser dans les bars du Meatpacking District, elles « mettaient en péril leur relation ». Dabney se demandait si sa fille n'avait pas cessé de voir tous ses anciens amis. Et quand CJ et Agnes marchaient ensemble, il la tirait par la main, comme un enfant récalcitrant.

CJ se montrait toujours charmant avec Dabney, mais son amabilité frôlait la flagornerie. Il aimait rappeler qu'il avait quasiment le même âge qu'elle. Ils avaient tous les deux grandi dans les années 1980, l'époque des tubes du J Geils band et de *SOS Fantômes*, et ils étaient tous les deux au lycée quand l'explosion d'une usine Union Carbide avait tué des milliers de personnes en Inde. Dabney trouvait suspect que CJ se fît appeler différemment depuis son divorce. Sa première femme et toutes les personnes qu'il connaissait à l'époque l'appelaient Charlie. Dabney s'alarma encore plus quand Agnes lui confia que CJ n'aimait pas les chiens (« trop sales ») et qu'il ne comptait pas avoir d'enfants. Agnes adorait les enfants, c'était même la raison pour laquelle elle travaillait au Boys and Girls Club ! Mais maintenant, elle prétendait qu'avoir des enfants ou non lui était égal. Dabney ne savait pas trop comment l'expliquer rationnellement, mais elle devinait, sous la façade charismatique de CJ, quelque chose de pourri, voire morbide.

Quand Dabney observait Agnes et CJ ensemble, elle voyait une brume d'un vert grisâtre évoquant la couleur des nuages avant un orage. Normalement, quand Dabney percevait des émanations aussi mauvaises, le couple se séparait presque immédiatement.

Dabney n'avait pas d'autre choix que de dire la vérité à sa fille. Une mère avant tout, une mère pour la vie.

— Non, avait-elle enfin lâché. Vous n'êtes pas faits l'un pour l'autre.

Agnes avait bouclé sa valise et était partie dans l'après-midi, un jour et demi avant la date prévue, faisant l'impasse sur les sandwiches au rosbif et les jeux de société auxquels était traditionnellement consacré le lendemain de Noël. Elle s'en était allée sans prendre ses cadeaux, obligeant Dabney à les lui envoyer à New York par courrier.

Box avait émergé de son bureau, l'air surpris.

— Mais enfin, que s'est-il passé ? Pourquoi sont-ils partis ?

Agnes avait quitté la maison sans dire au revoir à Box, et sa mère savait que c'était pour ne pas lui laisser la moindre chance de la convaincre de rester.

— J'ai dit à Agnes quelque chose qu'elle n'avait pas envie d'entendre, avait répondu Dabney dans un soupir.

Box avait relevé ses lunettes, l'épaisse monture noire contrastant sur ses cheveux d'un blanc éclatant. C'était un homme intelligent et respecté, mais parfois Dabney aurait aimé qu'il lui épargnât ses leçons de morale. De ses dons d'entremetteuse, Box pensait, dans ses bons jours, qu'ils relevaient d'une frivolité naïve, et le reste du temps, d'une indiscrétion effroyable.

— Comment ça ? Que lui as-tu dit exactement ?

— Je préférerais que cela reste entre Agnes et moi.

— Dabney…

Le regard de Box, d'un bleu froid et perçant, était intransigeant.

— Elle m'a demandé ce que je pensais d'elle et CJ.

Box avait penché légèrement la tête, l'air interrogateur.

— Et bien sûr, tu t'es gardée de donner ton avis ?

Dabney était restée silencieuse ; elle se tenait pieds joints, les mains croisées nerveusement sur le devant de sa jupe. Elle tentait de se rassurer : Box était son mari. Ils étaient sur un pied d'égalité.

Le visage de Box s'était empourpré.

— Mais non, évidemment, tu n'as pas pu t'en empêcher… Et c'est pour cela qu'elle a déguerpi.

— Déguerpi…

Dabney avait pour mauvaise habitude de répéter les expressions de Box qu'elle jugeait ridicules. Comme « déguerpir », par exemple. Dans ces moments-là, elle devinait le Professeur Beech, qui cherchait à se donner des airs non seulement d'universitaire mais d'érudit européen. Les héroïnes de romans victoriens « déguerpissaient ». Pas Agnes. Agnes avait sauté dans sa Prius et avait filé sans un bruit ni une émission de CO_2.

— Ils n'ont même pas dit au revoir, avait repris Box. Cela m'étonne beaucoup de la part de CJ. Quand on est invité chez quelqu'un, on ne s'en va pas sans un mot.

— Tu travaillais, chéri. Je te l'ai déjà dit cent fois : cette porte fermée, c'est intimidant. Ils ont sûrement eu peur de te déranger.

— Ils ne m'auraient pas dérangé, je ne faisais que lire. Et il n'y a rien d'intimidant dans une porte fermée. Il suffit de toquer.

— C'est ma faute, avait soupiré Dabney.

Le lendemain et le surlendemain de Noël seraient gâchés.

Box avait inspiré profondément. Il aurait probablement voulu conclure par un reproche bien senti, mais en parfait gentleman, il s'était abstenu. Le départ précipité d'Agnes constituait une punition suffisamment sévère.

La météo pour le Festival des jonquilles s'annonçait parfaite, mais les bonnes nouvelles s'arrêtaient là. Rien n'allait plus dans la vie de Dabney. Certes, sa fille était venue à la maison, mais elle avait amené CJ avec elle, et puis Clendenin Hughes arrivait à Nantucket le lendemain matin. Et avec ça, sa santé ne s'arrangeait pas. Elle avait des douleurs au ventre, des courbatures dans tout le dos, et elle se sentait faible… Allons bon : pour couronner le tout, elle avait probablement contracté la maladie de Lyme !

Dabney décida de faire face à ces contrariétés de la même manière qu'elle avait géré sa vie depuis quarante-huit ans : avec courage et patience. Haut les cœurs ! Elle commença par appeler le cabinet de Ted Field et demanda un rendez-vous le lundi matin. Ted Field, le docteur le plus populaire de l'île, était toujours très occupé, mais Dabney savait qu'elle obtiendrait toujours un rendez-vous aisément. Des années plus tôt, lors de la cérémonie de son propre mariage, elle avait présenté la réceptionniste de Ted Field, Genevieve Lefebvre, à Brian. Ils étaient maintenant mariés depuis vingt-deux ans et avaient cinq filles (couple n° 17).

— Que t'arrive-t-il ? demanda Genevieve. Tu es malade ?

— Pas vraiment. Je ne sais pas trop, peut-être Lyme. Ou peut-être que je me fais vieille.

— Mais non, n'importe quoi. Tu n'as pas changé depuis tes dix-sept ans. Le docteur peut te voir à 9 heures.

Une fois le rendez-vous pris, Dabney se sentit un peu mieux. Peut-être la maladie de Lyme, peut-être simplement le stress.

Elle serra les dents et réussit à affronter le reste de la journée. Elle accueillit CJ chaleureusement, puis l'envoya avec Agnes récupérer la couverture de jonquilles et la couronne de fleurs qui décoreraient la Chevrolet Impala pour la parade des voitures anciennes, le lendemain. Elle appela ensuite Nina pour s'excuser d'avoir été si distraite au bureau – et si revêche avec elle.

(Quand Dabney était rentrée à la Chambre de commerce sans son milkshake, Nina l'avait regardée en plissant les yeux, intriguée :

— Mais alors, où étais-tu ?

Elle avait rétorqué :

— Il te faut des lunettes, Nina.

Nina avait eu un mouvement de recul, comme si on lui avait mis un coup de journal sur le nez, et Dabney la désagréable impression d'être une amie indigne.)

Au téléphone, elle s'expliqua :

— Je ne suis vraiment pas dans mon assiette. Je dois couver quelque chose.

— Repose-toi bien ce soir, ma belle. Demain, c'est le grand jour.

Elle entreprit ensuite de terminer la préparation du grand pique-nique du lendemain, bien qu'elle eût déjà commencé la plupart des plats en avance. Chaque année, elle confectionnait le même pique-nique, car le Festival des jonquilles, comme Thanksgiving ou Noël, était une affaire de tradition. Ses sandwiches arc-en-ciel étaient la star du repas : du pain de mie Pepperidge Farm sans croûte avec une couche d'œufs durs à la mayonnaise (jaune), une couche de fromage frais à l'oignon nouveau (vert), et une couche de fromage frais aux cerises confites (rose). Agnes et Box se plaisaient à la taquiner à propos de ces sandwiches qu'elle aimait tant. Selon eux, ils représentaient le cliché même de la cuisine qu'affectionnait une riche Américaine blanche de la côte Est. Tant qu'elle y était, pourquoi ne pas servir des crackers aux céréales tartinés de fromage ou des petits choux-fleurs marinés ? Dabney ignorait leurs boutades – s'ils n'aimaient pas ses sandwiches, tant mieux : cela en laissait plus pour elle et pour Peter Genera, le directeur de la compagnie d'eau, qui s'arrêtait à son pique-nique chaque année pour en engloutir une demi-douzaine.

Dabney préparait aussi un jambon rôti glacé au bourbon, un pain tressé au miel et au curry, des asperges pochées sauce hollandaise, et une salade de tortellini dressée avec une mayonnaise aux herbes. Pour le dessert, elle commandait des tartelettes au citron à la pâtisserie Nantucket Bake Shop. Elle prévoyait aussi une bouteille de champagne Taittinger pour elle et Agnes, un bon bordeaux blanc pour Box, et un pack de Stella Artois pour les amis qui passeraient dire bonjour.

Dabney coupait la croûte des tranches de pain quand Box entra dans la cuisine. Il était arrivé dans la matinée, pendant qu'elle était au bureau. Ils ne s'étaient donc pas vus depuis le lundi à 7 heures du matin, quand elle l'avait déposé à l'aéroport, comme chaque semaine.

— Bonjour, chérie, dit-il en l'embrassant sur la joue.

Ce sage baiser résumait bien l'état de leur relation de couple. Plaisante, civilisée, chaste. Il l'appelait

41

« chérie », plus rarement « ma chérie ». Au début de leur mariage, Dabney attendait avec impatience les jeudis après-midi car, à l'époque, Box quittait Harvard immédiatement après son dernier cours et revenait à Nantucket avant 17 heures. Elle allait le chercher à la sortie de l'avion ou du ferry, et ils rentraient droit à la maison pour faire l'amour. Maintenant, le jeudi, Box dormait dans son appartement de fonction. Il travaillait jusqu'en début de soirée, après quoi il sortait dîner avec des collègues. Il avait souvent essayé de convaincre Dabney de le rejoindre à Cambridge le jeudi soir : il y avait tant de restaurants à découvrir, et ils auraient pu assister aux lectures de The Coop, la librairie située sur le campus, ou encore aller écouter l'orchestre symphonique. Mais Dabney refusait systématiquement. Box savait que lui proposer de venir à Cambridge était comme lui demander de descendre en apnée au fond de la fosse des Mariannes : elle croyait sincèrement qu'elle n'y survivrait pas.

Box avait fini par se lasser de ces refus, et Dabney lui en avait voulu d'avoir tant insisté. « Je n'ai jamais menti sur qui j'étais ! » avait-elle crié un jour, des années auparavant. Ce cri les avait beaucoup surpris tous les deux, car leur mariage n'était pas caractérisé par des démonstrations d'émotions. La discussion s'était arrêtée là, et à compter de ce moment, Box passa tous ses jeudis soir à Cambridge, tandis que Dabney restait seule sur Nantucket.

Elle se tourna vers son mari pour lui demander, comme à son habitude :

— As-tu passé une bonne semaine ?

— Très bonne. Mon éditeur turc a appelé. Ils vont acheter la nouvelle version.

— Fantastique !

Non content de détenir une chaire à Harvard, Box était aussi l'auteur du manuel scolaire de référence en macroéconomie, utilisé par plus de quatre cents universités à travers tout le pays, et traduit en vingt-quatre langues. Box en rédigeait une nouvelle version tous les trois ans, et les revenus que cela générait donnaient le tournis. Alors que son salaire de professeur dépassait à peine les trois cent mille dollars à l'année, le manuel lui rapportait dans les trois ou quatre millions par an. Il n'accordait pourtant pas beaucoup d'importance à l'argent, et Dabney encore moins ; ils savaient simplement qu'ils n'auraient jamais à s'en inquiéter. Leur maison de Charter Street avait été conservée dans son état d'origine jusqu'au moindre détail, et ils l'avaient décorée d'antiquités et d'œuvres d'art choisies avec soin – un patrimoine qui reviendrait un jour à Agnes. Dabney possédait également une Chevrolet Impala de 1966 rouge vif avec une capote en vinyle blanc. La voiture occasionnait des dépenses considérables, mais elle l'adorait. Box, quant à lui, conduisait une Jeep Wrangler sur l'île, et une Audi RS4 sur le continent. À cause de Dabney, ils ne prenaient jamais de vacances ensemble, mais tous les ans, en juin, Box se rendait deux semaines à Londres pour enseigner à la School of Economics, et en novembre, il assistait à une conférence dont le lieu changeait à chaque fois – San Diego, Amsterdam ou Honolulu. Chaque année, ils donnaient anonymement cent mille dollars au Boys and Girls Club où travaillait Agnes, et le même montant au

Nantucket Cottage Hospital. C'était là toute l'étendue de leurs dépenses.

Dabney se demandait si Clendenin savait qu'elle avait épousé un célèbre économiste. Elle supposait que oui. On pouvait trouver n'importe quelle information sur Internet, de nos jours. Cela le rendait-il jaloux ? Après tout, Clen lui-même avait reçu un prix Pulitzer. Dabney l'avait découvert en lisant la rubrique consacrée aux anciens élèves dans la revue de son lycée. Elle avait éprouvé une bouffée de fierté, puis de l'agacement. *Vu ce qu'il a abandonné*, avait-elle pensé*, il avait plutôt intérêt à l'avoir, son Pulitzer !*

Si seulement Clendenin pouvait arrêter de surgir dans ses pensées...

— Et toi, ta semaine ? demanda Box. Je parie que tu es tendue à l'approche du Festival. Peux-tu me rappeler comment tout va se dérouler ?

— Ce soir, dîner au Club Car. J'avais réservé pour deux, mais il faudra que je demande une table pour quatre, avec Agnes et CJ...

Elle fit une pause et imagina comment Box et CJ se chamailleraient pour régler l'addition. Encore une manie de CJ qu'elle n'appréciait guère : il fallait toujours le laisser payer, sans quoi il prenait la mouche.

— Puis demain, parade à midi, et pique-nique à 13 heures.

— Et évanouissement de fatigue vers 17 heures, dit Box.

— J'ai pris rendez-vous avec Ted Field lundi à 9 heures.

— Ah ? Tu te sens malade ?

Dabney fixa les carrés parfaits des tranches de pain sur le plan de travail. Aussi carrés que l'avait été sa vie, du moins jusqu'à la réception du fameux e-mail.

— Un petit peu, acquiesça-t-elle. Peut-être la maladie de Lyme.

— As-tu été piquée par une tique ? demanda Box.

— Pas que je me souvienne.

Dabney n'avait pas marché dans la lande depuis l'automne précédent, quand elle allait y promener Henry. Penser à son chien suffit à lui faire monter les larmes aux yeux.

— Cela ne te ressemble pas de tomber malade. Je ne me souviens même pas de la dernière fois où tu as eu un rhume.

— C'est vrai…

Sa voix tremblait, lourde des sanglots qu'elle peinait à retenir. Cela ne ressemblait pas non plus à Dabney d'être aussi émotive. Elle savait que la voir dans cet état mettait Box mal à l'aise.

— Je resterais bien à la maison avec toi lundi, commença-t-il, mais…

Tu ne peux pas, je sais.

Tous les lundis à 13 heures, Box donnait un séminaire sur James Tobin à douze étudiants triés sur le volet. C'était son cours préféré.

— Je pourrais demander à Miranda de me remplacer.

Ah, la fameuse Miranda. Le prodige australien de l'économie, avec ses trente-cinq ans, ses lunettes de secrétaire sexy et son accent adorable. Elle assistait Box dans ses cours et ses recherches depuis quatre ans. Dabney avait toujours ressenti une certaine jalousie

45

envers Miranda. Pourtant, Box n'aurait jamais dissimulé quelque chose à Dabney – pas comme elle… Elle ferait mieux de lui dire simplement : *Clendenin Hughes arrivera à Nantucket demain matin*. Et puis quoi ? Refuser de lui en parler donnait à la nouvelle plus d'importance qu'elle n'en avait. Refuser d'en parler revenait à avouer que cela affectait Dabney.

Cela l'affectait.

— Comment va Miranda ?

Box attrapa une cerise confite dans le bocal et la mangea, puis répondit avec une grimace :

— Miranda ? Oh, elle va bien. Je crois que le Dr Bartelby va bientôt la demander en mariage.

Le Dr Bartelby (Christian de son prénom) était interne au Massachusetts General Hospital. Depuis trois ans, Miranda et lui venaient passer quelque temps chez les Beech chaque été.

— Il l'a prévenue qu'il allait demander sa main ? s'étonna Dabney. Mais ça enlève toute la magie !

— Je ne sais pas trop comment les gens s'y prennent aujourd'hui. Mais je crois bien que Miranda rejoindra bientôt le camp des couples mariés.

Dabney fut prise d'un vertige et dut se rattraper au bord du comptoir pour ne pas tomber.

— Tout va bien ? demanda Box.

Il posa la main dans le bas de son dos, et même ce léger contact était douloureux.

Dabney devait terminer les sandwiches arc-en-ciel, ou le pain allait sécher. Il fallait aussi couper les asperges et les cuire. Agnes et CJ rentreraient bientôt avec les fleurs pour la voiture, et décorer l'Impala le vendredi soir était l'une des choses que Dabney préférait durant le Festival des jonquilles. Mais pour le moment, elle ne réussit qu'à sortir de la cuisine en titubant pour se diriger tant bien que mal vers la bibliothèque, où elle se laissa tomber dans un sofa. Box posa sur elle la couverture en crochet réalisée par sa grand-mère adorée, Agnes Bernadette. Dabney se sentait à l'article de la mort.

Mais non : haut les cœurs ! Ses aïeux avaient connu bien pire, elle le savait. Son arrière-arrière-arrière-grand-mère, Dabney Margaret Wright, avait débarqué sur Nantucket en laissant définitivement derrière elle Boston, sa maison, ses meubles, et ses amis. Elle et ses trois fils avaient emménagé dans une maison sur Lily Street tandis que Warren chassait les baleines. Son premier voyage avait duré dix-huit mois, puis il était resté six mois à la maison avant de repartir… pour ne jamais revenir. Dabney Wright avait fait contre mauvaise fortune bon cœur : elle avait rejoint la congrégation de l'église de Summer Street et s'était liée d'amitié avec d'autres veuves de marins. Jamais elle ne s'était plainte, du moins pas dans ce que Dabney imaginait d'elle. Elle était restée digne et fière.

Et comme elle, Dabney allait persévérer. Une fois remise de son vertige, elle termina les sandwiches et les emballa dans du papier kraft, puis s'occupa des asperges. Agnes et CJ se chargèrent de décorer la voiture en jetant la couverture de jonquilles en travers du coffre et en accrochant la couronne sur la calandre. Dabney prit une douche, puis enfila une robe portefeuille Diane von Furstenberg bleu et jaune. C'était l'une des robes que Patty Benson avait laissées dans son armoire quand elle avait abandonné sa famille. Elle n'accordait aucune valeur sentimentale aux objets, ou du moins pas dans ce cas. Si elle portait souvent les robes de sa mère, c'était simplement parce qu'elles lui plaisaient et qu'elles lui allaient bien.

Elle essaya de faire un effort réel pendant le dîner au Club Car, même si elle aurait préféré être au lit avec un bol de soupe et un roman de Jane Austen. Elle commanda des côtelettes d'agneau, comme toujours, et Box lui choisit un excellent shiraz australien pour les accompagner. Dès la première gorgée, le vin monta à la tête de Dabney.

— Vous savez, dit-elle, Box enseignait à Harvard quand j'y étudiais. Mais je n'ai jamais assisté à ses cours.

Agnes dévisagea sa mère. Elle avait commandé le pâté de crabe, mais n'y avait pas encore touché.

— Oui, Maman, on sait.

CJ sourit à Dabney. Il portait un blazer bleu marine et une chemise Robert Graham avec un imprimé superbe. Avant qu'ils ne quittent la maison, Box avait admiré ses mocassins Gucci en daim chocolat, disant à Dabney : « Tu devrais m'en acheter une paire ! » Dabney était forcée le reconnaître : CJ présentait bien, il sentait bon, et il avait un certain charme, avec ses cheveux ondulés poivre et sel et ses dents alignées bien blanches. Un peu trop blanches, comme s'il les faisait traiter… Mais cela ne justifiait pas de le trouver antipathique. CJ avait commandé les côtelettes d'agneau, cuisson rosée, tout comme Dabney, et cela lui avait rappelé un dîner l'automne dernier où il avait commandé exactement les mêmes plats qu'elle. Comme s'il cherchait à lui plaire en l'imitant.

— Si je me souviens bien, vous étiez inscrite en histoire de l'art ? demanda CJ. Vous avez écrit votre mémoire sur Matisse, n'est-ce pas ?

— On a appelé notre chien Henry à cause d'Henri Matisse, confirma Agnes à voix basse.

CJ, qui n'aimait pas les chiens (« trop sales »), ne releva pas. Il continua de s'adresser à Dabney :

— Vous devriez aller voir la chapelle Matisse, près de Nice.

Dabney savait qu'elle ne mettrait jamais les pieds en France, mais elle apprécia toutefois l'effort.

— Mon tableau préféré est *La Danse*, dit-elle. Il est exposé au Museum of Modern Art, mais je ne l'ai jamais vu.

— Le directeur du MOMA est un ami, dit CJ. Si vous décidez d'aller à New York un jour, je vous arrangerai le coup.

Dabney buvait son vin sans toucher à son assiette. Elle n'avait aucun appétit.

Elle imagina Clendenin qui surgissait dans la salle de restaurant, la jetait sur son épaule, et l'emmenait loin d'ici. Puis elle s'accorda un moment pour s'apitoyer sur son sort. Elle avait mené une vie si calme, sereine, joyeuse et productive… Jusqu'à ce matin.

Elle termina son verre de shiraz.

Juste avant le dessert, une bouteille de champagne arriva à leur table, et pas n'importe quel champagne : du Cristal. Dabney fronça les sourcils. Agnes et elle adoraient le champagne, mais Box disait que cela lui donnait des migraines et, aussi riche qu'il fût, il n'aurait jamais dépensé trois cents dollars pour une bouteille de Cristal.

Ils restèrent tous silencieux tandis que la serveuse débouchait la bouteille et remplissait quatre flûtes. Dabney ne comprenait pas. Elle se tourna vers la serveuse, une femme à l'air sévère en veste blanche impeccable, et lui lança un regard interrogateur, mais celle-ci resta aussi impassible qu'un garde de Buckingham Palace.

Soudain, CJ se racla la gorge et se leva, brandissant son verre devant lui.

— Agnes et moi avons quelque chose à vous annoncer.

Oh non, pensa Dabney. *Non non non non non !*

Agnes sourit timidement et montra sa main gauche à Dabney pour qu'elle pût admirer sa bague, un diamant Tiffany taillé en brillant sur une monture de platine, d'une clarté et d'un éclat parfaits. Dabney s'empressa d'afficher une mine réjouie.

— Agnes a accepté de m'épouser, déclara CJ.

Dabney laissa échapper un cri de dégoût que tous prirent pour un cri de joie. Elle ne pouvait ignorer le brouillard vert qui flottait autour d'Agnes et CJ, comme une émanation toxique.

— Quel bonheur ! s'exclama Dabney.

Box se leva pour embrasser Agnes puis CJ, et Dabney, comprenant que c'était la réaction attendue, s'empressa de l'imiter. Elle prit la main de sa fille (la main dont Agnes avait réalisé un moulage d'argile en maternelle, et qu'elle avait tendue à sa mère quand elle avait obtenu un score parfait à ses épreuves d'admission à l'université) et admira le bijou.

— C'est une bague magnifique, commenta-t-elle.

Cela, au moins, était sincère. CJ avait trouvé la bague parfaite : sobre, classique, atemporelle. Le diamant paraissait énorme, près de trois carats à vue de nez.

Malheureusement, le brouillard d'un vert morbide qui enveloppait Agnes promettait une catastrophe à venir. CJ tromperait peut-être Agnes avec l'une des *cheerleaders* des Giants, ou bien une stagiaire à son bureau. Peut-être même ferait-il encore pire… Mais Dabney n'attendrait pas de le découvrir. D'une manière ou d'une autre, elle comptait bien sauver sa fille avant qu'il ne soit trop tard.

Le samedi matin, Dabney se sentait encore plus mal en point – la faute à tout ce Shiraz qu'elle avait bu, à l'annonce des « fiançailles », et à l'arrivée imminente de Clendenin. Malgré tout, elle enfila la tenue qu'elle portait toujours pour la Parade des jonquilles : un chemisier en oxford jaune, un jean, une veste bleu marine, des mocassins, et son beau chapeau de paille Peter Beaton, avec un ruban de gros-grain bleu. Elle attrapa son calepin listant les cent vingt participants à la Parade des voitures anciennes. Le soleil brillait, l'air était parfumé ; Dabney avait chaud dans sa veste et hésita à l'enlever, mais elle craignait d'avoir un peu froid dans l'Impala décapotée.

Main Street grouillait d'activité et l'ambiance était à la fête. Tous portaient des vêtements verts et jaunes pour faire honneur aux trois millions de jonquilles qui fleurissaient sur Nantucket. Partout, on retrouvait les fleurs jaunes : maquillées sur les joues des enfants, accrochées aux guidons des vélos, enroulées autour des colliers des chiens. Chacun semblait vouloir attirer l'attention de Dabney. D'habitude, elle aurait géré cette situation avec élégance et aplomb. Elle se réjouissait souvent de connaître tout le monde et que tout le monde la connût. Elle échangeait des blagues avec l'employé de la mairie, l'éboueur, le libraire, la propriétaire de la boutique de lingerie, Andrea Kapenash, l'épouse du chef de la police, M. Berber (son maître d'école préféré), un estivant qui travaillait à la Bourse de New York, et un autre estivant qui présentait le journal télévisé du soir sur une chaîne locale. Les membres de ce petit échantillon d'humanité avaient une chose en commun : ils adoraient l'île de Nantucket. Mais parmi tous ces passionnés, Dabney gagnait le concours haut la main : personne n'avait jamais aimé Nantucket autant qu'elle. Elle concevait que sa dévotion pouvait paraître parfois curieuse, et même malsaine, mais un jour comme celui-ci, peu lui importait. Car ce jour-là, elle se savait entourée de gens qui la comprenaient.

Dabney s'attacha à discuter avec chaque personne qu'elle rencontra, mais il lui semblait qu'elle s'exprimait avec une voix mécanique, pareille à celle du répondeur de la Chambre de commerce. Oui, ils étaient gâtés avec ce temps, non, elle n'avait pas souvenir qu'il eût déjà fait si beau, non, elle n'avait pas vu l'année passer, oui, elle était prête pour l'été, elle était toujours prête pour l'été, répétait-elle, mais les mots tintaient comme des pièces de fausse monnaie. Elle se demanda si ses interlocuteurs s'en rendaient compte. Elle aurait voulu prendre quelqu'un par le bras (n'importe qui, même le présentateur télé !) et vider son sac. *Je ne suis pas bien du tout, je crois que j'ai un problème, et puis Clendenin Hughes revient à Nantucket aujourd'hui, il est peut-être*

même déjà arrivé, et mon mari ne le sait pas. Ma fille
nous a annoncé hier soir qu'elle allait épouser un homme
qui a tout du gendre idéal mais moi je sais qu'il ne lui
convient pas, et il n'y a rien que je puisse dire ou faire.
Je suis l'entremetteuse de Nantucket, supposée experte
en relations amoureuses, et pourtant voilà que ma vie
tout entière échappe à mon contrôle. Plus rien ne va !

Pouvez-vous m'aider ? Aidez-moi, s'il vous plaît !

Dabney tomba alors sur Vaughan Oglethorpe, le
président du conseil d'administration de la Chambre
(et donc son patron), qui faisait tache avec son costume noir et sa cravate assortie. Vaughan dirigeait
l'unique entreprise de pompes funèbres de l'île, et sa
seule présence suffisait à assombrir la journée la plus
ensoleillée. Ses cheveux avaient blanchi depuis la dernière fois que Dabney l'avait vu, et son nez paraissait
encore plus aquilin, aiguisant sa ressemblance avec le
célèbre aigle à tête blanche, l'emblème américain. Sa
grande silhouette maigre et ses épaules voûtées évoquaient Max, le maître d'hôtel de *La Famille Addams*,
ou n'importe quel autre monstre bienveillant. Parfait
pour un croque-mort.

— Dabney, dit Vaughn.

Sa voix caverneuse, elle aussi, convenait parfaitement à son commerce. Vaughan connaissait Dabney
depuis toujours et avait même été fiancé à sa mère,
Patty ; aussi il aimait souvent prendre à son compte ses
succès professionnels.

— Bonjour, Vaughan, répondit-elle. Que pensez-
vous de ce beau temps ?

Vaughan leva son menton pointu, l'air renfrogné.
Il dégageait une odeur de formol. À chaque fois que

Dabney se trouvait aussi près de lui, elle devait retenir sa respiration. Elle baissa les yeux.

— Quel succès ! s'exclama-t-il soudain. Encore une réussite, Dabney. C'est du beau travail !

— Merci, monsieur.

— Je dirais même, cria-t-il, de l'excellent travail !

*

Pour la parade, comme d'habitude, Box conduisait la Chevrolet tandis que Dabney s'installait sur le siège passager. Cela l'ennuyait un peu : c'était sa voiture à elle, et Box ne la conduisait qu'une fois par an, pour cette parade. Pourquoi ne la laissait-on jamais prendre le volant ? Elle organisait tout le Festival des jonquilles à elle seule, après tout. Mais Agnes et Nina pensaient que cela rendait mieux quand Box conduisait, et ce dernier approuvait. Dabney devait garder les mains libres pour saluer la foule à la manière de la reine d'Angleterre.

— Bien, céda Dabney, d'accord, comme vous voulez.

Agnes et CJ étaient assis à l'arrière, respirant la fierté complaisante typique des couples fraîchement fiancés. Dabney eut envie de faire la grimace, mais elle ne pouvait pas : tout le monde la regardait. Il fallait sourire, il fallait rayonner. Elle posa la main sur son chapeau de paille pour l'empêcher de s'envoler.

Ils arrivèrent enfin à Siasconset et garèrent la voiture près de la plage, à l'abri sous de gigantesques ormes déployant leurs feuillages printaniers. Dabney se versa à elle-même ainsi qu'à Agnes un verre de champagne.

Elle n'avait pas pour habitude de chercher le réconfort dans l'alcool, mais les circonstances s'acharnaient tellement contre elle que Dabney ne voyait pas d'autre solution. Elle avala une longue gorgée qui pétilla délicieusement sur sa langue. Dans un instant, elle se détendrait enfin.

Elle mit en place le pique-nique sur une table pliante couverte de la nappe en lin jaune qu'elle n'utilisait que pour cette occasion.

C'est alors qu'elle se rendit compte qu'elle avait oublié de récupérer les tartelettes commandées à la pâtisserie.

— Oh non ! J'ai oublié les tartes au citron !

— Aucune importance, dit Box en débouchant le vin blanc. Personne ne les mange de toute manière.

Dabney observa son mari qui haussait les épaules. Haut les cœurs. Mais les émotions de Dabney prirent le dessus sur sa nature solide, et ses yeux s'emplirent de larmes brûlantes. Elle tourna le dos pour se soustraire aux regards de Box et d'Agnes et CJ, qui ressemblaient maintenant à une horrible créature bicéphale, et de toutes les personnes qui convergeaient dans la rue. Elle ne laisserait personne la voir pleurer pour une histoire de tartes. Elle s'identifiait à Mrs Dalloway, l'héroïne de Virginia Woolf, qui décide d'aller chercher elle-même les fleurs pour sa réception. Ce pique-nique, avec le jambon, les asperges et les sandwiches arc-en-ciel dont tout le monde aimait tant se moquer, c'était le pique-nique de Dabney, une projection de sa personnalité et de ses goûts, et voilà que John Boxmiller Beech décrétait que tout cela n'avait aucune importance, ce qui revenait à dire que Dabney elle-même ne comptait pour personne.

Elle remonta la rue en titubant. Elle aurait voulu se trouver seule, anonyme. Pour la première fois de sa vie, elle regretta d'être coincée sur cette île où absolument tout le monde pensait la connaître mais personne ne la connaissait vraiment.

Quelque chose clochait.

Dabney voyait flou à cause des larmes et du champagne qu'elle avait bu l'estomac vide. Il aurait été plus raisonnable de retourner à la voiture pour manger un des sandwiches. La foule se rassemblait autour d'un break à panneaux de bois de 1948 qui avait gagné le prix de la plus belle voiture à trois reprises en une décennie. Cette année, ses propriétaires avaient choisi pour thème *Le Magicien d'Oz*. Le chef de police, Ed Kapenash, portait un costume d'épouvantail.

Dabney ne s'arrêta pas, elle ne tourna même pas la tête, et continua à marcher droit devant. Clarissa Dalloway avait survécu à sa réception, mais un de ses invités s'était suicidé. Et bien sûr, Virginia Woolf elle-même s'était donné la mort. Elle était entrée dans l'Ouse les poches remplies de pierres, et avait sombré dans la rivière.

Dabney perdit l'équilibre. Ses mains tremblaient tant qu'elle renversa un peu de champagne sur la manche de son chemisier.

Alors elle le vit au loin, au croisement de Main Street et Chapel Street. Il chevauchait un vélo à dix vitesses, la même bicyclette avec laquelle il se déplaçait quand il était adolescent, parce qu'il n'avait alors pas les moyens de s'acheter une voiture. Ce même vélo qu'il prenait pour rejoindre Dabney quand ils se donnaient rendez-vous au cimetière quaker, dans un vieux bâtiment abandonné qu'on appelait le grand phare, ou encore sur le terrain de football du lycée. Leur chanson préférée, à l'époque, était *Brown Eyed Girl* de Van Morrison, non seulement parce qu'elle évoquait des yeux bruns comme ceux de Dabney, mais aussi parce qu'elle parlait de faire l'amour sur la pelouse derrière un stade. Cette phrase avait été écrite pour elle et Clen.

Elle le reconnut immédiatement, même s'il ne ressemblait en rien au jeune homme de vingt-deux ans qui avait embarqué sur le ferry en 1987. Il s'était épaissi, il avait pris au moins une trentaine de kilos, et il arborait maintenant barbe et moustache. En bref, c'était maintenant un adulte – un homme.

Il portait un T-shirt rouge, un jean et des tennis Converse noires. Vingt sept ans s'étaient écoulés, et il mettait toujours des Converse. Au lycée, c'était la seule chose pour laquelle il dépensait un peu d'argent. Il en possédait alors cinq paires.

Sa silhouette lui paraissait curieuse, comme s'il manquait quelque chose. Il fallut encore une seconde à Dabney pour se rendre compte que Clen n'avait plus qu'un seul bras. Elle cligna des yeux, pensant que la lumière, ou peut-être le champagne, lui jouait des tours. Mais non, elle ne se trompait pas : de son bras gauche, il ne restait plus qu'un moignon. Elle voyait la manche de son T-shirt, et rien n'en sortait.

J'ai subi une perte très douloureuse il y a environ six mois, et je m'en remets lentement.

Il parlait donc de son bras…

La vision de Dabney s'obscurcit sur les bords, mais elle voyait encore quelques couleurs : le rouge du T-shirt de Clen, le mélange vert mousse et caramel de ses yeux d'Écossais. *Je ne pouvais pas rester; tu ne pouvais pas partir.* Dabney demeura sans voix. Nina devait déjà la chercher; c'était l'heure de juger les pique-niques. *Aucune importance, personne ne les mange de toute manière.* Clen ! Elle aurait voulu prononcer son nom, ne serait-ce que son nom, mais même cela se révéla impossible. Elle se sentait aux prises avec une force extérieure, comme si on la tenait fermement par la nuque pour l'obliger à baisser la tête. *J'espère que ton « jamais » a une date d'expiration.* Elle s'imagina partir avec lui, perchée sur le guidon de son vélo. Elle allait bientôt pouvoir se détendre. Il était là. Enfin.

Elle passa devant Clen sans s'arrêter, sans même ralentir le pas. Même si elle avait pu parler, qu'aurait-elle eu à lui dire ? Son cœur s'emballa. Arrivée au coin de la rue, elle se cacha derrière une haie pour reprendre son souffle, mais elle ne parvenait plus à respirer. Elle entendit le bruit d'un verre qui se brisait et comprit que sa flûte de champagne venait de tomber au sol et d'éclater en morceaux. Ses oreilles bourdonnaient. Ses genoux la lâchèrent.

L'obscurité.

Le silence.

Couple n° 30 : Dr Gary Donegal et Lance Farley, partenaires depuis dix ans.

Dr Donegal : J'ai commencé à recevoir Dabney en 1978, l'année où je me suis installé sur l'île de Nantucket. Elle avait alors douze ans. Sa mère avait fui la famille quatre ans plus tôt, et le père de Dabney, un officier de police, s'inquiétait du bien-être de sa fille qui entrait dans l'adolescence. Elle refusait de quitter l'île. Elle semblait persuadée que si elle la quittait, elle mourrait – ou quelque chose d'encore pire.

— Qu'est-ce qui pourrait être pire ? avais-je demandé.

Lors de notre première rencontre, le lieutenant Kimball m'a expliqué que la dernière fois que Dabney avait quitté Nantucket remontait à décembre 1974, quand sa mère, Patty Benson, l'avait emmenée à Boston pour voir le ballet *Casse-noisette*. Elle avait réservé des fauteuils d'orchestre pour la représentation du soir, et une suite au Park Plaza pour la nuit. Patty venait d'une famille aisée et avait l'habitude de dépenser sans compter. D'après le lieutenant, elle était capricieuse, égoïste et exigeante. C'était une estivante, a-t-il ajouté comme si cela expliquait les défauts qu'il énumérait. Enfin, Il m'a raconté que Patty avait quitté la chambre d'hôtel au beau milieu de la nuit et n'y était jamais revenue.

— Jamais ? ai-je insisté.

— Jamais.

On savait qu'il n'était rien arrivé de grave à Patty car, avant de quitter le Park Plaza, elle avait glissé au concierge un pourboire de vingt dollars pour qu'il appelle le lieutenant Kimball et lui dise de venir à Boston chercher sa fille.

Quand Dabney se réveilla dans la suite, Patty avait disparu. Le concierge envoya l'une des femmes de chambre lui tenir compagnie le temps que son père arrive.

Elle n'avait jamais eu de nouvelles de sa mère depuis. Un jour, finalement, le lieutenant Kimball engagea un détective privé qui découvrit que Patty Benson vivait maintenant au

Texas, où elle travaillait comme hôtesse dans le jet privé d'un nabab du pétrole.

J'ai d'abord pensé que mon travail avec Dabney était déjà mâché. Son refus de quitter Nantucket constituait une réaction naturelle à la perte de sa mère, et au fait que celle-ci l'avait abandonnée dans une chambre d'hôtel comme un vulgaire sac plastique vide ou un reste de sandwich.

Dabney acceptait volontiers de parler de sa mère. Elle racontait que celle-ci avait passé tous les étés de sa jeunesse dans une grande maison ancienne sur Hoicks Hollow Road. La famille Benson était membre du Beach Club de Sankaty, et Patty disait souvent qu'une peau bronzée était une peau saine. Elle aimait regarder des comédies musicales en noir et blanc et manger du homard pour le Réveillon, et n'aimait pas beaucoup le tatouage de rockeur de son mari. Patty lisait une histoire à sa fille chaque soir pour l'endormir, et il lui arrivait parfois de s'assoupir avec elle. Elle lui avait promis qu'elle pourrait se faire percer les oreilles pour ses douze ans, mais en précisant que les seules boucles d'oreilles acceptables étaient des perles.

En revanche, Dabney n'évoquait jamais la soirée à l'opéra, son réveil seule dans la chambre d'hôtel, ou le fait que sa mère ne l'avait pas contactée une seule fois en deux ans, puis trois, puis quatre ans.

Dans ma carrière, j'ai rencontré beaucoup de patients souffrant de troubles obsessionnels compulsifs, d'agoraphobie ou de paranoïa, mais jamais je n'avais vu une combinaison des trois comme chez Dabney. Présenté ainsi, son cas paraît peut-être plus grave qu'il ne l'était en réalité. Enfant exceptionnelle, elle n'est devenue que plus exceptionnelle encore à l'adolescence : une jeune fille ravissante, intelligente, lucide, sensible, gentille, sûre d'elle, locace, et drôle. Elle n'avait qu'un talon d'Achille : sa peur de quitter Nantucket. Elle disait qu'elle n'en partirait jamais, sauf si sa vie en dépendait.

J'ai proposé de la recevoir deux fois par mois. Je lui ai d'abord prescrit différents médicaments anxiolytiques qui n'ont que peu aidé, mais nous avons tout de même réussi à obtenir quelques progrès et, quand elle a reçu sa lettre d'admission à Harvard, elle a décidé d'y aller.

J'ai été le premier surpris.

— J'ai dit que je ne quitterais l'île que si ma vie en dépendait, a-t-elle expliqué. Eh bien, maintenant, c'est le cas. Je ne vais tout de même pas rester ici et être serveuse ou baby-sitter jusqu'à la fin de mes jours. Il faut que j'aille à l'université, docteur Donegal. Je suis intelligente.

Intelligente, elle l'était ; je ne pouvais qu'approuver de bon cœur. J'espérais que quand elle se trouverait à Harvard, elle verrait qu'il n'y avait rien à craindre. Que personne d'autre n'allait disparaître.

Malheureusement, cela n'a pas été tout à fait vrai. Son petit ami, Clendenin Hughes, est parti étudier à Yale et s'est laissé complètement absorber par ses études et sa vie étudiante. Dabney a fait une fois le trajet pour le voir, mais les choses ont tourné au vinaigre. Le lieutenant Kimball travaillant tout le week-end, c'est moi qui ai dû aller chercher Dabney.

C'est sur le chemin du retour en direction du cap Cod que, huit ans après le début de la thérapie, j'ai enfin réussi à faire parler Dabney. Elle a commencé par des choses que je savais déjà. Elle se mourait d'amour pour Clendenin, et ce n'était pas juste une formule : elle pensait vraiment que son amour pour lui, ou le fait qu'il ne l'aime pas autant en retour, finirait par la tuer. Selon elle, Clen avait beaucoup changé depuis qu'il étudiait à Yale. J'ai répondu qu'en effet, un changement d'environnement pouvait transformer les gens, et que les nouvelles expériences marquaient nos personnalités. Dabney a déclaré qu'elle était très satisfaite comme elle était, et bien déterminée à ne pas changer. Vivre à Cambridge n'avait rien changé pour elle. J'ai suggéré que peut-être c'était parce qu'elle n'avait pas laissé de chance à Cambridge de la séduire. Elle est restée silencieuse un moment, puis a repris la parole pour me raconter que la nuit où sa mère était partie, celle-ci lui avait confié qu'elle était douloureusement insatisfaite de sa vie. Elle n'était plus amoureuse de son mari ; elle s'était laissé aveugler par l'idée romantique d'épouser un héros de guerre. Elle adorait passer ses vacances à Nantucket, mais vivre sur l'île à l'année avait tout gâché et, à présent, elle détestait l'île de tout son être. Elle s'y sentait prisonnière, comme un coyote dans un piège à loup, et elle était prête à s'arracher une patte pour se libérer.

— Quand j'ai levé les yeux vers ma mère, j'ai vu qu'elle était entourée d'un nuage verdâtre. J'ai compris qu'elle allait partir, mais surtout, j'ai compris tout de suite que c'était pour le mieux. Mon père et moi, nous adorions Nantucket, et ma mère nous détestait à cause de ça.

Je m'apprêtais à rassurer Dabney sur le fait que sa mère ne la détestait pas mais que, plus vraisemblablement, elle représentait la patte dans la métaphore de sa mère. C'était elle que Patty avait dû sacrifier au nom de sa liberté. Mais avant que je puisse formuler ma phrase, Dabney m'a surpris avec cette question :

— Dr Donegal, avez-vous déjà été amoureux ?

Quand Dabney a fini l'université, j'ai cessé de la voir en tant que patiente, mais je ne l'ai jamais perdue de vue. J'ai entendu parler de l'exil de Clendenin en Asie du Sud-Est et de la grossesse de Dabney, puis, quelques années plus tard, j'ai appris qu'elle avait épousé un économiste de Harvard. Un jour, je suis tombée par hasard sur Dabney, sa fille et son mari au restaurant, et je lui ai dit combien j'étais heureux pour elle. Quelques mois plus tard, Dabney m'a appelé. J'ai d'abord pensé à une dispute conjugale, ou à la difficulté de faire le deuil de son père décédé soudainement, mais Dabney m'a seulement demandé :

— Quand pourriez-vous venir dîner ? J'aimerais vous présenter quelqu'un.

La personne qu'elle voulait me présenter était Lance Farley, un homme qui avait récemment rejoint la Chambre de commerce après avoir repris une boutique d'antiquités dans le centre-ville. En serrant la main de Lance, j'ai immédiatement deviné ce que Dabney mijotait. Bien sûr, je savais qu'elle jouait les entremetteuses avec une intuition réputée « surnaturelle », et qu'elle comptait de nombreux succès. Je savais aussi qu'elle voyait soit un halo rose, soit un brouillard vert. Je me souvenais de ce qu'elle m'avait raconté à propos de sa mère le soir de son départ. Malgré cela, j'accordais à peu près autant de crédit au prétendu pouvoir de Dabney qu'à une planche de ouija.

Pourtant, une fois installés dans le jardin verdoyant et intimiste des Beech, à boire des gin tonic et déguster de l'espadon grillé avec des tomates d'une ferme locale puis une tarte aux pêches maison, j'ai découvert que Lance partageait ma passion pour Bach, les premiers romans de Philip Roth et la côte nord du Maroc. J'ai alors bien été forcé d'admettre que, même après huit ans passés à explorer les recoins les plus reculés de l'esprit de quelqu'un, on pouvait encore découvrir de nouvelles choses. Peut-être Dabney possédait-elle réellement une intuition surnaturelle quant aux affaires de cœur. Qui étais-je pour prétendre le contraire ?

Box

Dabney perdit connaissance dans Main Street, près de la plage. Box, occupé à se servir un verre de montrachet et à préparer un sandwich au jambon, n'avait même pas remarqué son absence quand Nina Mobley vint chercher Dabney. On allait bientôt juger les pique-niques, et on ne pouvait commencer les délibérations sans elle. Box agita vaguement la main en montrant le chaos qui l'entourait : « Elle est sûrement quelque part dans le coin. » Dabney était la femme la plus populaire de toute l'île ; elle connaissait tout le monde, et tout le monde la connaissait. Elle complimentait probablement Monsieur Untel sur les jardinières à ses fenêtres, ou bien elle avait trouvé Peter Genevra, de la compagnie d'eau, et lui faisait engloutir des sandwiches au chamallow et au chocolat de Pâques.

Quinze minutes plus tard, pourtant, elle manquait toujours à l'appel. Nina se montrait nerveuse. Fallait-il commencer les délibérations sans Dabney ?

— Commencer sans Dabney ? demanda Box. Est-ce seulement envisageable ?

— Pas vraiment, non. J'ai besoin d'elle.

Box acquiesça. Son épouse et Nina étaient proches, mais Dabney dominait assurément la paire. Elle était la star du duo, et Nina sa fidèle acolyte.

Un moment plus tard, le fils du chef des pompiers (que Box reconnut sans se souvenir de son nom) vint lui annoncer que Dabney avait eu un malaise plus loin dans la rue, et que les ambulanciers s'occupaient d'elle en ce moment même.

Box se précipita à travers la foule pour rejoindre son épouse, mais il remarqua un homme à bicyclette.

Box ralentit, hésitant. Son genou droit avait été remplacé l'année précédente et il ne lui obéissait pas encore complètement. Il se méprisa d'avoir à y regarder deux fois, mais quelque chose chez cet homme retenait son attention. Grand, barbu comme un bûcheron, un seul bras.

L'homme leva le bras qui lui restait, non pas pour le saluer, comprit Box, mais pour confirmer : *Oui, c'est moi.*

Clendenin Hughes ? Était-ce vraiment possible ? Si Box peinait à retenir les noms des gens, en revanche, il était très physionomiste. Il avait cherché des informations à propos de Clendenin sur Internet à plusieurs reprises, et avait même lu certains de ses articles, y compris la série sur le Myanmar qui lui avait valu le prix Pulitzer. Et puis il ressemblait étrangement à Agnes. C'était bien lui, Box n'en doutait pas.

Dabney avait-elle vu Clendenin ? Était-ce là ce qui avait provoqué son malaise ? Son ancien amant, et le père d'Agnes... Clendenin avait quitté l'île depuis plus de vingt-cinq ans et vivait maintenant à l'étranger, quelque part en Asie du Sud-Est. Dans l'esprit de Box, Clendenin Hughes était le genre d'homme qui ne s'épanouissait que dans un climat politique instable, entouré de femmes exotiques et d'affaires d'espionnage.

Dans l'esprit de Box, plus rien ne rattachait Clendenin Hughes à Nantucket.

Et pourtant, il était bel et bien là.

Clendenin fit demi-tour sur son vélo avec une dextérité étonnante, compte tenu de son état, et disparut dans Main Street.

Un seul bras ?

Box pressa le pas en direction du rond-point. À soixante-six ans, il avait depuis longtemps passé l'âge de se sentir menacé ou jaloux. Quelque chose le tracassait malgré tout. Il accéléra encore : Dabney avait besoin de lui.

Box ramena Dabney à la maison et la coucha après lui avoir donné trois aspirines et un verre d'eau. Le Festival des jonquilles n'avait pas été tendre avec elle, cette année. Elle s'était mise dans tous ses états pour une simple fête païenne.

Il l'observa fermer les yeux en battant des cils. Il avait envie de l'interroger au sujet de Clendenin Hughes, mais il préféra ne pas la bouleverser, ni se bouleverser lui-même, davantage.

Box avait rencontré Dabney vingt-quatre ans plus tôt au club de golf de Sankaty Head à l'occasion d'une réunion d'anciens élèves de Harvard. Le service des relations publiques de l'université aimait envoyer des professeurs à ce genre d'événements pour placer quelques poignées de main stratégiques, et Box faisait partie des élus. Il n'était venu sur Nantucket qu'une seule fois auparavant, à la fin des années 1970, pour arpenter les étendues sableuses de la réserve naturelle de Coskata-Coatue avec quelques camarades de

Harvard avant de camper sur la plage pour la nuit. Il n'était quasiment jamais retourné à la plage depuis.

La soirée consistait principalement en un défilé de chefs d'entreprise au bronzage de golfeur accompagnés de leurs épouses portant des paniers artisanaux au creux du coude, et tout ce beau monde buvait du scotch et mangeait des bouchées aux saucisses. Mais soudain, Box avait eu l'agréable surprise de discuter avec une jeune femme qui avait terminé ses études seulement quatre ans plus tôt, une jeune femme née sur Nantucket, Dabney Kimball. Elle s'était spécialisée en histoire de l'art, mais une de ses amies avait suivi le cours d'introduction à l'économie, aussi connaissait-elle Box au moins de nom. Très vite, elle lui avait proposé de l'emmener faire un tour de l'île le lendemain.

— Oh, ne vous sentez pas obligée, avait-il répondu.

Ses cheveux bruns étaient retenus par un bandeau à motif madras, et son visage respirait la fraîcheur. À l'époque déjà, Box ne se considérait pas comme un homme clairvoyant, pourtant, il avait été capable de deviner que, sous l'apparence simple et plaisante de Dabney, se cachait un vrai trésor.

— Mais si, s'il vous plaît ! avait-elle insisté. Ce serait un honneur pour moi. J'adore faire découvrir mon île, je suis une sorte d'ambassadrice.

— Vous aviez sûrement prévu autre chose pour votre soirée…

Elle avait encore l'âge de passer ses dimanches à jouer à la pétanque sur la plage ou à se prélasser allongée dans le bateau de son petit ami tandis qu'ils faisaient le tour du port.

— Eh bien, j'ai une fille de deux ans. Mais ma grand-mère s'en occupe le dimanche, donc je suis libre toute la journée.

Une fille de deux ans ? Si elle avait obtenu son diplôme quatre ans plus tôt, elle devait avoir dans les vingt-six ans. Elle était donc vraisemblablement tombée enceinte à vingt-trois ans. Très peu de jeunes diplômées de Harvard faisaient des enfants à la fin de leur premier cycle. La plupart continuaient leurs cursus en s'inscrivant dans des programmes de droit, de commerce ou de médecine, ou, dans le cas des étudiantes en art, s'envolaient pour un doctorat à Florence ou à Vienne. Box avait regardé discrètement la main de Dabney pour vérifier si elle portait une bague, et n'en avait pas vu. Elle ne portait aucun bijou, à l'exception d'une rangée de perles et de boucles d'oreilles assorties.

Box n'avait aucune envie de faire le tour de l'île, pourtant, il avait fini par répondre :

— D'accord. J'en serais enchanté, merci beaucoup.

Le dimanche matin, Agnes resta à la maison avec sa mère tandis que Box et CJ partaient pour une partie de golf au club de Miacomet. Quand Box rentra à la maison, Agnes se confia à lui :

— Je me fais du souci pour elle, papa. J'ai envie de prendre ma semaine pour rester ici et lui tenir compagnie.

— Tu sais bien que ta mère ne sera pas d'accord. Elle ne ratera jamais une journée de travail, et elle ne te laissera pas le faire non plus. Pense aux enfants.

Le poste d'Agnes au Boys and Girls Club était très mal payé, mais lui apportait une immense satisfaction. Pour être honnête, Box et Dabney s'inquiétaient beaucoup pour elle depuis qu'elle avait pris la direction du Club. Elle y restait parfois jusqu'à 20 heures ou plus, avec des gamins qui n'avaient personne à la maison pour les nourrir ou les mettre au lit. Box faisait un chèque généreux à Agnes tous les mois pour couvrir le loyer de son appartement dans l'Upper West Side ainsi que les services d'un chauffeur pour toutes les fois où elle rentrait tard, mais il la soupçonnait trop modeste pour utiliser réellement ce service. Il était persuadé qu'elle prenait le métro. Pendant la partie de golf, CJ avait avoué que le métier d'Agnes le mettait mal à l'aise lui aussi. Une fois qu'ils seraient mariés, il l'encouragerait à travailler pour une association différente, de préférence dans un quartier cossu, au centre de Manhattan. Box approuvait pleinement.

— Les enfants ne passeront jamais avant ma propre mère, rétorqua Agnes.

— Ta mère va vite se remettre.

— Tu es sûr de ça ?

— Sûr et certain. Elle a rendez-vous avec le Dr Field demain matin. Elle pense qu'elle a la maladie de Lyme. Trois semaines d'antibiotiques et elle sera fraîche comme un gardon.

— D'accord… Dans ce cas, on s'en ira ce soir. CJ a rendez-vous tôt avec un client demain.

— Je m'occuperai bien de ta mère. Promis.

Un quart de siècle plus tôt, pour leur tour de l'île, Dabney avait montré à Box les quartiers et les plages qu'elle préférait, le conduisant de Quaise à Quidnet, de Madaket à Madequecham et de Shimmo à Shawkemo dans sa vieille Chevrolet Nova des années 1970. Ce n'était pas la voiture dans laquelle il imaginait une jeune femme comme elle ; elle lui paraissait plutôt du genre à apprécier le confort d'une Saab décapotable ou d'une Volkswagen Jetta. Tout s'était éclairé quand Dabney avait expliqué que son père, un vétéran de la guerre du Vietnam devenu policier, l'avait élevée seule et en avait fait une fana des bagnoles. En entendant Dabney, si sophistiquée, utiliser cette expression, Box n'avait pu réprimer un éclat de rire, mais elle était tout à fait sérieuse. Elle avait acheté la Nova avec ses économies, et projetait de changer ensuite pour une Camaro de la même marque. Son grand rêve était de pouvoir s'offrir un jour une Corvette Stingray, le modèle à vitre arrière séparée, avec toutes les pièces d'origine et une carrosserie couleur bleu Bermudes. Elle disait qu'elle serait toujours une fan inconditionnelle de Chevrolet.

Elle regrettait que la Nova n'eût pas quatre roues motrices car cela l'empêchait de conduire sur la plage pour lui montrer son endroit préféré, le phare de Great Point.

— Ce n'est pas grave, avait dit Box, s'abstenant de préciser que leur promenade avait déjà duré tellement longtemps qu'il avait raté son ferry.

— Mais je vais vous montrer mon deuxième endroit préféré, dit Dabney. On pourra y déjeuner, j'ai tout prévu.

L'endroit en question était le port de Polpis. Elle avait garé la Chevrolet en surplomb de la rade, où l'eau scintillait entre les embarcations éparses, avant de sortir un panier en osier du coffre. Elle avait préparé des morceaux de poulet frits, une salade de pâtes et une tarte aux fraises. Elle avait tendu à Box un soda bien frais, qui lui avait semblé être la chose la plus délicieuse qu'il eût jamais avalée de sa vie.

Jusqu'alors, Box avait été un célibataire endurci. Bien sûr, il avait fréquenté des dizaines de femmes, souvent très intelligentes, parfois très belles, et plus rarement les deux à la fois. Seulement, Box se représentait l'amour comme une mélodie, et aucune de ces femmes n'avait encore réussi à atteindre la note juste. Cette note avait enfin résonné cet après-midi avec Dabney ; un doux vrombissement qui lui avait presque fait perdre l'équilibre. Lui qui ne se préoccupait généralement des sentiments de personne se rendit compte qu'il voulait sincèrement la connaître. Elle avait l'air prête à cueillir, et il adorait son nez retroussé et ses taches de rousseur. Il savait néanmoins qu'il lui faudrait se montrer prudent dans son approche.

— Parle-moi de ta fille, lui avait-il dit.

Le mardi après-midi, Box reçut un coup de fil de Ted Field.

— Les tests sont tous revenus négatifs : ce n'est pas Lyme, ni la babésiose ou la tularémie, Dieu merci. Elle a des symptômes très généraux qui pourraient tout de même être liés à une morsure de tique, alors je l'ai mise sous antibiotiques, au cas où.

— D'accord, répondit Box. Merci beaucoup.

— Son taux de globules blancs est très élevé. Il faudrait qu'elle aille à Boston pour plus d'examens.

— Vous connaissez ma femme… Vous savez ce qu'elle dira.

— Que c'est hors de question. Je le sais car je lui en ai parlé. Je ne voudrais tout de même pas qu'on passe à côté de quelque chose de sérieux.

— Vous pensez que c'est sérieux ?

— C'est possible. Mais ça pourrait aussi être une simple intolérance au gluten. Le blé, c'est devenu le nouveau croque-mitaine.

Box reposa le combiné et le fixa pendant un instant. Quelque chose de sérieux ? Dabney avait une santé de fer. Au fond de lui, il était persuadé que son épouse souffrait simplement de stress. Elle prenait tous ses projets tellement à cœur qu'on aurait pu croire qu'elle dirigeait une multinationale valant plusieurs milliards de dollars. Et puis il y avait l'homme au vélo, Clendenin Hughes… Était-ce bien lui ? Box aurait pu se tromper.

Il s'empara à nouveau du téléphone pour joindre Dabney. Il y avait si longtemps qu'il ne l'avait appelée à son bureau qu'il peina à se souvenir de la fin du numéro. Puis ça lui revint : 3543. Pendant de nombreuses années, il avait eu l'habitude de lui téléphoner à la Chambre tous les jours sans exception, juste pour savoir comment elle allait, pour parler du temps, pour demander le résultat du match de hockey sur gazon d'Agnes, et pour lui dire qu'il l'aimait. Mais au moins autant d'années avaient passé depuis son dernier appel. Il était maintenant trop occupé, obligé de gérer à la fois ses cours, ses étudiants, ses heures de permanence, ses assistants et ses réunions, réviser son manuel, publier ou critiquer des articles, conseiller ses collègues, analyser la crise des marchés européens et même la commenter à la télévision quand on l'y invitait. Il avait aussi été contacté par le Département du Trésor des États-Unis pour plancher sur différents problèmes complexes, ce qui était certes flatteur, mais lui prenait énormément de temps. Il se plaignait souvent que des journées de vingt-quatre heures ne lui suffisaient pas. Il commençait à regretter secrètement de devoir rentrer à Nantucket chaque week-end, aussi avait-il demandé à Dabney si cela la dérangerait s'il restait à Cambridge un week-end par mois pour travailler sans distraction.

— Oui, ça me va, avait-elle répondu.

Elle avait dit cela d'une voix neutre, mais Box, même s'il n'était pas très doué pour deviner les pensées des gens, crut comprendre que cela ne lui allait pas du tout. Ou bien peut-être que si ? Après tout, Dabney était la femme la plus indépendante et autonome qu'il connaissait, et au fil des années, leur union avait pris la forme d'un arrangement confortable. Ils fonctionnaient comme un diagramme de Venn : chacun vivait sa vie dans sa propre sphère sans que l'autre intervienne, et les moments où leurs cercles se recoupaient s'étaient faits de plus en plus rares avec le temps. Box pensait que c'était dans l'ordre des choses, tout comme sa baisse de libido (pour ne pas dire sa disparition complète). Il avait pensé à consulter un médecin pour essayer un traitement, mais cela lui avait paru humiliant, indigne de lui. Après tout, Dabney ne se plaignait pas… Box pensa que lui et son épouse arrivaient simplement à ce moment de la vie où le mariage devient un nid douillet.

Nina Mobley répondit dès la première sonnerie.

— Chambre de commerce de Nantucket.

— Bonjour, Nina, ici Box. Pourrais-je parler à ma femme ?

— Pardon, qui est à l'appareil ?

— Box.

Il s'irrita de ne pas être reconnu, mais pour la défense de Nina, elle n'avait pas entendu sa voix depuis des années.

— John Boxmiller Beech, ajouta-t-il. Le mari de Dabney.

— Oh, Box ! Est-ce qu'il y a un problème ?

— Nina, voulez-vous bien me passer ma femme ?

Il entendit Dabney prendre le combiné.

— Que se passe-t-il ?

— Rien, tout va bien. Je viens d'avoir Ted Field au téléphone. Il dit que les tests étaient négatifs mais qu'il t'a quand même prescrit des antibiotiques.

— Oui, mais je ne vais pas les prendre. Je me sens beaucoup mieux, maintenant.

— S'il te les a prescrits, tu ferais mieux de les prendre.

— Je me sens vraiment mieux, insista Dabney. Mais pourquoi t'a-t-il appelé, toi ? C'est moi, sa patiente, et tu n'es pas mon père. Il n'aurait pas dû t'en parler.

Box était tenté de lui donner raison : et le secret médical ? Mais Ted Field et lui étaient amis ; ils se connaissaient depuis l'université, où ils avaient fait de l'aviron ensemble. Box se demanda si Ted ne l'avait pas appelé uniquement parce qu'il pensait effectivement que la situation était sérieuse.

— Il a parlé de ton taux de globules blancs. Il dit qu'il faudrait faire des examens à Boston.

— Hors de question, assena Dabney.

— Mais ça pourrait aussi être une intolérance au gluten. Et si tu cessais de manger du pain ?

— Box, arrête. Je vais mieux.

Après vingt-quatre ans de mariage, il devrait savoir que son épouse ne recevait d'ordre de personne. Il n'appréciait pourtant pas qu'elle le tienne à distance.

— Tu ne devineras jamais qui j'ai vu à la Parade, dit-il. As-tu une idée ?

— Non, qui ? demanda Dabney.

— Clendenin Hughes ! s'exclama Box avec un enthousiasme feint. Il était à bicyclette !

Dabney lâcha un rire qui n'exprimait aucun amusement. Peut-être pensait-elle qu'il plaisantait, ou alors qu'il se montrait cruel.

— Je vais te laisser, chéri. J'ai du travail.

Box avait fait la cour à Dabney plus d'un an avant qu'ils ne finissent par coucher ensemble. Elle avait paru enthousiaste quand il s'agissait de lui faire visiter l'île et de préparer un pique-nique, mais quand il l'avait embrassée juste après avoir goûté la tarte aux fraises, elle avait eu un mouvement de recul.

— Je suis désolé, s'était-il excusé. Tu n'en as pas envie ?

Les grands yeux bruns de Dabney s'étaient emplis de larmes, ce qui n'avait fait qu'accentuer leur charme.

— J'ai envie d'en avoir envie, avait-elle dit.

À l'époque, il n'avait pas compris ce que cela signifiait. En tant qu'économiste, il évoluait dans un monde d'absolus. Mais cette réponse sibylline, au lieu de le décourager, renforça sa détermination. Il décida qu'il ferait tout ce qu'il faudrait pour gagner le cœur de Dabney.

Il apprendrait plus tard que le cœur de Dabney ne lui appartenait plus. Il avait été volé par Clendenin Hughes, le garçon qu'elle avait aimé pendant son adolescence. Hughes était le père d'Agnes, même si Clendenin était déjà installé à l'étranger quand il avait appris l'existence du bébé. Il avait alors invité Dabney à le rejoindre en Thaïlande, mais elle en était incapable, prisonnière des limitations de son esprit. Elle avait donc préféré élever Agnes seule, sans réclamer ni conseil ni aide financière à Clendenin. Elle avait fini par se persuader qu'elle se porterait mieux si elle n'avait pas de nouvelles de lui, et de fait, elle n'en eut aucune. Mais il n'en restait pas moins que Clendenin, en partant, avait volé à Dabney son pauvre cœur sans défense.

Pendant près d'un an, Box avait passé tous ses week-ends dans un petit hôtel de Nantucket, le Brass Lantern Inn. Il y louait une chambre au mois, avec un lit à baldaquin et un fauteuil en chintz, où il s'installait pour corriger les copies de ses étudiants. Il s'était vite habitué à l'odeur des bougies à la cannelle et des scones au cheddar servis pour le petit déjeuner. La propriétaire de l'hôtel, Mme Annapale, connaissait Dabney depuis qu'elle était petite et pensait son cas désespéré, non pas à cause de Clendenin Hughes, mais parce que sa mère l'avait abandonnée dans une suite de luxe quand elle n'avait que huit ans.

— Vous pensez, avait-elle conclu, les gens ne sont jamais vraiment les mêmes après ce genre d'expérience.

Box n'avait triomphé que grâce à sa persévérance. Pour voir Dabney, il avait bravé le froid glaçant de janvier comme le gris brumeux de mars. Il lui avait apporté des pivoines et des orchidées en pot, ainsi que des animaux en peluche et des livres illustrés pour Agnes. Il manquait d'expérience avec les enfants, mais s'appliquait tout de même à lire des histoires à la fillette. Il offrait des bouteilles de whisky Single Malt au lieutenant Kimball et des cannoli à la grand-mère de Dabney, qui lui avait vite demandé de l'appeler mamie plutôt que madame Kimball. Il avait gagné ainsi l'affection de la fille, du père et de la grand-mère, mais Dabney elle-même semblait rester hors d'atteinte.

Puis, en juin, Box était parti enseigner pour la première fois à la School of Economics de Londres, et il s'était passé trois week-ends consécutifs sans qu'il n'allât à Nantucket. Quand enfin il était revenu à son hôtel, il avait trouvé Dabney qui l'attendait dans sa chambre, assise sur le grand lit à baldaquin.

— J'ai cru que tu ne reviendrais jamais.

Cette nuit-là, ils avaient fait l'amour pour la première fois. Box savait que Dabney n'avait pas connu d'homme depuis très longtemps, et le seul qu'elle avait connu était Clendenin Hughes. Pour Dabney, le sexe se résumait à Clendenin, et même si Box aurait vraiment voulu le lui faire oublier en une conquête rapide et magistrale, il avait procédé avec patience et tendresse. Dabney s'était laissée aller. Elle avait crié de plaisir, et le lendemain matin, elle l'avait prié de recommencer en faisant tout exactement pareil.

Au petit déjeuner, il lui avait demandé sa main.

Vingt-cinq ans avaient passé depuis. Box, en tant qu'économiste, était à son aise dans des théories complexes, l'inflation et la déflation, l'offre et la demande... Quand il s'agissait de sentiments, en revanche, il était le premier à reconnaître qu'il ne comprenait rien aux mystères du cœur humain.

Nina Mobley, mariée sept ans, divorcée depuis sept ans

Je suis la preuve a contrario. Dabney a bien essayé de me prévenir, mais je n'ai pas voulu l'écouter.

Je travaillais comme assistante de Dabney à la Chambre de commerce depuis deux ans quand j'ai commencé à fréquenter George Mobley. J'avais toujours vécu sur l'île de Nantucket, et je connaissais George depuis mon enfance. Il était cinq classes au-dessus de moi à l'école, mais sa sœur avait à peu près mon âge, et puis ma mère connaissait son père. Pêcheur de coquilles Saint-Jacques, il organisait le fameux marché de poisson de l'île qu'elle fréquentait assidûment, car, comme toutes les bonnes familles catholiques, nous mangions du cabillaud chaque vendredi. Je connaissais donc bien les Mobley – tout le monde les connaissait – mais je n'avais jamais vraiment vu George comme un petit ami potentiel. Je savais qu'il avait étudié les statistiques à l'université d'État de Plymouth, après quoi il s'était exilé sur l'île d'Islamorada, au sud de la Floride, pour travailler sur un bateau de pêche. Il avait donc fini par devenir pêcheur comme son père, mais il se spécialisait dans des espèces plus chic : espadons ou marlins, des poissons que l'on accroche à son mur.

Puis le père de George a connu une mort tristement spectaculaire. Pendant une tempête, il a été jeté par-dessus bord et, s'étant coincé la jambe dans les cordages, il s'est noyé. George est donc revenu à Nantucket pour les funérailles, auxquelles j'ai assisté avec ma mère, et durant la réception suivant la cérémonie, j'ai eu l'occasion de discuter un peu avec lui. Après une année à pêcher sur des eaux turquoise, il arborait un bronzage doré en plein mois de janvier. Son deuil lui conférait une sorte de célébrité, et je me sentais honorée qu'il consente à me parler, à moi.

Je n'ai pas demandé à Dabney ce qu'elle pensait de George, et elle n'a pas abordé le sujet d'elle-même. George avait fini par revenir sur l'île pour prendre soin de sa mère et de sa sœur, et il passait parfois me voir au bureau le vendredi après-midi pour m'emmener prendre un apéritif au Anglers' Club. Dabney se montrait aussi aimable qu'à son habitude, s'exclamant « Comme vous êtes mignons, tous les deux ! Amusez-vous bien ! »

Mais quand George a demandé ma main, plutôt que de se jeter à mon cou pour me féliciter, Dabney a commencé à mâchonner nerveusement ses perles. Immédiatement, j'ai pensé : *Oh non… Je sais ce que ça veut dire.*

Pendant les six mois suivants, Dabney a tenté de me faire comprendre que je devrais annuler le mariage. Mais voilà : j'étais folle amoureuse. J'ai expliqué à Dabney que je n'avais que faire de son brouillard vert, et que je ne changerais d'avis pour rien au monde.

Le jour de la cérémonie à l'église méthodiste, Dabney, qui était ma demoiselle d'honneur, arrangeait ma robe quand elle m'a soufflé :

— Nina, ma chérie, il faut que je te parle avant qu'il ne soit trop tard. Je pense que George n'est pas fait pour toi. Je pense que tu devrais t'enfuir tout de suite. Je viendrai avec toi, si tu veux. On pourrait aller au Murray's pour se saouler avec une bouteille de rhum, puis danser au Chicken Box.

Je l'ai regardée droit dans les yeux en laissant échapper un rire nerveux. Je savais que Dabney avait raison, pas seulement parce que je croyais en son sixième sens, mais parce que j'avais cette même intuition au plus profond de moi.

— Tant pis, ai-je répondu. C'est trop tard, maintenant.

Plus tard, George et moi avons acheté une maison située sur Hooper Farm Road. En l'espace de sept ans, j'ai donné naissance à cinq enfants : d'abord deux garçons, puis une fille, et enfin des jumeaux. La mère de George ainsi que sa sœur, toujours célibataire, vivaient dans la même rue, ce qui me permettait de continuer à travailler à la Chambre de commerce. Rester à la maison n'était pas une option : nous manquions d'argent, et personnellement, j'avais besoin de sortir pour relâcher un peu de pression. La vie n'était pas facile, mais je me sentais plutôt heureuse, et j'étais déterminée à montrer à Dabney qu'elle s'était trompée et que ce brouillard vert était le fruit de son imagination, simplement dû à ses préjugés.

Mais bientôt, nous avons connu de sérieux problèmes financiers. Après avoir fouillé dans les affaires de George, j'ai découvert qu'il fréquentait régulièrement des casinos de la région, qu'il avait un bookmaker à Las Vegas, et qu'il avait perdu au jeu non seulement nos économies, mais aussi les fonds que nous avions mis de côté pour les études des enfants. Il avait hypothéqué la maison et, parce qu'il avait manqué trois paiements de suite, la banque a fini par la saisir et il a fallu vider les lieux pour nous installer chez la mère de George. J'ai tenu exactement quatorze mois avant de trouver une location et de quitter George.

— Tu avais raison, Dabney. Je n'aurais jamais dû l'épouser.

— Mais maintenant, tu as tes enfants.

J'ai caché mon visage dans mes mains.

J'avais de la peine à croire que j'avais connu cet homme toute ma vie, que j'avais vécu avec lui pendant neuf ans, partagé son lit et porté ses cinq enfants, que je lui avais tenu la main pendant la messe et les matches de base-ball de notre aîné, et lui avais accordé la confiance la plus totale (y compris quand il me mentait chaque dimanche sur la raison pour laquelle il se rendait sur le continent), pour me rendre compte finalement que je ne le connais-sais pas du tout. Si mon mariage avec George m'a appris une chose, c'est que les gens qui vous entourent sont un mystère, et que ce sont toujours les personnes dont vous vous méfiez le moins qui sont le plus susceptibles de men-tir et de vous trahir.

Dabney

Dabney réussit à tenir trois jours avant de céder.

Box était retourné à Harvard pour la fin du semestre : il devait surveiller et corriger les examens, assister à la cérémonie de remise des diplômes, puis aux réunions des anciennes promotions, y compris la sienne, qua-rante ans plus tard.

Dabney avait menti à Ted Field, Box et Nina en affirmant qu'elle allait mieux. En réalité, elle sentait que son état empirait. Elle était exténuée et n'avait aucun appétit, mais surtout, elle souffrait de douleurs dans tout le ventre, des douleurs sourdes aussi bien qu'aiguës. Et aucun antibiotique ne viendrait à bout de cette souffrance-là, car elle savait que c'était le retour de Clen qui la rongeait de l'intérieur.

Dabney ne pouvait s'empêcher de penser à lui : Clen avec les tennis et la bicyclette de son adolescence, Clen avec un seul bras. *J'ai subi une perte très douloureuse…*

Dabney était tombée amoureuse de Clendenin à quatorze ans, quand, pendant le cours d'anglais de M. Kane, il avait dit au professeur que Flannery O'Connor écrivait comme une vieille femme aigrie. Dabney revoyait distinctement Clen, avec son jean, sa chemise à carreaux et ses vieilles Converse, ses cheveux trop longs, ses joues rougies par l'acné, et son genou qui sautillait constamment parce que son corps débordait d'une énergie qu'il ne pouvait contenir. Il n'était sur l'île que depuis deux semaines au moment de sa remarque à M. Kane. Celui-ci avait demandé :

— Et qu'est-ce qui vous fait penser que vous savez comment s'exprime une vieille femme aigrie ?

Ce à quoi Clen avait rétorqué :

— J'en ai une à la maison.

Toute la classe avait ricané, mais Dabney avait trouvé cette réponse d'une sincérité douloureuse. À ce moment précis, elle décida de lui appartenir corps et âme.

Dabney avait commencé à jouer les entremetteuses au début du lycée, mais les gens ignoraient que le tout premier couple qu'elle avait arrangé était le sien, avec Clen. Ce fameux jour où il avait pris la parole en cours d'anglais, la vision de Dabney s'était soudain voilée de rose. Elle avait d'abord cru qu'elle avait un problème de vision, mais au bout de quelques jours, il devint évident que ce voile rose n'apparaissait qu'en présence de Clen. Très vite, elle comprit que cette couleur indiquait qu'elle était tombée éperdument amoureuse de lui. La deuxième fois qu'elle vit le nuage rose fut autour de Ginger O'Brien alors que celle-ci observait Phil Bruschelli pendant une partie de basket, et Ginger et Phil fêteraient bientôt leurs trente ans de mariage. Elle avait vu ce même rose tendre autour de toutes les personnes qu'elle avait présentées, et tous ces couples étaient aujourd'hui encore ensemble. Quarante-deux couples, tous parfaitement assortis, sans exception.

Alors comment avait-elle pu se tromper avec Clen ?

Son pouvoir ne fonctionnait-il pas sur elle-même ?

Cela avait pourtant bien commencé. Dabney avait d'abord recherché l'amitié de Clen en engageant des conversations avec lui, d'abord à propos de livres, puis sur des sujets plus personnels. En décembre, quand une tempête de neige précoce avait surpris tout Nantucket, elle lui avait proposé d'aller faire de la luge au parc de Dead Horse Valley, et il l'avait embrassée en haut d'une colline enneigée. Ils étaient restés ensemble neuf ans avant le départ de Clen pour la Thaïlande ; ils avaient tenu pendant tout le lycée, puis pendant toutes leurs études universitaires malgré la distance, et enfin une dernière année à Nantucket, chacun chez ses parents. Dabney travaillait alors dans une boutique de T-shirts souvenirs, tandis que Clen écrivait des articles pour le *Nantucket Standard*.

Cette dernière année avait été difficile. De retour sur son île, Dabney se sentait enfin chez elle, en paix et en sécurité, mais Clen, tourmenté par la même énergie indomptable qu'à l'époque du lycée, se montrait agité et irascible.

Dabney, bien sûr, pensait que leur relation durerait toujours. Elle n'avait jamais même imaginé qu'il puisse exister une alternative.

Mais leur relation ne dura pas toujours, loin de là. Clen était parti pour la Thaïlande, et avait gardé le silence le plus total pendant vingt-sept ans. Et pourtant quelque chose de leur amour devait bien avoir survécu, car Dabney ne cessait de penser à lui. C'était ridicule ! Elle était furieuse contre elle-même : elle ne devait laisser personne avoir un tel pouvoir sur elle. Elle ne voulait pas aller retrouver Clen, ni maintenant, ni plus tard. Mais Clen connaissait certainement son adresse. Tout le monde sur l'île savait que Dabney Kimball Beech vivait sur Charter Street, au cœur du quartier historique. Il lui suffirait d'ouvrir un annuaire pour dénicher son numéro de téléphone. Il pourrait même venir la trouver à la Chambre de commerce n'importe quel jour de la semaine.

Voilà comment Dabney justifia son choix quand un soir, en sortant du bureau, elle décida finalement, après avoir résisté trois jours, de prendre Polpis Road pour rendre visite à Clen. Elle se promit qu'elle se contenterait de lui dire bonjour puis au revoir et de rentrer immédiatement chez elle. De cette manière, si elle tombait à nouveau sur lui dans la rue, la rencontre serait toujours gênante, mais au moins, le premier contact aurait été initié.

Mais au moment où elle aperçut la boîte aux lettres 432, au lieu de tourner, elle appuya sur la pédale d'accélérateur et fila sans même regarder en arrière. Elle suivit la route pendant un moment encore, passant devant l'étang de Sesachacha et le parcours de golf de

Sankaty Head, puis traversant le village de Siasconset jusqu'à tomber sur Milestone Road, qu'elle prit vers l'ouest. La Chevrolet était décapotée, et elle hurla en direction du ciel. Elle ressentait une incroyable fierté, comme si elle avait gagné un concours. Ah, Clendenin Hughes voulait la voir ? Eh bien, elle n'irait pas !

Ce soir-là, elle eut une nuit agitée. Elle se retourna sans cesse dans son lit, sachant que Clendenin était quelque part sur l'île, dans son propre lit, et qu'il pensait à elle.

Elle se leva plusieurs fois pour regarder par la fenêtre, au cas où il se tiendrait debout dans la rue, devant sa maison. Il ne connaissait pas la Chevrolet Impala. Elle conduisait encore la Nova quand il était parti, et elle avait changé de voiture trois fois depuis.

Tant de temps s'était écoulé. Elle savait grâce aux articles qu'elle avait lus au moment de son prix Pulitzer que Clen ne s'était jamais marié et n'avait pas eu d'autre enfant.

Elle hésita à prendre un somnifère. Box en avait laissé quelques-uns dans l'armoire à pharmacie après son opération du genou. Mais elle resta allongée sur le dos, les yeux grands ouverts. Elle se sentait trop agitée pour lire (dans cet état, même Jane Austen n'aurait pu l'apaiser), et elle n'avait pas faim. L'obscurité veloutée de 4 heures du matin laissa place aux chants d'oiseau de 5 heures, puis aux premières lueurs nacrées de 6 heures. Elle descendit à la cuisine pour allumer la cafetière, puis elle enfila sa tenue de marche sportive, un caleçon gris avec un T-shirt rouge brodé d'un grand H. Box aimait lui offrir des vêtements aux couleurs de Harvard, même si elle n'avait mis les pieds sur le campus que deux fois depuis la fin de ses études. Après avoir bu son café debout dans la cuisine, elle ajusta un bandeau sur ses cheveux et laça ses chaussures de sport. Elle partit une heure plus tôt qu'à son habitude. Cela ne lui ressemblait pas, mais rien d'étonnant à cela finalement puisque, ces derniers temps, elle ne se reconnaissait pas elle-même.

Quand elle rentra chez elle à 7 h 15, elle se sentait en pleine forme. Elle avala un toast de pain complet avec de la confiture de myrtilles ainsi que la moitié d'une banane. Elle mangerait l'autre moitié le lendemain, mélangée à ses céréales. Tout allait bien, tout était normal.

Ce n'est qu'une fois sous la douche qu'elle éclata en sanglots. Le poids de cette nuit d'insomnie et le fardeau de la situation lui tombèrent soudain sur les épaules. Elle sortit de la douche, enfila à nouveau sa tenue de sport et, les cheveux encore mouillés, sauta dans sa voiture.

Clen était assis dans un rocking-chair sur le porche couvert de la maison. Il fumait une cigarette, un pistolet posé sur les genoux, comme un cow-boy dans un film de John Wayne. Avec sa barbe, on aurait dit un ermite, ou un tueur en série.

Il ne parut pas particulièrement surpris en voyant Dabney descendre de la voiture. Il jeta sa cigarette dans un pot en verre rempli d'eau, et elle s'éteignit en sifflant.

— Salut, Cupi.

Salut, Cupi.

Sa voix ! Elle avait sous-estimé combien entendre sa voix la bouleverserait. Elle craignit de se mettre à pleurer, mais même cela aurait été une réaction trop faible. Elle ne se contenterait pas de quelques larmes ; elle allait fondre, se transformer en statue de sel, ou peut-être se consumer sur place – qu'arrivait-il aux gens dans ce genre de situation, normalement ? Box aurait sûrement une formule pour expliquer tout ça : si l'on prenait la somme de l'amour de Dabney pour Clen, qu'on calculait sa dérivée et qu'on la divisait par vingt-sept ans, on obtenait probablement un résultat inférieur à un. Dabney n'aurait rien dû ressentir, ou presque rien. Elle aurait dû être capable de lui serrer la main ou de l'enlacer en prenant garde à son bras avant de lui répondre, *Salut, Garou* (car c'étaient autrefois leurs surnoms, Cupi et Garou). *Alors, comment vas-tu ?*

Dabney ferma brièvement les yeux et vit un voile rose, une couleur habituellement synonyme de joie et de bonne nouvelle. Mais pas aujourd'hui.

Clen descendit les quelques marches du porche et s'arrêta face à elle. Elle plongea dans le mélange vert et brun de ses yeux noisette d'Écossais. Il avait beau être plus vieux, plus corpulent, et maintenant invalide, le son de sa voix et la beauté de ses yeux menaçaient toujours de la mettre à genoux. Leur amour avait été un château, mais le château s'était effondré, et Dabney en avait nettoyé les ruines à la petite cuillère pendant plus d'un quart de siècle jusqu'à ce qu'elle fût sûre qu'il ne restait plus qu'une étendue aride à l'intérieur d'elle.

Pourquoi alors ce flot de sentiments, cette vague cristalline de pur désir, cette lueur dorée qui ressemblait dangereusement à celle de l'amour ? Tant d'années avaient passé sans qu'elle n'éprouvât un tel sentiment qu'elle ne le reconnut pas tout de suite, cet amour qu'elle n'avait ressenti que pour Clendenin, cet amour qu'elle avait abandonné mais qu'elle avait toujours espéré secrètement retrouver.

Aimer.

Sa bouche refusait de parler. Tout comme quand elle l'avait aperçu à Siasconset sur sa bicyclette, l'air vint à lui manquer. Pourvu qu'elle ne s'évanouisse pas à nouveau ! Son corps était si faible. Assurément, le retour de Clendenin finirait par la tuer.

— Tu es venue, dit-il.

Sa voix.

Elle craqua. Elle laissa échapper larmes et sanglots, et se sentit nue, vulnérable, humaine. Avant l'e-mail de Clendenin (Objet : *Bonjour*), elle n'avait pas pleuré depuis des mois, depuis la mort de son chien Henry. Et avant ça, ses dernières larmes remontaient encore à des années – des larmes de fierté, quand sa fille avait terminé ses études.

— Tu es toujours aussi belle, continua Clen. Exactement comme je te voyais dans ma tête. Tu n'as pas changé depuis le jour où je suis parti.

— Arrête ! s'écria Dabney.

Le cri sortit d'elle avec une telle puissance qu'elle resta interdite un moment, surprise de constater que sa voix fonctionnait très bien. Bon sang, comment osait-il commencer cette conversation en évoquant le pire jour de toute sa vie ! Ce jour de septembre, debout derrière le garde-fou du ferry, sa silhouette se détachant contre le ciel d'un bleu éblouissant, il avait agité la main dans sa direction en criant « Je t'aime, Cupi ! Je t'aime ! »

Dabney avait été incapable de répondre. Elle était restée droite comme un I, muette de chagrin, de peur et de regret, muette de colère, aussi – elle en voulait tant à son esprit et à ses faiblesses. Elle avait imaginé que son aïeule, Dabney Wright, avait eu les mêmes sentiments en observant son mari Warren s'éloigner à bord du baleinier.

Dabney Wright n'avait jamais revu son mari.

Dabney Kimball avait vu rose avec Clendenin pendant si longtemps qu'elle avait toujours été persuadée qu'ils finiraient leur vie ensemble. Mais en le regardant disparaître à l'horizon, elle avait perdu toute conviction. *Je ne reverrai jamais Clendenin*, avait-elle pensé.

Et pourtant, il était là.

Il s'approcha pour l'enlacer. Elle le frappa, martelant sa poitrine de toutes ses forces, mais prenant garde toutefois à ne pas toucher son bras amputé. Pourquoi avait-elle si peur de ce qui n'existait plus ? Clen la tira fermement vers lui avec son bras valide et la serra contre son torse. Elle respira son odeur, qui n'avait pas changé, pas plus qu'il n'avait changé lui-même. Il était toujours le même salaud obstiné, et maintenant comme avant, il ne s'arrêterait que quand il aurait obtenu exactement ce qu'il voulait.

— Lâche-moi, gémit Dabney.

— Non, hors de question. Il y a trop longtemps que j'attends ce moment. Il n'y a rien que je souhaitais autant que pouvoir te serrer contre moi à nouveau.

— Ça suffit !

— Détends-toi. Libre à toi de repartir et de ne plus jamais me revoir, mais avant ça, s'il te plaît, laisse-moi te garder près de moi et t'embrasser juste une dernière fois.

Dabney succomba. Elle enlaça sa taille avec passion et s'enivra de son odeur, et elle fut submergée par une vague de désir tellement puissante qu'elle eut un vertige et perdit l'équilibre. Les lèvres de Clen se posèrent sur ses cheveux, et elle trouva leur chaleur insoutenable. Elle tourna son visage vers lui, et ils s'embrassèrent. Ce fut un baiser audacieux et passionné, un baiser comme Dabney n'en avait jamais connu, ou plutôt comme elle n'en avait pas connu depuis l'adolescence, quand Clendenin et elle avaient découvert ensemble le bonheur de s'embrasser. Leurs lèvres et leurs langues se cherchaient, avides, brûlantes. Leur baiser brûlait d'une ardeur oubliée depuis si longtemps qu'elle leur parut nouvelle, et réveilla un désir douloureusement intense. Dabney sentit l'érection de Clen durcir contre sa cuisse. Elle se souvint combien elle aimait le sexe avec lui : leurs étreintes désespérées et étourdissantes, l'impression que la terre tremblait sous eux, les grognements qu'elle poussait tandis que son corps inexpérimenté frémissait de ses premiers orgasmes, et lui qui plaçait sa main entre ses dents pour étouffer ses cris. Quand ils avaient fini, Clen lui montrait les marques de morsure sur ses mains et ils sautaient sur leurs vélos pour aller déguster un milkshake à la fraise au drugstore. Clen affichait un sourire idiot, et Dabney sentait son entrejambe endolori brûler au contact de la selle.

Toutes ces choses qu'elle s'était efforcée d'oublier…

Dabney s'écarta de Clen. Il y eut un bruit de succion, comme lorsque l'on ouvre un emballage sous vide. Le soleil disparut derrière les nuages.

— Je ne peux pas, dit-elle.

— Bien sûr que tu peux, répondit-il, hors d'haleine. La preuve !

— Ce qui vient d'arriver, c'était… Je ne sais pas ce qui m'a pris.

Il émit un grognement moqueur. *Garou* : elle lui avait donné ce surnom en partie à cause de sa taille et de ses cheveux bruns en bataille, mais surtout en raison des bruits qu'il émettait et de la férocité qu'on devinait en lui quand il s'énervait. Dès leur rencontre, elle lui avait trouvé des airs de personnage de conte de fées ; pas vraiment animal, mais pas tout à fait humain non plus. Il était arrivé sur Nantucket avec des stigmates de sa vie d'avant, à Attleboro. Son père, alcoolique, s'était effondré sur la table de la cuisine un soir qu'il avait trop bu. Clen était un être sauvage, bizarre, mais aussi la personne la plus intelligente qu'elle eût jamais rencontrée.

— Je suis mariée, Clen.

— Je m'en fiche.

Bien sûr qu'il s'en fichait. Il avait toujours défié l'autorité, les conventions et tout ce qui ressemblait à des règles. Pourquoi cela aurait-il changé ? Il avait obtenu la meilleure moyenne de toutes les dernières années au lycée, mais il avait failli être expulsé pour s'être emporté pendant le cours d'histoire de M. Druby au sujet de l'idéologie de Malcolm X. Il avait insulté M. Druby en déclarant qu'il était un béotien (ce que Dabney avait d'abord pris pour un nom d'animal). Seule l'intervention de sa mère avais permis à Clen d'échapper à l'expulsion, car heureusement pour lui, Helen Hughes terrorisait tout le monde, y compris le principal du lycée.

— Tu t'en fiches peut-être, mais moi pas. Box est quelqu'un de bien.

— Monsieur l'économiste, railla Clen.

— Oui.

Il la dévorait des yeux. Elle préféra éviter de croiser son regard – trop risqué. Ses beaux yeux noisette d'Écossais, vert mousse et caramel ; les iris les plus fascinants qu'elle connût. Dabney n'avait pas besoin de les voir pour se les représenter : Agnes avait exactement les mêmes.

Oh mon Dieu… Agnes.

— Je vais y aller, dit Dabney.

— Entre une minute. Je te fais visiter.

— Non.

— Allez, juste un coup d'œil. Tu peux partir après. Tu vas voir, c'est un poil plus chic que la cahute derrière le Lobster Trap.

Clen vivait autrefois dans une maisonnette adossée au restaurant où travaillait sa mère. Dabney y avait perdu sa virginité, pendant les vacances de Noël, tandis que Helen Hughes était partie faire des courses sur le continent.

Elle ne voulait pas accepter, et pourtant, elle monta les marches et suivit Clen jusqu'à la porte.

— Qu'est-ce que c'est que cette arme ? demanda-t-elle.

— Un pistolet à billes. Je m'en sers pour tirer sur les corbeaux.

À l'intérieur, le cottage, grand comme une suite d'hôtel cinq étoiles, était décoré dans un thème marin rustique : un grand lit avec des draps luxueux, une salle de bains en marbre couleur miel et une kitchenette tout équipée avec une longue table en pin, sur laquelle était posé un ordinateur. Éparpillés tout autour, des bloc-notes, des crayons et des journaux, avec des tasses à café sales en guise de presse-papier. Dabney remarqua aussi un grand verre contenant un doigt de liquide brun – du bourbon, à coup sûr.

Clen lui expliqua que la maison principale ainsi que le cottage appartenaient à une riche famille de Washington qui ne venait à Nantucket que pour le mois d'août, puis une semaine pour Thanksgiving, pendant laquelle ils invitaient souvent Joe Biden, le vice-président des États-Unis, à dîner. La maison avait six chambres, une cuisine digne d'un restaurant, et une grande piscine. Impressionnée par son prix Pulitzer, la famille l'avait autorisé à loger dans le cottage sans exiger de loyer à la seule condition qu'il prenne soin de la maison princi-pale pendant les onze mois où elle n'était pas occupée. En gros, Clen devait simplement surveiller la maison pour éviter les incendies ou les cambriolages, et garder constamment le thermostat au-dessus de 18 degrés pour empêcher les canalisations de geler.

— Reviens demain, dit-il. Je préparerai un déjeuner.

— Je ne peux pas revenir.

— Mais si, tu peux.

— Je suis mariée, Clen !

— J'ai vu ton mari l'autre jour, tu sais, à Siasconset. Il avait l'air pressé. Je suppose qu'il te cherchait.

— Oui. J'ai eu un malaise.

— Vraiment ? À cause de moi ?

— Disons que le fait de te voir n'a rien arrangé.

— Et pourtant tu es venue me voir. Et si tu es venue aujourd'hui, tu peux recommencer demain.

— Non, je ne peux pas.

— Pourquoi ?

— Parce que !

— Parce que quoi ?

— Arrête !

— Non, je n'arrêterai pas. Je suis revenu à Nantucket pour toi, parce que je n'ai jamais cessé de t'aimer.

Dabney émit un grognement à son tour, mais le sien ressemblait plutôt au dernier gémissement d'un agneau à l'abattoir.

— Je n'en crois pas un mot.

— J'ai rencontré une autre femme, raconta Clen. Elle s'appelait Mi Linh. Une Vietnamienne magnifique.

Dabney grimaça.

— Je suis resté avec elle cinq ans, on a vécu ensemble à Hanoï. Pour le Nouvel an chinois, je lui ai offert un collier de perles. Elle l'a porté le soir même, pour dîner au Metropole. Il lui allait plutôt bien, mais je lui ai demandé de l'enlever, et de ne plus jamais le remettre.

Il toussa, et même ce bruit-là réveilla des souvenirs chez Dabney. Il avait commencé à fumer au début de ses études à Yale. Pourquoi se souvenait-elle de tous ces détails ?

— Alors elle a jeté le collier dans le lac Hoan Kiem. Une offrande pour la tortue sacrée qui y vit.

— Charmant, ironisa Dabney.

— J'étais content de voir ces perles disparaître. Les perles, c'est ton truc à toi. Mi Linh n'était pas toi et ne l'aurait jamais été. On s'est séparés quelques semaines plus tard.

Dabney laissa les derniers mots de cette histoire flotter dans les airs avant de demander :

— Pourquoi revenir maintenant ?

Il toussa puis inspira profondément.

— Mon bras.

— Comment est-ce arrivé ?

— Si tu viens demain, je te raconterai tout.

Elle ouvrit la bouche pour objecter qu'elle ne reviendrait pas, mais il ne servait à rien de continuer cette joute verbale avec lui. Elle se dirigea vers la porte.

— Je te ferai revenir sur ce que tu as dit, Dabney.

— Qu'est-ce que j'ai dit ?

Silence. Elle fit l'erreur de le regarder dans les yeux. Ses jambes menaçaient de flancher à nouveau. Mais non. Haut les cœurs.

— Tu sais très bien de quoi je parle.

Alors, elle sut à quelle conversation il faisait allusion.

— Au revoir, Clen.

Dabney appela Nina depuis le bureau pour lui demander de la rejoindre immédiatement, même s'il n'était encore que 8 h 30. Elle observa par la fenêtre une camionnette qui déchargeait des journaux devant le Hub, de l'autre côté de Main Street. À part cela, la rue était calme.

Nina monta les marches quatre à quatre, puis vint se planter devant Dabney, penchée au-dessus du bureau comme quelqu'un qui s'apprête à sauter du toit d'un immeuble.

— Tu ne vas pas me virer ? s'enquit-elle.

— Quoi ? Non, bien sûr que non ! D'où t'est venue une idée pareille ?

— En dix-huit ans, c'est la première fois que tu me demandes de venir en avance.

Effectivement. En général, s'il fallait commencer le travail plus tôt, Dabney préférait se dévouer.

— Je ne vais pas te licencier, Nina. Ce n'est pas près d'arriver.

Elle tendit à son amie le gobelet de café qu'elle avait acheté pour elle. Nina enleva le couvercle de plastique blanc et souffla sur le liquide brûlant. Normalement, Dabney apportait aussi des glaçons, mais elle était si nerveuse aujourd'hui que cela lui était sorti de la tête. Elle n'avait pas pensé que Nina serait nerveuse elle aussi.

— Pourquoi m'as-tu appelée, alors ?

Elle dévisageait Dabney en plissant les yeux, comme si elle espérait trouver la réponse à sa question gravée en petits caractères sur son front.

Dabney se mit à faire les cent pas. Elle connaissait chaque centimètre du bureau par cœur : le mur couvert de brochures, les piles de guides touristiques, les photos de la grange de Ram Pasture et du phare de Great Point prises par Abigail Pease, le tapis oriental effiloché qu'elle avait pris chez son père, et les deux bureaux récupérés de l'ancien poste de police. Elles les appelaient les bureaux « Dragnet ». Dabney avait pris celui de son père. Elle se souvenait d'avoir passé des heures perchée sur ce meuble, tandis que son père s'occupait de la paperasse ou plaisantait avec Shannon, la jolie blonde à la réception. Elle se sentait comme chez elle à la Chambre, mais à ce moment précis, la pièce ne lui apportait malheureusement aucun réconfort.

— On travaille ensemble depuis si longtemps que tu sais probablement tout de moi, commença Dabney.

— Presque tout, corrigea Nina.

— Oui, presque tout. Et pourtant je crois que ce que je m'apprête à te dire va te choquer.

Dabney avala une gorgée de café. Comme tous les matins, Diana, au drugstore, l'avait préparé exactement comme elle l'aimait : un nuage de crème, six sucres et un soupçon de cannelle. Mais cela non plus ne la réconfortait pas.

— Quoi ? Qu'est-ce qui va me choquer ?

Dabney hésita. Allait-elle vraiment le dire ? Quand elle était plus jeune, une femme de chambre du Park Plaza Hotel lui avait appris les paroles de la chanson *American Pie*. Elle aimait la fredonner pour se calmer les nerfs. *Bye bye, Miss American Pie.*

— Clendenin Hughes est revenu, lâcha-t-elle enfin.

Nina recracha son café sur son chemisier. Cela, au moins, Dabney l'avait prévu. Elle lui tendit des serviettes en papier.

— Ce n'est pas tout. Je suis allée le voir ce matin. Juste avant de venir.

— Nom d'un chien.

Nina resta silencieuse quelques secondes, le temps de digérer l'information. Dabney l'observa qui se remettait du choc.

— Eh bien… Je Je comprends que tu y sois allée. Comment résister ?

Dabney et Nina ne se connaissaient pas encore à l'époque de la rupture, mais en dix-huit années à travailler dans la même pièce, elles avaient eu plus qu'assez de temps pour couvrir le sujet.

— Est-ce que vous avez…, commença Nina.

Dabney récita les paroles d'*American Pie* dans sa tête. *Drove my Chevy to the levee but the levee was dry.*

— Je l'ai embrassé, murmura-t-elle.

— Quoi ?

Nina inspira et expira profondément, comme une femme sur le point d'accoucher – une technique à laquelle elle n'avait d'ordinaire recours que pendant ses conversations téléphoniques avec son ex-mari, George.

— Mince.. Mince, mince, mince. Voilà autre chose. Tu te souviens, il y a cinq ou six ans, quand je t'ai demandé…

— Bien sûr que je m'en souviens.

« Si Clendenin Hughes revenait un jour à Nantucket, que ferais-tu ? »

Ce à quoi Dabney avait répondu : « Rien du tout. Ça me ferait une belle jambe. »

— Et maintenant ? murmura Nina.

— Il m'a demandé d'y retourner demain pour déjeuner. Il veut cuisiner pour moi.

— Dis plutôt qu'il veut te faire passer à la casserole.

— Nina !

— Je pense que tu devrais y aller. Il ne s'agit pas d'un béguin pour le premier serveur un peu mignon que tu croises. C'est Clendenin, ton premier véritable amour.

Mon seul véritable amour, pensa Dabney. Elle s'en voulut immédiatement.

— Je ne peux pas. Je n'irai pas.

— Écoute-moi bien, Dabney. Tu ne seras pas la première personne au monde à envisager de prendre un amant. Même moi, j'ai failli le faire.

— Non ! C'est pas vrai !

— Si, avec Jack Copper. Un soir, George était sur le continent, probablement au casino, même si à l'époque, je n'en savais rien. Je suis sortie prendre un verre au Anglers' Club avec Jack, on a bu et discuté, et bu et discuté encore… Quand j'ai voulu partir, il m'a raccompagnée à ma voiture, et il m'a embrassée. Ça aurait pu aller plus loin. J'en avais autant envie que lui. Mais je l'ai arrêté.

— Parce que tu es une femme honnête et fidèle, souffla Dabney.

— J'ai toujours regretté.

— Vraiment ?

— Bien sûr. On a tous des remords d'avoir fait certaines choses, mais ce qui est fait est fait, on ne changera pas le passé. Les regrets, les choses qu'on n'a pas faites, en revanche, c'est plus difficile… On est comme hantés… On se demande, « et si ? »

Dabney réfléchit un instant. Ce que disait Nina n'était pas faux : toutes ces années, elle avait été hantée par Clendenin et par son refus de l'accompagner à Bangkok. Hantée par ce à quoi leur vie aurait pu ressembler.

— J'avoue que je suis soulagée, dit Nina.

— Pourquoi ?

— Je croyais vraiment que tu allais me virer. Ou m'annoncer une nouvelle terrible, que tu allais mourir ou que sais-je.

Mon seul véritable amour. Dabney se sentait effectivement en train de mourir. Tout son corps se tordait en un énorme nœud de douleur. Elle attrapa son collier de perles et le glissa dans sa bouche. Alors le téléphone sonna, et Dabney et Nina s'installèrent chacune à leur bureau, prêtes pour une nouvelle journée de travail.

— Pas un mot à qui que ce soit, d'accord ? dit Dabney en tendant la main vers le téléphone.

— Cela va de soi, voyons.

Le lendemain à 11 h 30, elle reçut un nouvel e-mail de Clendenin. Objet : *Tu viens déjeuner avec moi ?*

Dabney cliqua sur l'e-mail, mais le corps du message était vide.

Elle effaça le message, puis l'effaça de la boîte des éléments supprimés.

Le lundi suivant, en regardant distraitement par la fenêtre, elle aperçut le vélo de Clendenin. Il reposait appuyé contre un arbre, pile dans le champ de vision de Dabney. Si Clen connaissait la disposition du bureau, il savait qu'elle ne pouvait regarder dehors sans le remarquer.

Dabney se leva et s'étira.

— Cela ne t'embête pas si j'ouvre la fenêtre ? demanda-t-elle à Nina.

— Non, je t'en prie.

Dabney souleva la fenêtre à guillotine et se pencha pour vérifier qu'il s'agissait bien de la bicyclette de Clen. Une relique couleur argent, dix vitesses, le guidon couvert d'un vieux ruban adhésif qui partait en lambeaux. Aucun doute possible.

— L'air est lourd, dit Nina.

— Comment ?

Dabney pariait qu'il avait laissé son vélo là exprès, dans le seul but de la tourmenter.

Elle retourna s'asseoir à sa place. Elle s'était préparé un bon sandwich : pain portugais, bacon, laitue, et des tomates achetées à la serre de Bartlett Farm, les premières de la saison. Mais elle n'aurait rien pu avaler tant elle se sentait malade. Elle décida de commencer le traitement prescrit par le Dr Field dès le lendemain matin.

— Je sors, j'ai quelques courses à faire, annonça-t-elle.

— Des courses ?

— Je veux allumer un cierge à l'église.

— Hein ? s'étonna Nina en plissant les yeux.

— Pour l'anniversaire de mon père.

— C'était la semaine dernière.

— Je sais, et j'ai oublié d'allumer un cierge. Et puis il me faut du fil à coudre.

— Du fil ?

— Mon sac en tissu a perdu un bouton.

— Tu es incapable de coudre un bouton. Apporte-le-moi, je m'en occuperai.

Dabney nota sa sortie dans le registre, indiquant « Courses ».

— Je reviens vite.

Quand Dabney sortit de la Chambre de commerce, elle se dirigea droit vers la bicyclette de Clen. Il n'avait pas pris la peine de mettre un antivol ; il vivait encore dans le Nantucket de 1987. N'importe qui aurait pu le lui voler. Dabney imagina grimper sur le vélo et le ramener elle-même.

Puis elle visualisa combien il serait difficile pour Clen d'attacher son vélo avec un seul bras, et elle rougit de honte.

Elle regarda autour d'elle. Où se cachait-il ? Il avait laissé son vélo devant le drugstore : peut-être s'y était-il arrêté pour commander un milkshake ? Elle ouvrit la porte pour jeter un œil.

Diana, une Antillaise superbe aux cheveux enroulés dans un bandana fuchsia, repéra Dabney et lui fit signe.

— Hello, toi !

Le rose vif attira le regard de Dabney. Du rose, du rose ! Mais Clen n'était pas au comptoir, et Dabney sentit une pointe de déception.

— Hello, ma belle, et au revoir, il faut que j'y aille !

— Quelle femme d'affaires ! plaisanta Diana.

Elle se dirigea ensuite vers le Hub. Clen et ses journaux chéris : bien sûr, il avait dû aller au Hub pour en acheter ! Elle ajusta son serre-tête. L'air était vraiment lourd, et elle craignait de transpirer. Les quelques dizaines de mètres qu'elle venait de parcourir avaient suffi à l'épuiser, et sa tête tournait. Le lendemain, elle commencerait les antibiotiques.

Dabney entra dans le Hub, l'un de ses endroits préférés en ville, avec son odeur d'encre fraîche et de bonbons. Des cartes de vœux, des magazines, des paniers bon marché, des seaux remplis de coquillages et d'étoiles de mer, des décorations de Noël, des caramels salés.

Mais aucune trace de Clen.

Elle sortit et resta plantée au coin de la rue. Où pouvait-il bien être ? Elle s'était montrée forte jusque-là, en supprimant son e-mail et en résistant à la tentation d'aller le rejoindre, mais il lui avait suffi de voir sa bicyclette pour se lancer à sa poursuite.

Et que ferait-elle au juste quand elle le trouverait ? Que dirait-elle ?

Elle lui dirait : *Je veux que tu partes. Tu n'as aucune raison d'être ici. Tu dis que tu es revenu pour moi, mais ta présence ici me rend malade. Oui, Clen, tu me rends malade ! C'est au-dessus de mes forces. Je suis désolée, je sais bien que nous vivons dans un pays libre, mais il faut que tu partes.*

Elle regarda dans la direction de Federal Street.

Et le bureau de poste ? Il envoyait peut-être une lettre au Vietnam, adressée à la belle Mi Linh.

Dabney ressentait de la jalousie pour Mi Linh, cette femme qui avait jeté un collier de perles d'excellente qualité au fond d'un lac en guise d'offrande à une tortue. Il devait s'agir d'une blague.

Elle se dirigea vers l'église pour allumer un cierge pour son père. Le lieutenant n'avait jamais vraiment aimé Clendenin, il le trouvait arrogant. Il disait souvent : « Ce garçon est trop malin, ça lui jouera des tours. »

Dabney monta les marches de l'église, se tenant fermement à la rampe. Elle transpirait. Elle se rassura en pensant qu'une église catholique était bien le dernier endroit où elle risquait de tomber sur Clen.

Frais, sombre, calme, paisible : l'intérieur de l'église l'apaisa. Dabney glissa deux dollars dans la fente du tronc et récita une prière pour son père. Puis, bien qu'elle ne l'eût jamais, jamais fait avant, elle sortit deux autres billets et prononça cette fois une prière pour sa mère.

Bye bye, Miss American Pie.

En sortant de l'église, elle se sentait calme, légère, vertueuse.

Quand elle arriva sur Main Street, elle n'en crut pas ses yeux.

La bicyclette de Clen avait disparu.

Exaspérant !

Cette nuit-là, elle ne trouva pas le sommeil.

La nuit d'après, non plus.

Le surlendemain, à 2 heures du matin, elle téléphona à Box. Onze sonneries passèrent avant qu'il ne répondît.

N'importe quelle personne saine d'esprit aurait compris que le pauvre homme dormait à poings fermés, et aurait raccroché.

— Professeur Beech, dit-il.

Il pensait probablement qu'il avait affaire à un étudiant qui, après un verre de trop, avait enfin trouvé le courage de l'appeler pour se plaindre de sa note.

— Est-ce que tu m'aimes ?

— Quoi ? Dabney, c'est toi ? Que se passe-t-il ?

— Est-ce que tu m'aimes, oui ou non ?

— Oui, bien sûr que je t'aime.

— Ne me dis pas « bien sûr » comme ça. Sois sincère avec moi, dis-moi ce que tu ressens vraiment.

— Dabney, qu'est-ce qui te prend ? As-tu fait un cauchemar ?

— On n'est plus proches du tout. Tu travailles tout le temps, et on ne couche plus ensemble…

— Coucher ensemble ? répéta Box, comme s'il découvrait l'expression. Tu es consciente que je dois surveiller trois cents étudiants pendant leur examen final demain matin, n'est-ce pas ?

— Je m'en fiche pas mal, de tes étudiants ! Je veux savoir si tu m'aimes, si tu as envie de moi.

Box marqua une pause, puis soupira.

— Oui, ma chérie, je t'aime, et mon cœur a toujours envie de toi.

— C'est vrai ?

— Oui, Dabney, c'est vrai.

— D'accord, répondit-elle sans grande conviction.

— Bonne nuit.

Elle raccrocha.

Le lendemain matin, elle se réveilla fatiguée et anxieuse, ce qui tombait mal, car ce jour-là Nina et elle-même recevaient des candidats en entretien d'embauche pour un poste d'assistant à la Chambre. Le budget leur permettait d'engager deux assistants payés vingt dollars de l'heure pour répondre aux téléphones, qui ne tarderaient pas à sonner non-stop à partir de la semaine du Memorial Day, fin mai.

Celerie Truman, qui avait déjà travaillé à la Chambre l'été précédent, reprendrait son poste cette année. Celerie, dont le prénom se prononçait comme le légume mal-aimé, avait été membre de l'équipe de *cheerleaders* de l'université du Minnesota et avait découvert Nantucket par l'intermédiaire de la jeune fille qui partageait sa chambre étudiante. C'était l'une de ces personnes toujours pleines d'entrain, capables de réchauffer l'ambiance d'un stade de soixante mille places, vêtue d'un short et d'un mini-top par 0 degré. De loin l'assistante la plus zélée que Dabney eût employée en vingt-deux ans de carrière, elle s'était révélée une merveilleuse ambassadrice de Nantucket. Certains visiteurs avaient tenu à passer à la Chambre uniquement pour la saluer, parce qu'ils l'avaient trouvée si aimable au téléphone.

Dabney se réjouissait du retour de Celerie au bureau, car cela lui faisait une personne de moins à former, et la jeune femme se montrait toujours intelligente et réactive. D'ailleurs, Celerie ne jurait que par la méthode du Tout-comme-Dabney. À la fin de l'été dernier, elle avait même commencé à porter un collier de perles.

Il ne restait donc qu'un poste à pourvoir. Nina avait publié une annonce dans un journal local et avait reçu une centaine de CV. Forte de son expérience, elle avait réduit la pile à trois profils de candidats intéressants pour leur faire passer un entretien avec Dabney.

— Le premier candidat a vingt-six ans et fait des études dentaires à l'université de Pennsylvanie. Il vient en vacances sur Nantucket depuis ses dix ans. Ses parents ont une maison à Pocomo, il logera là-bas.

Dabney bâilla. Le manque de sommeil lui valait de vilains cercles noirs sous les yeux, et il lui semblait que sa peau prenait une couleur étrange.

— Un futur dentiste. C'est une première, non ?

— On a eu l'étudiant en droit, l'étudiant en médecine, le type qui écrivait sa thèse sur un centre de désintox' après y avoir été enfermé trois fois, la folle qui écrivait une comédie musicale…

— Ruthie ! s'exclama Dabney. Avec ses déjeuners abominables qui empestaient toute la pièce !

— Évitons d'en parler, dit Nina en agitant la main.

— Un étudiant en chirurgie dentaire, ça me paraît bien. Propre, ordonné. Pas comme le Danois qui ne se lavait jamais.

— Franzie… Ne parlons pas de lui non plus.

— Bien. Comment s'appelle notre candidat ?

— Riley Alsopp.

Dabney employait des assistants tous les étés depuis vingt-deux ans, et son instinct ne l'avait jamais trompée : malgré les déjeuners nauséabonds et les problèmes d'hygiène, elle n'avait jamais eu à renvoyer qui que ce soit. Dès qu'elle rencontra Riley Alsopp, elle remarqua sa poignée de main assurée, son sourire éclatant et sa voix agréable. Elle repéra aussi sa ceinture chic à motif requins-marteaux (« Ma mère l'a brodée pour moi ») et l'exemplaire de *Vol au-dessus d'un nid de coucou* qu'il tenait sous le bras (« J'ai décidé de consacrer mes lectures aux classiques, cet été »), et elle se sentit immédiatement soulagée. Aucun besoin de rencontrer les autres candidats. Quand elles en auraient fini avec Riley, elle pourrait rentrer chez elle et s'accorder une sieste.

Elle offrit un siège au jeune homme, lui apporta une bouteille d'eau fraîche, et admira ses beaux cheveux bruns, ses doigts fuselés et ses chaussures bateau avant de lui poser la première question standard.

— Pourquoi voulez-vous travailler à la Chambre de commerce, Riley ?

Elle ferma les yeux et pensa : *Pitié, ne réponds pas que tu cherches juste à travailler dans le coin, que ça a l'air facile, ou que tu étais serveur l'an dernier mais que tu as été renvoyé pour avoir pioché dans la caisse. Mais surtout, ne me dis pas que Celerie Truman est ta petite amie et que vous adoreriez travailler ensemble.*

Il inspira et laissa échapper un petit rire.

— Je crois que la raison est toute simple. J'adore Nantucket.

Dabney sourit à Nina, qui plissa les yeux et approuva d'un signe de tête presque imperceptible. Elle savait exactement ce que Nina pensait : *Ensemble, nous avons reçu des dizaines de candidats, mais seulement une poignée d'entre eux nous ont donné cette réponse simple et parfaite à la fois.*

— Vous êtes engagé ! annonça Dabney.

— Vraiment ? Juste comme ça ? J'ai appris par cœur des tas de dates et de statistiques sur l'île, vous ne voulez pas m'interroger ?

— Inutile. Je vous fais confiance. J'ai encore deux questions, toutefois : quand pouvez-vous commencer, et jusqu'à quand pourriez-vous rester ?

— Je peux commencer dès demain. Et je reprends les cours le 15 septembre, donc disons que je suis disponible jusqu'au 12.

— Excellent !

Quelle aubaine. La plupart des assistants annonçaient qu'ils resteraient jusqu'à début septembre, mais en général, leur grand-mère mourait soudainement au milieu du mois d'août, et Dabney et Nina se retrouvaient seules face aux téléphones jusqu'à la fin de l'été.

Il fut convenu que Riley commencerait le lundi suivant. Il apporterait deux pièces d'identité pour la paperasse, et il rencontrerait Celerie.

Tandis qu'il se dirigeait vers la porte pour sortir, Riley s'arrêta devant le bureau de Dabney et attrapa un cadre contenant une photographie d'Agnes.

— C'est votre fille ? demanda-t-il. Ou plutôt, attendez voir… votre sœur ?

Dabney réprima un sourire. Les gens pensaient souvent qu'elle et Agnes étaient sœurs.

— C'est ma fille, Agnes.

Riley contempla un moment la photographie. C'était un portrait artistique en noir et blanc, montrant Agnes debout dans la neige sur Main Street. Elle portait un bonnet en tricot blanc et des gants assortis, et ses longs cheveux bruns tombaient en cascade sur son anorak immaculé.

— Elle est belle, remarqua Riley. Je veux dire, vraiment belle.

Dabney observa Riley un instant, et quelque chose à l'intérieur d'elle fit tilt. Elle remercia le jeune homme. Bien sûr, pour elle, Agnes était la plus jolie créature à avoir jamais foulé la Terre, mais elle était toujours surprise quand d'autres personnes complimentaient sa fille. Elle éprouvait une sorte de jalousie, comme si elle aurait voulu être la seule à pouvoir apprécier la beauté de son enfant. Mais cette fois-ci, le compliment de Riley lui plut. Elle le sentait sincère.

— Avez-vous une petite amie, Riley ?

À peine la question posée, Dabney se rendit compte qu'elle était indiscrète et tout à fait inappropriée dans ce contexte professionnel.

— Non, je suis libre comme l'air ! Les deux seules femmes dans ma vie sont ma mère et Sadie, mon labrador chocolat.

Sa mère et son labrador ? Quel amour ! Dabney dut faire un effort considérable pour ne pas pousser un gémissement attendri.

Box

Debout derrière son pupitre, il lut à voix haute les consignes pour l'examen du cours d'introduction à l'économie tandis que Miranda Gilbert distribuait les copies vierges aux étudiants qui se tortillaient d'angoisse sur leurs sièges. Box avait conscience d'être particulièrement vieux jeu : la plupart des professeurs de Harvard administraient maintenant les examens sur Internet, mais Box refusait de les imiter. L'année prochaine, il devrait sûrement capituler. L'année prochaine, imaginait-il, l'imprimerie qui fournissait les copies d'examen aurait sûrement fait faillite.

Il bâilla près du microphone, plus bruyamment qu'il ne l'aurait voulu. Un étudiant assis au dernier rang l'interpella :

— La nuit a été longue, professeur Beech ?

Quelques étudiants lâchèrent de petits rires étouffés. Miranda se tourna vers Box avec un sourire compatissant, et il annonça, provoquant l'hilarité générale :

— Je vous mets tous zéro.

Il n'avait pas réussi à se rendormir après le coup de fil de Dabney.

— Sois sincère avec moi, avait-elle dit. Dis-moi ce que tu ressens vraiment.

Loin de l'amuser, ce coup de fil l'avait vraiment mis en colère. 2 heures du matin ! Il se demanda si elle avait bu. La teneur de cet appel ne collait pas avec le caractère de Dabney. En vingt-quatre ans de mariage, elle n'avait jamais agi de la sorte.

— On n'est plus proches du tout. On ne couche plus ensemble. Je veux savoir si tu m'aimes, si tu as envie de moi.

D'habitude, une fois l'examen terminé, Box invitait Miranda à déjeuner. C'était la seule fois où cela arrivait pendant le semestre, car il préférait que leur relation restât purement professionnelle : ils passaient déjà tellement de temps ensemble que cela semblait plus raisonnable. Seule Miranda persistait à essayer d'entretenir une amitié. Elle lui proposait parfois d'aller au cinéma, et il n'acceptait que quand la solitude lui pesait trop. Ils dînaient souvent ensemble avec d'autres collègues, mais jamais seuls tous les deux, à part pour ce déjeuner annuel. Box ne voulait pas que les gens se fissent des idées, même s'il ne doutait pas qu'ils s'en faisaient tout de même. Miranda était une très belle femme, exceptionnellement intelligente, et elle travaillait pour lui depuis quatre ans avec toujours autant de loyauté, de patience et de ténacité. Box voyait bien le charme de toutes ses qualités, mais ne se sentait pas attiré pour autant ; il avait pour seule maîtresse son travail, sa réputation, sa carrière. Deux précautions, toutefois, valaient mieux qu'une.

Après l'appel de Dabney, il jugea donc plus raisonnable de faire l'impasse sur le déjeuner avec Miranda.

— Malheureusement, le petit malin du dernier rang avait raison : je n'ai pas assez dormi cette nuit. Je suis désolé, mais je préfère annuler notre déjeuner.

— Ne soyez pas désolé, répondit Miranda.

Pourtant, Box crut déceler dans sa belle voix snob une intonation un peu sèche. Il comprit qu'il l'avait vexée. Décidément, quand il s'agissait des femmes dans sa vie, il faisait tout de travers.

Dabney

Le jeudi matin, Dabney trouva un nouvel e-mail de Clen dans sa boîte de réception. Objet : *?*

Il ne contenait qu'une phrase : *RDV ce soir 21 heures au cimetière quaker.*

— Oh mon Dieu ! s'écria Dabney.

Elle plaqua immédiatement sa main sur sa bouche. Voilà qu'elle jurait encore ! Toute la pieuse vertu qu'elle avait ressentie en allumant les cierges lundi s'évapora.

— Que se passe-t-il ? demanda Nina en plissant les yeux. Encore Clen ?

Dabney acquiesça. Quel soulagement d'avoir enfin quelqu'un à qui parler de cette histoire. Garder tout cela pour elle n'aurait pas été sain.

— Il veut qu'on se retrouve ce soir au cimetière.

— Un peu lugubre. Tu vas y aller ?

— Non. Hors de question.

Tous les jeudis soir, Dabney restait chez elle pour une soirée « Sandwich et film », et ce jeudi-là, décida-t-elle, ne ferait pas exception. Elle acheta un sandwich cubain chez Foods For Here And There, puis, une fois chez elle, prépara une assiette avec quelques chips et un verre d'eau fraîche citronnée avant d'allumer la télévision. TMC diffusait *Love Story* dans cinq minutes. *Love Story* avait toujours été le film préféré de Dabney, encore plus depuis qu'elle avait étudié à Harvard, comme l'héroïne. Une fois, pour Halloween, Dabney s'était déguisée en Jennifer Cavalleri, ce qui revenait à porter sa tenue habituelle (col roulé rouge, serre-tête et perles), avec sous le bras un exemplaire du roman dont était adapté le film, pour donner un indice sur son identité.

Elle connaissait le scénario absolument par cœur : le premier dialogue où Jenny appelle Oliver « Preppy » dans la bibliothèque Widener, le voyage à Ipswich pour rencontrer le père antipathique, toutes les scènes de hockey, et même la séquence où Jenny est sur un bateau, toute bronzée. Jenny voudrait aller à Paris, mais cela n'arrive pas. Elle apprend que si elle ne parvient pas à tomber enceinte, c'est parce qu'elle a une leucémie, et va bientôt mourir.

Dabney profita des publicités pour se rendre à la cuisine. Elle déposa son assiette dans le lave-vaisselle et attrapa une barre de chocolat noir en jetant un œil à l'horloge : 20 h 45.

De retour au salon pour regarder la fin du film, elle ne réussit pas à se détendre. Malgré les antibiotiques qu'elle prenait depuis maintenant trois jours, elle se sentait toujours patraque. Et bien sûr, elle était distraite. 20 h 48, puis 20 h 50.

Il était là-bas. Elle savait qu'il l'attendait. Ils se retrouvaient régulièrement au cimetière quaker, à l'époque du lycée. *Lugubre*, d'après Nina. Et encore, elle ignorait qu'Agnes avait probablement été conçue dans ce cimetière…

Dabney enfila son manteau et claqua la porte derrière elle. Pensant que son Impala était la voiture la plus reconnaissable de toute l'île, elle décida de prendre plutôt la Jeep de Box.

Elle arriva au cimetière à peine quelques minutes après 21 heures. Elle ralentit pour scruter le coin sud-est du cimetière où se trouvait leur point de rendez-vous habituel, près de la tombe d'Alice Booker Wright, l'arrière-arrière-grand-mère de Dabney.

Elle avisa alors la silhouette sombre et imposante de Clen, assis sur la tombe.

Il leva le bras droit pour la saluer.

Dabney écrasa la pédale d'accélérateur.

Elle roula en direction de chez elle tout en pensant, *Fais demi-tour, va le rejoindre, va l'embrasser encore.* Oh, comme elle mourait d'envie de l'embrasser ! Elle se souvenait de l'odeur d'herbe coupée du cimetière, et des bruits de succion de la boue sous leurs pieds, et du contour grossier de la pierre tombale d'Alice qui frottait contre son dos, du goût de Clen, de sa voix, ses yeux, son genou qui sautillait, ses pieds en Converse, ces tennis qu'il adorait et jurait de porter toute sa vie, jusqu'à son vieil âge. Le désir brûlait en Dabney comme du mercure dans ses veines. *Va le rejoindre !*

Mais non, elle n'irait pas. Elle gara la voiture dans l'allée et se précipita chez elle, à bout de souffle. Elle avait laissé la télévision allumée, et elle arriva juste pour voir la dernière scène du film, où Oliver est assis seul dans la neige.

La sonnerie du téléphone retentit et Dabney sursauta. Clen aurait-il l'audace de l'appeler chez elle ? Puis elle comprit : Agnes. Celle-ci appelait sa mère tous les jeudis vers 21 heures car elle savait qu'elle restait à la maison. Dieu merci, Dabney était rentrée à temps ! Si elle n'avait pas répondu, Agnes se serait inquiétée et aurait prévenu Box, et Dabney en aurait été quitte pour de longues explications.

— Ma chérie !

— Maman…

— Est-ce que tout va bien ?

Dabney pria pour qu'Agnes lui annonçât qu'il y avait de l'eau dans le gaz avec CJ, et qu'ils allaient annuler les fiançailles. Ah, comme Dabney s'en réjouirait secrètement !

— C'est mon boulot. J'ai appris hier qu'on n'avait pas reçu de subventions pour l'été cette année. Il va falloir fermer jusqu'à la rentrée des classes.

Dès sa phrase finie, Agnes éclata en sanglots.

— Oh, ma chérie, je suis désolée.

— Je savais que ça nous pendait au nez. J'aurais dû m'y préparer mentalement.

— Que vas-tu faire de ton été, alors ?

Dabney eut une vision d'horreur : Agnes reconvertie en stagiaire au bureau de CJ, réduite à répondre au téléphone et à servir le café.

— Je vais rentrer à la maison.

— À Nantucket, tu veux dire ?

— Oui, maman, à Nantucket. Je ne déteste pas cette île autant que tu le crois.

— Je n'ai jamais dit que tu la détestais.

Pour autant, Agnes n'aimait certainement pas Nantucket comme sa mère. Elle avait hérité du goût de Clen pour les voyages et elle n'avait pas passé un seul été sur l'île depuis sa première année à l'université. Au lycée, elle avait visité la France et l'Italie, puis avait fait un séjour en Irlande, et enfin participé à un camp de vacances avec des enfants handicapés dans le Bronx, qui l'avait conduite au métier qu'elle exerçait aujourd'hui.

— Je pensais que tu aurais préféré rester à New York avec CJ.

— Oui, il veut que je reste. Mais l'été, Manhattan, ça pue ! Je préfère de loin être à la plage. J'ai pensé à reprendre un job au parc d'aventures, j'en ai parlé avec Dave Patterson. Et puis comme ça je pourrais organiser le mariage, et aussi passer du temps avec papa et toi, bien sûr.

Agnes serait à la maison tout l'été ! Dabney jubilait.

— CJ est très occupé, continua Agnes. Il doit négocier ses contrats avant que ses joueurs partent en stages d'entraînement, et l'un de ses clients des Yankees, je ne peux pas te dire qui, est en cours de transfert pour San Diego. Mais je vais essayer de le convaincre de me rejoindre chaque week-end.

— Chaque week-end…, répéta Dabney.

Allait-elle vraiment subir la présence de CJ tous les samedis et dimanches de l'été ? Quand elle ferma les yeux, elle visualisa un épais brouillard vert olive. Avoir Agnes à la maison était la meilleure chose qui pût lui arriver. Dabney allait sauver sa fille, et peut-être même qu'Agnes, en retour, saurait sauver sa mère.

Clendenin

Il n'était plus capable de couper son steak, lacer ses chaussures, ou boutonner les manches de sa chemise.

Au supermarché, il pouvait se débrouiller avec un caddie, mais pas avec un panier. Les bouchons à sécurité enfant, même pas la peine d'essayer. Couper une tomate était devenu difficile, mais pas impossible ; il n'avait pas encore tenté d'éplucher du maïs. Taper sur un clavier lui prenait un temps fou, aussi écrivait-il maintenant ses textes à la main avant de les dicter à un programme de reconnaissance vocale. Il peinait à plier son linge ou à déboucher une bouteille de vin.

Il pouvait encore se raser, mais puisqu'il avait toujours détesté le faire, sa barbe poussait librement depuis quatre mois, deux semaines et trois jours – le temps exact qui s'était écoulé depuis qu'il avait perdu son bras.

Des interactions simples, telles que prendre dans son porte-monnaie de quoi payer le livreur de pizza puis réceptionner la boîte, devenaient des chorégraphies fastidieuses qui frustraient Clen et embarrassaient le livreur. En revanche, puisqu'il avait perdu le bras gauche, il était au moins encore capable de serrer la main.

Il ne valait probablement mieux pas lui confier un bébé, mais il n'en connaissait aucun.

Il pouvait casser un œuf, retourner une omelette, faire du vélo et nager. Il pouvait aussi fumer, grâce à l'invention du briquet jetable. Craquer une allumette était un tour de magie qui appartenait au passé.

En général, au coucher du soleil, qui arrivait de plus en plus tard à mesure que le mois de juin approchait, Clen s'installait sur le porche et mettait en joue les corbeaux avec son pistolet à billes, et il visait de mieux en mieux. Il fumait ensuite une cigarette dont il jetait le mégot dans un pot de mayonnaise rempli d'eau. Il avait pris cette vilaine habitude à l'étranger :

117

impossible de vivre à Bangkok, Hanoï ou Siem Ream sans fumer. À l'époque, il s'était juré d'arrêter quand il rentrerait, mais il avait déjà dû renoncer à tant de choses qu'il ne pouvait se résoudre à abandonner en plus la cigarette.

Selon les jours, il cuisinait (une omelette ou du riz sauté) ou commandait à manger, d'où les interactions un peu gênantes avec le livreur de pizza, même s'il avait fini par sympathiser avec Benny.

Enfin, quand il faisait nuit noire, il montait dans la voiture laissée à sa disposition. Il avait un permis spécial, valide pourvu qu'il porte sa prothèse, ce qui était rarement le cas. Il se rendait alors en ville et remontait Charter Street pour voir la maison de Dabney.

S'il avait raconté cela à quiconque, on l'aurait sans doute qualifié de pauvre type, de maniaque, d'obsédé incapable de faire une croix sur le passé. En vérité, il passait devant la maison simplement parce qu'il aimait voir les lumières allumées et imaginer Dabney à l'intérieur, occupée à remuer une salade, arrangeant des fleurs dans un vase, ou en train de lire Jane Austen dans son lit.

Il savait bien qu'elle était mariée. Il savait qu'il n'y avait quasiment aucune chance qu'elle quittât son économiste juste parce qu'il avait soudain décidé de revenir. Mais son amour pour elle était trop fort pour être oublié, et il comptait bien essayer de la récupérer malgré tout. Le baiser qu'il lui avait volé devant la maisonnette avait été exceptionnel. S'il n'obtenait rien de plus de Dabney, il s'estimerait heureux d'avoir eu au moins droit à ce moment-là.

118

Depuis son retour sur l'île, il rêvait tous les soirs qu'il avait à nouveau deux bras. C'était grâce à Dabney. Avec elle, il se sentait entier.

Clen avait appris l'existence du bébé par un courrier de Dabney, identique en apparence aux trois lettres d'amour qu'elle lui avait envoyées avant son arrivée à Bangkok, dans une enveloppe « par avion » bleue. Il avait reçu cette nouvelle lettre en rentrant à Bangkok après une mission de trois semaines à Pattaya, un endroit qui se révéla encore plus dérangeant, délabré et impitoyable qu'il ne le pensait. En deux mois à peine, il avait eu assez de temps pour prendre ses marques et ses habitudes en Asie, mais aussi pour perdre ses illusions.

Je ne sais pas comment te l'annoncer, disait Dabney dans sa lettre. *Alors je vais te le dire tout simplement : je suis enceinte.*

Puis, plus loin : *Je n'attends rien de toi. J'ai pensé à avorter, mais je ne m'en sens pas capable. J'accoucherai en mai.*

En mai, pensa Clen. Ce qui voulait dire que Dabney était tombée enceinte au mois d'août, quelques semaines avant son départ pour l'Asie. À cette époque, ils faisaient l'amour sans cesse de manière passionnée, n'importe où et n'importe quand, et Clen n'avait pas toujours utilisé un préservatif. Il pensa en particulier à cette fois au cimetière quaker…

La séparation avait été moins difficile qu'il ne l'avait imaginée. En parlant à Dabney de l'offre d'emploi du bureau du *New York Times* situé en Asie du Sud-Est, il s'était attendu à une crise, des pleurs, des cris, des menaces de suicide, voire d'homicide. Au lieu de quoi elle s'était montrée compréhensive, et même heureuse pour lui. Elle avait souri et lui avait dit :

— Je suis si fière de toi. Il faut que tu acceptes, Clen. L'occasion ne se présentera pas deux fois.

Elle avait pris la nouvelle si raisonnablement qu'il avait pensé, un instant, qu'elle comptait partir avec lui.

— Non, avait-elle répondu, je reste ici.

— Autrement dit, tu veux qu'on se sépare ?

— Nous sommes faits l'un pour l'autre, Clen. Quoi qu'il arrive, nous nous retrouverons.

— Tu crois sérieusement ça ?

— Le temps nous dira si j'avais raison.

C'était une réponse raisonnable, mais il n'avait pu s'empêcher de se sentir vexé, une réaction curieuse étant donné que c'était lui qui partait. Ils avaient consacré cette année à exercer des métiers indignes d'eux et de leurs diplômes prestigieux. Clen mourait d'envie de s'installer dans une grande ville, un endroit important, où il se passait vraiment quelque chose. Il avait d'abord pensé à New York. Là-bas, une relation avec Dabney n'aurait pas été impossible, il aurait pu la rejoindre à Nantucket les week-ends. Mais à Bangkok ?

Il lui avait fait au revoir de la main depuis le ferry, criant son nom et répétant qu'il l'aimait jusqu'à ce qu'elle disparût au loin. Puis il s'était penché au-dessus de la rambarde, pris de nausées.

Après avoir lu la lettre de Dabney, il avait immédiatement demandé une avance de mille dollars sur son prochain salaire pour lui acheter un billet d'avion. Il s'était engouffré dans un bureau Western Union étouffant pour l'appeler, persuadé que, maintenant qu'elle était enceinte, elle ne pouvait refuser de le rejoindre. Il était bien plus enthousiaste à l'idée de revoir Dabney qu'à celle d'avoir un bébé. Qu'est-ce que cela voulait dire au juste, d'ailleurs, « avoir un bébé » ? Il n'en était pas sûr, mais il ne s'attendait sûrement pas à ce que Dabney lui avait annoncé.

— Non, je ne viendrai pas. Je vais élever ce bébé toute seule.

— Quoi ?

— Le seul espoir pour moi…

Il l'entendait mal. Il avait crié « Quoi ? », ignorant la longue file de globe-trotters australiens qui écoutaient attentivement sa conversation.

— …est que tu promettes de ne plus jamais me contacter. Rupture totale. Ne me contacte plus jamais. Je t'en prie, respecte mon choix. S'il te plaît.

— Mais ça peut marcher, ici. Je trouverai un appartement plus grand, et on engagera quelqu'un pour t'aider avec le bébé !

— Clen. S'il te plaît.

— S'il te plaît quoi ? avait-il crié, exaspéré. Rejoins-moi, Cupi. Je t'ai acheté un billet.

— Mais je ne peux pas ! Je crois que tu ne comprends pas, tu n'as jamais compris. Je ne peux pas, j'ai trop peur. Le mot « peur » n'est même pas assez fort.

Clen l'entendait respirer ; il savait qu'elle luttait pour retenir ses larmes.

— Je suis désolée, Clen, je ne peux pas, c'est tout.

— D'accord. O.K. Tu as gagné, Dabney. Je vais démissionner, je vais rentrer.

— Non. Hors de question.

— Quoi ?

— Je ne veux pas que tu termines comme ma mère. Si tu reviens à Nantucket, tu auras une vie simple, bien plus simple que celle qui t'attend en Asie, en tout cas. Et tu en viendras à me détester, tu en voudras à notre enfant, et tu finiras par disparaître une nuit sans laisser de trace. Alors, non. Je ne veux pas que tu rentres.

— Je ne ferais jamais ça. Tu le sais bien.

— Tout ce que je sais, c'est que tu ne seras pas heureux ici. Tu ne vas pas écrire pour le *Nantucket Standard*, tu es trop talentueux pour ça. Souviens-toi de ce que disait M. Kane : tu es le génie du siècle. Il faut voir la vérité en face.

— Quelle vérité ? Tu attends un enfant de moi…

— Ça ne marchera jamais, Clen. C'est impossible !

— Tu as dit qu'on était faits l'un pour l'autre, qu'on finirait toujours par se retrouver.

— Eh bien j'ai eu tort. J'ai eu terriblement tort, et je le regrette. J'ai eu raison pour tout le monde, mais pas pour nous. Il n'y a qu'une solution, une seule façon pour moi de survivre à tout ceci : il faut que tu disparaisses de ma vie, Clendenin. S'il te plaît, oublie-moi.

— Je ne peux pas t'oublier ! Je t'aime !

Dabney était restée silencieuse.

— Quoi ? Il suffit que je parte pour que tu arrêtes de m'aimer tout à coup ?

Elle avait répondu quelque chose à voix trop basse pour qu'il l'entendît. Il avait visualisé ses mots, gouttes de pluie perdues quelque part dans le sud du Pacifique.

— Je n'ai pas entendu, avait-il dit.

— Pas « tout à coup »…

L'un des Australiens dans la file avait toussé pour exprimer son mécontentement et Clen avait agité dramatiquement la main au-dessus de sa tête, comme pour dire : *Je m'enfonce, mon gars, alors sois sympa, laisse-moi le temps de régler ça.* C'était la conversation la plus importante de sa vie, il le savait. Il savait aussi que l'argent dépensé pour le billet d'avion était désormais perdu.

— Dis-moi que tu ne m'aimes plus, Dabney.

— Je ne t'aime plus.

— Tu mens. Tu le sais aussi bien que moi, Cupi : c'est un mensonge.

— Tu trouveras quelqu'un d'autre, Clen. Et moi aussi.

Comme n'importe quelle personne qui a connu l'amour le comprendra, cette phrase terrible fit éclater tout son être en morceaux, comme s'il avait marché sur une mine antipersonnel. Il n'avait jamais connu une douleur aussi intense ; plus forte que quand son père le frappait après avoir trop bu, plus forte même que quand il avait trouvé son père mort sur la table de la cuisine et qu'il avait dû tambouriner à la porte de la chambre parentale pour annoncer la nouvelle à sa mère.

— D'accord, avait-il fini par dire. C'est entendu. On arrête tout et tu n'entendras plus un mot de ma part. Tu comprends, Cupi ? Plus un seul mot.

Persuadé qu'elle bluffait, il avait voulu la mettre au pied du mur.

— La seule façon pour moi de survivre à tout cela est une rupture totale. Je t'en prie, respecte mon choix et oublie-moi, ainsi que cet enfant. S'il te plaît, Clendenin Hughes, promets-moi de ne plus jamais me contacter.

— Dabney…

Silence.

— Dabney !

Elle n'avait pas raccroché ; il l'entendait encore respirer.

— Entendu, avait-il dit.

Silence.

— Si c'est vraiment ce que tu veux…

Silence.

— Nous faisons tous des choix.

On l'avait toujours considéré comme plus malin que les autres, et en général, Clen l'avait toujours vécu comme un avantage, mais dans ce cas, son intelligence ne lui avait été d'aucune utilité. Pis, elle lui avait peut-être même compliqué les choses. Les mécanismes soigneusement calibrés de son esprit marchaient soudain à l'envers, et tous les projets qu'il avait entrepris après la rupture s'étaient soldés par un échec, qu'il s'agisse de retrouver un informateur à Surat Thani, de démarrer sa moto au kick, ou simplement de cuire un bol de riz.

En mai, il avait appris que Dabney avait donné naissance à une petite fille baptisée Agnes Bernadette, comme sa grand-mère. Il ne comptait plus les fois où, dans les situations les plus improbables (coincé dans le wagon de troisième classe d'un train, enfoncé jusqu'aux genoux dans une rizière, ou atterré de se voir offrir une jeune adolescente quand il demandait une mangue mûre au marché), le nom lui était revenu en tête comme un son de carillon.

Agnes Bernadette.

Agnes elle-même l'avait contacté une fois, peu après son seizième anniversaire. Dabney lui avait enfin révélé la vérité, et Agnes, à l'insu de sa mère, avait envoyé au

New York Times une lettre adressée à Clen. Le journal la lui avait fait suivre alors qu'il résidait dans un bel appartement du vieux quartier français d'Hanoï. Il venait de recevoir le prix Pulitzer, et un éditeur lui avait proposé un contrat pour un livre, et, pour la première (et seule) fois de sa vie, il roulait sur l'or. On parlait enfin de le faire transférer au bureau de Singapour, désormais son seul projet professionnel. Avec sa petite amie, Mi Linh, ils buvaient énormément de champagne et dînaient deux fois par semaine au prestigieux hôtel Metropole. Ils passaient leurs week-ends au frais dans un hôtel perdu dans les collines de Sa-Pa, puis Clen louait une jonque et ils exploraient ensemble les eaux couleur émeraude de la baie d'Ha-Long.

La lettre d'Agnes n'y allait pas par quatre chemins : elle savait qu'il était son père et voulait le rencontrer, mais Dabney ne devait rien en savoir. Agnes passerait l'été en France, et demandait à Clen de venir l'y retrouver.

Clen avait hésité et repoussé le moment de répondre aussi longtemps que possible. Mais la pire chose à faire, s'était-il rendu compte, serait de ne jamais répondre. Il aurait vraiment aimé acheter un billet d'avion pour Paris et y retrouver Agnes ; une scène digne d'un mélodrame. Il avait compris, au ton de sa lettre, qu'Agnes n'attendait pas de lui qu'il se comportât en père ; l'économiste jouait déjà ce rôle. Pour autant, elle lui offrait quand même une place dans sa vie. À seize ans, elle s'apprêtait à devenir une femme, et cherchait, pour son épanouissement personnel, à combler un vide dans son existence. Ce vide, c'était lui.

Mais Clen refusait de rencontrer sa fille dans le dos de Dabney. Il imaginait qu'après dix-sept ans, elle avait enfin fini par se faire à son absence. Elle était mariée, elle dirigeait la Chambre de commerce ; il imaginait qu'elle avait enfin trouvé le bonheur. S'il acceptait de rencontrer Agnes à Paris sans lui en parler et qu'elle venait à l'apprendre… Non, il refusait de courir ce risque.

Clen avait donc répondu à Agnes. Il avait espéré que sa lettre longue de dix pages lui ferait comprendre sa décision. Un geste d'expiation, en quelque sorte, car il s'était enfin rendu compte qu'en affirmant qu'elle ne l'aimait plus, Dabney lui avait donné la plus belle des preuves d'amour. Elle l'avait dissuadé de rentrer parce qu'elle refusait de le voir malheureux. *Ne pas être rentré à Nantucket pour retrouver ta mère, et donc toi, restera le plus grand regret de ma vie. Je n'ai aucune excuse, si ce n'est que j'étais jeune et égoïste, et que je me croyais destiné à de grandes choses. Depuis que j'ai quitté Nantucket, j'ai été témoin des scènes les plus sublimes comme les plus horribles, j'ai travaillé dur pour faire éclater des vérités, et j'ai tenté d'attirer l'attention sur cette partie du monde si mal connue. Pourtant, et ce même si je ne t'ai jamais rencontrée, je suis persuadé que ma plus grande réussite reste d'être père. Ton père.*

Clen avait attendu la réponse d'Agnes avec autant d'espoir que d'appréhension. Dabney serait dévastée si elle apprenait qu'ils entretenaient une correspondance secrète. Il n'y avait aucune bonne manière pour Clen et Agnes de rester en contact, et pourtant il en avait tellement envie.

Mais le dilemme s'était réglé de lui-même, car Agnes n'avait jamais répondu.

Il ne pouvait plus pêcher, creuser une tombe ou changer un pneu. Impossible de battre un jeu de cartes ou de les distribuer. Plus jamais il n'aiderait Dabney à attacher son collier de perles. Cette pensée en particulier l'attrista plus qu'il ne l'aurait cru.

Mais Clen ne s'avouait pas encore vaincu. Le baiser qu'elle lui avait accordé lui avait donné espoir. Il insisterait autant qu'il le faudrait. Il forcerait Dabney à revenir sur ses mots, et il lui ferait admettre qu'à l'époque déjà, elle savait très bien qu'elle mentait.

Couple n° 40 : Tammy Block et Flynn Sheehan, mariés depuis trois ans.

Tammy : Flynn et moi, nous sommes le couple dont Dabney n'aime pas parler.

On aimerait tous avoir des vies simples et bien ordonnées : d'abord le lycée et l'université, puis le mariage, les enfants, le boulot, les amis, l'église, les deux semaines de vacances à Aruba ou en Toscane, et enfin, le moment d'observer nos enfants, puis nos petits-enfants, suivre le même chemin. Et pour certaines personnes, c'est bien ce qui arrive. Mais pas pour tout le monde.

J'ai arrêté les études (ou plutôt, j'ai été expulsée) après seulement trois semestres dans une petite université, Fairleigh Dickinson, qu'on tournait en ridicule en l'appelant « Farley Davidson ». J'en avais ma claque de tous ces livres à lire, je m'endormais dessus, sans compter que je buvais tous les soirs et fumais pas mal d'herbe. Je me suis mariée avec un type que je connaissais à peine, rencontré dans un bar de bikers. Il m'a emmenée jusqu'à Atlantic City où le mariage a été réglé en un rien de temps, puis on a déménagé dans le Rhode Island parce que mon jeune mari avait été embauché par un de ses amis qui ouvrait un restaurant de poisson frit. Je suis tombée enceinte et j'ai eu un fils, puis, un an plus tard, un autre garçon. Mon mari m'a alors quittée pour une serveuse du restaurant où il travaillait. Ils se sont enfuis tous les deux, et je pouvais toujours courir pour recevoir un jour une pension alimentaire.

Il fallait donc que je gagne de l'argent tout en m'occupant de mes enfants, et puisqu'à cette époque, avec mes qualifications, j'avais le choix entre devenir prostituée ou tenir la caisse d'une station-service, j'ai décidé d'étudier pour devenir agent immobilier.

Je possédais un certain talent pour vendre des maisons, et j'avais pour arme secrète le trait de caractère qui avait régi toute ma vie : mon apathie. Vous prenez la maison ? Super. Vous ne la prenez pas ? Pas de problème, on a d'autres clients. Je suis arrivée à Nantucket il y a une dizaine d'années, de la même manière que beaucoup d'entre nous, j'imagine : j'ai débarqué pour une semaine de vacances et j'ai décidé d'y rester pour de bon. J'ai quitté Providence et vendu ma maison de l'époque victorienne pour le triple de son prix d'achat, j'ai mis les bénéfices de côté, et j'ai déniché une jolie maison trois-quarts en location sur School Street. Trois-quarts signifie qu'il y a deux fenêtres à droite de la porte d'entrée, et une à gauche. J'adore le jargon de l'architecture.

Dabney Kimball Beech vivait une rue plus loin, dans Charter Street. Je la voyais tous les matins faire sa marche sportive, et pour tout vous dire, elle n'avait pas l'air de quelqu'un avec qui j'aurais pu m'entendre. La faute au serre-tête et au collier de perles, je suppose. Qui porte des perles à 7 heures du matin pour faire de l'exercice ? J'ai vite appris que Dabney dirigeait la Chambre de commerce et que tout le monde sur l'île l'appréciait beaucoup. Quand j'ai postulé pour un poste d'assistante à l'agence Congdon & Coleman et que j'ai mentionné mon adresse, le recruteur m'a dit : « Ah, mais alors Dabney Kimball est votre voisine ! » J'ai acquiescé, et il a ajouté : « Si on cherchait à élire un président de Nantucket, elle gagnerait le suffrage haut la main. »

J'ai compris qu'il serait sage, en tant que jeune agent immobilier sur cette petite île, de me lier avec la fameuse Dabney Kimball, et j'ai pris l'habitude d'arroser mes fleurs tous les matins à 7 heures, l'heure à laquelle elle passait devant chez moi.

Je m'attendais à ce qu'elle m'ignore, mais au contraire, elle s'est arrêtée pour m'adresser un sourire absolument irrésistible. Et c'est comme ça que j'ai découvert la magie de Dabney Kimball Beech.

— Bonjour ! Vous êtes nouvelle dans le quartier. Je meurs d'envie de vous rencontrer depuis que vous êtes arrivée. Je m'appelle Dabney.

— Tammy Block, ai-je répondu en lui serrant la main.

— Alors comme ça, vous allez travailler pour Congdon & Coleman !

Je ne le savais moi-même que depuis une douzaine d'heures. Comment pouvait-elle être déjà au courant ?

— Oui, en effet.

— J'ai vu vos garçons à l'arrêt de bus, a-t-elle ajouté. Ils sont vraiment adorables.

J'ai souri (quelle mère résisterait à un compliment concernant ses enfants ?) mais je restais méfiante. Rien ne me disait qu'elle était sincère.

— Nous sommes mardi, a repris Dabney. Je suis seule à la maison ce soir. Passez donc prendre un verre de vin.

Je suis donc allée chez elle pour « un » verre de vin. Nous avons bu deux bouteilles et dévoré un plateau d'amandes fumées, de délicieux canapés au fromage français ainsi que de la pâte de coing, un produit dont je n'avais jamais entendu parler, mais que j'ai tout de suite adoré. Tout était comme cela, chez Dabney : raffiné, charmant et hétéroclite, mais sans jamais en faire trop. Je me sentais complètement à l'aise avec elle, même quand elle m'a expliqué que son mari était un fameux économiste qui enseignait à Harvard et qu'elle avait elle-même étudié là-bas. D'habitude, en présence de personnes diplômées, j'avais honte de mon parcours et de mes trois pauvres semestres à Farley Davidson, mais pas avec Dabney.

Elle m'a demandé si j'étais mariée, et je lui ai raconté mon divorce.

Le regard brillant, elle m'a annoncé qu'elle avait un talent pour les rencontres amoureuses. Quarante-deux couples à son actif, tous encore ensemble à l'heure où nous parlions. J'ai ri.

— Oh pitié, ne vous donnez pas ce mal. Je n'ai pas besoin d'un mari, ni même d'un amant. Ce qu'il me faut, c'est un plombier qui saura réparer les toilettes des garçons. Elles n'arrêtent pas de fuir.

Le lendemain matin, Flynn Sheehan a sonné à ma porte. J'en ai eu le souffle coupé : il avait des yeux d'un bleu intense comme je n'en avais jamais vu avant.

— C'est Dabney Kimball qui m'envoie.

J'ai immédiatement pensé : *Elle m'a envoyé un mari.* Et bon sang, on pouvait dire qu'elle avait vu juste. Rien qu'à regarder Flynn Sheehaan, je me sentais toute chose.

— Vous avez un problème de plomberie ?

J'ai éclaté de rire avant de l'inviter à entrer. Par chance, je venais de rentrer du travail et portais donc une robe, des talons et du maquillage. J'ai précédé Flynn Sheehan dans l'escalier.

— Ça fait longtemps que vous louez la maison des Reilly ? a-t-il demandé.

130

— Trois semaines.

— J'ai pour ainsi dire grandi dans cette maison. Kevin Reilly était mon meilleur ami. Il a été tué en Irak en 1991.

— Oh, c'est terrible. Je suis désolée.

— C'est pour ça que je suis venu tout de suite. Les parents de Kevin ne sont pas franchement à cheval sur l'entretien de la maison…

— Oh, mais la maison est très bien, elle est charmante. Je l'adore, vraiment… Sauf ces satanées toilettes !

En haut de l'escalier, Flynn s'est arrêté. Il fixait le jambage de la porte, sur lequel figuraient des traits de crayon et des initiales que je n'avais jamais remarqués auparavant.

Il a montré du doigt une marque à hauteur de sa hanche.

— Voilà Kevin à cinq ans, et moi au même âge. Kev à dix ans, puis douze, moi à treize, Kev à quinze…

J'ai observé les inscriptions : FS 10/02/77, KR 29/08/83.

Flynn a ensuite montré le trait le plus haut, presque aussi haut que lui.

— C'est la dernière fois qu'on a mesuré Kev, juste avant son départ. Il me battait d'un centimètre.

J'ai lu : FS 30/03/91, KR 30/03/91.

— Il était comme un frère pour moi, a dit Flynn en clignant des yeux.

Je ne savais pas trop quoi dire, mais mon cœur faisait des choses curieuses, qu'il n'avait pas faites depuis longtemps. C'est là que j'ai remarqué l'alliance à son doigt, et je me suis dit : *Évidemment !*

Flynn a réparé les toilettes en un claquement de doigts, et quand j'ai attrapé mon portefeuille pour le payer, il a refusé en agitant la main. Je n'avais pas rencontré un homme aussi séduisant depuis des années, et il m'avait montré sa plus grande faiblesse alors qu'il me connaissait à peine. Seulement voilà : il était marié.

Sur le perron, il s'est retourné pour me tendre sa carte de visite. FLYNN SHEEHAN PLOMBERIE. L'adresse était une boîte postale. Je me suis demandé où il vivait. J'aurais pu y aller pour jeter un œil et voir à quoi ressemblait sa jolie femme.

— Si vous avez besoin de n'importe quoi, a-t-il dit, et même si ça n'a rien à voir avec la plomberie, s'il vous plaît, appelez-moi.

J'ai senti le rouge me monter aux joues. Que voulait-il dire par là ?

— Les Reilly sont comme ma famille, a-t-il ajouté. S'il y avait le moindre problème avec la maison, ils seraient contents de savoir que je m'en occupe.

— Entendu.

Flynn a descendu l'escalier avant de se diriger vers sa voiture en sifflant.

— Au revoir, ai-je crié. Et merci !

Le lendemain, Dabney m'a interrogée :

— Alors, tu as rencontré Flynn ?

— Oui. Merci de me l'avoir envoyé.

Elle me regardait avec impatience. Ses yeux étaient bruns, mais ils semblaient parfois crépiter de paillettes dorées.

— Et alors ? Comment ça s'est passé ?

— Il a réparé les toilettes en un rien de temps. Je suppose que j'aurais pu le faire moi-même si j'avais essayé.

— Non, je veux dire, comment ça s'est passé avec Flynn ?

— Il est sympa…

— Tu es rose !

Dabney a sautillé comme une petite fille en claquant des doigts.

— Je le savais, je le savais ! Tu es rose !

— Je suis… rose ?

— Flynn te plaît !

— Il est marié, Dabney.

Elle m'a adressé la grimace d'un enfant à qui on arrache sa sucette.

— Oui, je sais…

Nantucket a beau être une toute petite île, on peut ne pas y croiser une personne pendant des mois, et c'est ce qui s'est passé avec Flynn Sheehan. Il s'écoulait parfois des jours voire des semaines sans que je pense à lui, et soudain, souvent quand je montais l'escalier et voyais les marques sur le jambage, son image surgissait dans mon esprit et je priais pour que le robinet de la cuisine se mette à fuir ou que la lumière du réfrigérateur s'éteigne.

Un soir, j'ai décidé de m'offrir un verre à l'American Seasons pour fêter ma toute première vente, une maison à rénover sur Pilgrim Road partie pour 1,2 million de dollars. L'agent qui avait travaillé avec moi sur ce dossier devait rentrer tôt, mais comme mes garçons étaient à leur entraînement de football américain jusqu'à 19 heures, j'avais un peu de temps libre. Je ne pensais trouver personne dans le bar à cette heure-ci, à tort : en entrant, j'ai repéré Flynn Sheehan assis seul face à une pinte de bière.

— Salut, Fynn ! C'est moi, Tammy Block, vous savez, je loue …

— La maison des Reilly, oui, a-t-il répondu en souriant. Comme si je pouvais vous oublier.

Je me suis déjà bien trop étalée sur mon histoire, et à partir de là, les choses ont tourné au vinaigre. Certains vivent des vies simples et bien ordonnées ; d'autres des vies chaotiques à la moralité douteuse. J'appartenais malheureusement à la deuxième catégorie. Alors oui, Flynn et moi avons eu une liaison, et je suis la première à en souffrir et à en avoir honte. Oui, Amy Sheehan (une femme pitoyable, de l'avis général) a découvert le pot aux roses en épluchant les factures de téléphone de son mari et a ensuite révélé à toute l'île mon comportement dévergondé. Et oui, j'étais prête à faire mes valises, quitter l'île et arracher mes enfants à cette nouvelle vie à laquelle ils s'habituaient à peine.

Pourtant je ne l'ai pas fait, et ce pour deux bonnes raisons. D'abord, j'aimais Flynn Sheehan de tout mon cœur. Maintenant qu'Amy avait traîné nos noms dans la boue, Flynn se trouvait face à un choix : soit il essayait de sauver son mariage et sa famille, soit il divorçait. Le soir même, il m'a appelée pour me dire : « Ça y est, je l'ai quittée. Je t'aime, Tammy. »

L'autre raison pour laquelle je suis restée à Nantucket, c'est Dabney Kimball Beech. Dès qu'elle a appris la nouvelle, elle est venue frapper à ma porte. J'ai décidé de ne pas lui ouvrir, car je n'avais aucune envie d'une leçon de morale. Pour moi, une personne comme Dabney, avec sa vie parfaite, ne pouvait pas comprendre l'adultère, même si, dans un sens, c'était elle qui m'avait jetée dans les bras de Flynn. Voyant que je ne répondais pas à la porte d'entrée, elle a essayé celle de derrière, puis elle a toqué à mes fenêtres. J'ai fini par me cacher dans les toilettes, là où elle ne pourrait pas me voir. Mais elle a continué d'insister, et j'ai dû céder. J'ai ouvert la porte de la cuisine et je me suis préparée pour le sermon.

Elle m'a serrée dans ses bras, puis s'est assise et a pris ma main.

— Je vais te tenir la main jusqu'à ce que tu aies fini de pleurer.

Elle ne mentait pas, et j'ai pleuré, pleuré sans m'arrêter. Puis je me suis mouchée, et je lui ai demandé :

— Pourquoi tu me l'as envoyé si tu savais qu'il était marié ?

— Parce que... Vous êtes faits l'un pour l'autre. Vous deux, c'est écrit.

Dabney avait raison. Flynn a divorcé et nous nous sommes mariés sur la plage de Madaket, entourés seulement de nos enfants et de Dabney avec son mari, John Boxmiller Beech. Certaines personnes sur l'île refusent encore de m'adresser la parole, évitent mon regard au supermarché, et ne m'enverraient jamais un client même si j'étais le dernier agent immobilier de tout Nantucket. Mais il me reste Dabney, et elle n'est pas la personne qu'elle semble être.

Non, elle est tellement plus que cela.

Dabney

Elle avait du mal à contenir son excitation. Agnes et sa Prius devaient arriver par le ferry de 17 heures, et cette fois, il ne s'agissait pas d'une visite pour un week-end ou quelques jours à Noël. Elle allait vraiment rester tout l'été !

Malheureusement, Agnes manquerait Box de quelques heures. Dabney avait déposé son mari à l'aéroport le matin même, et il se rendrait à Boston le soir, d'où il s'envolerait pour Londres le lendemain matin. Il ne reviendrait que deux semaines plus tard.

— J'ai l'impression qu'on ne se voit jamais, tous les deux, se plaignit Dabney.

— Avec les vies qu'on mène…

Dabney enlaça Box de toutes ses forces, ce à quoi il sembla résister, et quand elle leva la tête vers lui, il lui embrassa le bout du nez, comme un père embrasse sa fille.

— Plus d'accès d'hystérie, s'il te plaît, Dabney. Cela ne te va pas du tout.

— « Axédystérie », c'est une nouvelle maladie ?

— Je parle de ton coup de téléphone hystérique de la semaine dernière.

— Je sais très bien de quoi tu parles, chéri. Je cherchais juste à être drôle.

— Je ne vois rien de drôle dans le fait de me réveiller en pleine nuit pour me poser des questions dont tu connais les réponses.

— Je suis désolée, dit Dabney pour la troisième fois du week-end.

— J'y vais.

Il lui tapota l'épaule, puis attrapa son bagage à main et se dirigea vers la porte d'embarquement.

Dabney lui cria : « Je t'aime, mon chéri ! », mais cela devait relever de l'accès d'hystérie, car il ne répondit pas. Il ne se retourna même pas.

Dabney pensait quitter le bureau à 16 h 30 pour rentrer chez elle avant l'arrivée d'Agnes, mais juste au moment où elle préparait ses affaires, elle entendit son ordinateur faire bip. Elle regarda l'écran : un e-mail de Clendenin. Objet : *Riz sauté*.

Supprime-le, pensa-t-elle. Agnes allait bientôt arriver. *Supprime-le !*

Avec les vies qu'on mène… Elle ouvrit l'e-mail. *Viens dîner avec moi au cottage ce soir. J'ai enfin reçu mon nouveau wok. S'il te plaît ? 20 heures.*

Elle fut tentée de répondre : *Je ne peux pas, je dîne avec Agnes.*

Leur fille…

Ou bien : *Non, jamais de la vie.*

Finalement, elle décida que toute réponse, même négative, ne ferait que l'encourager.

Elle effaça le message, puis l'effaça de la boîte des éléments supprimés.

Dabney se tenait debout dans son allée quand la Prius tourna pour se garer. Elle fut horrifiée de voir CJ au volant.

Agnes ouvrit la porte du côté passager et courut pour embrasser sa mère.

— Me voilà ! Je n'arrive pas à croire que j'ai réussi à entasser toutes mes affaires dans cette voiture minuscule.

CJ salua Dabney avec son enthousiasme habituel, comme si elle était la seule personne au monde qu'il avait envie de voir. Il sentait délicieusement bon.

— Je ne voulais pas laisser Agnes conduire toute seule.

— Bien sûr, répondit Dabney après avoir dégluti. Combien de temps comptez-vous rester ?

— Je repars ce soir à 21 heures, avec le jet privé de mon client, sh-sh-sh…, chuchota-t-il.

Dabney ne saisit pas le nom du client. Soit elle devenait sourde en plus de tous ses problèmes de santé, soit CJ l'avait prononcé trop bas exprès. Peu importait ; elle était seulement soulagée que CJ ne restât pas dormir.

— J'ai mis du poulet à mariner, annonça-t-elle.

— Je me suis permis de réserver une table à Cru, le bar à huîtres, dit CJ. Vous vous joindrez à nous, j'espère ?

Dabney hésita. Voulaient-ils sincèrement dîner avec elle, ou préféreraient-ils en fait rester seuls ? Elle sentit une vague de fatigue et de faiblesse la submerger, et sa douleur au ventre refit surface, plus forte qu'avant. Les antibiotiques n'avaient absolument rien arrangé. La prochaine étape consisterait sûrement à arrêter le gluten... Adieu, céréales du petit déjeuner et sandwiches au bacon. Autant arrêter de respirer !

— Allez, maman, supplia Agnes. Tu adores les huîtres !

Dabney appréciait beaucoup Cru, un restaurant chic et raffiné où l'on passait du bon temps. Ce soir, ils offraient neuf variétés d'huîtres, et Dabney décida de commander trois de chaque.

— Excellente idée, approuva CJ. Je vous suis.

Les huîtres de CJ et Dabney arrivèrent, disposées sur des plateaux de glace grands comme des pneus Goodyear. Dabney prépara ses huîtres comme à son habitude : d'abord du jus de citron et du raifort sur l'ensemble, puis une moitié à la sauce cocktail et l'autre moitié à la sauce mignonette.

— Pour ma part, commenta CJ, je suis un puriste. Je les déguste nature.

La serveuse leur tendit une liste des variétés d'huîtres, qui avaient été disposées sur le plateau dans le sens des aiguilles d'une montre de façon à ce qu'ils puissent les identifier. Le visage de Dabney s'éclaira.

— C'est comme un jeu !

CJ commanda un cocktail appelé Dirty Goose, servi dans un verre à martini. Il l'avala d'un coup et agita la main en direction de la serveuse pour en demander un autre. Dabney regarda le panier de petits pains tout chauds posé sur la table. S'il lui fallait arrêter de consommer du gluten, ce serait là son premier challenge. Elle poussa le panier vers Agnes.

— Prends un petit pain, ma chérie. Tu es toute maigre.

— Merci, maman, ça ira.

— CJ, voulez-vous un peu de pain ?

— Non merci. Agnes et moi, on ne mange pas de glucides.

— Ah non ?

C'était la première fois qu'elle entendait parler de ce régime. Agnes était si mince qu'on avait envie de lui prescrire une bonne cure de fettuccine à la sauce Alfredo, mais Dabney préféra ne pas insister.

Dabney attaqua son plateau d'huîtres : d'abord une Belon en provenance du Maine, puis une Hama Hama de l'État de Washington, et une Kumomoto de Colombie-Britannique, l'une de ses variétés préférées. Elle se tourna vers Agnes.

— Veux-tu en goûter une, ma chérie ?

Agnes regarda le plateau. Bien sûr qu'elle en avait envie ! Dabney et Box étaient de grands amateurs d'huîtres, l'une de leurs rares extravagances. À chaque réveillon de Noël, Box commandait douze douzaines de Blue Point et autant de Kumomoto, et Dabney confectionnait une sauce mignonette maison aux framboises fraîches écrasées. Agnes avait grandi entourée d'huîtres comme d'autres avaient grandi entourés de biscuits apéritifs.

— Non merci, répondit Agnes.

— Allons, chérie, fais-toi plaisir. On pourra toujours en commander plus. Tiens, prends une Island Creek.

CJ vida son verre et le reposa sur la table avec une telle force que Dabney fut surprise qu'il ne se brisât pas.

— Merci, maman, ça ira.

— Si Agnes veut une huître, dit CJ, elle peut m'en prendre une à moi.

Il en attrapa une et la porta à la bouche d'Agnes comme un oiseau donnant la becquée à son petit.

Dabney ressentit un mélange d'impuissance et de colère lui étreindre la gorge. Elle avala une huître de Wellfleet.

— Alors, Dabney, reprit CJ. Vous avez réussi à me priver de ma fiancée pour tout l'été.

Dabney mangeait une French Kiss venue de Nouvelle-Écosse. La sauce raifort lui monta au nez et elle tendit la main vers son verre d'eau.

— Je vous demande pardon ?

— J'espère que vous êtes contente.

— Je… ?

Confuse, elle se tourna vers sa fille. Agnes ouvrit de grands yeux implorants, et Dabney comprit qu'on l'avait choisie comme bouc émissaire dans cette histoire.

— Eh bien, quand Agnes m'a parlé des problèmes financiers du Club…

— Agnes n'a aucun besoin de travailler, dit CJ. Ni au Club, ni ailleurs, jamais. J'ai les moyens de lui offrir le train de vie auquel elle a été habituée, et même mieux que ça.

— Oui, je n'en doute pas.

— Mais vous, vous vouliez l'avoir à la maison. Je comprends, quelque part : votre fille unique de retour dans sa chambre d'enfant une dernière fois, avant qu'elle se marie et vous abandonne pour toujours.

— Ce n'est pas du tout ça, objecta Dabney.

Agnes fixait maintenant la table, la tête rentrée dans les épaules. Elle ne se risquerait pas à ouvrir la bouche pour se défendre ou défendre sa mère. CJ la terrorisait. Agnes, cette jeune femme qui avait commencé la voile et le ski nautique à cinq ans, qui avait vécu seule à l'étranger à quinze, et qui ne craignait pas de prendre le métro à Harlem en pleine nuit, était terrorisée par CJ Pippin. De toute évidence, elle lui avait caché que c'était elle qui avait voulu venir à Nantucket ; elle qui avait envie de retrouver la plage, la maison de son enfance, la présence rassurante de ses parents et son ancien job d'été au parc d'aventures.

Soudain la table se trouva noyée sous un miasme d'un vert lugubre que Dabney ne connaissait que trop bien.

Un verre arriva pour CJ, son troisième Dirty Goose.

— Je ne vais pas interdire à Agnes de rester ici, reprit-il. Mais je tiens à ce qu'elle rentre à New York chaque week-end. Ou du moins un week-end sur deux.

Il parut un instant à Dabney que CJ et elle-même divorçaient et se disputaient la garde de leur enfant.

— Vous pouvez venir quand vous voulez, CJ. Nous avons beaucoup de place.

CJ renifla et avala une bonne rasade de son cocktail.

— J'ai quarante-quatre ans, dit-il en jetant un regard à Agnes.

La jeune fille se tenait maintenant prostrée, les mains jointes contre sa poitrine, comme une mante religieuse.

— J'ai depuis longtemps passé l'âge de dormir dans une chambre d'amis. Si je revenais cet été, je préférerais trouver un endroit à nous, pour avoir un peu d'intimité. Mais c'est un peu tard pour louer quelque chose, et j'ignore encore quand je pourrai me libérer. Vous savez, Dabney, à dix-neuf ou vingt ans, beaucoup de mes clients sont encore des enfants. Il faut que je sois disponible pour eux vingt-quatre heures sur vingt-quatre, sept jours sur sept, et l'été est une période chargée, surtout pour mes joueurs de football. Je suppose que vous connaissez Bantam Killjoy ?

Dabney n'avait jamais entendu parler de Bantam Killjoy. S'agissait-il du nom d'une personne, ou d'un nouveau jeu vidéo ? Elle secoua la tête.

— C'est un receveur d'Oklahoma City. Le tout premier joueur universitaire à avoir été recruté par une équipe professionnelle cette saison, et nommé pour le trophée Heisman après ça. Les médias l'adorent. Ses deux parents sont morts dans l'attentat d'Oklahoma City en 1995, quand il était encore bébé.

— Une histoire très triste, commenta Agnes, mais qui finit bien. Bantam a vraiment besoin de la présence de CJ ; il le voit comme un grand frère, ou un oncle.

— J'imagine, concéda Dabney. Je suis désolée, je ne suis pas du tout le football universitaire, à part les matches entre Harvard et Yale.

— Tout ça pour dire que signer Bantam Killjoy, ça a été un joli coup pour moi, et mon principal objectif pour cet été est de m'assurer qu'il aille en stage d'entraînement. Cela passera avant le fait de venir ici, malheureusement. Alors si Agnes veut me voir, ce sera à New York ou rien.

Dabney avala une East Beach Blonde du Rhode Island. CJ avait fait tout un numéro au moment de commander les huîtres, mais il n'en avait pas encore mangé. Une seule huître manquait sur son plateau ; celle qu'il avait donnée à Agnes. Dabney soupçonnait que CJ n'aimait pas les huîtres, et qu'il les avait commandées uniquement pour l'imiter encore une fois. On touchait là à ce qu'elle détestait tant chez CJ : il puait l'hypocrisie, à vouloir toujours impressionner les autres.

— Allons, CJ, ne soyez pas ridicule.

— Moi, ridicule ? Je vais vous dire ce qui est ridicule. Cela fait quatre ans que votre fille vous propose de venir à New York, et vous n'y êtes pas allée une seule fois.

Dabney attrapa une huître minuscule, une Yaquina de l'Oregon, mais malgré sa petite taille, elle peina à l'avaler.

— Agnes vous a sûrement expliqué que je souffre d'une sorte de phobie…

CJ tapa du poing sur la table.

— Vous êtes sa mère et vous n'avez pas voulu lui rendre visite une seule fois.

Agnes posa doucement sa main sur le bras de CJ, mais il l'écarta vivement en agitant l'épaule. Dabney se demanda tout à coup s'il la frappait.

— Et tant que j'y suis, continua CJ, Agnes m'a dit que d'après votre boule de cristal, on n'était pas faits l'un pour l'autre.

— Je n'ai pas de boule de cristal, malheureusement.

— Dans ce cas je me demande selon quels critères vous pouvez juger que nous ne sommes pas compatibles.

— Aucun critère en particulier.

— Pas de boule de cristal, pas de critère… Je vais vous dire, votre prétendu don, c'est des conneries.

— Vous ne seriez pas le premier à le penser.

Elle avala une Wianno.

CJ poussa son plateau d'huîtres vers Agnes.

— Tiens, mon cœur. Mange-les, toi.

Agnes posa son regard morne sur les belles huîtres fraîches qui nageaient maintenant dans la glace fondue.

— Ou bien prends un petit pain, suggéra Dabney.

— Je vous ai dit qu'on ne mangeait pas de glucides, rétorqua CJ. Elle va manger les huîtres. N'est-ce pas, mon cœur ?

La serveuse s'approcha de leur table.

— Est-ce que tout se passe bien ?

Dabney ne répliqua pas *J'espère que le comportement de mon futur gendre s'explique par son ivresse et non par sa cruauté naturelle.* Elle ne répondit pas non plus *Amenez-moi un verre de champagne ou un bon bordeaux blanc, parce que je ne vais pas survivre une minute de plus sans un verre.* Ni même *Il essaie de me montrer que je suis une mauvaise mère, mais je sais que c'est faux, car j'ai eu une mauvaise mère moi-même, et je ne suis pas comme ça.*

144

Non, Dabney refoula ces idées négatives, et adressa un sourire à la serveuse en se forçant à penser : *J'ai essayé les neuf variétés d'huître et elles étaient parfaites ; parfumées, onctueuses, iodées, délicieuses. Il n'y a rien de meilleur qu'une huître fraîche bien froide.* Elle perdait pied, elle le sentait ; le nuage de fumée verte lui voilait la vue et emplissait ses poumons.

— Tout va très bien, articula-t-elle enfin.

Tandis que la serveuse s'éloignait, Dabney posa sa serviette sur la table et demanda qu'on l'excusât. Elle se sentait terriblement mal, probablement à cause du brouillard vert, ou peut-être à cause de l'allergie au gluten qui menaçait de lui réduire les entrailles en poussière. *Avec les vies qu'on mène*, pensa-t-elle.

— Ma chérie, je ne me sens pas bien, expliqua-t-elle à Agnes. J'ai besoin d'un peu d'air frais. Je te retrouve à la maison, d'accord ?

— D'accord. Tu ne veux pas qu'on te raccompagne ?

— Oh non, non.

Elle salua CJ et pensa, *Bon vol avec ton client mystère.*

Elle pressa le pas en sortant du restaurant. Elle était malade d'amour, ni plus ni moins.

Elle appela Box alors qu'elle remontait Main Street. Il ne pourrait pas se plaindre cette fois, il n'était que 19 h 30.

— Allô ?

Dabney entendit un morceau de Mozart en fond et imagina que Box dégustait un verre de bordeaux blanc avant de dîner. Irait-il au restaurant ou resterait-il à son appartement ? Sortirait-il seul ou avec des collègues, peut-être même avec Miranda Gilbert ? Dabney n'avait vu son appartement de fonction que deux fois, et elle n'y avait jamais passé la nuit.

— Chéri ?

— Oui ? Dabney, est-ce que tout va bien ? Agnes est-elle bien arrivée ?

— Bien arrivée. C'est CJ qui a conduit.

— Un vrai gentleman.

— Mais il ne reste pas. Il préfère prendre un jet privé ce soir avec son client M. Sh-sh-sh.

— Pardon ?

— Oui, apparemment, il a développé une allergie à notre maison. Ou bien il cherche à me punir pour ce que j'ai dit sur leur couple. Ou tout simplement, il prend Agnes pour sa chose.

— Est-ce que tu te sens bien, Dabney ?

— Pas vraiment. Pas bien du tout, pour être honnête.

Elle se rendait bien compte qu'elle flirtait avec l'hystérie, mais elle n'arrivait pas à se contrôler. Que devrait-elle faire ? Avouer ce qui était arrivé avec Clendenin ?

— Il faut te reprendre, chérie. Et si tu appelais le Dr Donegal ?

Le Dr Donegal, son psychiatre. Box croyait qu'elle perdait la tête.

Il avait probablement raison.

— Je ne veux pas que tu partes, mon amour. Je veux que tu annules Londres. Je t'en prie, reviens à Nantucket. Pour voir Agnes. Et me voir, moi…

— Annuler Londres ? Chérie, ai-je bien entendu, tu voudrais que j'annule mon séminaire ?

— Oui. S'il te plaît.

— As-tu conscience qu'il m'a fallu pratiquement un an pour tout préparer ? Ils ne trouveront jamais de professeur pour me remplacer. Et je te rappelle qu'ils me paient une vraie fortune.

— Nous avons bien assez d'argent comme ça. Tu ne crois pas ?

— Oublions l'argent. Il s'agit de ma réputation, de ma crédibilité, et plus encore. Dabney, je pense que tu dramatises. Je vois bien que quelque chose te préoccupe, mais la solution n'est pas de me faire revenir à Nantucket.

Dabney garda le silence.

— Je ne pars que deux semaines.

Il n'annulerait pas son séminaire, quoi que Dabney dise ou fasse. Sa réputation, sa crédibilité, sa grande et respectable carrière d'économiste étaient en jeu.

— Tu as raison, concéda-t-elle. Bien sûr.

— Repose-toi. Je crois que tu es surmenée. Et tu es trop mince, en ce moment. Mange bien, fais de bonnes nuits. Je serai revenu avant même que tu te rendes compte de mon absence.

Sur ces mots, il raccrocha.

Dabney marcha jusqu'à sa porte d'entrée, mais ne l'ouvrit pas. Sa tête tournait et, malgré les neuf huîtres qu'elle avait avalées, la faim la tiraillait. Le poulet marinait toujours dans le frigo, elle n'aurait plus qu'à le passer sur le gril. *Allez, entre et va préparer le poulet*, pensa-t-elle.

Elle regarda son téléphone : 19 h 45.

S'il te plaît ? 20 heures.

Avec les vies qu'on mène…

Elle sauta dans sa Chevrolet et fonça vers Polpis Road.

II
Juin-juillet

Agnes

Box lui demanda de garder un œil sur sa mère pendant qu'il serait à Londres.

— Elle ne va pas très bien, ces temps-ci. Elle agit bizarrement.

— Bien sûr, Papa.

Pourtant, Dabney était si indépendante, et Agnes si obnubilée par ses propres problèmes, qu'il lui fallut quelques jours pour constater que sa mère agissait en effet bizarrement. Comme si elle cachait quelque chose.

Le lendemain du dîner chez Cru, Dabney se leva pour sa marche matinale, portant comme d'habitude un serre-tête et des perles. Elle sortit au moment où Agnes se préparait un café avec de la crème. Le bonheur, selon elle, résidait dans les petits bonheurs de la vie. CJ ne mettait que du lait écrémé dans son café, et obligeait Agnes à l'imiter, mais à présent qu'il était à des centaines de kilomètres, elle prendrait autant de crème qu'elle voudrait, non mais !

Quand Dabney se prépara pour partir au bureau, Agnes était encore dans la cuisine, dévorant une assiette d'œufs brouillés, des toasts de pain complet à la confiture de myrtilles, et du bacon poêlé. C'était un petit déjeuner fastueux, pour elle. CJ prenait seulement un smoothie à base d'épinards, algues et germes de blé. Agnes s'achetait parfois une bouteille de Vitaminwater sur le chemin du métro, et le week-end, elle s'autorisait un demi-pamplemousse. En mordant dans une tranche de bacon, elle imagina le visage horrifié de CJ s'il la voyait maintenant, encore en pyjama à bientôt 8 heures, en train de s'empiffrer, et n'ayant pas fait le moindre exercice. Lui sortait tous les matins à 6 heures pour courir dans Central Park avant de se rendre à la salle de sport, et il demandait à Agnes de l'accompagner. Il lui avait dit, avant de partir, qu'il espérait qu'elle ne perdrait pas ses bonnes habitudes. Il craignait probablement qu'elle ne devînt soudain obèse et paresseuse.

Agnès lui avait assuré que cela n'arriverait pas. Mais en avalant ses œufs à toute vitesse, elle se rendit compte que CJ avait raison de s'inquiéter. En à peine vingt-quatre heures, elle s'était déjà transformée en vrai goret. Et pourtant, c'était tellement agréable…

— Ma chérie, j'aurais pu te préparer à manger !

— Je suis grande, Maman. Tu veux un peu de pain grillé ? J'ai déjà englouti tout le reste.

— Je suis ravie de te voir manger. Tu es trop mince.

— Tu peux parler, Maman !

Dabney nageait dans ses vêtements, et ses pommettes saillaient plus que d'habitude.

— Papa dit que tu es malade.

— Sûrement une allergie au gluten.

— Comme tout le monde ! Pas de pain, alors.

— Je vais au bureau. Il y a une soirée ensuite au Brotherhood, alors je rentrerai un peu tard, après dîner. Tu sauras te débrouiller ?

— Bien sûr.

Dabney sourit et déposa un baiser sur le front de sa fille.

— Je t'aime, ma chérie. Je suis tellement contente que tu sois là.

Agnes s'était installée dans son ancienne chambre d'enfant, réaménagée entre-temps en chambre d'amis. Elle avait un grand lit blanc couvert de coussins brodés de bleu foncé, et le reste du mobilier était en bois doré. La pièce était lumineuse, et isolée dans la partie est de la maison. Agnes ne voyait vraiment pas ce que CJ avait à reprocher à cette chambre.

Il lui manquait énormément, et en même temps pas du tout. Loin de lui, elle pouvait enfin manger tout ce qui lui plaisait, et elle pouvait enfin respirer. CJ excellait en tout, avec son physique parfait, son allure assurée, son succès professionnel et sa générosité, si bien qu'Agnes se demandait ce qu'il pouvait bien lui trouver. Bien sûr, elle était jeune, jolie et avait bon cœur, mais elle avait tapé le nom d'Annabelle, l'ex-femme de CJ, dans Google, et celle-ci avait la beauté d'un mannequin, avec une coiffure et un maquillage toujours impeccables. En vraie femme du monde, elle donnait de son temps à des associations et organisait des galas de charité. Ses amis possédaient des appartements gigantesques dans des bâtiments anciens de Park Avenue, tandis qu'Agnes louait un deux-pièces dans la 84e rue. CJ avait lui aussi vécu sur Park Avenue, mais il avait perdu l'appartement pendant les négociations du divorce, et Annabelle l'avait vendu pour acheter une villa en bord de mer à Boca Raton, où elle menait une vie mondaine et profitait de l'argent de CJ.

— Un vrai parasite, disait CJ. Elle n'est bonne à rien. Elle n'a aucune idée de la valeur de l'argent, parce qu'elle n'a jamais eu à travailler.

En dehors de ces remarques, et malgré les questions d'Agnes, CJ parlait rarement d'Annabelle ou des raisons qui les avaient conduits au divorce. Il lui avait expliqué une fois qu'ils avaient tous les deux signé un document leur interdisant de communiquer les détails de leur séparation. Agnes avait trouvé cela crédible à l'époque, mais après ce que Manny Partida lui avait révélé quelques semaines auparavant, elle ne savait plus quoi penser. Elle avait donc décidé que passer un peu de temps loin de CJ serait plus raisonnable.

Manny Partida supervisait tous les Boys and Girls Club de la ville de New York, et était donc le patron d'Agnes. Il était venu personnellement lui annoncer qu'il n'y aurait pas de subvention pour les programmes d'été cette année. Agnes avait été dévastée. Son Club comptait plus de six cents membres : qu'allaient faire ces enfants tout l'été, sans personne pour les occuper ? Agnes adorait tous les enfants de son Club, mais elle aimait particulièrement les plus démunis. Ses deux chouchous, Quincy et Dahlia, des jumeaux de dix ans, étaient sans domicile et dormaient dans des refuges avec leur mère. Ils avaient chacun apporté au Club une valise à roulettes contenant leurs affaires, et Agnes les gardait en sécurité dans son bureau pour éviter tout chapardage. Dahlia aimait construire des maisons de fée avec des brindilles, de l'herbe et parfois de vieilles pailles en plastique et des gobelets McDonald's qu'elle récupérait près du terrain de basket décrépit. Agnes aurait pu pleurer rien qu'à les imaginer, tous les deux, sans nulle part où aller se réfugier de tout l'été.

Comme si cette nouvelle ne suffisait pas, Manny avait une autre bombe sous le coude.

— Mon petit doigt m'a dit que vous étiez fiancée à Charlie Pippin…

— Eh oui.

Elle regarda sa main gauche, même si ses doigts étaient nus. Il aurait été trop risqué de porter ce gros diamant au travail.

— Quand je l'ai rencontré, il n'y a pas si longtemps que ça, on l'appelait Charlie.

— Vous le connaissez ?

— Il y a une dizaine d'années, oui. C'était un généreux donateur, le plus généreux peut-être, au Club de Madison Square. Lui et sa première épouse.

Agnes hocha la tête. D'un côté, elle n'avait aucune envie d'entendre parler de CJ et Annabelle, et de l'autre, elle mourait d'envie de connaître leur histoire en détail.

— Il faut croire que les gens changent, dit Manny.

— Pardon ?

— Les gens changent. Il a changé de nom, et il a changé de Club, ce qui n'est pas plus mal car le vôtre a bien besoin d'argent. Malgré tout, je vous conseille de rester sur vos gardes.

— Comment ça, sur mes gardes ?

— On raconte qu'il n'a pas été très gentil avec sa première femme.

— C'est-à-dire ?

Manny leva les mains, paumes en l'air. Il portait un T-shirt bleu sous un costume beige, et une grande chaîne en argent autour du cou.

155

— Je n'irai pas jusqu'à dire qu'il la battait, parce que je ne connais pas les détails. Mais des histoires ont circulé. On a parlé d'un incident au gala du Club de Madison Square. Apparemment, ils avaient beaucoup bu tous les deux, et Annabelle a offert une somme faramineuse pour un lot sans la permission de Charlie, alors il a perdu son sang-froid, et…

Il baissa la voix.

— Ce ne sont que des rumeurs, alors c'est à prendre avec des pincettes, mais je m'en voudrais de vous cacher ça. On dit qu'il s'est montré violent.

— Comment ça, violent ?

— Il lui aurait tiré les cheveux et tordu le bras, entre autres. Mais encore une fois, c'était il y a dix ou douze ans, et les gens changent. Restez simplement sur vos gardes, Agnes. Vous êtes l'un de mes meilleurs éléments, et je ne souhaite que votre bonheur.

Après le départ de Manny, elle était demeurée collée à son siège un long moment. Manny Partida affabulait, ou bien quelqu'un lui avait raconté des bobards ; les gens du Club de Madison Square étaient sûrement verts de jalousie parce que CJ avait arrêté de les financer et qu'il avait obtenu pour Agnes cette séance d'autographes avec Victor Cruz. Lorna Mapleton, la directrice, avait la soixantaine, et elle trouvait Agnes bien trop jeune pour le poste. *Violent ?* Agnes n'imaginait pas du tout CJ lever la main sur elle. D'accord, il avait parfois sale caractère, surtout après un verre de trop, et elle l'avait déjà entendu réduire des gens en pièces au téléphone. Mais avec elle, il se montrait toujours gentil ; il se souciait de son bien-être, et c'était uniquement pour cela qu'il la poussait à faire tant d'exercice et à surveiller son alimentation en éliminant glucides, fromages et sauces. Il affirmait que le corps d'Agnes était un temple. Il ne lui voulait aucun mal.

Agnes avait choisi de ne jamais rapporter à sa mère sa conversation avec Manny – la pauvre en aurait fait une syncope ! – mais elle avait décidé sur-le-champ de passer l'été seule, chez elle, à Nantucket.

L'après-midi, Agnes se sentit d'humeur à marcher jusqu'en ville. Elle n'aimait pas le centre-ville autant que sa mère, pour qui tout le charme de l'île de Nantucket se trouvait concentré dans ce carré de quatre pâtés de maisons, car c'était là que se trouvait toute l'action : les agents immobiliers et les assureurs, le drugstore avec son comptoir à boissons et sandwiches, les galeries d'art, les fleuristes et les antiquaires, les églises, le bureau de poste, les bâtiments administratifs, les boutiques de mode ou de souvenirs. Le centre-ville, c'était là où se trouvaient les gens, et Dabney adorait les gens. Quiconque foulait les rues de Nantucket, ne serait-ce que pour une excursion d'une heure ou deux, faisait partie de son monde.

Agnes, quant à elle, préférait l'anonymat. Pour cela, Manhattan se révélait parfait. Peut-être son envie de rester incognito était-elle la conséquence d'avoir grandi à Nantucket en étant la fille de Dabney Kimball. Adolescente, elle ne pouvait rien faire : si elle prenait une bouffée de cigarette près du quai du ferry ou qu'elle se promenait main dans la main avec un garçon dans la rue, cela remontait aux oreilles de Dabney dans l'heure. Voilà pourquoi Agnes appréciait les endroits plus calmes et isolés de l'île, les plages reculées, les sentiers de forêt, les étangs secrets.

Mais ce jour-là, elle était d'humeur différente. Ce jour-là, elle voulait être reconnue comme la fille de Dabney Kimball. Elle flâna un moment dans la librairie Mitchell's, puis traversa la rue pour admirer les jolies tenues de soirée chez Erica Wilson. Elle essaya une robe décolletée en soie jaune et l'acheta sur un coup de tête. Elle était d'un jaune vif, la couleur même de l'été. À New York, comme tous les citadins, elle avait tendance à porter du noir de la tête aux pieds.

Elle fit encore un peu de lèche-vitrines, comme une touriste. Elle fut étonnée : personne ne semblait la reconnaître. Même Mme Cowen, sa coach de hockey sur gazon, passa sans la regarder. Bien sûr, elle avait quitté l'île après le lycée, et elle avait maintenant les cheveux courts, mais tout de même ! Agnes se trouva un peu vexée. Elle avait grandi sur cette île, mais elle ne s'y sentait plus vraiment à sa place.

Elle ne connaissait qu'un seul moyen de se défaire de ce sentiment déplaisant. Elle se dirigea droit vers la Chambre de commerce.

Celle-ci occupait le premier étage au-dessus d'un ancien bowling, et le bureau avait toujours eu une vague odeur de chaussures de bowling. Pour y remédier, Dabney allumait régulièrement des bougies parfumées à la pomme verte. Ce mélange d'odeurs de chaussures et de pomme avait fini par devenir emblématique de la Chambre, et, du coup, par être associé à Dabney elle-même.

En entrant, Agnes fut accueillie par un couinement joyeux et un poil trop enthousiaste.

Nina Mobley.

— Agnes ! Ta mère m'a bien dit que tu étais revenue, mais je ne pensais pas avoir le bonheur de te voir dès le premier jour !

— Bonjour, Nina.

Agnes se pencha pour l'embrasser. Nina, tout comme Dabney, semblait ne jamais changer : les mêmes cheveux châtains frisés, la croix en or autour du cou, les yeux en fente. Nina avait toujours eu cette manie de plisser les yeux, comme si le monde lui paraissait constamment manquer de clarté.

Voyant que le bureau de Dabney était vide, Agnes alla vérifier la pièce du fond, où les assistants répondaient au téléphone. À l'une des deux tables, elle vit une jeune femme avec une longue queue-de-cheval blonde expliquant que le American Seasons était son « restaurant préféré » ; à l'autre, un jeune homme aux épais cheveux châtains qui bouclaient au niveau du col de son polo bleu ciel. Ils étaient tous les deux si adorables, si parfaits qu'on les aurait cru sortis tout droit d'un catalogue de mode. Le jeune homme terminait un milkshake acheté au drugstore d'en face en aspirant bruyamment à travers la paille. En levant les yeux, il remarqua enfin Agnes et bondit sur ses pieds. Elle vit alors qu'il portait un short de bain à fleurs hawaïennes et des tongs, deux sévères entorses au règlement vestimentaire imposé par Dabney.

— Bonjour ! Excusez-moi. Comment puis-je vous aider ? Je m'appelle Riley Alsopp.

Agnes sourit. Il avait du zèle. Il devait être nouveau, et n'avait probablement pas conscience de l'interdiction de porter des vêtements de plage. Agnes elle-même avait travaillé comme assistante à la Chambre un été, et elle en gardait un mauvais souvenir. Sa mère l'avait forcée à porter une jupe beige au genou et des chemisiers en oxford. « On dirait toi », s'était-elle plainte. Dabney lui avait dit que tous les moments où elle n'était pas occupée à répondre au téléphone devaient être consacrés à apprendre par cœur le guide de la Chambre et à retenir les détails les plus obscurs de l'histoire de la chasse à la baleine.

Riley, en revanche, avait un recueil de nouvelles de J. D. Salinger ouvert sur son bureau. Curieux : il avait passé l'âge des listes de lecture du lycée.

— Je m'appelle Agnes, je suis…

— La fille de Dabney, je sais. Votre mère parle toujours de vous. Et puis j'ai vu votre portrait.

Il sourit, révélant une rangée de dents blanches parfaitement alignées.

Agnes regarda par-dessus son épaule. Contrairement à la plupart des patrons, qui se cachaient dans une pièce derrière tout le monde, Dabney avait décidé de placer son bureau et celui de Nina devant l'entrée. Elle tenait à être la première personne que l'on rencontrait en entrant dans la Chambre de commerce. Pourtant, son bureau restait désespérément vide, et Nina était maintenant au téléphone.

— Savez-vous où se trouve ma mère ? demanda Agnes à Riley.

— Elle est sortie en fin de matinée, et elle n'est pas revenue.

— En fin de matinée, vous dites ?

— Oui, vers midi. Vous pouvez vérifier dans le registre.

La queue-de-cheval blonde brailla que Cru était son « autre restaurant préféré ». Cru pour les fruits de mer et le poisson, et American Seasons pour les animaux terrestres.

Les animaux terrestres ? pensa Agnes.

Riley adressa un clin d'œil à Agnes.

— Je prends encore mes marques.

— C'est votre premier été à Nantucket ?

— Le premier où je travaille ici, oui. Je viens sur l'île depuis mes dix ans. J'étudie la chirurgie dentaire à l'université de Pennsylvanie.

Voilà qui explique sa denture parfaite, pensa Agnes, *mais pas le livre de Salinger et le short à fleurs.* Elle se demanda où se trouvait sa mère. Dabney avait quitté le bureau vers midi, et il était déjà presque 15 heures. Peut-être avait-elle un rendez-vous chez le médecin qu'elle aurait omis de mentionner ?

— Ma mère n'a pas précisé où elle allait ?

— Je ne suis pas vraiment au courant des secrets du bureau, répondit Riley en haussant les épaules.

— Non, bien sûr.

— Vous venez à la soirée tout à l'heure ? On se retrouve au Brotherhood of Thieves.

— Non, je n'y vais plus maintenant. Ma mère m'y traînait quand j'étais enfant, et à quinze ans, j'avais déjà avalé plus de mauvais chardonnay que la plus désespérée des mères au foyer.

Riley rit. Ce garçon était vraiment mignon. Dabney avait sûrement fondu pour lui sur-le-champ, et lui pardonnait peut-être le short à fleurs pour cette raison.

— Ravie de vous avoir rencontré, Riley.

Agnes prononça cette phrase avec une intonation qui ressemblait étrangement à celle de sa mère. Elle se tourna et s'énerva de voir que Nina parlait toujours au téléphone. Elle seule saurait où se trouvait Dabney.

La queue-de-cheval blonde raccrocha le téléphone et déclara à la cantonade :

— C'est sûr, ceux-là, ils vont venir passer une semaine à Nantucket en septembre !

Elle leva ses deux poings en l'air pour former le V de la victoire. Elle remarqua alors Agnes et sauta quasiment par-dessus son bureau.

— Vous êtes Agnes, je parie, dit-elle en lui secouant fermement la main. Je m'appelle Celerie Truman. C'est la deuxième fois que je travaille ici. Je suis une fan inconditionnelle de votre mère.

Agnes se retint de rire. Où Dabney trouvait-elle des personnes aussi pleines d'énergie ?

— Bonjour, Celerie, répondit-elle en adoptant encore une fois l'intonation de Dabney. Enchantée.

Elle s'arrêta, hésitante, espérant avoir prononcé correctement le nom de la jeune fille. Celerie, comme le céleri ? Elle se demanda ce que sa mère avait à dire sur le sujet. Dabney se montrait très critique avec les prénoms. Selon elle, les seuls noms acceptables étaient ceux que pourrait porter un juge de la Cour suprême : Thurgood Marshall ou Sandra Day O'Connor, par exemple. Celerie n'était définitivement pas un nom de juge.

— J'espère vous voir ce soir au Brotherhood, continua Celerie. C'est mon autre restaurant préféré ! Mon préféré pour les repas sur le pouce.

— Malheureusement, non, je n'irai pas.

La voix d'Agnes ressemblait tellement à celle de sa mère que c'en était effrayant, mais elle n'y pouvait rien, les mots sortaient spontanément de sa bouche avec ce ton. Entendant que Nina terminait enfin son appel, elle prit rapidement congé des deux jeunes gens. Ils étaient si adorables, à la fois individuellement et en tant que paire, qu'Agnes se demanda si Dabney n'avait pas converti la salle des assistants en laboratoire pour ses dons d'entremetteuse. Cela ne l'aurait pas étonnée.

Agnes se planta devant le bureau de Nina.

— Où est ma mère ?

Nina croisa les mains sur sa poitrine.

— Parle-moi de ta vie à New York ! Est-ce que tu t'y plais ? Oh, et ton mariage ! Ta mère dit que vous pensez à l'église Sainte-Marie et au Yacht Club pour la réception ?

Agnes et Nina avaient beaucoup à se raconter, elle en avait conscience. Elles n'avaient pas eu l'occasion de discuter à Noël ou pendant le Festival des jonquilles. Agnes aurait dû prendre des nouvelles de ses cinq enfants, car elle avait été leur baby-sitter à tous. Mais elle n'était pas d'humeur à lancer ce genre de conversation.

Elle consulta le registre. Dabney avait noté sa sortie à 11 h 55, indiquant « Courses, déjeuner ».

— Pardon, Nina, mais… Ma mère a-t-elle précisé où elle allait ?

Nina inspira profondément, puis eut un petit rire nerveux.

— Elle avait des choses à faire.

— Comment ça ? Quelles choses ?

Nina plissa les yeux.

— Oh, ma chérie, si seulement je le savais…

Agnes reprit sa marche en direction de la maison. Sa mère et elle avaient dû se rater, tout bêtement. Ou alors Dabney s'était rendue au supermarché pour acheter des œufs, ou à la ferme Bartlett pour des tomates. Mais non, elle n'aurait jamais fait ce genre d'emplettes au beau milieu de sa journée de travail… Box avait dit que Dabney se comportait de manière étrange, ces temps-ci. On ne pouvait pas nier qu'elle avait certaines bizarreries, avec son rare mélange de trouble obsessionnel compulsif et d'agoraphobie qui l'empêchait de quitter l'île, sans oublier, bien sûr, son don surnaturel d'entremetteuse. Peut-être avait-elle rendez-vous avec son psychiatre, le Dr Donegal. Ou bien elle vivait une crise existentielle et Agnes la trouverait planquée dans l'obscurité d'un pub, occupée à jouer au billard en buvant de la bière.

Pfff, n'importe quoi ! Agnes pouffa. Dabney serait à la maison, sans aucun doute.

Seulement, quand elle arriva, la maison était encore vide. Agnes se sentit exagérément inquiète, comme une enfant qui a peur d'être abandonnée. Pour ne rien arranger, elle trouva le téléphone portable de sa mère dans la cuisine, branché à son chargeur. Franchement, à quoi bon avoir un portable si on ne le prenait pas avec soi ? Agnes se demanda si elle devrait appeler Box à Londres. Il était 21 h 30 en Angleterre, Box était sûrement en train de dîner. Agnes n'avait aucune envie d'interrompre son repas, et d'ailleurs, pour lui dire quoi ? *Maman a quitté le bureau il y a trois heures et j'ignore où elle est allée*? L'île n'était pas si grande, Dabney devait bien se trouver quelque part.

Agnes se traîna dans l'escalier et se jeta sur son lit. Elle était si fatiguée qu'elle aurait pu dormir jusqu'au lendemain.

Elle fut réveillée par la chanson *Empire State of Mind* d'Alicia Keys, la sonnerie de son téléphone choisie par l'une des petites filles du Boys and Girls Club. Agnes se sentait vaseuse et ses membres semblaient peser des tonnes, mais elle tendit tout de même le bras vers son portable, au cas où il s'agirait de sa mère.

En attrapant le téléphone, elle vit qu'il était 17 heures, et que c'était CJ qui appelait. Avait-elle vraiment dormi si longtemps ? Elle hésita à laisser l'appel aller sur la messagerie ; elle savait que CJ entendrait à sa voix qu'elle venait de se réveiller, et elle n'était pas d'humeur à lui raconter qu'elle avait déjà englouti cinq mille calories dans la journée et qu'elle émergeait après une sieste de deux heures. Seulement, CJ n'aimait pas du tout tomber sur son répondeur. Quand il l'appelait, elle était censée répondre.

Elle s'éclaircit la voix.

— Allô ?

— Agnes ? Tu vas bien ?

Elle s'étira comme un chat. La douce lumière du soleil de la fin de journée s'étirait en rayons obliques sur le parquet. L'appartement d'Agnes était ravissant, mais il n'avait pas cette belle lumière naturelle. Derrière la voix de CJ, Agnes entendait les sirènes et le brouhaha de la ville. Manhattan ne lui manquait pas le moins du monde.

— Oui, très bien, répliqua-t-elle.

— Tu n'as pas appelé une seule fois aujourd'hui. Je croyais que tu ne pouvais pas te passer de moi.

— Ah. C'est vrai, je ne peux pas.

— Je préfère ça. Je sors du bureau, je suis en route pour la salle de sport, puis j'irai jouer au squash avec Rocky. Et toi, que fais-tu de beau ?

Agnes se redressa et tendit l'oreille, espérant entendre un signe de sa mère. Mais le silence régnait.

— Moi, rien.

— Ta mère et toi avez prévu quelque chose ce soir ? Des sandwiches au beurre de cacahuètes et une partie de Scrabble, peut-être ?

— Non, rien de prévu.

— Je parie que tout Nantucket a eu des palpitations en apprenant ton retour. Est-ce que tes ex sont déjà venus frapper à ta porte, l'âme en peine ?

— Non…

— Allons, mon cœur, ne te fâche pas. C'est plutôt moi qui devrais faire la tête. Je dois vivre dans cette grande ville privé de la femme que j'aime.

— On se verra dans dix jours.

— Oui, enfin, si je viens. Je ne veux pas dormir chez tes parents. Ce n'est pas pour jouer les starlettes, mais je suis trop vieux pour ça. Je suis sur liste d'attente pour une chambre au White Elephant, je croise les doigts. Et sinon, tu peux rentrer à New York.

Agnes se moucha. Elle n'avait aucune envie de retourner à Manhattan. Elle arrivait à peine à Nantucket et elle comptait bien rester et en profiter autant que possible. Son petit boulot au camp d'aventures commençait le lendemain, et elle avait besoin d'une routine. Elle avait besoin du soleil, de la plage et de l'air marin. Elle avait besoin de sa mère.

— Je préférerais que tu viennes à Nantucket, dit-elle.

— Oui, eh bien, on verra.

Agnes repensa à sa conversation avec Manny Partida. Elle n'imaginait pas une seconde CJ devenir violent avec elle ; en revanche, elle détestait quand il lui parlait comme à une enfant.

— J'entends ma mère qui rentre. Je vais te laisser. On s'appelle plus tard, mon cœur. Bisous.

En réalité, la maison était toujours aussi silencieuse, et plongée dans la pénombre. Dabney n'était pas rentrée. Agnes supposa qu'elle serait retournée au bureau depuis, avant de repartir pour la soirée au Brotherhood.

Agnes sortit la robe jaune achetée plus tôt et la regarda fixement pendant une minute.

Oui, enfin, si je viens.

Elle se débarrassa de son short et de son T-shirt pour passer la robe. Elle se maquilla légèrement, arrangea ses cheveux et enfila des sandales dorées. Elle allait se rendre à cette soirée, finalement, comme au bon vieux temps.

Un verre de chardonnay médiocre à la main, un poil meilleur tout de même que celui de son adolescence, elle se déplaça dans la salle du restaurant à la recherche de sa mère. La meilleure partie du Brotherhood était la salle la plus ancienne, une cave en pierres anciennes et poutres, avec de vieilles tables en bois usé. Adolescente, Agnes adorait venir ici, même si, pour une raison qu'elle ignorait, sa mère ne le lui permettait que les jours de pluie. La salle, éclairée par des bougies, dégageait l'atmosphère douillette et confinée d'une cabine de bateau. Agnes aimait commander le plateau de fromage. Du pain, du beurre, du fromage, de la moutarde, des cornichons, la lueur des bougies, le bruit de la pluie couvert, parfois, par celui d'une guitare acoustique… Ce souvenir agréable parvint à distraire Agnes un instant.

La pièce grouillait de visages connus. Tout le monde discutait, buvait et picorait les piments frits et les petits sandwiches qui passaient sur des plateaux. Agnes attrapa elle aussi un sandwich (quel plaisir de manger enfin du pain !) et balaya la salle du regard, cherchant toujours sa mère. Elle repéra Tammy Block, l'agent immobilier que Dabney avait présentée à Flynn Sheehan, causant une onde de choc de scandales quelques années plus tôt. Elle reconnut aussi l'agent de voyage, le propriétaire d'un magasin de souvenirs, et Barley Ivan, qui réalisait des paniers et meubles en osier. Elle avisa enfin Ed Law, le propriétaire de la boutique de T-shirts dans laquelle Agnes avait travaillé pendant son adolescence, tout comme sa mère au même âge.

Mais elle ne voyait toujours pas Dabney, et pourtant, sa mère devait bien se trouver quelque part dans le coin. Dabney avait instauré cette tradition des soirées *afterwork* des années plus tôt, en invitant les membres de la Chambre de commerce à se réunir une soirée par mois pour « évoquer ensemble les problèmes de leur communauté », ce qui consistait en réalité à boire des cocktails et à raconter des potins.

Elle vit le garagiste qui s'occupait aussi de remorquage, et Hal Allen, le fondateur de la société Allen Chauffage et Climatisation. Agnes était sortie avec son fils, Duke, au lycée.

Est-ce que tes ex sont déjà venus frapper à ta porte ?

Mais où était Dabney ?

Dans un coin de la salle, un jeune homme chantait un tube de Jack Johnson en s'accompagnant à la guitare. Agnes expira profondément et se concentra sur la musique un instant. Les chansons de Jack Johnson lui évoquaient toujours des colliers de fleurs tropicales et des boissons à la noix de coco. Elle mourait d'envie de passer sa lune de miel à Hawaï, mais CJ, qui avait déjà visité l'archipel « un nombre incalculable de fois » avec Annabelle, penchait plutôt pour une croisière en Alaska. Agnes avait entendu dire que l'Alaska était magnifique, mais il y faisait si froid, or qui avait envie d'une lune de miel froide ? Et puis, passer sa nuit de noces dans la cabine exiguë d'un paquebot ne la faisait vraiment pas rêver. Mais CJ avait insisté, affirmant qu'elle adorerait l'Alaska.

La chanson se termina, saluée par quelques applaudissements timides. Le musicien annonça alors dans son micro :

— La prochaine est pour Agnes, qui est revenue à Nantucket pour l'été.

Des voix s'élevèrent dans la foule. *Agnes ? C'est vraiment elle ?* Elle était démasquée, même si dans le fond, elle ne s'attendait pas à rester longtemps incognito. Elle se hissa sur la pointe des pieds pour identifier le mystérieux musicien. Il souriait, avec sa denture parfaite et son short à fleurs. C'était Riley, de la Chambre de commerce.

Il entonna alors *Puff le dragon magique*. Agnes adorait cette comptine qu'elle avait apprise dans son école

169

primaire Montessori, mais Riley n'avait aucun moyen de le savoir. À moins que Dabney ne le lui eût dit…

Agnes discuta avec tout le monde, adoptant encore les expressions et intonations de sa mère : *C'est merveilleux de vous voir, oui, ça fait longtemps, de retour pour l'été, petit boulot au parc d'aventures, ravie d'être ici, vraiment, il n'y a pas deux endroits comme Nantucket !* Riley prit enfin une pause et vint se planter à son côté, un verre de chardonnay médiocre à la main.

— Riley ! Dites donc, merci d'avoir révélé mon identité ! J'ai quand même adoré la chanson.

— Je ne pensais pas que vous viendriez.

— Pourquoi ne pas m'avoir dit que vous alliez jouer ?

— Je ne voulais pas me vanter.

— Vous vous en êtes très bien sorti.

Agnes imagina la tête de Dabney quand elle avait découvert que Riley jouait de la guitare.

— J'espère que ma mère vous a payé pour le numéro !

— Je prends des pourboires.

Il lui montra un gobelet en plastique dans lequel trônait un unique billet de cinq dollars.

— Riley, vous savez si ma mère est venue ?

— Je ne l'ai pas vue.

— Alors elle n'est pas là.

Agnes termina son chardonnay. Dabney ne passait jamais inaperçue. Quand elle participait à une soirée, elle était invariablement le centre de l'attention.

Elle dévisagea Riley. Il avait des yeux marron, comme ses cheveux, et un grain de beauté foncé sur la joue. Elle devina en l'observant que ses parents étaient toujours mariés, qu'il avait grandi entouré de frères et sœurs, et que toute sa vie s'était déroulée sans accroc, lui permettant de devenir un surfeur, un guitariste, et bientôt un dentiste accompli.

Et il avait sûrement bon cœur, car Dabney savait reconnaître le bon grain de l'ivraie.

— Est-ce qu'elle a fini par repasser au bureau ?

— Non. D'après Nina, elle avait à faire.

— Étrange. Ma mère est la personne la moins secrète du monde. Elle ne disparaîtrait pas sans rien dire.

— Je ne sais rien. Je ne suis à la Chambre que depuis deux semaines, et Dabney et Nina utilisent toutes sortes d'abréviations et de surnoms quand elles parlent, alors avec Celerie, on n'arrive jamais à les suivre. Je suis persuadé qu'elles le font exprès. Elles ne veulent pas qu'on voie plus que la partie émergée de l'iceberg.

— Normalement, les shorts de bain sont interdits au bureau. Ma mère ne vous a pas embêté avec ça ?

— Pas du tout. Elle a dit qu'elle les adorait.

— Vraiment ?

Agnes ouvrit de grands yeux. Décidément, la Terre ne tournait plus rond.

— Oui, vraiment. Si vous voulez trouver votre mère, vous devriez plutôt interroger Nina.

— J'ai essayé tout à l'heure. Elle n'a rien voulu dire.

— Bon, mon numéro est terminé. Ça vous dit qu'on se taille d'ici ? Je vous emmène quelque part ?

— Oh oui, avec plaisir !

Ils grimpèrent dans la voiture de Riley, une Jeep Wrangler vert foncé sur le toit de laquelle était fixée une planche de surf de deux mètres. C'était le véhicule emblématique de Nantucket. Riley l'avait acheté à ses dix-huit ans et ne le conduisait que sur l'île, pour aller de la maison de ses parents à Pocomo jusqu'aux plages du sud de l'île, les meilleures pour surfer.

— Je suis désolé, il y a des poils de chien partout. Mon labrador chocolat, Sadie, règne en souveraine sur ce petit royaume.

— Ça alors ! On a eu un labrador chocolat aussi, Henry. Ma mère adore cette race de chiens. À vrai dire, elle vous a probablement engagé juste pour ça !

Riley éclata de rire.

— Pas grave, j'ai l'habitude qu'on s'intéresse à moi pour mon chien ! Alors, où est-ce qu'on va ?

Agnes attrapa les bords de sa robe et les arrangea autour de ses jambes. Il y avait tellement longtemps qu'on ne lui avait pas demandé son avis sur quoi que ce soit. Dans sa nouvelle vie à Manhattan, CJ prenait toutes les décisions pour elle. Il sélectionnait les restaurants et les spectacles, décidait à quelles soirées assister ou non, fixait l'heure de ses séances de gym, choisissait la couleur de son vernis quand elle allait chez la pédicure.

Que voulait-elle ?

— Je veux trouver ma mère. Et j'ai faim.

— D'accord. On mange d'abord, ensuite on cherche.

Il attrapa le gobelet contenant cinq dollars et l'agita devant lui avec une grimace comique.

— Un endroit pas cher, ça vous va ?

Ils roulèrent jusqu'à Steamship Wharf, où plusieurs petits restaurants bon marché s'alignaient le long du quai. Agnes opta pour un cheeseburger avec des frites (toujours plus de glucides !) et Riley commanda trois parts de pizza et deux canettes de Coca-Cola. Ils reprirent ensuite la voiture pour la garer près de la plage, à Children's Beach, et mangèrent à l'intérieur, profitant de la vue sur le port.

— Je venais souvent ici quand j'étais petit…, commença Riley.

— Oui, moi aussi !

Elle n'avait pas voulu interrompre Riley dans l'évocation mélancolique de son enfance, mais cette plage en particulier, avec ses longues étendues d'herbe, lui avait valu ses souvenirs les plus anciens. Son arrière-grand-mère la poussant sur la balançoire et lui expliquant comment gagner de la vitesse en tendant les jambes ; Box, assis sur l'un des bancs en bois peint, feuilletant *The Economist* tandis qu'elle grimpait dans la cage à poules ; Dabney plantant dans le sable son drôle de parasol rayé exactement assorti à son maillot de bain rouge et blanc pendant qu'Agnes remplissait des seaux de sable mouillé.

— Alors dis-moi, qu'est-ce qui t'a fait revenir à Nantucket cet été ? demanda Riley.

— Je travaille dans un centre pour la jeunesse à Manhattan, et on a dû fermer pour l'été.

— Ça te fait des vacances bien méritées, non ?

— Certains de mes collègues le voient comme ça. Mais moi je m'inquiète pour les enfants. En fermant le centre, on laisse six cents gamins démunis livrés à eux-mêmes pour tout l'été.

— Mince…

— J'essaie de ne pas trop y penser. Je me dis qu'ils iront à la bibliothèque pour profiter de l'air conditionné, et que cela leur donnera peut-être envie de lire un livre.

— C'est une image charmante.

Riley plia sa part de pizza en deux pour y mordre, et une goutte de graisse orangée coula sur son menton. Agnes lui tendit une serviette en papier.

— J'adore les enfants, dit-il. C'est une des raisons pour lesquelles je veux devenir dentiste. Je veux dire, bien sûr, je m'intéresse aussi à l'aspect médical, mais j'aime bien l'idée de suivre des familles. Je veux voir grandir les enfants que je soigne, discuter avec eux de leurs compétitions de football ou de majorettes, puis de leurs premiers rendez-vous.

— Parfois, j'ai peur de m'être trop attachée aux enfants du Club, soupira Agnes.

Elle pensa à Quincy et Dahlia, mourant probablement de chaud sur un carré de bitume. Elle avait dit à CJ qu'elle voulait les adopter, pour leur donner un vrai foyer. Mais, comme CJ n'avait pas manqué de le lui rappeler, ils avaient déjà une maman, et de toute façon, CJ ne voulait pas d'enfant, même adopté.

— Certains d'entre eux n'ont vraiment pas eu une vie facile. C'est difficile de ne pas s'impliquer trop personnellement dans leur histoire.

— Tu as bon cœur, dit Riley en souriant. Telle mère, telle fille.

Agnes se sentit soudain nerveuse.

— Ça ne te dérange pas si on part maintenant ? Je voudrais vraiment trouver ma mère.

— Non, bien sûr.

Il jeta la croûte de sa pizza par la fenêtre de la Jeep, et des mouettes se ruèrent immédiatement dessus.

L'île de Nantucket ne mesurait que vingt kilomètres de long et six de large, mais cela ne voulait pas dire qu'il s'agissait d'un endroit rapide à explorer. L'île regorgeait de petits sentiers de terre et de recoins mystérieux. Agnes ne savait même pas par où commencer. Par chance, Dabney était partie avec sa Chevrolet, ce qui la rendrait facile à repérer le moment venu.

— Par où on va ? demanda-t-elle à Riley. L'est ou l'ouest ?

— L'est, je dirais. Allons voir à Siasconset.

— Siasconset ? Hmm…

Agnes doutait qu'ils trouveraient sa mère dans ce village. Dabney avait toujours eu un avis mitigé sur Siasconset, à l'image des sentiments des soldats de l'Union pour le général Lee. Autrefois, en effet, avant la naissance d'Agnes, les habitants de Siasconset avaient exprimé le désir de faire sécession. Ils voulaient leur propre mairie et leurs propres élus locaux, ce qui avait passablement irrité Dabney. Maintenant, en tant que directrice de la Chambre de commerce, Dabney se devait de promouvoir Siasconset comme tout le reste de l'île, et elle s'y tenait, puisque le village accueillait le Festival des jonquilles tous les ans, mais au-delà de cela, elle s'y rendait le moins possible : chaque année, elle allait exactement une fois au Chanteclair, un restaurant français ; une fois à l'hôtel Summer House pour prendre un verre et écouter jouer du piano ; et une fois au cinéma. Ni plus, ni moins. Au bureau, elle passait son temps à conseiller aux touristes de se rendre à Siasconset en vélo, de déjeuner au Claudette's et de déguster une glace au comptoir du supermarché, mais elle ne ferait jamais ces choses elle-même. Agnes n'imaginait pas sa mère aller à Siasconset pour quelque raison que ce soit.

— Non, laisse tomber Siasconset. Allons plutôt à l'ouest.

Riley tourna à droite sur Cliff Road, et Agnes redoubla d'attention. Elle scruta une par une les allées des magnifiques maisons de cette rue avec vue sur la baie. Peut-être qu'un couple d'amis du continent avait réussi à convaincre Dabney de sécher le travail et la soirée. Albert et Corinne Maku débarquaient parfois sans prévenir avec dans l'idée de s'amuser. Et il y avait sûrement d'autres amis qu'Agnes ne connaissait pas, un couple formé en 1989, en 2002 ou en 2011 – qui savait ?

Comment expliquer cette disparition autrement ?

Riley tripota la radio un moment puis, ne trouvant rien à son goût, finit par l'éteindre.

— Alors, Agnes, as-tu un petit ami ?

— Je suis fiancée.

— Ah, d'accord. Désolé, je l'ignorais. Ta mère ne m'a rien dit, et tu ne portes pas de bague.

En effet, pensa Agnes avec une pointe de culpabilité. Elle avait ôté sa bague après être tombée par hasard sur la facture, qui trônait sur la pile de courrier de CJ : vingt-cinq mille dollars. Agnes avait failli s'évanouir. Une bague à vingt-cinq mille dollars ! Hors de question de la porter à son travail dans le Bronx, ni sur Nantucket pendant qu'elle parcourait l'île avec des groupes de cyclistes ou de grimpeurs. La bague attendait sagement dans sa boîte, au fond d'un tiroir de la commode. Un objet magnifique mais inutile, comme un perroquet en cage.

— Ma mère n'en a pas parlé ?

— Non, mais encore une fois, je ne suis pas dans sa confidence.

— Oh, mais ça n'a rien d'un secret. Quoique ma mère préfère sûrement que ça en reste un. Elle n'approuve pas mon choix.

— Ah ?

— Non, soupira-t-elle. Tu sais que ma mère adore jouer les entremetteuses ?

Riley rejeta sa tête en arrière et rit de bon cœur.

— Je t'assure. Elle a arrangé quarante-deux couples, et ils sont tous encore ensemble. Elle est célèbre pour ça. Elle voit une « aura », un nuage coloré. Rose, c'est bien, et vert, c'est mauvais. Et bien sûr, mon « aura » avec CJ est verte, alors elle n'approuve pas.

— Tu plaisantes !

— Si seulement.

— Quand je disais que je ne vois que la partie émergée de l'iceberg... Alors comme ça ta mère est une sorte de marieuse ! Pas étonnant qu'elle se soit autant excitée quand j'ai dit que j'avais joué le rôle du père qui cherche à marier ses filles dans *Un violon sur le toit* !

Agnes sourit. Impossible de rester de mauvaise humeur avec ce garçon, il paraissait si insouciant.

— Oui, et d'ailleurs fais attention, elle a sûrement décidé de te caser avec Celerie !

— Tu crois ? J'hésitais justement à l'inviter à sortir un de ces jours.

Agnes ressentit une pointe de jalousie. Ridicule ! Mais qu'est-ce qui lui prenait, ce soir ?

— Excellente idée ! l'encouragea-t-elle.

— Mais je crois qu'elle a un petit copain, chez elle, dans le Minnesota.

— C'est loin, le Minnesota.

— Exact. Bon, allez, je lui demanderai. Je vais lui proposer d'aller au phare de Great Point avec moi samedi.

Nouveau pincement de jalousie. Agnes adorait ce phare ! Pour elle, une journée d'été idéale se résumait à une excursion à Great Point avec pour tout bagage une glacière pleine de boissons fraîches et deux sandwiches à l'avocat et au bacon de Something Natural, idéalement dans une Jeep comme celle de Riley, avec les cheveux au vent et la musique à fond.

Agnes observa le jeune homme pendant qu'il négociait les virages de Madaket Road. Celerie et lui iraient très bien ensemble. Après tout, Agnes avait immédiatement eu cette idée en les voyant côte à côte à la Chambre de commerce. Mais à ce moment-là, elle ne connaissait pas encore Riley. C'était avant de l'entendre chanter *Puff le dragon magique*, de le voir manger de la pizza, de lui parler de son travail. C'était incroyable comment, après seulement une heure passée avec lui, elle avait soudain envie de garder Riley pour elle toute seule. L'idée de voir l'affection du jeune homme dirigée vers Celerie, avec sa queue-de-cheval bondissante, son V de la victoire et ses multiples restaurants préférés, la bouleversait.

Mais non ; ce qui la bouleversait vraiment était la disparition de sa mère. Et elle savait qu'ils ne la trouveraient pas sur la plage de Madaket.

— Tu veux bien me ramener chez moi ? demanda-t-elle.

Riley pila et la housse de sa guitare vint frapper contre le siège d'Agnes, laissant échapper un couinement de corde.

— Hein ? Tu es sûre ?

— Sûre et certaine. Tout ça ne rime à rien, on n'a aucune chance de tomber sur elle. Je vais l'attendre à la maison, tout simplement.

— Oh. D'accord, comme tu veux. Mais au cas où, je tiens à préciser que ça ne me dérangerait pas de continuer à chercher.

Il semblait déçu. De toute évidence, il avait aimé l'idée de leur petite aventure, et il regrettait qu'elle prît déjà fin. Son dépit n'avait rien à voir avec Agnes.

— Je te remercie, dit-elle. Mais je préfère rentrer.

Le visage de Riley, avec ses dents blanches parfaitement alignées, s'affaissa en une expression de douleur ou de regret. Mais Agnes ne doutait pas qu'il oublierait vite sa déception quand Celerie accepterait de sortir avec lui. Alors la Chambre de commerce serait noyée sous leurs auras merveilleusement roses.

*

À 22 h 30, enfin, Agnes entendit sa mère passer la porte d'entrée. Elle attendait dans la cuisine, un verre de lait presque vide posé devant elle. Elle avait dévoré plusieurs des cookies à l'avoine de sa mère et avait laissé passer trois appels de CJ sans décrocher.

Dabney, manifestement surprise de tomber sur Agnes, faillit en lâcher son sac à main.

— Oh, ma chérie ! Je suis désolée, je ne… Pourquoi tu… Qu'est-ce qu'il y a ?

Agnes dévisagea sa mère. Elle portait la même tenue que le matin en partant pour le bureau : une jupe à carreaux, un polo bleu marine, ses mocassins et ses perles. Ses cheveux étaient soigneusement ramenés en arrière.

Pourtant, Agnes percevait un changement… Mais quoi ?
Dabney semblait avoir pris des couleurs. Avait-elle passé
la journée à la plage ? Agnes réfléchit. Elle visualisa Riley
et Celerie se dirigeant vers le phare de Great Point, mais
cela ne fit que l'énerver davantage.

— Où étais-tu ?

Sa voix avait un accent cassant. Elle se souvint de la
seule fois où elle avait employé ce ton avec sa mère, si
loin dans le passé.

L'expression de Dabney ne trahissait rien. Cette
femme, qu'Agnes avait toujours pensé si honnête, dis-
simulait en ce moment même un secret. La partie émergée de l'iceberg…

— Réponds-moi !

Elle avait conscience qu'elle prenait le rôle du parent,
et cela ne lui plaisait pas.

— Tu es partie du bureau à midi, tu as laissé ton
portable à la maison, et tu n'es pas venue à la soirée au
Brotherhood… Où étais-tu !?

— Quelque part.

Les yeux de Dabney brillaient d'un air de défi.
L'inversion des rôles était à son comble.

Dabney

Elle était complètement prévisible, elle agissait toujours exactement de la même manière. Elle n'avait fait

qu'une seule et unique chose surprenante dans toute sa vie : se lancer dans cette liaison extraconjugale.

Mais il s'agissait de Clendenin Hughes, celui qui s'était saisi de son cœur quand elle était adolescente. Elle n'avait jamais vraiment pu le lui reprendre.

Sa seule excuse ? L'amour.

Quand Dabney ouvrit la porte du cottage de Clen peu après 20 heures, elle sentit un filet d'ail et de gingembre. Clen se tenait devant la gazinière et, l'entendant entrer, il se retourna. Il n'avait pas l'air surpris le moins du monde, ce qui irrita Dabney. Elle lui tendit une bouteille de Gentleman Jack qu'elle avait achetée sur la route.

— Il n'y a vraiment que toi pour apporter un cadeau pour un cinq-à-sept, dit-il en riant.

— Je ne viens pas pour ça, rétorqua Dabney.

— Ah non ? C'est un défi ?

À ces mots, en un mouvement parfaitement fluide, il l'attrapa avec son bras valide, la jeta par-dessus son épaule, et la porta jusqu'au lit.

Dabney ne voyait qu'une réaction possible : elle éclata de rire.

— Attends ! s'écria-t-elle.

— Quoi ?

— Éteins la plaque ! On ne voudrait pas provoquer un incendie…

— C'est un défi ?

*

C'était pareil, tout en étant différent. Il ne lui laissa pas le temps de se poser de question, ni même de penser quoi que ce soit. Leurs corps, pour ainsi dire, s'enflammèrent. Elle sentit la bouche de Clen explorant chaque centimètre de son corps, sa peau brûlante contre la sienne, son torse écrasant sa poitrine, et plus il lui donnait, plus elle en redemandait. Encore, plus vite, encore. Il lui lécha les tétons et elle gémit en pressant son sexe contre lui, laissant une trace humide sur sa cuisse. Depuis combien de temps n'avait-elle pas ressenti un tel désir ? Quand il la pénétra, elle eut l'impression d'être scindée en deux ; elle ouvrit grand la bouche et grogna comme un animal. Elle n'avait couché qu'avec deux hommes dans sa vie, Clen et Box, mais ce Clen-là était une autre personne. Son corps tout entier dégageait une sensualité qui l'enivrait. Sa langue, ses lèvres, le goût et l'odeur de sa peau, ses cheveux épais entre ses doigts, la brûlure de sa barbe contre sa joue. Pendant toutes ces années, elle avait oublié qu'elle possédait un corps, avec des désirs et des besoins.

Quand ils eurent fini, il lui couvrit le visage et le cou de baisers, ses lèvres effleurant les gouttes de sueur qui refroidissaient sur sa peau. Elle tendit la main pour toucher son bras amputé. La peau du moignon était douce comme celle d'un bébé.

Elle ferma les yeux et tout ne fut plus que visions de bubble-gum, de cerisiers en fleur et de framboises si mûres et juteuses qu'elles tombaient lourdement au sol quand on les effleurait du bout des doigts.

Quand il fut temps pour Dabney de rentrer chez elle, elle fondit en larmes.

— Oh, Cupi, non !

Elle pleura de plus belle.

— Viens me voir demain.

— Impossible !

— Juste cinq petites minutes. S'il te plaît.

Le lendemain, vers midi, Dabney se leva de son bureau et nota dans le registre : « Courses, déjeuner ».

— Encore des courses ? ironisa Nina.

Elle lui décocha un regard en coin.

— Tu sais, tu ne devrais pas consigner toutes tes allées et venues. Sors quand tu veux. Vaughan ne vérifie jamais le registre.

Dabney appréciait l'indulgence dont son amie faisait preuve, prête à lui offrir sa complicité, mais l'utilisation du registre faisait partie d'une discipline de travail qu'elle ne se voyait pas abandonner. Certes, elle aurait ses rendez-vous amoureux pendant ses heures de travail, mais elle continuerait à noter ses sorties et s'accrocherait ainsi au peu d'intégrité qu'il lui restait.

Les « cinq minutes » du lendemain se transformèrent en un après-midi entier. Ils s'installèrent au bord de la piscine de la maison principale et Clen prépara des margaritas à la pastèque qu'ils sirotèrent allongés sur des matelas gonflables flottants. Malgré son bras, Clen nageait toujours remarquablement bien. Il fendait l'eau proprement, avec puissance. Dabney l'observa, amusée.

— Tu croyais que je nagerais en rond, hein ? plaisanta-t-il.

La piscine encourageait son côté joueur et malicieux. Clen et Dabney se bousculèrent et s'éclaboussèrent, burent quantité de margaritas, et se conduisirent de manière générale comme les adolescents qu'ils avaient été des décennies plus tôt.

À chaque fois que Dabney décidait qu'il était temps de partir, elle trouvait immédiatement une nouvelle excuse pour rester encore un peu.

— Je n'arrive pas à croire que je suis en train de sécher la soirée, dit-elle. Je n'en ai pas loupé une seule en quatorze ans !

— Je vais commander une pizza, des frites et des ailes de poulet.

— Non, pas de pizza. J'arrête le gluten.

— C'est la chose la plus grotesque que j'aie jamais entendue !

Il avait raison. Quelque chose clochait chez elle, mais le gluten n'y était pour rien.

— Tu es trop mince, remarqua Clen.

— Je pèse 48 kilos, comme au collège.

— Cupi…

Malade d'amour. Elle n'avait pas encore laissé le loisir à sa culpabilité de s'exprimer, mais quand le moment viendrait, le poids en serait si terrible qu'elle disparaîtrait. Box était à Londres, installé dans une suite de l'hôtel Connaught. Là-bas, il se déplaçait dans une Bentley avec chauffeur qui le transportait de l'hôtel à l'école et inversement, avant de le déposer aux restaurants de Gordon Ramsay ou Nobu Matsuhisa. Il évoluait au milieu de Big Ben, la cathédrale Saint-Paul, la National Gallery, Covent Garden, le London Bridge et la Tamise. Dabney pouvait nommer tous ces endroits, mais elle n'avait aucune idée de comment Box passait vraiment ses journées, tout comme Box n'avait aucune idée de ce qu'elle-même vivait en ce moment.

Quand il rentrerait à Nantucket, elle lui avouerait tout.

Ils mangèrent dans le lit, et Dabney but une bière, ce qui ne lui était pas arrivé depuis l'été 1987. Elle dévora la pizza en grognant de plaisir, arrachant des filets de fromage avec les doigts pour les fourrer dans sa bouche. Elle suça les os de poulet pour en aspirer la sauce et noya les frites brûlantes sous de généreuses couches de ketchup, de mayonnaise et de moutarde. Elle n'aurait jamais osé manger aussi salement devant Box, mais avec Clen, elle se sentait complètement à l'aise.

C'est probablement pour cela qu'elle laissa échapper une pensée.

— Je m'inquiète pour Agnes.

Elle avait prononcé le prénom sans aucune tension, pourtant, il sembla aspirer d'un coup tout l'oxygène de la pièce.

Dabney se raidit.

— Oh, pardon. Je n'aurais pas dû parler d'elle.

— Non, ne t'inquiète pas. Dis-moi, je veux savoir. Qu'est-ce qui t'inquiète ?

— Elle est fiancée.

Clen manqua de s'étouffer.

— Agnes va se marier ?

— Oui…

Elle parlait à voix basse, presque un murmure. Il lui semblait que l'heure avancée, la pénombre et la délicatesse du sujet l'exigeaient.

— Son fiancé s'appelle CJ Pippin, il est manager sportif à New York.

— Et ce CJ, est-ce qu'il est fait pour Agnes ?

— Non.

— Non ? s'étonna-t-il. Et tu laisses faire ça, Cupi ?

— Laisser faire ? répéta-t-elle en riant. Clen, on voit bien que tu ne sais pas comment c'est d'être parent.

— C'est vrai. Tout ce que je sais sur le sujet tiendrait sur un timbre, et encore, il resterait de la place pour le Notre Père.

— Il faut que j'y aille.

Le souvenir de leur passé commun, plus d'un quart de siècle plus tôt, provoquait en elle une douleur exquise.

Avant de partir, elle se hissa sur la pointe des pieds pour l'embrasser.

— Il y a longtemps que je n'avais pas passé une aussi bonne journée. Merci.

— Dabney…

— Quoi ?

— J'aimerais la rencontrer.

— Qui ? Oh… Non.

— Dabney…

— Non.

Elle tourna les talons et fonça vers sa voiture en secouant la tête.

Sur le chemin, elle pensa *Agnes, Agnes, Agnes.*
Et tu laisses faire ça, Cupi ?

Quelques jours plus tard, elle surprit une conversation téléphonique entre Agnes et CJ. Elle n'avait aucune intention de les espionner, mais une fois qu'elle eut entendu les premiers mots, elle ne put s'empêcher d'écouter.

— Je ne comprends pas pourquoi tu ne veux pas loger chez mes parents… Ma mère t'aime bien… Mais si ! Arrête avec ça, CJ… Non, je ne viendrai pas à New York. C'est l'été, je suis mieux ici… Non, CJ, je n'en ai pas envie… Mais oui, mon cœur, bien sûr que je t'aime !… Je pourrais te dire la même chose… D'accord, mon amour, pardon, je suis désolée ! Excuse-moi… Je t'ai dit que j'étais désolée ! CJ, s'il te plaît ! Pardon, pardon !

Elle termina la conversation en sanglotant.

Et tu laisses faire ça, Cupi ?

Non, elle n'allait pas laisser faire ça. Il était plus que temps pour elle de prendre les choses en main.

Dabney pensa d'abord à Dave Patterson, le créateur de Island Adventures, le parc où Agnes travaillait pour l'été. Un homme ambitieux, amoureux de la nature, à l'allure débraillée. Il avait commencé par ouvrir un petit camp pour une dizaine d'enfants et, le programme ayant gagné en popularité, il accueillait maintenant chaque été près de deux cents enfants. Il avait acheté les bâtiments et construit lui-même les équipements, y compris le mur d'escalade haut de quinze mètres. Mais Dave vivait sur Nantucket à l'année. Comme Dabney, et c'était peut-être une des raisons pour lesquelles elle l'appréciait, il ne quitterait jamais cette île qu'il aimait tant. Et, même si cela lui faisait de la peine de se l'avouer, Dabney n'imaginait pas sa fille passer le reste de sa vie à Nantucket.

Heureusement, elle avait une autre idée : Riley Alsopp.

Dabney savait qu'il avait eu un rendez-vous galant avec Celerie, comme chacun s'y attendait. Mais se laisserait-elle arrêter par ce détail ?

Bien sûr que non ! Le lundi suivant leur sortie, Celerie s'était présentée à la Chambre avec une demi-heure d'avance juste pour lui raconter sa journée avec Riley dans les moindres détails. Apparemment, peu lui importait que Dabney fût son patron et celui de Riley ; sans même parler du fait que Dabney, en tant que directrice, n'avait peut-être aucune envie de voir ses deux assistants, voués à partager un bureau tout l'été, se lancer dans une relation intime. Celerie paraissait ravie de tout raconter à Dabney dans les moindres détails avec sa frénésie habituelle.

Voilà ce qu'elle lui avait rapporté. Riley avait prévu de passer l'après-midi à Great Point, mais le phare était fermé parce que des pluviers siffleurs y faisaient leurs nids. Riley avait donc proposé de se rabattre sur Smith's Point, le même genre d'étendue de sable au calme, mais de l'autre côté de l'île. Celerie était partante, parce que merde, elle n'était jamais allée à Smith's Point, ni même à Great Point, d'ailleurs ! Lors de ses premières vacances sur l'île, elle n'avait pas été assez maligne pour sympathiser avec un propriétaire de 4 × 4. Tous ses amis conduisaient des Mini Coopers, alors leurs sorties se limitaient aux plages plus accessibles du sud. En route pour Smith's Point, la Jeep était tombée en panne d'essence. C'était une vieille voiture et la jauge n'était pas toujours fiable. Peu importe : ils étaient à côté de la brasserie Cisco, qui faisait aussi office de pub. Ils avaient décidé d'y passer l'après-midi, installés sur la terrasse à boire de la bière, à écouter de la musique live.

Chic idée, hein ? Tu parles ! Celerie avait bu trop, trop vite, sans penser à rien avaler. Apparemment, on ne trouvait rien d'autre à manger dans la brasserie que des hot-dogs, et Celerie, en accord avec son prénom, était végétarienne. Elle avait laissé un sandwich de Something Natural dans la Jeep, mais quand elle s'en souvint, il avait déjà passé deux heures dans le coffre en plein soleil et n'était probablement plus bon à manger. Riley avait proposé d'appeler un taxi, ou même de demander à son père de les ramener, mais Celerie, comme tous les gens qui ont trop bu, n'avait qu'une idée en tête : boire encore plus. Elle s'était comportée comme une vraie débile (le mot était d'elle). Elle était allée embêter le groupe sur scène, tirant la manche du chanteur pour lui demander de donner le micro à Riley. Le chanteur, bien sûr, avait refusé de céder sa place, mais Celerie l'avait houspillé sans retenue. Riley s'était excusé auprès du chanteur en affirmant qu'il n'avait aucune envie de monter sur scène, et Celerie avait piqué une crise, sanglotant et affirmant qu'elle savait bien, elle, que Riley voulait chanter. Une minute plus tard, elle avait commencé à vomir. Elle était si mal en point qu'elle était restée enfermée dans les toilettes du pub pendant deux bonnes heures. Riley avait attendu patiemment, posté derrière la porte, lui demandant sans cesse s'il pouvait l'aider, si elle voulait un taxi, ou s'il fallait appeler sa colocataire.

Quand elle avait fini par sortir, Riley était prêt à partir, assis dans sa Jeep. Son père lui avait apporté un jerrican de carburant. Il avait conduit Celerie jusqu'à chez elle et l'avait accompagnée jusqu'au seuil de sa porte. Il faisait maintenant nuit noire, et la colocataire de Celerie était sortie avec des amis. Celerie s'était faufilée tant bien que mal dans le salon, où elle était tombée face la première sur le tapis et s'était endormie sur-le-champ.

De loin la soirée la plus embarrassante de toute sa vie, à l'exception bien sûr de ce qui s'était passé pendant sa deuxième année, une expérience trop humiliante pour en parler, encore aujourd'hui.

Celerie dit aussi que Riley l'avait appelée le lendemain pour savoir si elle allait mieux, et quand elle avait commencé à se fondre en excuses, répétant « Je suis tellement, tellement désolée », il l'avait rassurée : « Non, ce n'est rien. Ça arrive à tout le monde. C'est ma faute, j'ai oublié les sandwiches. On fera mieux la prochaine fois. »

Celerie fixa alors Dabney droit dans les yeux avec un regard de chien battu.

— Vous croyez qu'il y aura une prochaine fois ?

Dabney comprit que la jeune femme comptait sur son avis d'experte des relations amoureuses. *Je dois être malade*, pensa-t-elle. Son radar ne lui indiquait rien du tout.

Elle sourit.

— On ne sait jamais.

Mais, bien sûr, Dabney savait. Riley était un garçon bien élevé, il avait seulement voulu se montrer poli. Il avait besoin d'une partenaire plus âgée que Celerie, trop immature du haut de ses vingt-deux ans.

Riley avait besoin d'Agnes.

Mais surtout, Agnes avait désespérément besoin de Riley.

190

Et tant qu'elle y était, pourquoi ne pas s'occuper aussi de Nina ?

Dabney avait déjà essayé de se mêler de la vie amoureuse de Nina par le passé, quand elle lui avait conseillé de ne pas épouser George. Nina avait refusé de l'écouter et Dabney la comprenait, car elle avait attendu trop longtemps pour s'exprimer et que quand elle l'avait enfin fait, la relation était trop avancée pour y mettre fin. Tout était allé si vite, comme un rocher déboulant une pente. Nina s'était retrouvée avec, sur un des plateaux de la balance, une montagne de dettes, et sur l'autre, cinq merveilleux enfants. Sept années avaient passé depuis son divorce, et elle n'avait pas eu le moindre rendez-vous amoureux. Elle avait confié à Dabney qu'elle se sentait trop fatiguée, trop occupée et trop désenchantée.

Un nom en particulier revenait à l'esprit de Dabney : Jack Copper. Elle repensait sans cesse à la conversation pendant laquelle elle avait appris à Nina le retour de Clen, et celle-ci lui avait avoué avoir failli avoir une aventure avec Jack. Jack Copper était célibataire, il l'avait toujours été. Il était maigre, la peau basanée, le visage buriné. Il avait un fort accent de Boston qui exaspérait les gens comme Box, mais que Dabney adorait, avec ses R qui sautaient et ses longs A. Jack possédait un ancien baleinier de douze mètres, depuis lequel il conduisait des touristes en mer dans un charter pour qu'ils puissent pêcher. Lui-même réussissait toujours à pêcher quelque chose, ce qui lui valait de nombreux clients fortunés. Il buvait de la bière au Angler's Club, jouait aux fléchettes au Chicken Box. Il conduisait un pick-up Chevrolet. Il parlait toujours de son Impala à Dabney, et, comme elle, rêvait de s'offrir un jour une Corvette Stingray bleu Bermudes avec toutes ses pièces d'origine. Jack Copper n'était pas un mauvais choix. Dabney n'y aurait peut-être pas pensé d'elle-même, mais elle était intriguée de voir que Nina regrettait de l'avoir repoussé.

Dabney composa le numéro d'Eleanor Sea, la société de Jack. Il l'avait appelée ainsi en hommage à sa mère, Eleanor C., qui tenait autrefois une pension sur India Street.

Dabney s'attendait à tomber sur le répondeur. Les hommes comme Jack ne répondaient jamais au téléphone. Elle fut donc surprise quand il décrocha.

— Copper à l'appareil, dit-il en avalant ses R.

— Oh, bonjour, Jack. Ici Dabney Kimball.

Dabney dit à Jack qu'il avait gagné à la loterie de la dernière soirée *afterwork* et que son lot était un bon d'achat de cent dollars à la boutique de spiritueux Hatch. Pouvait-il venir récupérer son prix à la Chambre dans l'après-midi ?

Dabney savait que Jack ne dirait pas non à de la bière gratuite.

— Et comment ! Je passerai vers 15 heures.

Dabney fut ravie quand elle vit Nina arriver au bureau vêtue d'une robe moulante rouge mettant en valeur son décolleté. Nina portait rarement des tenues aussi sexy ; c'était comme si elle avait su.

À 14 h 30, Dabney annonça qu'elle sortait une heure pour un déjeuner tardif, et nota sa sortie sur le registre.

— Je ne sais pas pourquoi tu t'obstines à pointer.

— Je suis une petite fille modèle.

— Tu l'étais avant, oui. Mais je ne suis pas sûre que c'est comme ça que je te décrirais aujourd'hui.

— Je crois que Jack Copper va passer bientôt pour récupérer ceci.

Elle lâcha négligemment l'enveloppe sur le bureau de Nina.

— Qu'est-ce que c'est ?

— Un bon d'achat chez Hatch. Il l'a gagné à la loterie de la dernière soirée.

— Non, c'est Hal Allen qui a gagné la loterie…

Nina plissa les yeux.

— Et d'ailleurs tu n'étais même pas à la soirée, dit-elle d'un air de reproche.

— N'oublie pas de donner l'enveloppe à Jack. Il devrait passer vers 15 heures.

— Dabney, qu'est-ce que tu mijotes ?

Mais Dabney s'était déjà précipitée dans l'escalier, et elle fit semblant de ne pas entendre la question.

Quand Dabney revint à la Chambre une heure plus tard, après avoir passé à nouveau « cinq minutes » chez Clen, un brouillard vert flottait au rez-de-chaussée. Elle grimpa l'escalier, aussi paniquée que si elle avait mis le feu à l'immeuble.

La grande pièce, celle où étaient installées Nina et Dabney, était envahie par le nuage verdâtre, mais les deux bureaux étaient vides. Dabney passa la tête dans la pièce du fond, où Celerie et Riley bavardaient gaiement au téléphone, ne se souciant pas le moins du monde du désastre atmosphérique qui régnait juste à côté. Dabney se rappela alors que, contrairement à elle, ils ne voyaient pas le fameux brouillard.

Elle fit signe à Celerie de mettre son correspondant en attente.

— Vous avez besoin de moi ?

— Où est Nina ? Je ne la vois pas à son bureau.

— Elle était là à l'instant, répondit Celerie en haussant les épaules. Elle parlait à un type avec une visière blanche.

Dabney fit volte-face et, s'aidant de ses bras, fendit le brouillard épais comme une soupe de pois pour aller consulter le registre. Nina n'avait rien noté, mais bien sûr, elle n'était pas aussi pointilleuse que Dabney. Elle était peut-être sortie pour prendre un verre avec Jack.

Dabney entendit alors un bruit dans la salle de conférences. Elle espérait se tromper, mais il fallait bien vérifier. Si la salle était vide, elle irait rapidement jeter un œil au Anglers' Club.

En ouvrant la porte, elle surprit Jack et Nina appuyés contre la table, leurs deux corps collés l'un contre l'autre de la bouche jusqu'aux hanches. Le brouillard était si épais que Dabney distinguait à peine leurs silhouettes, mais elle en voyait assez pour savoir qu'ils ne plaisantaient pas.

— Bonjour, vous, dit-elle d'un air enjoué.

Ils s'écartèrent immédiatement, et le brouillard se dissipa juste assez pour révéler l'expression contrite de Nina.

— Nina, il faut que je te parle une minute. Jack, vous pouvez partir. Vous avez tout ce qu'il vous faut, non ?

Il lissa sa chemise décontractée et ajusta sa visière.

— Euh, ouais. À plus.

Il quitta la pièce sans demander son reste. Dabney attendit d'entendre ses pas dans l'escalier avant de fermer la porte. Le brouillard vert avait maintenant presque disparu.

— Eh bien, voilà qui était humiliant…, dit Nina. J'ai l'impression d'être une adolescente prise en flagrant délit par sa mère. Tu ne pouvais pas frapper ?

— Je ne savais pas que vous seriez là. Je m'inquiétais.

— Pourquoi ? On ne faisait que s'embrasser. Et c'est bien pour ça que tu l'as appelé, non ? C'est pour ça que tu as payé ce bon d'achat de ta poche. C'est pour ça que tu lui as dit de venir à 15 heures et que tu t'es éclipsée juste avant. Je me trompe ?

— Non… Je suis désolée.

— Il y a de quoi.

Elle se tourna vers la fenêtre et suivit du regard la silhouette de Jack qui remontait Main Street à toute vitesse.

— Je n'ai plus la moindre chance avec lui, maintenant. Il ne reviendra jamais ici, et si je veux le voir, il faudra que je lui coure après. Merci beaucoup, vraiment.

— Je t'ai rendu service.

— Oh, vraiment ? Toi, tu as le droit de t'échapper et de t'amuser. Tu vois Clen presque tous les jours depuis que Box est parti. Est-ce que je dis quelque chose ? Non, parce que tu es ma meilleure amie et que je ne souhaite que ton bonheur. Mais ça n'est pas réciproque.

— Bien sûr que si, Nina…

— C'est faux ! Tu viens de me tendre un piège juste pour m'humilier.

— Quand je suis arrivée au bureau, j'ai vu un brouillard vert. Le même qu'avec George. Jack n'est pas fait pour toi, Nina.

— Je me fiche pas mal de savoir s'il est fait pour moi ou non ! Tout ce que je demande, c'est un homme qui s'intéresse à moi. Je voudrais juste m'amuser un peu ! Tu

195

ne vois jamais une troisième couleur ? Un jaune modérément heureux ? Un bleu relaxant ? Un rouge passionné ?

— Non. Ça ne marche pas comme ça.

— C'est bien dommage.

— Je veux trouver quelqu'un de spécial pour toi. Ton homme idéal, celui avec qui tu seras heureuse pour toujours.

— Je n'ai pas besoin d'un homme pour toujours ! Je veux un homme pour maintenant ! Et j'en avais un, mais tu viens de le faire fuir !

— Bien sûr que si, tu veux quelqu'un pour toujours. Je le sais. Et même si tu prétends le contraire, c'est ce que moi, je veux pour toi.

Elle termina sa phrase en sanglotant, et son visage fut vite baigné de larmes. Elle pensait avoir trouvé la bonne personne avec Jack Copper, mais manifestement, elle s'était trompée. Son instinct lui faisait complètement défaut.

Nina lui tendit un mouchoir en papier.

— Dabney, mais qu'est-ce qui t'arrive ?

Si seulement elle connaissait la réponse…

Agnes

Agnes emmenait un groupe de dix jeunes campeurs en excursion à vélo vers le lac salé de Quidnet. Six garçons et quatre filles, tous très athlétiques à l'exception du petit Dalton, originaire des beaux quartiers de Manhattan et élève de la prestigieuse école privée Collegiate. Les lèvres de Dalton étaient effroyablement gercées, et l'une des raisons pour lesquelles il traînait et ralentissait le groupe était qu'il devait s'arrêter toutes les cinq minutes pour appliquer une nouvelle couche de baume à lèvres SPF 30. Sans oublier son casque de vélo, dont Agnes nota qu'il s'agissait du modèle le plus cher existant, qui était trop grand et ne cessait de glisser sur ses yeux. Il voyait si mal qu'il faillit entrer en collision avec les filles qui le précédaient.

Agnes s'en voulait, mais elle devait admettre qu'elle n'appréciait pas beaucoup Dalton. Bien sûr, ce n'était pas juste. Le pauvre garçon était simplement ennuyeux. Non, en réalité, sa colère était dirigée contre CJ. Celui-ci avait annulé sa visite du week-end, car il n'avait pas réussi à obtenir de chambre au White Elephant, et apparemment, avoir cette chambre était une condition sine qua non.

— Pourquoi tu ne veux pas venir chez mes parents ? lui avait-elle demandé. Box est à Londres et ma mère n'est jamais à la maison.

— Parce que je ne me sentirais pas à l'aise, et pas détendu. Pas les conditions dans lesquelles je veux passer du temps avec toi.

Mal à l'aise et nerveux à cause de ma mère, pensa Agnes. Si Dabney avait été à Londres aussi, CJ serait venu.

— J'aimerais que tu viennes à New York pour cette fois, avait dit CJ.

— Non, je ne peux pas.

— Pourquoi ?

Elle avait essayé de trouver une excuse. Bien sûr, elle pouvait aller à New York, elle n'en avait simplement pas envie. De toute manière, CJ passerait le week-end au téléphone à négocier un contrat pour Bantam Killjoy. Le joueur s'était vu proposer un poste chez les Jaguars de Jacksonville, mais la Floride ne lui disait rien. Il préférait l'ouest du pays. CJ essayait de séduire les équipes de Kansas City ou San Diego. Du moins, c'était ce dont Agnes se souvenait, elle n'avait pas vraiment suivi les derniers développements de l'affaire.

— Je suis sur une île, CJ. J'aimerais profiter de mon été, aller à la plage…

— On peut profiter de l'été à Manhattan aussi. On ira se promener à Central Park et tremper les pieds dans la fontaine. Je t'emmènerai voir un match des Yankees. Je peux obtenir une table dans le restaurant de ton choix. Lequel te ferait plaisir ? Le Bernadin ? Minetta Tavern ?

— Euh… Peut-être la prochaine fois ?

— On croirait que tu n'as même pas envie de me voir.

— Mais si, voyons !

Agnes avait ensuite entamé tout un refrain d'excuses qui n'étaient qu'à moitié sincères.

Au moment de tourner sur la route de Quidnet, Agnes rassembla son groupe autour d'elle pour faire le point sur l'itinéraire. Beaucoup des enfants avaient des personnalités attachantes, comme Archie, Samantha, Bronwyn, ainsi que Jamey et Jamie (ne pas confondre le premier avec la deuxième). Mais ils mouraient de chaud, les bouteilles d'eau étaient déjà presque vides, et les enfants s'impatientaient, ne pensant plus qu'à se jeter enfin à l'eau puis manger.

Elle récapitula : tourner à gauche et rouler huit cents mètres pour atteindre le lac, attacher les vélos, gagner la plage, rester groupés, ne pas entrer dans l'eau avant le coup de sifflet. Il fallut ensuite attendre encore Dalton. Agnes le surveillait du coin de l'œil pendant son énième pause baume à lèvres, trente mètres plus loin.

Alors l'attention d'Agnes fut attirée par le rouge vif de l'Impala qui fonçait sur Polpis Road. Au volant, sa mère, lunettes de soleil sur les yeux, chantait à tue-tête. Agnes reconnut les accords de *Hang Fire* des Rolling Stones.

Elle agita les bras en criant « Maman ! Maman ! », mais l'Impala passa sans s'arrêter. Dabney était trop concentrée sur sa destination pour remarquer sa fille unique.

Mais où allait-elle donc ? Agnes ne pouvait bien sûr pas la suivre.

Les enfants se montrèrent curieux.

— Est-ce que c'était ta mère ? s'enquit Samantha. Genre, ta vraie mère ?

Agnes se rendit compte que pour ces enfants, elle paraissait déjà trop vieille pour avoir une mère.

— C'était sa voiture ? La Chevrolet Impala de 1967 ? demanda Archie.

Évidemment. Il se trouvait toujours un connaisseur dans les groupes.

— Oui, c'était ma mère. Ma vraie mère. Et oui, c'est sa voiture.

— Ta mère doit être trop cool, conclut Archie.

Le soir, à l'heure du dîner, Agnes attendit que Dabney eût terminé son premier verre de vin et versé le deuxième pour l'interroger. Cette fois encore, sa mère semblait avoir pris le soleil. Les taches de rousseur sur ses joues ressortaient plus que d'habitude.

— Je t'ai aperçue sur Polpis Road, aujourd'hui. Au niveau de la route de Quidnet. J'étais avec mon groupe de campeurs. Où allais-tu comme ça ?

Dabney prit une bouchée de saumon grillé avec sa sauce à l'aneth, et son visage eut un air d'extase. Agnes la comprit : sa mère cuisinait divinement bien, et elle avait d'ailleurs gagné plus d'un kilo depuis son arrivée. Dabney s'essuya les lèvres avec sa serviette, puis but une gorgée de vin.

— L'été juste avant ma rentrée à l'université, raconta-t-elle, j'ai crevé sur Main Street, avec la Nova. J'ai touché le trottoir en granit juste devant la boutique Murray's. Et au moment même où je suis sortie de la voiture pour voir l'étendue des dégâts, une voiture de police s'est arrêtée. C'était ton grand-père !

— Ah.

— Quelle était la probabilité que mon père soit justement dans le coin pile au moment où mon pneu a éclaté ? J'étais très contente de le voir, même s'il m'a forcée à le changer moi-même. Tu sais comment était Papy.

— Maman… Où est-ce que tu allais tout à l'heure ?

— J'ai repensé à cette histoire parce que c'est drôle comme on peut tomber sur ses parents, ou ses enfants, quand on est hors de la maison, en train de vivre sa vie.

— Maman.

Dabney attrapa une asperge du bout des doigts et la porta à sa bouche.

— J'ai déjeuné au Beach Club de Sankaty.

— Ah bon ? s'étonna Agnes.

Cela ne collait pas. Dabney détestait le Beach Club de Sankaty, parce que sa mère, Patty Benson, en avait été autrefois membre. Pour Dabney, cet endroit était maudit.

— Je croyais que tu refusais d'y aller, dit Agnes.

— Eh bien tu vois, aujourd'hui, j'y suis allée.

Nina

Dabney n'était pas au bureau quand Marcus Cobb passa à la Chambre de commerce pour s'y inscrire. Le Dr Cobb ouvrait un cabinet d'ophtalmologie sur Old South Road.

Un vrai docteur pour les yeux ! pensa Nina.

De taille moyenne, le Dr Cobb portait une chemise et une cravate, et avait le crâne rasé. Nina adorait les hommes en cravate, probablement parce qu'elle avait grandi sur l'île de Nantucket, où personne n'en portait jamais à l'exception du proviseur du lycée et des agents d'assurance.

— Vous savez, je crois qu'il me faut des lunettes. Cela fait des années que je n'y vois plus clair.

Croyant à une plaisanterie, le Dr Cobb éclata de rire.

Couple n° 17 : Genevieve Martine and Brian Lefebvre, mariés depuis vingt et un ans, cinq filles.

Genevieve : Quand j'ai rencontré Dabney, j'avais vingt et un ans et elle dix-sept. On travaillait ensemble à Nantucket Cotton, une boutique de T-shirts réputée pour être le commerce le plus prospère de toute l'île. Je viens du Canada, où j'ai étudié à l'université McGill à Montréal et obtenu un diplôme complètement inutile en langue et littérature française. J'ai coupé les ponts avec ma famille car je suis tombée amoureuse du mari de ma cousine, une affaire qui choqua tellement ma mère, une vraie catholique, qu'elle m'ordonna de quitter le pays sur-le-champ et d'implorer Dieu de la pardonner.

Je suis donc arrivée à Nantucket, où j'ai pris le premier job que j'ai trouvé. Le responsable de la boutique, Ed Law, avait à tout prix besoin d'aide. Dabney, du haut de ses dix-sept ans, était ma responsable. Ed m'a expliqué que je devais l'écouter et faire tout ce qu'elle me dirait. D'après lui, c'était la meilleure employée qu'il eût jamais eue.

Dabney était une jolie jeune fille qui arborait, avec son jean, un sautoir de perles et un serre-tête, et, pendant ses heures de travail, un T-shirt rose à col V dont l'inscription disait « Née à Nantucket » en lettres bleu marine. Ed avait fait faire le T-shirt exprès pour elle. J'ai pensé, *Wahou, Ed Law a l'air cool.*

C'est Dabney qui m'a dit que la boutique était le commerce le plus prospère de l'île, avec un bénéfice supérieur même aux galeries d'art ou aux bijouteries. Quand ils visitaient Nantucket, les touristes avaient toujours envie de repartir avec un souvenir. Le T-shirt était le choix parfait : léger, bon marché, et utile. Ed Law avait été le premier sur l'île à proposer des souvenirs affichant autre chose que le simple nom de l'île. Il avait créé un T-shirt avec le message « I am the man from Nantucket », jouant sur la première phrase d'un poème grivois connu dans la région. On en vendait des milliers.

Dabney était un excellent manager : organisée, toujours juste dans le partage de nos horaires, responsable avec la caisse et la trésorerie, et montrant l'exemple avec son propre travail (elle pliait un T-shirt mieux que personne, et tenait à les empiler sur les étagères dans l'ordre des tailles, alors qu'Ed Law ne l'exigeait pas). Mais c'était surtout une championne de la relation client. Elle discutait avec les clients, leur demandant d'où ils venaient et où ils séjournaient sur l'île. Elle avait une connaissance encyclopédique de Nantucket et avait toujours une suggestion de restaurant ou d'endroit hors des sentiers battus pour se promener ou pique-niquer. Tout le monde l'adorait ! La plupart des clients achetaient des T-shirts supplémentaires pour faire plaisir à Dabney. Ed a vite eu l'idée de vendre des cartes touristiques à trois dollars pièce, que Dabney personnalisait à la demande avec ses bonnes adresses.

— Tu devrais travailler à la Chambre de commerce, lui ai-je suggéré.

— C'est vrai, tu as raison !

— Mais que va devenir Ed si tu t'en vas ?

Ma plaisanterie nous a fait rire.

Le petit ami de Dabney, Clendenin Hughes, venait la chercher tous les jours à la sortie du travail. Il s'asseyait sur un banc face à la boutique et l'attendait patiemment en lisant un livre. Quand elle sortait enfin, il lui prenait la main et ils partaient à pied.

J'ai travaillé avec Dabney trois étés consécutifs, jusqu'à mon aventure malheureuse avec Ed Law. Je venais enfin de me faire pardonner pour la mésaventure avec le mari de ma cousine, et voilà que je recommençais. Après avoir démissionné, j'ai travaillé un temps comme serveuse à l'Atlantic Café avant de décider qu'il me fallait un « vrai travail ». C'est alors que j'ai été embauchée comme réceptionniste par Ted Field, qui, parce qu'il était tout nouveau sur l'île, me donnait le sentiment agréable d'être une locale. Pendant quelque temps, j'ai continué à fréquenter des hommes mariés, malgré mes efforts sincères pour les éviter. Vraiment, c'était leur faute, et pas la mienne ! Ils me mentaient. Ed Law, par exemple, m'a juré que lui et sa femme étaient séparés et en instance de divorce. Complètement faux. Au moment où Dabney a obtenu son diplôme, je sortais avec Peter le pompier, dont j'ai découvert plus tard qu'il avait une femme et deux enfants à Billerica, dans le Massachusetts. Et quand Dabney est tombée enceinte, je venais de rompre avec Greg, un pilote de l'air originaire des Bermudes et… marié, bien sûr.

Je pouvais toujours demander le pardon à longueur de journée, rien n'y ferait. C'était comme une malédiction, une maladie que je traînerais toujours avec moi.

Au beau milieu d'une nuit de février, j'ai croisé Dabney au supermarché. Son ventre paraissait énorme, prêt à exploser. J'ai eu un hoquet de surprise en la voyant si ostensiblement enceinte, elle, Dabney Kimball, qui avait toujours été si responsable avec l'argent de la boutique.

Elle achetait de la glace au chocolat. Elle a levé les yeux et les a posés sur moi, sans sourire.

— Oh, bonjour, Genevieve.

Mon cœur s'est gonflé de reconnaissance. Dabney était l'une des rares personnes américaines qui prononçaient mon prénom correctement, en n'oubliant aucune syllabe.

— Tu es enceinte ! Et le papa… c'est Clen ?

— Non, a-t-elle assené en me regardant froidement.

Et sur ce, elle est partie sans se retourner.

Vous vous en doutez, quand on est réceptionniste dans un cabinet médical, on entend passer toutes sortes de rumeurs. Oui, Clen était le père du bébé ; non, ce n'était pas lui, mais un jeune homme de passage ; si, c'était Clen. Peut-être, peut-être pas ; personne ne savait vraiment, et Clen lui-même avait quitté l'île pour devenir reporter au Soudan.

Quand le bébé est né, j'ai su son nom et son poids dans l'heure suivant sa naissance : Agnes Bernadette, trois kilos et cinq cents grammes pour quarante-sept centimètres. Il n'y a pas eu d'annonce dans le journal local.

Je me suis demandé comment cette jeune fille incroyablement gentille, intelligente et équilibrée avait pu en arriver là. J'ai décidé de lui offrir un cadeau de naissance original, et je lui ai envoyé une version miniature du T-shirt « Née à Nantucket » qu'elle portait autrefois. J'espérais vraiment qu'il lui plairait. Dabney m'a écrit une lettre de remerciement sur son papier à monogramme : *Le T-shirt est adorable, tellement de bons souvenirs… Merci d'avoir pensé à nous.* Mais après ça, aucune nouvelle. À l'époque, elle ne fréquentait pas encore le cabinet de Ted Field.

Quelques années plus tard, j'ai reçu une invitation au mariage de Dabney. Elle épousait un économiste, professeur à Harvard : j'étais ravie pour elle, bien qu'un peu jalouse. Je voulais tellement rencontrer enfin un homme bien (et célibataire), et me marier à mon tour.

La cérémonie a eu lieu à l'église catholique, puis la réception s'est tenue dans le jardin de la maison de famille de Dabney, sur North Liberty Street. Le mariage était tout ce qu'on pouvait attendre de Dabney : il y avait des roses partout, des cocktails au champagne et des hors-d'œuvre délicats, et un quatuor à cordes jouant du Vivaldi. Dabney était absolument magnifique dans sa robe de dentelle ivoire. Elle posa pour des photographies avec tout le monde, y compris les serveurs et les voituriers. Agnes portait une petite robe rose assortie à la couleur des fleurs et j'ai pensé : *Voilà une fin digne d'une personne merveilleuse comme Dabney.*

Quand tout le monde s'est assis pour dîner, Dabney m'a attrapée par le bras.

— Je vais t'installer ailleurs.

— Pourquoi ?

Dabney m'a pris des mains la carte qui indiquait « Table Indigo ».

— Je n'ai pas été une amie très attentive ces derniers temps, s'est-elle excusée. J'en ai conscience. Mais à partir de maintenant, je vais me rattraper. Viens avec moi, tu dois aller à la Table Rose.

La « Table Rose » se trouvait au plus près de la piste de danse, face à la scène où l'orchestre s'installerait bientôt. Je me suis sentie honorée, comme un passager surclassé en première dans un avion, ou un client se voyant offrir une suite avec vue sur l'océan. J'espérais seulement que Dabney ne me déplaçait pas juste parce qu'elle se sentait coupable de n'avoir pas été présente. À l'époque où nous travaillions ensemble, nous avions beaucoup ri en parlant des T-shirts humoristiques, mais nous avions aussi abordé des sujets plus intimes : le départ de sa mère, son histoire fusionnelle avec Clen, mon perpétuel rôle de maîtresse. J'adorais Dabney et je l'adorerais toujours, peu importe où j'étais assise à son mariage.

Alors j'ai vu Brian. Un beau blond aux larges épaules, avec de petites lunettes.

— Genevieve, je te présente Brian Lefebvre, un jeune cousin de Box. Il vient d'obtenir son diplôme de droit à Harvard, et il va ouvrir un cabinet à Nantucket.

Lefebvre, ai-je pensé. *Un nom français, diplômé de droit, nouveau à Nantucket…*

J'ai pris place à côté de lui et ai affiché mon plus beau sourire. Tout cela avait l'air parfait, mais je restais méfiante.

— Enchantée, Brian! Je m'appelle Genevieve Martine.

Il m'a serré la main. Il avait l'air nerveux, ce que j'ai trouvé adorable.

— Je vous laisse faire connaissance, a dit Dabney. Il faut que j'aille sourire au photographe!

Brian a tendu le bras pour toucher l'épaule de Dabney, et je l'ai vu articuler « merci ». J'ai feint d'être occupée en attrapant la serviette en lin rose, pliée en forme de cygne, et en la plaçant bien à plat sur mes genoux.

— Alors, Genevieve, a-t-il commencé en prononçant impeccablement mon prénom, qu'est-ce que vous faites de beau à Nantucket?

— Je suis responsable administrative au cabinet du Dr Field.

— Très bien. Et vous êtes célibataire?

— Oui. Et vous?

— Oui, a-t-il affirmé en hochant la tête.

Il ne portait pas d'alliance, mais comme je l'avais malheureusement appris, cela ne voulait rien dire.

— Vraiment? ai-je insisté.

— Eh bien…

J'ai immédiatement pensé, *Et voilà, c'est parti. Il va me raconter qu'il est séparé et que le divorce est en cours, ou bien qu'il est marié à une femme qui vit à l'étranger. Il a dit qu'il était célibataire seulement parce que ma beauté l'a ébloui, mais en réalité, il est marié.*

— J'ai été marié, il y a très longtemps. Ça fait cinq ans, pour être précis, et ça n'a duré que sept mois. Pas d'enfant. J'aime à penser que j'ai un mulligan à jouer.

— Un mulligan? Comme au golf?

— Oui, c'est ça. Un coup que l'on peut rejouer sans aucune pénalité.

— Et vous êtes divorcé pour de bon?

— Non seulement ça, mais j'ai aussi fait annuler le mariage. Il se pencha vers moi pour continuer en chuchotant.

— Je suis catholique. Ma mère y tenait beaucoup.

— Vous me dites vraiment la vérité? ai-je demandé, incrédule.

— Dabney m'a conseillé d'apporter les papiers du divorce et de l'annulation pour vous les montrer. Je pensais qu'elle plaisantait.

— Elle vous a vraiment dit ça?

J'ai ri de bon cœur. Il a souri et son visage s'est empourpré, et à ce moment précis, il était de loin l'homme le plus adorable que j'avais jamais vu.

C'est alors que j'ai compris ce qui se passait. Dabney nous avait installés à la Table Rose… Rose, bien sûr!

Box

Box reçut un e-mail du Département du Trésor lui annonçant que le président et le secrétaire du Trésor avaient besoin de lui à Washington. Il laissa l'e-mail sans réponse pendant une douzaine d'heures, le temps de décider quoi faire. Puis un assistant du Trésor réussit à le localiser au Connaught et laissa un message pour lui à la réception. La jeune fille qui lui tendit le papier fixa Box avec de grands yeux admiratifs. Pour elle, la scène semblait peut-être sortie tout droit d'un film, mais pour Box, ce n'était qu'un embêtement. Il jeta le message à la poubelle.

Le lendemain matin, à son réveil, il découvrit que le secrétaire lui-même avait laissé un message sur son répondeur. Le président avait à tout prix besoin de son expertise : il recevait beaucoup de pression de Wall Street concernant les taux d'intérêt et les sanctions financières contre la Corée du Nord. La situation était vraiment délicate, et « nous savons tous les deux l'importance que le président accorde à l'état du déficit à la fin de son mandat », et, « S'il vous plaît, Box, accordez-moi cette faveur, et rendez ce service à votre pays… »

Box s'assit au bord du lit et expira profondément. Les présidents dans leur premier mandat se souciaient de leur réélection, tandis que ceux dans leur second mandat ne pensaient plus qu'à l'état dans lequel ils laisseraient le pays.

Dabney l'avait supplié de ne pas aller à Londres. Il préférait ne pas imaginer sa réaction quand il lui demanderait s'il pouvait prolonger son séjour pour passer une semaine à Washington.

Mais il s'agissait du président des États-Unis et du secrétaire du Trésor, et surtout, il s'agissait de son travail. Comme ses élèves ne manquaient jamais de lui faire remarquer à chaque semestre, les théories économiques n'influaient que rarement sur la vie des gens. Mais cette mission aurait un réel effet. Si Box ne prenait pas les choses en main, quelqu'un d'autre s'en chargerait, et à coup sûr, cette personne ferait un travail de cochon.

Il téléphona à Dabney.

Il commença par l'appeler « Ma chérie », puis se lança dans l'argumentaire qu'il avait soigneusement préparé : le secrétaire du Trésor, la situation économique du pays, encore une semaine, sincèrement désolé. Il lui dit que, même avec ce crochet par Washington, il serait de retour à Nantucket avant le 4 juillet.

À sa grande surprise, Dabney répondit :

— Bien sûr, chéri, aucun problème ! Si le secrétaire a besoin de toi, vas-y ! Je suis ravie pour toi, et tellement fière. Quel honneur !

Elle avait tout à fait raison : c'était un honneur. Il fut ravi d'entendre Dabney dans son état normal, à nouveau aimable et enthousiaste. Il ne s'attendait pas à recevoir de tels encouragements de sa part.

— Merci de ta compréhension, ma chérie.

— Mais voyons, c'est normal !

Sa voix était légère, joyeuse, même. Elle se sentait manifestement beaucoup mieux.

Box rappela le secrétaire du Trésor.

Dabney

Nina arriva au bureau avec une paire de lunettes toutes neuves, et annonça qu'elle sortirait avec le Dr Cobb le mercredi suivant.

Dabney resta bouche bée un instant.

— Le Dr Cobb ? Est-ce que je le connais ?

Le nom lui disait vaguement quelque chose, mais elle ne parvenait pas à mettre un visage dessus. Il lui évoquait ces docteurs rendus célèbres par les talk-shows américains, comme Dr Phil ou Dr Oz, mais impossible de mettre le doigt dessus.

— Marcus Cobb, l'ophtalmologiste. Il est venu s'inscrire à la Chambre en début de semaine.

— Oui, bien sûr, j'ai traité son dossier hier ! Je perds la tête…

— Il m'a invitée à dîner quand il est passé au bureau.

— Ah oui ? s'étonna Dabney. Où a-t-il prévu de t'emmener ?

— Au Galley Beach.

Le Galley Beach n'était pas simplement un bon choix, c'était le meilleur choix possible pour un premier rendez-vous.

— Incroyable, dit Dabney.

— Quoi ? Tu trouves ça incroyable qu'un homme m'invite à dîner ?

— Non, bien sûr que non !

Dabney ignorait comment expliquer ce qu'elle ressentait. Si Nina rencontrait un autre homme, elle aurait aimé être à l'origine de la rencontre. Elle voulait se racheter après la désastreuse affaire Jack Copper.

— Quand comptes-tu me le présenter ?

— Je ne sais pas trop, répondit Nina avec une expression mystérieuse. Je crois que je préfère y aller lentement avec lui, et le garder pour moi encore un peu… Tu ne m'en voudras pas si tu ne le rencontres pas tout de suite ?

— Je ne dirai rien, promis. Je sais que je me suis plantée avec Jack, Nina, mais j'adorerais rencontrer Marcus

Cobb, juste pour voir à quoi il ressemble. Je jure de ne pas parler d'aura, de fumée verte, rien. Je le jure !

— Dabney… Je préfère quand même que tu te tiennes à l'écart, d'accord ?

— Oh. Oui, bien sûr.

Dabney s'efforça de ne pas se vexer. Elle aurait dû se réjouir pour son amie, et s'estimer heureuse que Nina eût pris les choses en main. Quant à elle, elle était déjà bien assez occupée.

*

Clen et elle passaient presque tous les après-midi ensemble, à la plage ou au bord de la piscine. Clen préférait la piscine ; il trouvait cela plus pratique, le vent ne venait pas éparpiller ses journaux, et il y avait des toilettes et un blender pour les margaritas. Dabney commençait à s'habituer à ce nouveau régime de boissons glacées et de sandwiches maison, tous plus délicieux les uns que les autres, que Clen lui apportait pendant qu'elle se prélassait sur sa chaise longue.

Dabney, elle, préférait la plage, car elle représentait à ses yeux l'essence de Nantucket, et le paysage la ramenait à ses souvenirs de jeunesse. Il y avait bien longtemps, Clen et Dabney s'étaient proclamés Roi et Reine de la plage de Madequecham. Chaque dimanche, Clen se chargeait de la bière, tandis que Dabney apportait un petit barbecue pour préparer des hot-dogs, des hamburgers ou du poulet mariné, ainsi que des chips, une salade de pommes de terre, et des brownies. Ils jouaient au football et se lançaient un frisbee. Ils écoutaient les Who, Bruce Sprinsteen et Van

Morrison. *Making love in the green grass, behind the stadium with you, my brown-eyed girl.*

Pendant leurs après-midi, ils avaient de longues conversations sérieuses. Clen lui raconta enfin comment il avait perdu son bras ; une histoire si terrible et dérangeante qu'elle préféra ne plus jamais y penser. De temps en temps, elle tendait la main pour caresser la peau de son bras amputé en pensant au courage et à la force de caractère qui animaient l'homme qu'elle aimait.

Elle continuait de signer le registre jour après jour, indiquant à chaque fois : « Courses à faire ». Les courses en question se résumaient à : plage, piscine, sandwiches, discuter, faire l'amour.

L'amour…

— Maintenant, dit Clen un après-midi, je veux que tu retires ce que tu as dit ce fameux jour.

Dabney posa la main sur la joue de Clen et plongea dans ses yeux vert mousse et caramel.

— Je retire ce que j'ai dit.

Je ne t'aime pas.

— Dis-moi que tu ne le pensais pas.

— Je ne le pensais pas. Je t'ai toujours aimé, Garou, et je t'aimerai toujours.

Ils vivaient ces moments à deux en état de grâce, mais la parenthèse enchantée devrait bientôt se refermer. Le séjour de Box à Washington leur offrait une petite semaine de répit.

— Le président en personne ? se moqua Clen. Tu es sûre qu'il n'exagère pas un peu son importance ?

Box, comme n'importe qui, avait ses défauts, mais la vantardise n'en faisait pas partie. Dabney s'estimait seulement heureuse d'avoir cette semaine de liberté supplémentaire.

Agnes, en revanche, se montrait de plus en plus curieuse.

— Où allais-tu cet après-midi ? Je t'ai vue sur Polpis Road. Pourquoi tu n'étais pas au travail ? J'ai appelé le bureau à 15 heures et tu étais absente. Encore une fois. Qu'est-ce qui se passe, Maman ? Est-ce que tu as quelque chose à me dire ? Est-ce que tu revois le Dr Donegal ? Si oui, je trouve cela très bien. Nina dit que tu as des courses à faire, mais quel genre de courses ? Est-ce que Nina sait où tu vas ?

Dabney mourait d'envie de lui dire enfin la vérité.

— Et pourquoi pas ? demanda Clen.

Si elle avait eu une aventure avec Marcus Cobb ou un jeune serveur, peut-être se serait-elle confiée à sa fille. Mais son aventure avec Clendenin Hughes était une révélation bien trop explosive.

Une semaine après le seizième anniversaire d'Agnes, Dabney avait commencé à lui apprendre à conduire. Le soir, après dîner, elles se rendaient sur le parking derrière la plage de Surfside, et Dabney prenait place sur le siège passager pour donner à Agnes les conseils qu'elle pensait utiles. À l'époque, Dabney possédait une Mustang achetée sur un coup de tête après que sa Camaro eut rendu l'âme. Elle n'avait gardé la Mustang que dix-huit mois en tout (quelle idée d'avoir choisi une Ford !), mais cette voiture serait toujours importante pour elle, car c'était à bord de celle-ci qu'elle avait appris la vérité à Agnes.

Dabney ne se souvenait pas exactement de comment elle l'avait formulé. Comment aurait-elle dû le lui dire ?

Ma chérie, mon bébé… Papa, je veux dire Box, n'est pas ton père biologique. Ton père biologique s'appelle Clendenin Hughes.

Quelque chose dans ce genre.

Il vit en Asie, maintenant. Il a quitté le pays, et quand j'ai appris que j'étais enceinte, il était trop tard pour qu'il revienne. Cela aurait été plus simple si moi j'étais allée le rejoindre, mais je ne pouvais pas, alors je lui ai demandé de me laisser t'élever toute seule. Je n'explique pas bien, ma puce, c'était bien plus compliqué que ça.

Clendenin Hughes. Il vit en Thaïlande, maintenant, à moins que ce ne soit le Vietnam.

Dabney ne se souvenait précisément que d'une chose : le cri aigu qu'avait poussé Agnes, hystérique, comme si on lui avait planté une fourchette dans l'œil.

Elle avait attendu trop longtemps… Le Dr Donegal avait dit treize ans, et Box avait voulu lui en parler dès ses dix ans.

Mais c'était elle, la mère d'Agnes. C'était à elle qu'il revenait de décider quoi dire à sa fille et à quel moment.

Dabney aurait préféré ne jamais rien lui dire.

Car quelle différence cela faisait-il, vraiment ? Box était un père exemplaire. Il avait été présent dans la vie d'Agnes aussi loin que la jeune fille pouvait s'en souvenir. Pourquoi encombrer sa jolie tête d'informations bouleversantes sans lesquelles elle vivrait très bien ?

Parce que la vérité importait. Les liens du sang importaient. Dabney et Box n'avaient jamais vraiment menti à Agnes, mais ils avaient souvent omis une partie de la vérité quand le sujet se présentait. Quand elle s'était étonnée de ce qu'elle ne ressemblait pas du tout à Box, celui-ci avait répliqué : « Eh bien, mon poussin, la génétique est capricieuse. » Quand elle avait parlé à sa mère des photos d'elle et Clen dans l'album de photos du lycée, et lui avait demandé s'il s'agissait de son petit ami, Dabney avait acquiescé vaguement, et quand Agnes avait demandé ce qu'il était devenu, Dabney avait répondu : « Oh, il a disparu. »

Agnes n'avait jamais vu son acte de naissance. Le nom de Clen n'y figurait pas, car Dabney avait refusé de l'y mettre ; la blessure était encore trop fraîche, l'émotion trop forte. Le Dr Benton, le prédécesseur du Dr Field, avait procédé à l'accouchement et se doutait bien de l'identité du père, mais Dabney l'avait regardé droit dans les yeux et avait affirmé qu'elle ignorait de qui il s'agissait. Elle prétendit qu'elle avait couché avec beaucoup de garçons cet été-là.

Alors, sur la ligne concernant le père, on lisait : *Inconnu.*

C'était précisément à cause de l'acte de naissance que Dabney avait finalement décidé de tout révéler à sa fille. L'année de ses seize ans, Agnes avait voulu postuler à un programme d'études à l'étranger, et il lui fallait une photocopie du fameux document pour le dossier. Jusqu'alors, Dabney avait réussi à présenter elle-même le document chaque fois qu'il avait été requis (inscription à l'école, club de base-ball, etc.), mais cette fois, elle ne pourrait pas faire autrement que le remettre à sa fille. D'ailleurs, il aurait suffi à Agnes de se présenter à la mairie avec cinq dollars pour en obtenir une copie.

Ces hurlements… *Tu m'as trahie. Tu m'as menti sur mon identité. Je ne pourrai plus jamais te faire confiance ! Qu'est-ce qui me dit que tu es bien ma mère ? Ah, si seulement… Je voudrais que tu ne sois pas ma mère !*

Dabney n'avait pas été surprise par cette réaction. Le Dr Donegal lui avait dit de s'y attendre. Mais bien sûr, on avait beau être prévenu, l'expérience restait difficile. Dabney se félicitait d'avoir choisi un moment où elle était encore au volant pour parler. Autrement, Agnes aurait probablement appuyé sur l'accélérateur et conduit la Mustang à travers la plage, droit dans l'océan.

Je voudrais que tu ne sois pas ma mère !

Beaucoup d'adolescentes prononçaient régulièrement des phrases de ce genre, mais pas Agnes. Dabney ne pouvait pas nier que cela lui faisait mal, d'autant plus mal qu'elle savait combien la colère de sa fille était justifiée. Dabney avait gardé pour elle une information importante, peut-être même la plus importante. Elle lui avait, effectivement, menti sur son identité. Elle avait mal calculé son timing, en refusant de parler à Agnes quand elle avait dix ans, comme le voulait Box. Quel enfant de dix ans avait la maturité pour comprendre ces histoires de paternité ? Agnes venait alors juste d'apprendre ce qu'était le sexe. Quant à l'année de ses treize ans, elle avait été marquée par la puberté, et Agnes avait eu ses premières règles, ses premiers boutons, et avait appris à se raser les jambes. Dabney avait refusé d'ajouter une source d'angoisse supplémentaire en lui parlant de Clen.

À seize ans, en revanche, Agnes paraissait mature, responsable, intelligente et calme. Tout laissait penser qu'elle serait capable d'encaisser la nouvelle. Elle aurait compris pourquoi il n'existait aucune photo d'elle bébé avec Box, et pourquoi elle et son père se ressemblaient si peu.

Au lieu de quoi Agnes était devenue hystérique. Elle n'avait pas été simplement en colère ou bouleversée ; c'était bien plus que cela. Dabney avait conduit la Mustang de la plage jusqu'à leur maison, et Agnes avait continué de crier durant tout le trajet. Même si les vitres de la voiture étaient fermées, Dabney était persuadée que l'île entière avait tout entendu.

Une fois arrivées à la maison, Agnes avait immédiatement appelé l'appartement de Box à Cambridge. Dabney pensait qu'Agnes serait autant en colère contre Box que contre elle, mais non. Elle voulait simplement la confirmation que ce que Dabney avait dit était vrai (comme si elle avait pu mentir sur un sujet pareil !) et, quand il la lui avait donnée, elle s'était mise à pleurer toutes les larmes de son corps, laissant Box, et lui seul, la consoler.

Selon Agnes, c'était Dabney la menteuse, la traîtresse, l'ennemie. Elle n'avait pas parlé à sa mère pendant trois semaines, et même après cela, leur relation était restée longtemps tendue.

Une mère avant tout, une mère pour la vie. Dabney avait fait de ses mots sa devise, mais cela ne l'avait pas empêchée de commettre parfois des erreurs. Comme celle de n'avoir pas annoncé la vérité à sa fille plus tôt. *Pardon, ma chérie !*

Box en avait aussi voulu à Dabney. Il n'avait pas manqué de lui rappeler plusieurs fois : « Je te l'avais bien dit. »

Dabney s'était demandé si elle aurait mieux fait d'attendre qu'Agnes eût dix-huit ans, ou même vingt et un. On lui répétait qu'elle avait attendu trop longtemps, mais peut-être que son erreur avait au contraire consisté à parler à Agnes trop tôt. Peut-être aurait-elle dû attendre qu'Agnes fût forte de plus d'expériences pour comprendre que la vie pouvait être sacrément compliquée, et qu'il fallait s'attendre à ce que les plus grandes peines nous viennent des gens que l'on aime le plus.

Au fil des semaines suivant la révélation, Dabney avait remarqué que sa fille exprimait de plus en plus de curiosité au sujet de Clendenin Hughes. Elle avait trouvé ses albums de photos du lycée éparpillés sur le parquet dans la chambre d'Agnes. Celle-ci avait tapé le nom de Clen dans Google et, ayant compilé une liste de ses articles, en avait probablement lu un certain nombre. Et puis un jour, Dabney était tombée sur une lettre pour Clen adressée au *New York Times*, posée bien en évidence sur un manuel de mathématiques. C'était comme si Agnes avait voulu que Dabney vît la lettre, vraisemblablement dans le seul but de la torturer.

Dabney avait rarement eu autant envie de quelque chose que d'ouvrir cette lettre pour la lire.

Et puis, l'été était arrivé, indifférent aux événements, et Agnes était partie pour son échange en France. Elle en était revenue plusieurs semaines plus tard, avec un goût nouveau pour les foulards en soie, une véritable passion pour les macarons, et la manie d'appeler Dabney « Maman » en français. Elle avait rapporté aussi la recette de la baguette parfaite, et mère et fille en avaient préparé plusieurs qu'elles dégustaient avec du beurre et une pincée de sel, et, à l'occasion, avec un carré de chocolat noir. Tout était progressivement revenu à la normale. Dabney était Maman, Box était Papa, et Clen ne fut plus jamais mentionné. La vie continuait.

*

Dabney n'était cependant pas naïve. Elle savait qu'elle avait infligé une douleur immense à Agnes, tout comme sa propre mère le jour où elle avait disparu, l'abandonnant aux soins de May, la femme de chambre irlandaise. Dabney pensa avec amertume qu'elle serait toujours une mère imparfaite et que sa relation avec sa fille pâtirait à jamais de ce que Patty avait été elle-même une mauvaise mère.

Mais non, fini les excuses. Dabney n'était pas du genre à se lamenter sur son sort. Elle avait décidé d'être en paix avec elle-même quand elle prenait une décision, bonne ou mauvaise. *Nous faisons tous des choix.*

Mais de là à avouer à Agnes qu'elle était retombée amoureuse de Clendenin Hughes, son père biologique, et qu'ils entretenaient en ce moment même une aventure ?

Nous faisons tous des choix ?

Non, pas ce choix-là.

Quand Dabney se réveilla le lendemain matin, elle ne réussit pas à sortir de son lit. Elle n'aurait pas su vraiment décrire ce qui lui arrivait, elle avait simplement mal… partout, absolument partout.

— Maman, tu veux que j'appelle le Dr Field ?

220

— Non. Appelle seulement Nina pour la prévenir, s'il te plaît, et baisse les stores.

Le soleil lui donnait mal à la tête, et elle préférait rester dans le noir. C'était un péché, mais elle ne voyait pas d'autre solution. Son corps tout entier était envahi de douleur ; la souffrance la colonisait. Ce n'était pas le stress ou la culpabilité qui la travaillaient. Non, elle était simplement malade d'amour.

Agnes revint avec un verre d'eau glacée et deux tranches de pain beurrées auxquelles Dabney ne toucha pas.

— J'ai appelé Nina, j'ai dit que tu étais malade. Tu as besoin d'autre chose ?

— Ne dis rien à ton père, s'il te plaît. Je ne veux pas qu'il s'inquiète.

*

Le lendemain, Dabney se réveilla plus en forme. Elle avait un peu de mal à parler, mais autrement, tout allait mieux. Peut-être n'était-ce pas l'amour, tout compte fait, mais un simple virus éclair.

— Je t'emmène dîner au Boarding House ce soir. Mets-toi sur ton trente et un.

— Si tu as pitié de moi parce que CJ ne vient pas, je peux aussi bien rester à la maison et me morfondre devant une émission de télé-réalité en m'empiffrant d'Oreo.

— J'ai réservé pour 19 heures. Je te retrouverai directement au restaurant, j'ai des courses à faire après le travail.

— Encore des courses ?

— Souviens-toi : sur ton trente et un !

Agnes

Quand Agnes arriva au restaurant, Dabney l'attendait déjà, installée à leur table habituelle dans le patio, mais il y avait aussi une troisième chaise, et sur cette chaise, Riley Alsopp.

Le visage de Dabney s'éclaira et elle s'écria « La voilà ! »

Riley se leva pour la saluer. Il portait une chemise avec une cravate, un pantalon décontracté et des tongs. Il l'accueillit avec un grand sourire.

Maman, je te vois venir à des kilomètres..., pensa Agnes.

Dabney s'excusa juste avant le dessert.

— Je vais rentrer à la maison. Je ne suis pas au meilleur de ma forme. Mais vous deux, restez et amusez-vous bien !

Elle lâcha sa serviette sur son assiette vide. Elle avait dévoré son dîner.

— Riley, ne t'inquiète pas pour l'addition, tout est payé d'avance. Mon mari tient à avoir une table à l'année. S'il le pouvait, il mangerait ici matin, midi et soir tous les jours ! Bref, prenez votre temps, et je vous en prie, commandez un digestif, une bière, ou ce que vous voulez.

Dabney rassembla son sac à main et son cardigan, s'efforçant de faire un départ rapide mais néanmoins naturel, pour laisser Agnes et Riley en tête à tête. Agnes avait déjà vu sa mère agir de la sorte un nombre incalculable de fois.

Agnes se pencha par-dessus la table. Pour parer la manœuvre de sa mère, elle avait avalé une quantité déraisonnable de shiraz.

— Tu as conscience qu'elle essaie de nous caser ensemble ?

— Oui…

— Elle s'imagine tout un tas de trucs…

— Est-ce que c'est quelque chose qu'elle voit ? Je veux dire… Elle t'a dit si elle pensait… Enfin, si on est… roses, ou je ne sais pas quoi ?

Agnes esquissa un sourire. Elle et Riley, roses ? Elle imagina un instant à quoi ressemblerait une relation amoureuse avec lui, et le premier mot qui lui vint à l'esprit fut *simple*. Mais avait-elle envie d'une relation simple ? Elle s'en voulut de se poser ce genre de questions. Elle était fiancée à CJ, et ce n'était pas parce qu'elle était actuellement en colère contre lui qu'elle avait le droit de fantasmer un remplaçant, fût-il aussi mignon et sympathique que Riley.

— Alors, comment s'est déroulé le rendez-vous avec Celerie ? demanda-t-elle.

— Un vrai désastre. Elle était tellement ivre qu'elle a fini par vomir.

— Oups, je vais peut-être l'imiter. J'ai un peu forcé sur le vin.

— Ce n'était pas juste ça le problème. Le courant ne passe pas vraiment, on n'a pas d'affinités, tu vois ? Pas moi, en tout cas. Et maintenant, c'est terrible, parce que je reste toute la journée dans la même pièce qu'elle et je sens bien qu'elle attend que je lui propose une nouvelle sortie.

— Et tu n'en as pas envie ?

— Aucune envie.

— Viens, on va suivre ma mère, dit brusquement Agnes en lui prenant la main.

— Hein ?

— Viens, répéta-t-elle en lui tirant le bras. On va suivre ma mère. Elle a un secret.

Riley suivit Agnes dans la rue.

— Quel genre de secret ?

— Elle n'arrête pas de disparaître je ne sais où, elle cache quelque chose… Tu te souviens, l'autre soir, quand je la cherchais à la soirée ?

— Oui. Où était-elle ?

— Aucune idée. Elle est rentrée à 22 heures et elle n'a rien voulu me dire.

Agnes pressa le pas dans Federal Street, puis tourna au croisement avec Main Street. Elle repéra Dabney au loin, sur le trottoir d'en face.

— Je te parie un million de dollars qu'en arrivant chez nous, elle va sauter dans l'Impala et foncer dans sa cachette.

— Tu crois ?

— Oui, et on va la suivre. Viens, on prend ma Prius.

— Ah, tu conduis une Prius ? Tu en es contente ?

Agnes leva les yeux au ciel. Tout le monde lui posait la même question.

224

— Très contente. J'économise beaucoup sur l'essence.

Une fois dans la Prius, ils suivirent discrètement Dabney dans Main Street, puis Fair Street. Quand ils tournèrent dans Charter Street, Agnes fit signe à Riley de reculer sur son siège. Ils ne pouvaient pas s'approcher trop près de la maison.

— Et maintenant, je parie qu'elle va sauter dans sa voiture, murmura Agnes.

Mais Dabney ne monta pas dans l'Impala. Elle ouvrit le portail et se dirigea droit vers la maison, puis entra par la porte de derrière. Agnes supposa qu'elle allait seulement chercher ses clés. Elle attendit. Alors, la lumière s'alluma dans la chambre de Dabney.

Agnes se rendit soudain compte qu'elle et Riley se tenaient par la main, les doigts entrelacés. Les mains de Riley étaient chaudes et fortes, des mains de dentiste.

Il lui caressa le pouce du bout du doigt.

Elle retira immédiatement sa main. Si CJ les voyait, il engagerait immédiatement un tueur à gages. Elle frissonna en repensant à ce qui était arrivé à ses cheveux.

— Riley… Je suis fiancée. Je vais me marier.

— Je sais, dit-il, troublé. Je suis désolé.

La lumière de la chambre de Dabney s'éteignit. Agnes retint sa respiration, persuadée que sa mère allait ressortir d'une minute à l'autre. Mais rien ne bougea. Le mystère ne serait encore pas résolu ce soir.

Agnes sortit de la voiture et se dirigea vers la maison. Elle se sentait complètement découragée. Personne dans sa vie n'agissait comme elle l'aurait voulu.

— Bonne nuit, Riley, souffla-t-elle.

Irene Scarpilo, la femme de ménage de la résidence qu'il gardait, donna sa démission. Sa fille attendait des jumeaux, elle déménageait donc à Plymouth pour pouvoir l'aider.

— J'ai besoin d'une nouvelle femme de ménage, dit-il à Dabney.

— C'est comme si c'était fait.

Clen la serra contre lui. Ils avaient emprunté la vieille Jeep de l'économiste pour se rendre à la plage de Coatue. Assis côte à côte sur une des nombreuses pointes de la plage, ils avaient dégusté de délicieux sandwiches au homard préparés par Dabney. La journée était radieuse, mais ils étaient tous les deux d'humeur morose. L'économiste rentrerait dans la soirée.

— Qu'est-ce que tu fais pour le 4 Juillet ? demanda Dabney.

— Je suis invité à une fête.

— Vraiment ?

Elle sembla surprise, avec raison. Clen n'était pas sorti et n'avait vu personne depuis son retour, à part Dabney.

Mais Elizabeth Jennings l'avait invité à sa traditionnelle fête sur la falaise. Elizabeth et son mari Mingus, maintenant décédé, avaient vécu au Vietnam quelques années, en même temps que Clen. Mingus dirigeait l'agence locale du *Washington Post*, et Elizabeth était le modèle même de l'épouse expatriée. Elle l'avait suivi dans son aventure, organisant régulièrement des fêtes dans leur appartement du quartier français de Hanoï, pour soigner le mal du pays de ses compatriotes. Clen avait souvent partagé le repas de Thanksgiving avec les Jennings. Par miracle, Elizabeth réussissait toujours à se procurer une dinde. Maintenant qu'elle était de retour aux États-Unis, elle vivait à Georgetown, et passait ses étés sur Nantucket.

— Une fête chez… ? demanda Dabney avec une pointe de jalousie.

— Elizabeth Jennings. Elle vit sur la falaise.

— Oh non…

— Tu es invitée aussi ?

— Nous sommes invités. Box et moi. Elizabeth est membre de la Chambre de commerce, nous allons à sa fête tous les ans. Box rentre de Washington exprès pour ça…

Comme Clen détestait entendre le pronom « nous » appliqué à Dabney et son économiste…

— Comment as-tu connu Elizabeth ? s'enquit Dabney.

— J'étais ami avec son mari, au Vietnam, commença-t-il prudemment. Mingus a bossé avec moi à Saïgon, puis à Hanoï. On a fait les quatre cents coups ensemble.

— Ça a l'air dangereux, dit comme ça.

— Tu as déjà rencontré Mingus ?

— Non. Je ne connais Elizabeth que depuis trois ou quatre ans. Dès qu'elle est arrivée sur l'île, elle a commencé à fricoter avec tous les gens qu'elle pensait importants. Elle m'a l'air un peu arriviste.

— Ah…

Clen avait toujours apprécié Elizabeth. Avec Mingus et Mi Linh, ils avaient passé plusieurs fois leurs vacances ensemble à Hoi An, une ville magique aux bâtiments de teck centenaires, avec des milliers de lanternes de papier colorées tendues en guirlandes au-dessus des rues pavées. Ils prenaient des cafés au lait sur la terrasse du Cargo Club, et partaient parfois pour une promenade en bateau sur la rivière, le soir tombé. Elizabeth aimait photographier les enfants vietnamiens et leur offrir des crayons, des bonbons ou des chewing-gums. « Les dentistes vietnamiens te disent merci ! » plaisantait Mingus. Clen avait du mal à retrouver cette personne-là dans la description qu'en faisait Dabney. Il supposa qu'Elizabeth avait deux personnalités, l'une pour l'Occident, l'autre pour l'Orient. C'était probablement son cas à lui aussi.

— Si tu y vas avec l'économiste, je ferais probablement mieux de rester chez moi.

— Ne sois pas ridicule.

— Ça n'a rien de ridicule. On ne peut pas tous y aller.

Elle ne le contredit pas.

Mais quand le 4 Juillet arriva, Clen décida qu'il se rendrait à la fête tout de même. Il s'était habitué à voir Dabney tous les jours, et maintenant il devrait se passer d'elle pendant toute une journée, puis le lendemain, et le surlendemain encore. Elle lui avait dit qu'elle essaierait de se libérer un peu le dimanche. Un peu…

Dabney lui manquait et il avait besoin de poser les yeux sur elle. Il irait à cette soirée.

Il portait le costume en crêpe de coton bleu qu'il avait fait faire sur mesure à Hanoï peu après avoir reçu le

Pulitzer. La manche gauche de la veste pendait mollement comme une manche à air un jour sans vent. Clen
détestait les soirées, car il se trouvait toujours un type
complètement ivre qui lui demandait où était passé son
bras.

— Un coup de machette, répondait-il à chaque fois.
Les Khmers rouges.

— Vraiment ? s'étonnait le type, les yeux écarquillés.

— Oui. Rien de bien intéressant.

La soirée débuta dans la cour, où tous les invités firent
la queue pour être pris en photo devant la maison par
Elizabeth. Elle n'utilisait plus le vieux Leica qu'elle avait
au Vietnam. Elle avait opté pour un appareil numérique
plus tape-à-l'œil.

S'il y avait bien une chose dont il n'avait pas besoin,
c'était de se faire tirer le portrait. Il regarda furtivement
à gauche et à droite, cherchant un moyen d'entrer dans
la maison en évitant Elizabeth et son appareil. Il voulait aller droit au bar. En tant qu'hôtesse accomplie et
épouse d'un journaliste célèbre, elle avait à coup sûr une
excellente bouteille de scotch.

Clen tourna la tête vers le porche au moment même
où Dabney et l'économiste sourirent pour leur portrait.
Clen fut submergé par un cocktail d'émotions particulièrement désagréables – jalousie, colère, chagrin, envie.
Les voir là, tous les deux, en couple… Dabney portait
une robe dos nu en soie rouge et des sandales à talons
assorties. Sa tenue était ravissante et très élégante, mais
aussi très différente des tenues qu'il lui connaissait. Ce
n'était pas sa Dabney. Elle portait tout de même ses
perles et son sac habituels, ainsi qu'un serre-tête bleu

marine à étoiles blanches. L'économiste avait l'air vieux, avec ses cheveux blancs, ses lunettes, son blazer marine à boutons croisés qui lui donnait l'air d'un capitaine de yacht, et son air de supériorité satisfaite, juste parce qu'il avait passé une semaine dans un bureau avec le président et le secrétaire du Trésor.

— Tu vas finir par lui dire ? avait demandé Clen.

— Oui, quand il sera rentré et installé. Je vais lui parler… Il le faut bien.

Après qu'Elizabeth eut fini de les photographier, l'économiste tint la porte ouverte pour Dabney, et elle disparut dans la maison.

Clen pensa un instant à rentrer au cottage, mais il refusait d'abandonner Dabney.

Box

On ne pouvait pas le louper, avec sa carrure, sa barbe et son bras manquant. Elizabeth Jennings s'était pavanée avec lui toute la soirée, présentant à tout le monde Clendenin Hughes, le fameux journaliste lauréat du prix Pulitzer. « Nous nous sommes rencontrés au Vietnam, roucoulait-elle. Vous vous rendez compte ? » Puis elle se lançait dans la liste des exploits de Hughes : sa série d'articles sur les Khmers rouges, le reportage sur le Myanmar, la couverture de l'affaire Michael Fay, ce citoyen américain condamné à des coups de canne à

Singapour, le renversement de Thaksin Shinawatra à Bangkok…

Box détourna le regard. Elizabeth ne se doutait pas que Hughes avait mis Dabney enceinte. Si elle l'avait su, elle ne les aurait jamais invités tous les trois à la même soirée.

Dabney discutait avec un membre du Congrès, un démocrate. Le député était une vraie pipelette, mais il avait aidé Dabney à empêcher de grandes chaînes de magasins de s'installer sur Nantucket, aussi se sentait-elle obligée de l'écouter raconter en détail ses griefs contre la compagnie qui gérait les ferrys. Box tenta de s'interposer en prenant pour prétexte le plateau d'huîtres posé derrière eux. Elizabeth les gâtait : la nourriture était bonne, le vin encore meilleur, et le tout se dégustait avec une vue superbe sur toute la baie, sous un ciel sans nuage. Une nuit parfaite pour un feu d'artifice. Le secrétaire du Trésor avait tenté de convaincre Box de rester à Washington et de célébrer la Fête de l'Indépendance dans le parc du National Mall, mais Box préférait définitivement être ici, à Nantucket.

Il abandonna Dabney à son sort. S'il n'y prenait pas garde, elle lui ferait le tour de passe-passe qu'elle avait perfectionné à l'université, en lui refourguant le député bavard avant de disparaître dans la foule.

Box se prépara une assiette au buffet, optant pour du poulet frit, des travers de porc, un peu de coleslaw et de la salade de maïs, puis alla s'installer dans la salle à manger. Il ne se plaisait plus beaucoup dans ce genre de réceptions ; elles exigeaient trop d'efforts. Les gens qui le connaissaient ne venaient le voir que pour lui demander un service, et ceux qu'il ne connaissait pas avaient tendance à l'ennuyer. Dabney l'accusait d'être terriblement snob, mais il estimait qu'à son âge et avec sa carrière, il en avait bien le droit.

Il avait proposé à Agnes de venir avec eux. La soirée aurait été bien plus agréable avec elle, et il l'avait à peine vue depuis son retour de Washington. Mais elle avait déjà prévu de se rendre à Jetties Beach pour admirer les feux d'artifice depuis la plage avec un type qui travaillait à la Chambre de commerce. Elle avait préparé un pique-nique avec tant d'application que Box lui avait demandé s'il s'agissait d'un rendez-vous galant, et ce qu'il en était de CJ.

— Mais non, Papa, on est juste amis. Celerie sera là aussi, et je vais jouer les chaperons. C'est une longue histoire.

Box n'aimait pas les longues histoires, en particulier quand elles avaient trait à des manœuvres amoureuses. C'était plutôt le domaine de Dabney.

Agnes lui avait expliqué ensuite que CJ célébrait la Journée de l'Indépendance dans une loge VIP du Yankee Stadium. Il avait demandé à Agnes de le rejoindre à Manhattan pour la journée, mais elle travaillait le lendemain et ne trouvait pas cela raisonnable. Box approuvait.

— Amuse-toi bien, avait-il dit.

— Je suis contente que tu sois rentré, et Maman aussi, dit-elle en l'embrassant. Tu nous as beaucoup manqué à toutes les deux !

Il n'en était pas si sûr.

*

Box sirotait un délicieux chardonnay Louis Jadot quand Clendenin Hughes déboula dans la pièce, un grand verre de scotch à la main. Il s'arrêta net en voyant Box, et commença à tourner les talons pour quitter la pièce. Box le comprenait, mais il ne voulut pas le laisser partir. L'occasion était trop belle.

— Excusez-moi, monsieur Hughes ! héla-t-il.

Malgré sa taille (il dépassait Box d'une tête), Hughes lui parut soudain très jeune, et tristement vulnérable, ne serait-ce qu'à cause de son bras. Il se promit de rester courtois.

— Professeur…

Au moins, Hughes ne faisait pas semblant de ne pas le connaître. Un bon point pour lui. Par réflexe, il tendit la main pour serrer celle de Hughes, mais celui-ci tenait son verre, et Box recula donc son bras, gêné.

— Appelez-moi Box, je vous en prie.

— Belle soirée, dit Clen.

— Oui. Elizabeth se donne toujours beaucoup de mal. Vous la connaissez bien ?

— Pas mal, oui. J'ai travaillé avec son mari en Asie pendant six ans. Et je pense pouvoir me vanter d'être la seule personne ici présente à avoir vu Elizabeth monter un éléphant.

— J'en suis certain. Et vous ? Êtes-vous de passage à Nantucket, ou comptez-vous y revenir définitivement ?

— Définitivement, c'est difficile à dire. Mais c'est chez moi, ici. C'est là que j'ai grandi.

— Oui, bien sûr…

— Et vous, comment vous connaissez Elizabeth ? demanda Clen en faisant tourner les glaçons dans son verre. Washington ?

— Non, nous nous sommes rencontrés ici à Nantucket. J'y vis six mois par an, et le reste du temps, je suis à Cambridge. Je suis professeur titulaire à Harvard.

— Je sais.

— Je vois que vous avez mené votre enquête. Mais après tout, vous êtes journaliste d'investigation.

— Oh, je suis loin d'avoir le bras aussi long que vous. Travailler en tête à tête avec le président des États-Unis ? Je peux toujours rêver.

— Vous savez pour le président ? Alors vous… Vous avez parlé à Dabney ?

Hughes remua à nouveau son verre. Le geste le trahit : il était nerveux.

— Oui. Je l'ai croisée dans Main Street, et elle m'a raconté. Bref, dit-il en terminant son verre. Je ferais mieux d'aller manger un truc avant que le Glenfiddich arrive à destination. Content d'avoir parlé avec vous.

— Attendez voir. Dabney ne m'a pas dit qu'elle vous avait vu.

— Bah, ça ne valait pas le coup d'être mentionné. On a discuté quelques minutes, c'est tout.

— Vous étiez très proches, autrefois…

— Oui, très. Désolé si ça vous dérange. Tout le monde a un passé.

Box ne savait pas quoi faire de toute la rage qui le consumait. Il comprit qu'il était bel et bien jaloux ; oui, il était fou de jalousie face à cet homme qui avait brisé le cœur de Dabney en mille morceaux qu'il avait tous emportés avec lui. Les vingt-quatre années qu'il avait passées marié à Dabney avaient été bonnes, pour lui comme pour elle. Ils avaient élevé une fille, créé un foyer confortable, et réussi de brillantes carrières. Dabney avait offert à Box son sourire, son attention, la finesse de son esprit et la chaleur de son corps – mais elle ne lui avait jamais offert son cœur.

Parce que cet homme-là le lui avait volé.

Box serra les dents et se souvint qu'il avait décidé de rester courtois.

— J'entends bien qu'on peut toujours se croiser par hasard dans la rue. Cela dit, je vous serais reconnaissant, à l'avenir, de laisser ma femme tranquille. Ce n'est pas facile, pour elle, de vous savoir de retour sur l'île.

— Excusez-moi, mais je ne vois pas en quoi ça vous regarde.

— Excusez-moi, mais je vous assure que cela me regarde. Dabney est ma femme.

Hughes posa sa boisson sur une console en bois qui avait tout l'air d'une antiquité de grande valeur, et qui n'aurait donc pas dû être en contact avec un verre humide sans sous-verre. Box avait ce genre d'attentions, mais ce M. Hughes, bien sûr, n'y pensait même pas. Hughes était un philistin et n'avait aucune idée de ce que c'était de prendre soin d'objets précieux.

— Oui, j'ai bien compris que vous étiez mariés, Professeur. Mais ça ne vous donne pas le droit de vous mêler de ma relation avec elle.

— Vous lui avez fait beaucoup de mal.

— Et qu'est-ce que vous en savez ? Vous étiez là quand c'est arrivé, peut-être ? Non, alors épargnez-moi vos commentaires, Monsieur.

Ce « Monsieur », assené avec un tel mépris, lui fit l'effet d'une gifle.

— J'ai élevé votre fille, rétorqua-t-il.

Hughes pinça les lèvres, mais ne répondit pas. Box fit un pas vers lui, les poings serrés.

— C'est moi qui l'ai emmenée à ses cours de danse, qui l'ai prise en photo avant le bal de fin d'année, moi qui ai payé ses études.

— Oui, c'est vrai, acquiesça Hughes.

Mais Box ne voulait pas simplement que Hughes reconnût les faits. Il voulait des remerciements, ou des excuses, idéalement les deux, et le tout, si possible, avec un peu d'humilité, bon sang ! Box ne se souvenait pas d'avoir déjà ressenti une telle colère, et pour cause : quelle raison aurait-il eue de s'énerver jusque-là ? Un élève irrespectueux, une réunion horripilante ?

— Agnes est ma fille, siffla Box. Et Dabney est à moi.

— Vous avez l'air bien sûr de vous…

Box n'eut pas le temps de comprendre ce qu'il faisait qu'il se précipitait déjà sur Hughes. Il lui décocha un coup de poing en visant la mâchoire, mais ne réussit à atteindre que sa clavicule. Il se fit mal à la main en heurtant l'os, et Hughes perdit l'équilibre et trébucha sur la console en bois, renversant une lampe dans sa chute et envoyant valser son verre qui se brisa au sol. Hughes se redressa en frottant l'endroit où Box l'avait frappé.

— Vraiment ? Tu veux te battre ? Je vais te tuer, et un seul bras suffira.

Box recula timidement. Il n'en doutait pas : Hughes serait bien capable de lui refaire salement le portrait, même avec un seul bras. Il avait commencé quelque chose qu'il ne pouvait pas finir. Une bagarre dans le salon d'Elizabeth Jennings !

— Attendez, supplia Box en levant les mains. Je suis désolé.

— Tu me mets un pain, et maintenant tu es désolé ?

— Clen !

Dabney surgit dans la pièce, cherchant l'équilibre sur ses talons hauts.

— Qu'est-ce que tu fabriques ? demanda-t-elle, avant de remarquer Box. Chéri ? Mais qu'est-ce que vous faites, tous les deux ?

Elle se baissa pour ramasser les morceaux de verre éparpillés à ses pieds.

Box, poussé par le même instinct, remit la lampe en place, puis se tourna vers Dabney.

— Laisse-moi ramasser ça, chérie, tu vas te faire mal.

— Ton mari m'a frappé, dit Clen.

— Clen…, murmura Dabney.

— Il m'a frappé, je te dis. C'est lui qui a commencé.

Dabney regarda Hughes, les morceaux de verre brillant dans sa main ouverte.

— Va t'amuser, Clen. Je t'en prie. On va nettoyer.

— Dabney…

— Je te dis qu'on s'en occupe. Allez.

— Je rentre chez moi, dit Clen.

Box fut frappé de la manière dont Dabney et Box se parlaient. Il n'était peut-être pas un expert de la romance, et il n'avait pas le don de son épouse, mais ce bref échange suffit à lui apprendre que ces deux-là étaient plus intimes qu'il n'y paraissait. C'était comme s'ils se parlaient tous les jours.

— Non, dit-il. C'est moi qui vais partir.

Riley avait appelé Agnes pour lui demander un service.

Il expliqua que Celerie lui avait proposé d'aller voir le feu d'artifice sur la plage de Jetties ensemble. Elle lui avait posé la question au bureau, alors que Dabney et Nina se trouvaient dans la pièce, et il n'avait donc pas eu le cœur de lui dire non en invoquant une excuse bidon. Pas question de mentir en présence de Nina et Dabney.

— S'il te plaît, Agnes, viens avec nous. J'ai besoin de toi.

— Non, hors de question. Je suis désolée si je t'ai donné des idées, l'autre soir…

— Agnes, je sais que tu es fiancée. Ça m'était un peu sorti de la tête parce que tu ne portes pas ta bague, mais ensuite ta mère m'a dit que ton fiancé avait annulé son week-end, et…

— Ma mère t'a dit ça ? Quoique, ça ne m'étonne pas…

— Écoute, Agnes, on peut être amis ? Juste des copains, des potes. C'est permis, ça ?

— Bien sûr que c'est permis, mentit Agnes.

CJ était l'homme le plus jaloux au monde. Agnes s'en était rendu compte dès leur troisième rendez-vous. Ils dînaient au Peter Luger Steak House. Agnes avait échangé des plaisanteries avec le serveur, et l'instant d'après, CJ s'était levé pour se plaindre au chef de salle, exigeant une table dans une autre section du restaurant.

Et puis il y avait eu l'incident avec Wilder. Wilder travaillait au Boys and Girls Club avec Agnes, et, à l'occasion, ils sortaient ensemble pour prendre une bière au Dubliner. Un soir, CJ avait débarqué au Dubliner par surprise, suivi de près par un de ses clients, un *linebacker* des Washington Redskins. CJ avait fondu sur eux juste au moment où Wilder attrapait les cheveux d'Agnes pour imiter la manie de Vladimir, un enfant particulièrement pénible du Club. Quand il s'était efforcé d'expliquer son geste à CJ et au joueur de football, une armoire à glace couverte de tatouages, CJ avait éclaté d'un rire de dément avant de lui demander de recommencer. « On veut te voir le refaire, hein, Morris ? » Morris avait ricané. « Vas-y, tire les cheveux de ma copine, qu'on rigole. » Wilder s'était éclipsé aux toilettes avant de quitter le bar en douce. Le lendemain, CJ avait emmené Agnes chez le coiffeur, et était resté assis à la surveiller tandis qu'elle faisait don de trente-trois centimètres de sa belle crinière brune à l'association Locks of Love.

Ce souvenir la travaillait pour plusieurs raisons. Par exemple, CJ ne lui avait jamais dit comment il avait su qu'elle se trouvait au Dubliner.

Agnes se dit qu'elle n'aurait probablement plus jamais d'ami homme, et qu'elle ferait mieux de profiter de l'amitié de Riley cet été. Et puis, après tout, puisque ses parents sortaient, elle n'avait rien de mieux à faire ce soir-là.

Elle prépara donc un pique-nique pour trois personnes, écoutant les suggestions de sa mère et suivant ses recettes : sandwiches au jambon, salade de pommes de terre aux herbes, tomates cerises fourrées de guacamole, et pour le dessert, framboises, myrtilles et crème à la vanille. Elle glissa aussi dans une glacière quelques bières, une bouteille de champagne, des biscuits au fromage et un assortiment de fruits secs épicés.

Agnes avait déjà pris deux kilos depuis son arrivée.

Riley venait avec sa guitare, et Celerie se chargeait d'apporter des plaids, un sac-poubelle, des gobelets, des assiettes en papier, des serviettes, un décapsuleur et une boîte de cierges magiques.

La soirée se révéla bien plus agréable qu'Agnes le pensait. Elle s'attendait à une ambiance un peu gênée, avec Celerie qui courait après Riley alors que celui-ci s'intéressait à Agnes. Du coup, elle avait décidé de porter sa bague de fiançailles, avec son diamant trop énorme pour être ignoré. Celerie le remarqua tout de suite, et Agnes fut surprise de voir qu'elle était non seulement soulagée d'être débarrassée d'une rivale potentielle, mais aussi sincèrement enthousiaste.

— Ta mère ne m'avait pas dit que tu allais te marier ! s'exclama Celerie avec une voix suraiguë. Wahou ! Est-ce que vous le faites à Nantucket ?

— Oui. La cérémonie à Sainte-Marie, et la réception au Yacht Club.

— Moi aussi, je me marierai à Nantucket, déclara Celerie en hochant la tête.

La jeune *cheerleader* avait revêtu une tenue entièrement aux couleurs du drapeau américain. Elle portait un short en jean, un T-shirt rayé bleu et blanc, des tongs rouges et, sur ses cheveux blonds, un serre-tête en tissu bleu marine à étoiles blanches, exactement identique à celui que portait Dabney. Agnes trouva ce détail à la fois touchant et dérangeant.

Celerie avait acheté elle-même ces serre-tête pour être assortie à Dabney.

Riley n'ouvrit pas la bouche pendant tout cet échange. Il tentait de leur dégager un chemin dans la foule, encombré par son étui à guitare et la glacière contenant les boissons.

— Il est sympa, ton fiancé ? demanda Celerie.

Décidément, Celerie faisait plus jeune encore que ses vingt-deux ans. Qu'est-ce que c'était que cette question ? Bien sûr qu'il était sympa, sinon pourquoi aurait-elle accepté de l'épouser ? Elle acquiesça de la tête, et elles suivirent Riley sur la plage.

Mais après un instant, Agnes se fit la réflexion que « sympa » n'était pas le premier mot qui lui venait à l'esprit pour décrire CJ, et à vrai dire, il n'était probablement pas sympa du tout selon les standards de Celerie, élevée dans une petite ville du Midwest. CJ était un homme charismatique et sûr de lui. Il savait ce qu'il voulait, le monde lui appartenait, et il n'y avait aucun problème qu'il ne pouvait résoudre, ou du moins c'était ce que croyait Agnes. Dans le quotidien agité de la jeune femme, CJ représentait un élément stable. Et puis grâce à lui, elle menait une vie excitante : les restaurants, les stars, les sportifs célèbres, l'argent, les cadeaux, les fêtes… On se laissait vite griser par tout le glamour d'une vie au côté de CJ. Agnes se demandait souvent comment son ex-femme, Annabelle, avait pu renoncer à tout cela. Elle avait dû le vivre comme un sevrage.

Agnes repensa alors à sa conversation avec Manny Partida : « Je m'en voudrais de vous cacher ça… »

CJ ne toucherait jamais un cheveu d'Agnes (même s'il lui avait, une fois, ordonné de les couper), mais il était vrai qu'il exigeait plus d'attention qu'une portée entière de bébés shar-peïs, et qu'il tenait à ce que les choses se fissent toujours comme il l'entendait.

Ayant trouvé une place sur la plage, ils installèrent leur petit coin pour la soirée et disposèrent leurs plaids en triangle, avec les glacières au milieu. Tout autour d'eux, des couples et des familles entières, tous heureux, bronzés et affamés. Agnes se détendit enfin. Elle décapsula une bière pour Riley et versa du champagne pour elle et Celerie.

— On devrait porter un toast ! Trinquer à la naissance de la nation !

Agnes adorait l'enthousiasme de la jeune fille. Elle leva son gobelet et ils trinquèrent.

— Santé !

— Je vais me tenir, ce soir, dit Celerie en souriant à Riley.

— N'oublie pas de manger, répondit-il.

Agnes sortit les biscuits au fromage et les noix, et Riley attrapa sa guitare et commença à jouer quelques accords. Agnes leva les yeux vers la falaise. Ses parents se trouvaient là-haut, à leur soirée de grandes personnes. Maintenant que Box était rentré, Dabney arrêterait enfin de disparaître comme une voleuse.

Agnes tripota sa bague. Elle était un peu grande, il faudrait la faire ajuster. CJ n'en savait rien, car quand il la lui avait offerte, Agnes avait répété plusieurs fois qu'elle était absolument parfaite. Mais elle aurait dû lui dire que l'anneau était trop large pour son doigt, et le diamant trop gros. Elle ne pourrait jamais, jamais porter sa bague sans trembler, dans le quartier dans lequel elle travaillait. D'ailleurs, CJ avait décidé qu'une fois mariée, elle démissionnerait.

Agnes but son champagne en regardant le soleil se coucher. Riley jouait *Good Riddance*, une chanson de Green Day, et les gens autour d'eux chantaient en cœur.

I hope you have the time of your life.

CJ était au Yankee Stadium, où l'équipe de base-ball new-yorkaise jouait deux matches consécutifs contre les Angels de Los Angeles qui seraient suivis d'un feu d'artifice. Agnes connaissait les merveilleuses loges VIP du stade. CJ y discutait probablement avec les épouses des joueurs et la famille de Steinbrenner, le propriétaire de l'équipe, en sirotant des Dirty Goose et en grignotant quelques crudités – sauf s'il trichait, comme Agnes. Elle espérait qu'il se goinfrait de brie cuit au four.

Soudain, CJ lui manqua, et elle regretta l'espace d'un instant de ne pas être avec lui au Yankee Stadium. Mais elle se reprit vite : une journée à New York avec CJ avait un certain charme, mais ça n'était pas Nantucket.

Riley joua ensuite *Only the Good Die Young* de Billy Joel, et le public se serra autour de lui. Tout le monde chantait, et cela ressemblait de plus en plus à un petit concert. Les gens commencèrent à réclamer leurs titres préférés : *Country Road*, puis *Sweet Home Alabama*. Agnes ferma les yeux et se laissa bercer par les voix qui se mêlaient tout autour d'elle. Elle avait enterré ses pieds dans le sable et le champagne la réchauffait de l'intérieur. Elle se sentait vivante, vraiment présente. Une belle nuit, du sable doré, de la bonne nourriture, et maintenant, grâce à Riley, leurs chansons préférées, qu'ils connaissaient absolument par cœur.

— *High Hopes* ! réclama Celerie.

« De grands espoirs. » *Évidemment*, pensa Agnes.

Elle ne savait pas exactement quand elle avait perdu la bague, mais si elle devait deviner, elle dirait qu'elle avait dû tomber au début du pique-nique, au moment de couper les sandwiches ou de servir la salade de pommes de terre. Tout ce qu'elle savait, c'est qu'au moment où ils quittèrent la plage au milieu d'une marée humaine, chacun discutant du feu d'artifice et affirmant qu'il n'avait jamais été aussi beau, elle remarqua que la bague n'était plus à son doigt. À ce moment, ce fut comme si son cœur était tombé à ses pieds. Elle s'arrêta net, et les personnes qui la suivaient râlèrent.

— Oh non.

— Quoi ? demanda Riley en se tournant vers elle.

Celerie marchait un peu devant eux. La foule ne lui faisait pas peur, étant donné qu'elle avait passé une bonne partie de ses années à l'université à distraire un stade entier.

Agnes articula silencieusement : « Ma bague ». Elle ne pouvait se résoudre à prononcer effectivement les mots. Beaucoup trop terrifiants. Elle essaya de se revoir quelques heures plus tôt, au moment où elle avait décidé qu'il serait judicieux de porter sa bague. Cela n'avait pas été judicieux du tout. Elle aurait dû la laisser à la maison, bien à l'abri dans sa boîte.

— Quoi, ta bague ? répéta Riley.

— Je l'ai perdue…

Celerie était déjà loin devant quand Agnes et Riley décidèrent de faire demi-tour pour essayer de retrouver la bague. Il faisait noir, et le sable était froid et couvert de détritus. Agnes contempla l'étendue de la plage. Seraient-ils seulement capables de retrouver l'endroit précis où ils s'étaient installés ? Et puis, avec tous les gens qui avaient piétiné la plage depuis, la bague serait sûrement enterrée dans le sable.

Agnes fut prise de nausée. C'était sans espoir.

Elle s'immobilisa, découragée. La glacière et le panier étaient plus légers maintenant, mais elle avait tout de même mal aux bras.

— Laisse tomber, Riley, dit-elle. On ne la retrouvera jamais.

— Mais si, il faut qu'on cherche ! On doit au moins essayer !

Il avait l'air si déconfit qu'on aurait pu croire que c'était sa bague qui avait disparu. Il avait raison, pourtant, même si Agnes était persuadée que ce serait sans résultat. La bague valait une fortune, et au-delà de ça, elle avait une valeur exceptionnelle. Elle pourrait peut-être la remplacer, c'est-à-dire acheter un autre diamant Tiffany de trois carats monté sur un anneau de platine, mais ce ne serait pas exactement la même bague, et d'une manière ou d'une autre, CJ le saurait.

À quatre pattes dans le sable, Agnes avait du mal à respirer. Riley se tenait debout près d'elle, éclairant le sable avec son téléphone portable.

— Celerie m'appelle, dit-il. Je lui demande de venir nous aider ?

Agnes plongeait ses mains dans le sable, poignée par poignée, en gardant l'image de la bague en tête. Elle ne doutait pas que Celerie apporterait beaucoup d'énergie aux recherches, mais elle n'était pas sûre qu'elle pourrait supporter les manifestations de bonne intention d'une seconde personne.

— Dis-lui plutôt qu'on la retrouvera plus tard. Elle peut nous attendre au Chicken Box avec sa coloc. D'ailleurs, tu peux l'accompagner, Riley. Tu n'es pas obligé de rester avec moi. C'est ma faute… Je suis vraiment trop bête !

Elle cria ce dernier mot en regardant le ciel, infinité noire brillant de centaines d'étoiles. Ce vaste monde, cette planète gigantesque, cette plage avec ses milliards de grains de sable, et perdue parmi tout cela, une bague, sa bague ; un solitaire des plus classiques, le plus bel objet qu'elle eût jamais rêvé de posséder.

— Je ne vais pas te laisser toute seule, dit Riley.

Il ne prit même pas la peine de répondre à Celerie.

Plus d'une fois, Agnes décida d'abandonner les recherches, mais à chaque fois qu'elle se préparait à se lever et à rentrer chez elle bredouille, elle s'imaginait que la bague serait peut-être dans la prochaine poignée, ou dans celle juste après.

La fête sur la falaise battait son plein, même si selon toute vraisemblance, ses parents devaient être rentrés maintenant. Box n'aimait pas rester après 22 heures.

Comment réagiraient-ils tous les deux quand elle leur annoncerait qu'elle avait perdu la bague ?

— On peut revenir tôt demain matin, dit Riley. On apportera un détecteur de métaux.

C'était la troisième fois qu'il faisait cette suggestion. Il avait compris qu'ils ne trouveraient rien ce soir.

— Tu peux partir, Riley, répondit-elle pour la troisième fois.

246

— Agnes…

— Quoi !? aboya Agnes, agacée.

Elle se redressa et se laissa tomber assise dans le sable, levant les yeux vers le jeune homme qui éclairait toujours un rectangle de sable à l'aide de son téléphone.

Il s'assit sur le sable à côté d'elle et posa sa main chaude et puissante sur son genou.

— Agnes… Je suis désolé pour ta bague.

— CJ va me tuer.

— Il sera sûrement un peu en colère, mais rappelle-toi que ce n'est qu'une bague. C'est un objet cher et précieux, d'accord, mais un objet quand même.

Agnes ne trouverait jamais le courage d'avouer à CJ qu'elle avait perdu la bague, et elle devrait en racheter une à son insu. Où irait-elle trouver autant d'argent ? Elle gagnait soixante-huit mille dollars à l'année, et elle avait onze mille dollars d'économies. Elle pourrait mettre tout ce qu'elle avait et demander à payer le reste de la somme en plusieurs fois. Ou bien elle pourrait demander à ses parents. *Maman, Papa, j'ai besoin de vingt-cinq mille dollars pour acheter une nouvelle bague de fiançailles, et oui, je sais bien que ça fait autant qu'une année d'études à Dartmouth, logement compris, mais si je ne rachète pas exactement la même bague, CJ va me quitter, c'est sûr.*

Elle n'oserait jamais demander l'argent à ses parents… Ou peut-être seulement à Box ? Il aimait beaucoup CJ.

Non, impossible.

Il fallait qu'elle la retrouve. Si seulement cette bague avait été accrochée à son doigt aussi solidement que son bracelet Cartier à son poignet !

Elle continua donc de fouiller le sable, poignée après poignée, centimètre après centimètre. Elle retourna tous les galets, les pierres, les coquillages.

— On pourrait revenir demain. Avec un détecteur de métaux.

Quatrième édition.

— Je ne peux pas partir, Riley. Tu as pensé à la marée ? Et si la marée l'emportait ?

— La mer ne monte jamais aussi haut.

Agnes fondit en larmes. La bague était perdue pour de bon, et CJ ne le lui pardonnerait jamais. Elle serait rangée dans la même catégorie qu'Annabelle : une femme qui jetait l'argent de CJ Pippin par les fenêtres. D'après Manny Partida, CJ avait perdu son sang-froid avec Annabelle parce qu'elle avait été trop généreuse « sans sa permission »… Ces derniers mots n'étaient pas anodins. CJ avait les moyens de dépenser des fortunes, ce n'était pas là le problème. C'était simplement qu'il n'avait pas été consulté.

Agnes repensa au reçu de la bague qu'elle avait aperçu laissé là bien en évidence sur une pile de courrier, alors que CJ se trouvait sous la douche. C'était comme s'il l'avait fait exprès.

Vingt-cinq mille dollars.

Agnes présenterait ses excuses, mais il ne lui pardonnerait jamais, tout comme il n'avait jamais pardonné à Dabney d'avoir dit que sa fille et lui n'étaient pas faits l'un pour l'autre. C'est alors, assise sur la plage, les larmes aux yeux, et faisant couler le sable froid entre ses doigts, qu'Agnes comprit enfin que sa mère avait raison. Non seulement CJ n'était pas l'homme de sa vie, mais pire : il lui était nocif.

— Tiens, dit Riley.

Il lui tendit une serviette à peu près propre récupérée dans le panier à pique-nique, et Agnes essuya ses larmes.

Agnes avait attendu plus d'un an avant de dire à CJ que Box n'était pas son père biologique. Elle avait d'abord voulu garder cette partie de son histoire privée, mais, voyant que leur relation prenait un tour plus sérieux, elle avait fini par le lui révéler. CJ avait dit que ce n'était pas grave, qu'elle n'avait pas à avoir honte, et qu'il était content de savoir qu'elle se sentait maintenant assez à l'aise avec lui pour lui avouer la vérité. Il lui avait souri, l'air rassurant.

— Cela explique pas mal de choses chez toi…

— Quelles choses? avait-elle demandé.

Mais il n'avait pas répondu, et le monde d'Agnes avait basculé encore un peu plus de travers.

Plus loin sur la plage, des enfants allumaient des fusées. Agnes attrapa la main de Riley, qui l'aida à se lever.

Dabney

Elle suivit des yeux Box qui traversait la pelouse des Jennings en direction de la route, là où était garée l'Impala. Dabney savait qu'elle aurait dû le suivre, mais ses jambes refusaient de lui obéir.

Elle voulait rester avec Clen.

Après que Box fut sorti du salon, Dabney fronça les sourcils à l'attention de Clen.

— Qu'est-ce qui s'est vraiment passé ?

— Il m'a frappé. Un coup de poing, là, dit-il en montrant sa poitrine.

— J'ai du mal à le croire. Qu'est-ce que tu lui as dit ?

— Tu préférerais que ce soit de ma faute…

— Pas du tout !

— Il faut tout lui dire, Cupi.

— Je sais, mais…

Ils furent alors interrompus par Elizabeth Jennings en personne qui déboula dans la salle avec l'air impérieux qui la caractérisait. Dabney connaissait bien cet air, car Elizabeth faisait partie du conseil de la Chambre de commerce depuis un an et demi. Pour être honnête, Dabney trouvait cette femme un poil prétentieuse, et sa prétendue élégance paraissait empruntée. Elizabeth avait beaucoup de succès dans les cercles mondains de Washington. Elle recevait, entre autres, des journalistes comme Sally Quinn ou Katharine Graham. Que savait encore Dabney à son sujet ? D'après son curriculum vitae, elle avait étudié à l'université Mary Washington, en Virginie, et avait brièvement travaillé comme assistante au Département d'État. Elle venait d'une vieille famille de Washington, et sa famille était liée d'une manière ou d'une autre à l'ancien président William Taft. Dabney savait aussi qu'Elizabeth avait deux filles, et que son mari était décédé. En revanche, elle ignorait jusqu'alors que le second mari d'Elizabeth, Mingus, avait connu Clendenin Hughes (et avait fait les quatre cents coups avec lui !) Voilà qui ne l'arrangeait pas du tout.

— J'ai cru entendre du chahut par ici, dit Elizabeth.

Elle parcourut la pièce du regard et plissa les yeux en voyant que le tapis sous la console était de travers. Elle alla l'arranger puis, en se relevant, dévisagea Dabney comme si elle était une enfant des rues.

— Puis-je savoir ce qui s'est passé ? demanda-t-elle.

— C'est moi, dit Clen. J'ai perdu l'équilibre, mon verre est tombé et il s'est cassé. Je suis vraiment navré, Elizabeth.

— Tu ne t'es pas fait mal, j'espère.

— Tout va bien. On a ramassé les éclats de verre, mais il faudrait quand même passer un coup d'aspirateur demain.

Elizabeth sourit à Clen comme si rien ne l'enchantait plus que la perspective de sortir son Dyson (ou d'en donner l'ordre à sa femme de ménage). Une hôtesse irréprochable.

— Et John ? demanda Elizabeth en se tournant vers Dabney. Où est-il passé ?

John ? Dabney hésita un instant avant de comprendre qu'elle voulait parler de Box. Personne ne l'appelait jamais John, et le fait qu'Elizabeth choisît de le faire ne fit que l'énerver encore plus.

— Il est parti, répondit-elle sèchement.

Elle aurait pu tourner les choses autrement pour se montrer polie, *Il a dû s'éclipser, il ne se sentait pas bien, sa semaine à la Maison Blanche l'a complètement exténué*, mais elle n'était pas d'humeur à offrir à cette femme une excuse bien tournée.

251

— Eh bien, ce n'est pas très gentil. Il ne m'a pas dit au revoir.

Elle sembla alors comprendre la scène qu'elle avait devant les yeux : Dabney et Clen seuls dans le salon, le verre cassé, et Box, un professeur de Harvard, qui se sauvait de la soirée sans remercier celle qui le recevait... Elizabeth ne connaissait rien du passé de Clen et Dabney (a priori, du moins), mais cette femme était loin d'être naïve. Nul doute qu'elle avait une bonne idée de comment les choses s'étaient déroulées, ou du moins, de ce qui était en jeu. Elle aiguisait probablement déjà les piques acérées qu'elle placerait en échangeant les derniers ragots avec ses amis.

Va-t'en, s'ordonna Dabney, *rentre à la maison, trouve un moyen de t'excuser auprès de Box. Ou alors arrête tout ce cirque, et dis-lui la vérité une bonne fois pour toutes.* Mais elle ne s'en alla pas. Elle retourna sur la terrasse, fonçant droit sur une coupe de Moët & Chandon dont elle n'avait aucun besoin. Elle fut immédiatement arrêtée par le député, qui avait déjà ennuyé tous les invités et n'avait donc d'autre choix que de se tourner vers Dabney pour lui resservir encore un peu de son bavardage indigeste.

Clendenin se tenait près du porche. Elizabeth le tenait par le bras, comme s'il lui appartenait. Dabney sentit la jalousie commencer à lui chauffer les tempes.

Clen et Elizabeth ?

Tout ennuyeux qu'il était, le député n'attendait aucune réponse de son interlocutrice, et Dabney pouvait se contenter de hocher la tête et de placer de temps en temps un « Oui, bien sûr, absolument ».

Clendenin et Elizabeth avaient passé du temps ensemble outre-Atlantique. Elizabeth n'avait pas peur de voyager, elle ; c'était le genre de femme qui entrait dans le lobby de l'hôtel Oriental en fumant nonchalamment avec un long porte-cigarette en nacre, laissant le groom thaïlandais en tenue traditionnelle tirer son énorme malle Louis Vuitton. Mais non, Dabney imaginait n'importe quoi ; elle avait regardé trop de films.

Elle termina rapidement sa coupe de champagne et le député claqua des doigts en direction d'un serveur pour en demander un autre. Le geste, pensa Dabney, ne trahissait pas tant le manque de manières du député que son angoisse de voir Dabney l'abandonner pour gagner le bar. Une nouvelle coupe apparut, et un autre serveur leur proposa des tartelettes aux fruits brillant comme des vitraux. Dabney refusa ; elle n'avait aucun appétit.

Clendenin et Elizabeth. Voilà qu'il l'abandonnait encore pour l'Orient, ou du moins, les souvenirs qu'il en gardait, embellis par le temps.

La jalousie s'empara de tout son visage. Elle sentit sa bouche se tordre, ses dents se serrer.

Regarde-moi, pensa-t-elle. Si Clen la regardait, tout irait bien.

Mais il était trop absorbé dans sa conversation. Il racontait quelque chose à Elizabeth et à un couple que Dabney ne reconnut pas. Elle entendait sa voix, mais ne discernait pas exactement ses mots. Elle avait oublié comme il pouvait s'animer en public. Il se débrouillait très bien sans elle, et Dabney le détesta un peu. Tout le petit groupe semblait suspendu à ses lèvres.

Elle méritait bien cette punition pour ce qu'elle faisait subir à Box.

Alors le feu d'artifice commença, et tout le monde se tourna vers le ciel pour l'admirer éclater au-dessus du port. Elle essaya de se convaincre de profiter du spectacle, mais elle ne pouvait pas, pas sans Clen. Elle lutta contre son envie d'aller tout bonnement l'arracher à Elizabeth. Le scandale se répandrait comme une traînée de poudre, mais quelle importance ? Dabney ne souhaitait qu'une chose, regarder le feu d'artifice avec le bras rassurant de Clen enroulé autour d'elle.

L'amour, quelle plaie ! Elle détestait l'amour.

Pour ne rien arranger, le député sembla soudain remarquer pour la première fois que Dabney était en réalité un être humain.

— Dabney ? demanda-t-il. Vous allez bien ?

Elle tourna son visage vers le ciel au moment même où un gigantesque chrysanthème blanc éclatait au-dessus de leurs têtes. Elle espéra que la lumière inondait son visage, de manière à ce que la terrible douleur qu'elle ressentait passât pour de l'extase.

Agnes

Elle retrouva sa bague au fond de la glacière, baignant dans l'eau gelée.

Elle n'était pas perdue, elle était là, dans sa main.

Elle n'était pas perdue !

Il n'y avait pas de mot pour exprimer combien elle se sentait soulagée.

Mais une autre émotion jetait une ombre sur son soulagement, une émotion sans nom, celle que l'on ressent quand la sortie de secours se ferme juste devant vous.

Dabney

Le 5 juillet, elle se réveilla trop mal en point pour se lever. Elle appela le bureau et laissa un message sur la boîte vocale de Nina, disant que le virus n'avait pas dit son dernier mot mais que, avec un peu de chance, elle serait d'attaque l'après-midi. Mais dès 9 heures du matin, elle sut que ce serait impossible. Elle réussit à peine à se traîner jusqu'à la salle de bains. Agnes était au travail, et Box était occupé au rez-de-chaussée. En début d'après-midi, elle l'entendit faire du bruit dans la cuisine, probablement pour se préparer à déjeuner, mais il ne monta pas dans la chambre pour voir comment elle allait. Elle avait besoin d'un verre d'eau fraîche et d'un Advil, mais il lui fallut attendre le retour d'Agnes, à 17 h 30. Elle demanda aussi à sa fille d'apporter son téléphone portable, et Agnes eut l'air intrigué. Il y avait un téléphone fixe juste à côté du lit.

Agnes apporta tout de même le verre d'eau, le cachet et le portable, ainsi qu'une tranche de pain beurré, que Dabney ne toucha pas.

— Merci, murmura Dabney.

— Oh, Maman…

Cette nuit-là, Box ne vint pas se coucher avec elle, et Dabney supposa qu'il devait être soit en colère, soit honteux, sans qu'elle pût décider lequel des deux était le plus probable. Elle rêva de Clendenin et Elizabeth Jennings. Ils jouaient au mahjong sur un radeau échoué sur la plage, et toute la scène était noyée sous un miasme rose tendre. Clen et Elizabeth, faits l'un pour l'autre ?

Elle se réveilla en secouant la tête : *Non !*

6 juillet, malade. Dabney entendit de la musique classique résonner au rez-de-chaussée, mais Box ne se montra pas.

Son téléphone portable restait désespérément silencieux. Elle attendait un message de Clen, mais il fallait croire qu'il était lui aussi en colère, ou honteux, ou bien qu'il était épris d'Elizabeth. Peut-être que Box et Clen la quitteraient tous les deux ; ils l'abandonneraient, comme l'avait fait sa mère.

Le lieutenant Kimball avait élevé Dabney du mieux qu'il avait pu, mais elle ne pouvait nier qu'il y avait toujours eu une partie d'elle qui avait manqué d'amour.

7 juillet, malade. Agnes annonça qu'elle restait à la maison. Dabney essaya de protester mais n'arriva même pas à prononcer une phrase complète, alors Agnes lui expliqua :

— Il pleut des cordes, Maman. Le camp est annulé.

Le son de la pluie contre la fenêtre avait quelque chose de rassurant.

Dabney entendit la voix d'Agnes lui parvenir depuis l'escalier.

— Papa, elle est vraiment mal… On devrait peut-être l'emmener à l'hôpital.

— Donne-lui encore un jour, répondit Box.

Encore un jour…

Comment Box trouvait-il des vêtements propres ? Et qu'est-ce qu'Agnes et lui mangeaient ?

À minuit, elle reçut un SMS de Clen : *Dis-moi quand je peux te voir.*

Le matin du 8 juillet, Dabney se réveilla avec la sensation de n'être qu'une version plate et vide d'elle-même, mais elle trouva enfin la force de prendre une douche et de descendre au rez-de-chaussée pour se préparer un bol de céréales.

Box était installé à la table de la cuisine avec un café noir et le *Wall Street Journal*.

— Tu te sens mieux ?

Dabney hocha la tête.

— Bien. Il faut que je retourne à Washington demain. Je rentre vendredi.

Dabney pensa, *Washington. Jusqu'à vendredi.*

Elle arriva au bureau vers midi.

Agnes

Riley laissa un message sur son répondeur : « Ta mère est partie du bureau à 15 heures, et je l'ai suivie.

Elle est allée au 436 Polpis Road. Je l'ai vue tourner dans l'allée. »

Agnes écouta le message plusieurs fois. Riley avait suivi Dabney ! C'était une initiative audacieuse, et il l'avait fait pour elle. Ou peut-être qu'il était juste naturellement curieux, et se demandait quel était le secret gardé si jalousement par Dabney.

Elle fit une recherche sur Internet et apprit que la maison au 436 Polpis Road appartenait à Trevor et Anna Jones, des gens dont elle n'avait jamais entendu parler auparavant.

Ce soir-là, Dabney était dans la cuisine, occupée à préparer le dîner (agneau grillé, succotash de légumes et laitue romaine). Box travaillait encore dans son bureau, mais Agnes savait qu'il en sortirait vite quand il sentirait les effluves de viande, d'ail et de romarin. Cela faisait trois soirs d'affilée qu'ils commandaient des plats thaïs.

— Maman, est-ce que tu connais Trevor et Anna Jones ?

Dabney remuait la salade, et Agnes remarqua que son geste s'interrompit un instant.

— Non.

— Ah bon ? Tu connais tout le monde, pourtant. Trevor et Anna Jones, ils vivent sur Polpis Road.

— Non, répéta Dabney en regardant sa fille droit dans les yeux. Je ne connais ni Trevor ni Anna Jones.

Dabney

Le conseil d'administration de la Chambre de commerce se réunissait quatre fois par an, en janvier, avril, juillet et octobre. Dabney détestait ces réunions. Elle angoissait des semaines à l'avance, même si tout se déroulait toujours bien.

Les réunions se tenaient dans la salle de conférences minuscule et mal aérée dans laquelle Dabney avait surpris Nina et Jack Copper. La pièce contenait une table rectangulaire et dix chaises, une fenêtre qui s'ouvrait par le haut, et une seule prise électrique, à laquelle Dabney branchait un ventilateur sur pied. En pivotant, le ventilateur envoyait valser tous les papiers et faisait un boucan d'enfer, mais ils savaient d'expérience qu'ils ne pouvaient pas s'en passer pendant l'été.

La réunion de juillet était la seule à laquelle Elizabeth Jennings et Bob Browning, les deux membres qui ne vivaient pas sur l'île à l'année, assistaient, et ils se retrouvaient donc, en tout, au nombre de onze. Il n'y avait pas de place pour une autre chaise, aussi Dabney restait-elle debout pendant toute la réunion, ce qui, d'ordinaire, ne la dérangeait pas : après tout, elle n'était qu'une employée, et tous ces gens étaient ses supérieurs.

Dabney avait préparé le rapport de trésorerie et les demandes de subventions, ainsi qu'un compte rendu complet de la Fête des jonquilles et une proposition de programme pour les fêtes de fin d'année. Elle avait posé sur la table une douzaine de bouteilles d'eau fraîche et des stylos. Elle ne savait pas pourquoi elle appréhendait tant ces réunions, alors qu'elles se déroulaient toujours sans accroc. Les membres du conseil écoutaient Dabney leur expliquer que tout allait pour le mieux, et ils voyaient comme les dossiers qu'elle leur distribuait étaient épais et détaillés, mais ne les lisaient jamais. Ils se contentaient de hocher la tête en signe d'approbation et d'adoration, Vaughan félicitait Dabney comme un chien qui a fait un tour, et la réunion prenait fin.

Ce jour-là, comme toujours, les membres du conseil saluèrent Dabney en entrant dans la salle de conférences. Jeffrey Jackson lui fit la bise, comme à son habitude, et Martha questionna gentiment Dabney au sujet de son nouvel ordinateur portable, comme s'il s'agissait d'un chiot. Betty et Karen parurent plus attentionnées que d'habitude. Betty offrit même son siège à Dabney, mais celle-ci refusa poliment. Haut les cœurs. Elle ne prendrait pas la place d'un de ses directeurs.

— Dabney peut s'asseoir sur mes genoux, plaisanta le vieux M. Armstrong, de la carrosserie.

Tout le monde rit de bon cœur, quoiqu'avec un peu de gêne, car M. Armstrong était un vieux pervers et ne plaisantait probablement pas.

Elizabeth Jennings entra sans lui dire bonjour, elle ne regarda même pas dans sa direction. Dabney sentit la nausée monter. Elle attrapa un des dossiers sur la table.

— Voilà pour vous, Elizabeth.

Elizabeth prit le dossier sans un merci ni même un regard, et se tourna immédiatement vers Karen, l'agent immobilier, avec qui elle avait apparemment dîné au Chaudron hier. Elles discutèrent du saumon qu'elles avaient mangé.

Elle me snobe ! pensa Dabney. Elizabeth la prenait de haut et l'ignorait délibérément. Incroyable. Elle scruta les visages des autres membres pour voir si quelqu'un avait remarqué l'outrage, mais bien sûr, chacun s'occupait de ses affaires ou feuilletait les dossiers, avec pour but commun de permettre à Nantucket de rester la ruche animée et prospère qu'elle était déjà.

Dabney mena toute la réunion en pilote automatique, debout devant le ventilateur qui lui soufflait dans le dos. Elle en avait besoin pour ne pas s'évanouir. Haut les cœurs… Elle se rassura en pensant qu'elle n'avait rien fait de mal durant la soirée chez Elizabeth. C'était Box et Clen qui s'étaient mal conduits. Clen disait qu'il avait essayé de battre en retraite quand il était tombé sur Box, mais que celui-ci avait engagé la conversation et qu'elle avait vite dérapé. Certes, ils se battaient pour Dabney, mais comment Elizabeth aurait-elle pu le savoir ? Peut-être était-elle simplement fâchée contre Box à cause de son départ précipité, ou contre Clen à cause du verre brisé.

Le budget était en ordre, les demandes de subventions remplies, et les caisses pleines. Elles étaient si pleines que Dabney avait décidé de faire quelque chose qu'elle ne faisait jamais : demander une augmentation, non pas pour elle, mais pour Nina. Il faisait une chaleur étouffante dans la pièce, et elle avait l'impression que tout son sang stagnait dans ses jambes. Les cheveux couleur cannelle d'Elizabeth étaient impeccablement raides et lisses, glissés derrière une oreille, et elle arborait des ongles parfaitement manucurés avec un vernis de couleur corail.

La manière dont elle avait tenu le bras de Clen à la soirée…

Clen ne t'appartient pas, pensa Dabney. *Il est à moi !*

Elle s'éclaircit la gorge pour attirer l'attention de tout le monde. Elle n'avait pas pris la peine de prévenir Vaughan qu'elle suggérerait une augmentation, car elle savait qu'il demandait toujours, à la fin des réunions, s'il y avait des sujets à aborder autres que ceux à l'ordre du jour.

Dabney avait si chaud que sa vision commença à se couvrir de taches. Bob Browning piquait du nez et Karen triturait son téléphone sans même le cacher.

— Tout m'a l'air en ordre, dit Vaughan. Avons-nous autre chose à discuter ?

— Oui, dit Dabney.

Tous les regards se braquèrent sur elle. Elle avait des fourmis dans les pieds. Les pieds pouvaient-ils s'endormir quand on restait debout trop longtemps ?

— Je t'écoute, Dabney.

— Je voudrais demander une augmentation.

Un murmure parcourut la pièce. Jeffrey Jackson, qui se rangeait toujours à l'avis de Dabney, acquiesça.

— Vous l'avez bien méritée.

— Merci, mais ce ne serait pas pour moi. Je suis évidemment très satisfaite de mon salaire. Je pense à Nina Mobley. Elle fait un travail remarquable, et elle a assumé de plus en plus de responsabilités ces derniers mois. J'aimerais l'augmenter de vingt pour cent.

Elizabeth souffla par le nez tout en lâchant un petit rire hautain pour signifier sa désapprobation.

— Ben voyons ! Et vous attendez la fin de la réunion pour nous balancer ça ?

Balancer ? Avait-elle bien entendu ? Dabney chancela. Elle sentit ses jambes la lâcher, et elle tendit le bras pour prendre appui sur le dossier de la chaise de Martha.

— Elle demande combien ? cria le vieux M. Armstrong.

— Elle ne demande rien, répondit Dabney. C'est moi qui demande pour elle. Je veux dire, c'est mon idée, pas la sienne. Elle n'est même pas au courant. Je crois vraiment qu'elle mérite cette augmentation. Elle fait son travail, et…

Dabney faillit dire « et en plus, elle fait le mien », mais elle se rendit compte que cela la mettrait dans une mauvaise posture.

— … et elle le fait bien.

— On ose espérer que tout le monde ici fait correctement son travail, ironisa Elizabeth. C'est tout de même pour ça qu'on vous paie ! On ne donne pas un bonus à quelqu'un parce qu'il fait « bien » son travail. C'est ce que chacun est censé faire.

Elizabeth fusilla Dabney du regard. Elle la détestait, c'était évident, mais pourquoi ? Dabney n'avait jamais eu d'ennemi jusque-là. Bien sûr, il y avait eu l'incident avec Jocelyne, à Yale, durant ce fichu pique-nique. Jocelyne était amoureuse de Clen, ou du moins ressentait pour lui l'équivalent estudiantin de l'amour. Maintenant, voilà qu'Elizabeth courait elle aussi après Clen, et d'une manière ou d'une autre, elle savait que Dabney représentait un obstacle. Mais comment ?

Comment le savait-elle ?

— Tant pis, dit Dabney.

Elle observa sa propre main danser au ralenti devant son visage, comme si elle chassait l'idée même de l'augmentation de Nina.

— Attendez, dit Jeffrey. On devrait en discuter.

Jeffrey avait une tache de vin qui lui couvrait le cou et le bas du visage. Quand il était enfant, deux garçons se moquaient sans cesse de lui à l'école, et Dabney avait un jour pris sa défense. Depuis, il soutenait toujours Dabney, coûte que coûte.

— Il n'y a rien à discuter, rétorqua Elizabeth. En tout cas pas maintenant. On meurt de chaud ici, et il est bientôt 18 heures, or je ne sais pas pour vous, mais moi, j'ai mieux à faire ce soir. Nous pouvons inscrire l'éventuelle augmentation de Mme Mobley à l'ordre du jour de la prochaine réunion.

— Je suis d'accord, dit Karen.

Dabney cligna des yeux. La sueur lui coulait dans le dos. Elle se demanda comment Vaughan se tirerait de cette situation. Il n'aimait pas du tout laisser les autres membres du conseil contester ses décisions, mais son visage dégoulinait comme s'il était fait de cire.

Ça y est, je vais m'évanouir, pensa Dabney.

Heureusement pour elle, Vaughan décida d'ajourner la réunion. Martha se leva, et Dabney se laissa tomber dans le fauteuil fraîchement libéré.

Clendenin

Elizabeth l'invita à dîner au Straight Wharf, face à la mer.

— Tu sais, Elizabeth, je ne suis pas vraiment fan des restaurants chic.

— Entendu. Tu n'as qu'à venir plutôt à la maison. Demain à 19 heures.

Elle raccrocha sans lui laisser le temps de dire non.

*

Il apporta un pack de bières Singha qu'il avait trouvé par miracle chez Hatch's. C'était la marque de bière que lui, Mingus et Elizabeth buvaient à Bangkok et Saïgon, des années plus tôt.

Clendenin frappa à la porte et se trouva soudain idiot. Qu'est-ce qu'il venait faire là ? On aurait dit qu'ils s'infligeaient tous les deux un moment de nostalgie inutile.

Elizabeth couina de joie en lui ouvrant la porte. Elle avait manifestement déjà un coup dans le nez, et elle couina à nouveau quand il lui tendit le pack de bières.

— Des Singha ! C'est bien vrai ? Tu as dû les commander ? Et elles sont bien fraîches, en plus ! Tu te souviens comme c'était agréable de prendre une Singha fraîche après avoir couru partout dans cette canicule d'enfer ? Ah Clen, tu es génial !

Elizabeth portait une robe de cocktail vert tendre décorée de minuscules sequins, les pieds nus. C'était une femme très attirante, avec ses cheveux couleur cannelle, ses ongles longs et son parfum. Clen se souviendrait toute sa vie du moment où il l'avait vue sortir de la piscine de l'hôtel à Nha Trang. Ce bikini rouge… Mais il y avait chez elle quelque chose de désespéré, et elle semblait toujours en faire trop. Et surtout, elle n'était pas Dabney.

Sur la terrasse, la table était dressée pour deux, et des bougies brûlaient dans d'anciennes lampes à pétrole. Elizabeth lui servit un verre de Glenfiddich, et ils admirèrent la vue sur la baie qui s'étendait devant eux.

Clen comprit alors qu'il s'agissait, pour Elizabeth, d'un rendez-vous amoureux. Elle l'avait invité ici pour le séduire. L'idée ne lui avait pas effleuré l'esprit ; il avait supposé, sans vraiment y penser, qu'elle recevait des amis et l'avait invité pour se montrer gentille, ou pour pimenter sa soirée avec son vieil ami venu d'une autre vie.

Un soir, à Saïgon, Mingus et Clen avaient bu comme des chantres à La Caravelle, puis avaient grimpé sur une mobylette avant de chuter lamentablement devant le Palais de la réunification. Mingus et Clen buvaient énormément, parfois au Majestic, parfois au Continental. Quels souvenirs Clen avait-il gardés de ces soirées ? Les ventilateurs en rotin au plafond, les cocktails à l'ananas, les épluchures de cacahuètes jonchant le sol, les Lucky Strike sans filtre qu'ils fumaient à la chaîne, allumant chaque nouvelle cigarette sur la précédente. C'était les cigarettes qui avaient tué Mingus. Un cancer des poumons à cinquante-deux ans.

Mingus était rentré aux États-Unis après avoir été diagnostiqué. Il était mort à Washington, et Clen n'avait pas fait le déplacement pour ses obsèques. Il avait toutefois écrit une longue lettre à Elizabeth, qui était moins une lettre de condoléances qu'un poème en prose faisant l'inventaire de ses souvenirs : Bangkok, Singapour, Mandalay, Rangoun, Siem Reap, Saïgon, Hanoï, Hoi An, et la semaine à Nha Trang. Elizabeth et Mingus séjournaient dans un cinq étoiles, et Elizabeth avait insisté pour que Clen les rejoignît, allant jusqu'à payer sa chambre. Il avait accepté, même s'il trouvait bizarre de tenir la chandelle pendant leur escapade en amoureux. Le séjour avait été comme une parenthèse enchantée dont il avait alors bien besoin. Les piscines de luxe, les bouteilles de Domaines Ott à volonté, une certaine salade à la papaye épicée qu'on lui avait apportée directement sous son parasol. Un soir, Mingus était parti se coucher immédiatement après le dîner, et Clen et Elizabeth étaient allés s'asseoir côte à côte sur le sable. Ils étaient passablement ivres tous les deux, et Clen n'était pas capable de faire beaucoup plus que regarder le reflet de la lune sur la mer de Chine. Quelque chose s'était passé, il avait dit quelque chose, ou bien Elizabeth avait dit quelque chose, et elle avait approché son visage du sien. Clen avait eu envie de l'embrasser – comment ne pas y penser ? Ce bikini rouge… Mais il avait reculé et s'était relevé en époussetant le sable sur son short.

— Je t'ai vu me regarder, avait dit Elizabeth. Est-ce que je me trompe ?

Non, elle ne se trompait pas. À l'époque, Clen n'avait pas encore rencontré Mi Linh, et il se sentait terriblement seul. Il avait regardé Elizabeth, il n'avait pas arrêté de la regarder, toute la semaine. Mais il n'était pas le genre d'homme à trahir son seul ami, alors il avait salué Elizabeth en inclinant la tête avant de regagner sa chambre.

*

Elizabeth lui posa une question, mais, plongé dans ses souvenirs, Clen ne l'entendit pas. Il ne saisit que le mot « Asie ».

— Pardon ?

— Ça te manque, l'Asie ?

— Ah… Je ne sais pas. Parfois, oui, certaines choses me manquent. La cuisine thaï, les moines cambodgiens, les bars des hôtels vietnamiens. Mais à part ça, pas tellement. En tout cas, moins que je ne le pensais. Pourquoi, ça te manque ?

— Ç'a été un moment merveilleux de ma vie, répondit Elizabeth en posant le menton sur sa main. Mais c'est le passé. Je n'y retournerai pas. Et toi ?

— Seulement si on m'appelle à Singapour.

Mais il se rendit compte qu'il était maintenant tellement attaché à Dabney que même si on lui offrait enfin un poste à Singapour, il déclinerait. Il ne l'abandonnerait plus jamais.

Elizabeth avait engagé un traiteur pour préparer le repas, ainsi que trois serveurs. D'autres hommes se seraient peut-être laissé impressionner, mais Clen trouva cela plutôt triste. Inviter quelqu'un à dîner chez soi pour lui servir un repas qu'on n'a pas préparé soi-même ?

Pis encore, on lui servit un steak d'aloyau. Clen fixa son assiette, impuissant. Il ne pouvait pas couper sa viande. C'était l'une des raisons pour lesquelles il refusait toujours de dîner à l'extérieur. Il attrapa sa fourchette et prit une bouchée de gratin de pommes de terre avant de laisser le couvert retomber avec un « ch'ting ».

— Oh mince, dit Elizabeth. Je suis désolée, je n'ai pas… je n'y ai pas pensé.

— C'est rien. Ne t'inquiète pas.

Elizabeth tourna la tête pour chercher un serveur, mais ils s'étaient tous retirés dans la cuisine. Elle se leva de sa chaise.

— Tiens, laisse-moi te le découper.

Clen grimaça. Quelle scène humiliante pour tous les deux... Elizabeth lui coupait sa viande comme à un enfant.

— J'y pense, dit Elizabeth, tu ne m'as jamais raconté.

— Raconté quoi ?

— Ton bras. Comment c'est arrivé ?

Un coup de machette, pensa-t-il. *Les Khmers rouges. Rien de bien intéressant.*

Mais pour soulager un peu l'humiliation de ce moment, il décida de lui dire la vérité. Il se trouvait alors en Thaïlande et préparait un article sur un trafic de jeunes filles achetées à leur famille dans la campagne, puis revendues à des proxénètes de Bangkok. Il avait une source, une femme d'à peine trente ans qui soupçonnait que sa fille de treize ans, qui avait récemment disparu, travaillait maintenant dans le quartier de Khao San. Clen avait visité tous les bordels connus de Khao San Road en réclamant la jeune fille, Bet. Avec sa peau inhabituellement claire et ses taches de rousseur, héritages de son grand-père irlandais, un certain O'Brien, l'adolescente marquait souvent les esprits. Clen était donc allé de bordel en bordel, s'enfonçant de plus en plus dans le tréfonds de Bangkok. À chaque fois qu'il demandait après Bet, on lui proposait les services de filles toujours plus jeunes, jusqu'au moment où on lui avait présenté une fillette qui ne semblait pas avoir plus de neuf ans. Clen dit à Elizabeth qu'il avait senti son cœur se briser comme une branche de bois sec. Il avait attrapé la fillette dans ses bras et avait voulu l'emmener hors de l'établissement. Elle s'était mise à crier ; elle n'avait aucune envie de partir avec Clen. Elle ne le connaissait pas et ne comprenait pas qu'il ne cherchait qu'à la sauver, et il n'avait pas assez de vocabulaire pour le lui expliquer. Quand il avait essayé de la rassurer en disant *tarwc* (« police »), il n'avait réussi qu'à l'effrayer davantage.

Clen n'avait pas eu le temps de faire cinquante mètres dans l'allée que déjà, les hommes de main du bordel lui arrachaient l'enfant des bras. Les sbires, comme tous les Sud-Asiatiques, étaient bien plus petits que Clen, mais ils avaient l'avantage du nombre et semblaient connaître chacun une dizaine d'arts martiaux. Ils lui avaient flanqué une belle raclée, notamment quatre fractures sur le bras gauche, dont une ouverte, laissant l'os à nu. Quand il était arrivé enfin à l'hôpital, les médecins, ne sachant pas comment traiter ses blessures autrement, lui avaient amputé immédiatement le bras juste sous l'épaule.

Clen repoussa son assiette. Cette histoire avait tendance à lui couper l'appétit.

Elizabeth resta bouche bée. Elle tendit le bras pour attraper la main droite de Clen.

— Oh… Alors c'est pour ça que tu as quitté l'Asie ?

— C'est une des raisons, oui, confirma Clen en dégageant sa main. J'ai aussi fini par comprendre qu'on ne m'enverrait jamais au bureau de Singapour. J'ai énervé la mauvaise personne, quand j'ai couvert cette histoire de châtiments corporels.

— Qui donc ?

— Jack Elitsky.

— Je connais Jack. Mingus l'a aidé un jour, je ne sais plus à quelle occasion. Tous mes souvenirs de là-bas se sont évanouis quand je suis rentrée aux États-Unis.

— Jack n'y est pour rien. Je me suis comporté comme un con arrogant. J'ai toujours eu un problème avec l'autorité.

— Un rebelle, approuva Elizabeth.

— On peut dire ça comme ça.

Au moment de se dire au revoir, la gêne était palpable. Clen avait essayé de précipiter la fin de la soirée en refusant le dessert, le porto et le scotch qu'Elizabeth lui avait proposés. Il ne pensait qu'à une chose, rentrer chez lui et envoyer un message à Dabney. Il n'avait pas entendu parler d'elle depuis le 4 Juillet, quand il l'avait ignorée après l'incident avec l'économiste. Mais, maintenant, elle lui manquait douloureusement.

Une bise sur la joue, merci pour le dîner, décida-t-il.

Elizabeth s'appuya contre la porte, l'empêchant de sortir. Elle leva la tête pour le dévisager à travers sa frange de cheveux roux ; un regard de sirène qui avait dû marcher avec d'autres hommes.

— Dis, l'autre fois, à ma soirée du 4 Juillet… Tu sais, quand tu étais dans le salon, avec les Beech… Qu'est-ce qui s'est passé ? Est-ce que vous vous êtes battus ? Je ne savais même pas que tu les connaissais.

— Je ne les connais pas. Enfin, pas le professeur. Mais Dabney et moi, on sortait ensemble au lycée.

— Vraiment ? Voilà qui est intéressant…

— Je ne vois pas ce qu'il y a d'intéressant là-dedans, répondit-il rapidement. C'était il y a une éternité. De l'histoire ancienne.

— Je l'ai vue il y a quelques jours, à la réunion de la Chambre. Elle n'avait pas l'air en forme, le teint cireux, et puis elle est tellement maigre… Je ne suis pas médecin, mais ça m'a tout l'air d'une hépatite C.

Dabney avait confié à Clen avoir presque fait un malaise. Elle avait dit qu'il faisait près de 40 degrés dans la pièce et que cette réunion l'angoissait tant qu'elle en avait oublié de déjeuner. Mais Elizabeth avait raison : la peau de Dabney avait effectivement une légère teinte jaunâtre, et elle mincissait à vue d'œil. L'autre jour, il avait vu qu'il pouvait compter ses vertèbres. Il ne pensait pas à quelque chose d'aussi grave qu'une hépatite, mais il lui suggérerait tout de même de voir un médecin.

Il s'éclaircit la gorge et se pencha pour donner une bise à Elizabeth.

— Merci pour le dîner.

Elizabeth attrapa son visage des deux mains et l'embrassa goulûment sur la bouche.

Clen recula, et le visage d'Elizabeth prit une expression offensée et honteuse qui lui rappela cette nuit sur la plage. *Oh, merde.* Lui avait-il encore donné l'impression que c'était là ce qu'il voulait ? Pensait-elle peut-être qu'il serait plus réceptif, maintenant que Mingus était mort ?

— Elizabeth…

— Merci d'être venu, dit-elle en ouvrant la porte.

Même blessée, elle restait une hôtesse irréprochable.

— J'ai passé une excellente soirée, ajouta-t-elle.

— Moi aussi.

Il traversa la pelouse en courant presque sous le clair de lune.

Dabney

Miranda Gilbert et son fiancé, le Dr Christian Bartelby, devaient venir passer le week-end chez les Beech, comme ils l'avaient fait les trois étés précédents. Mais quelques jours avant la date prévue, Miranda appela pour prévenir que Christian ne pourrait pas venir. On avait besoin de lui à l'hôpital.

— Et je suis sûre que vous n'avez aucune envie de m'avoir toute seule, dit Miranda.

— Mais non, voyons ! protesta Dabney.

Elle ne dit cela que pour être polie. En réalité, si Miranda avait tout annulé, cela l'aurait arrangée. Il fallait à tout prix qu'elle parle de Clendenin à Box, et cela ne risquait pas de se produire s'il y avait des invités.

— Fantastique ! dit Miranda. Je craignais déjà de me retrouver encore toute seule au cinéma, ou de dépenser trop d'argent dans les boutiques. Je garde mon billet, alors.

Quand Dabney raccrocha, elle se sentit étonnamment soulagée. Puisque Miranda venait, elle pouvait repousser encore un peu le moment d'affronter Box.

Elle comprit alors qu'elle n'avait aucune envie de tout avouer. La scène serait atroce.

Avec les vies qu'on mène…

Miranda arriva à l'aéroport le vendredi après-midi, quelques minutes après Box, qui rentrait de Washington. Ils s'entassèrent donc tous les trois dans l'Impala de Dabney et se dirigèrent vers la maison. Dabney n'avait pas prévenu Box que le Dr Bartelby ne viendrait pas, et elle lut la surprise sur son visage quand Miranda apparut seule. La jeune femme le remarqua aussi, et elle passa tout le trajet en voiture à remercier abondamment Dabney de la recevoir malgré l'absence de Christian.

— Boston est une vraie fournaise en ce moment ! Box peut confirmer.

— Hmm, oui, dit-il.

Quand ils furent arrivés, Miranda couvrit Dabney de compliments au sujet de la chambre d'amis. « Plus chic encore que le Four Seasons ! » Miranda était une femme assez grande, avec une peau de porcelaine et des yeux verts encadrés par des cheveux blond vénitien. Seul son nez était peut-être un peu trop pointu pour qu'elle fût vraiment belle. Elle portait une robe en coton rose pâle et une paire de sandales à brides compliquées. Ses cheveux frisottaient à cause de l'humidité, et sa personnalité était plus chaleureuse et plus frivole que dans les souvenirs de Dabney. Elle lui parut presque idiote, mais était-ce seulement possible ? Dabney se rendit alors compte que non seulement la robe de Miranda était rose, mais aussi son aura. Elle dégageait la couleur délicate d'un rosier grimpant New Dawn en pleine floraison.

Miranda était rose.

Box… ?

Miranda et Box, faits l'un pour l'autre ? Dabney avait toujours été un peu jalouse de la jeune femme, mais jamais elle n'aurait pensé que… L'aura n'avait jamais attiré son attention lors des précédentes visites de Miranda, mais cela s'expliquait sûrement par la présence de Christian ; il avait créé des interférences.

274

D'accord, pensa Dabney. *Ça alors.*

— Je te laisse t'installer tranquillement, dit Dabney. Je te prépare quelque chose à boire, peut-être ? Un verre de shiraz, un gin tonic ?

— Oh, un gin tonic, ce serait parfait ! dit Miranda en se laissant tomber sur le lit. Tu sais, Dabney, ici, c'est vraiment le paradis. J'ai passé toute l'année à rêver de ce week-end. Mais Christian… Eh bien, il est très occupé avec ses patients. Il n'a vraiment pas pu se libérer.

Dabney hocha la tête.

— Je t'apporte ton cocktail tout de suite.

Pour le dîner, Dabney prépara des entrecôtes et des légumes marinés passés au gril, une salade et des petits pains maison, le tout accompagné de beaucoup de shiraz. Elle mit la table à l'extérieur et encouragea Box et Miranda à s'installer et à discuter pendant qu'elle terminait le repas.

— Tu ne veux pas un peu d'aide ? demanda Miranda.

— Non, j'ai tendance à vouloir tout contrôler.

— Je confirme, dit Box après un instant.

Rires.

Dabney traîna dans la cuisine. Elle n'arrêtait pas de regarder par la fenêtre. L'aura de Miranda était rose, mais Box n'émettait rien du tout. S'il avait une aura, elle avait la couleur de l'air. Probablement parce que Dabney était là et causait des interférences.

Dès qu'elle eut avalé la dernière bouchée de son sabayon aux fraises des bois, Dabney s'excusa. Elle ne s'était pas vraiment pressée, car cela aurait été du gâchis de ne pas prendre son temps pour déguster un sabayon maison et de délicieux fruits frais. Mais son assiette à peine terminée, elle se leva et commença à débarrasser, en disant à Miranda qui s'apprêtait à protester :

— Reste ici et profite de la soirée. Je ne plaisantais pas quand je parlais de tout contrôler !

Elle déposa les assiettes à dessert dans la cuisine et retourna sur la terrasse le temps de remplir une dernière fois leurs verres de shiraz. Box et Miranda discutaient passionnément de Milton Friedman, un sujet de conversation qu'ils affectionnaient particulièrement, car Miranda avait choisi ce célèbre économiste comme sujet de thèse. Ils n'avaient probablement même pas remarqué Dabney. Leurs verres auraient aussi bien pu avoir été remplis par des fées.

Voilà qui était parfait. Voilà qui représentait peut-être la solution à tous ses problèmes.

Mais bien sûr, en même temps, cela était perturbant. Allait-elle vraiment refourguer son époux à une autre après vingt-quatre ans de mariage ? Miranda dégageait une aura plus rose que rose, de la couleur d'une pivoine en pleine floraison. Elle était entichée de Box, non, follement amoureuse de lui, et Dabney savait qu'il le méritait. Dabney avait chéri et respecté Box, elle l'avait même désiré, mais elle n'avait jamais eu pour lui cette passion-là.

Elle les observa par la fenêtre de la cuisine pendant qu'elle rinçait les assiettes, et ressentit une pointe peut-être pas de jalousie, mais en tout cas un sentiment impossible à ignorer. Elle ressentait beaucoup ce genre d'émotions, en ce moment. Elle les identifiait comme des pulsions. Malade d'amour.

Elle envoya un message à Clen : *Maintenant ?*

Elle termina de rincer les assiettes, et quand elle regarda à nouveau son téléphone, il lui avait répondu. *Oui. Sois là il y a cinq minutes.*

Dabney soupira. Pourrait-elle quitter la maison sans se faire repérer ? Probablement. Elle n'avait qu'à dire qu'elle allait se coucher. Box et Miranda resteraient probablement sur la terrasse encore quelques heures, à discuter de Milton Friedman, James Tobin et Larry Summers. Quand ils étaient lancés sur Larry Summers, on ne pouvait plus les arrêter. Elle n'aurait qu'à passer cinq minutes chez Clen, puis rentrer aussitôt.

Elle alla jusqu'à la porte restée ouverte.

— Je vais me coucher. Est-ce que vous avez tout ce qu'il vous faut ?

Box versa la fin du shiraz dans le verre de Miranda et montra la bouteille vide à Dabney.

— En avons-nous d'autre ?

— Mais oui ! répliqua-t-elle sur un ton enjoué.

Les joues de Box rosissaient comme souvent quand il buvait plusieurs verres de vin, mais toujours aucune trace d'aura. À cause de Dabney, bien sûr. Il était temps qu'elle les laisse seuls. Soudain, la tête lui tourna et elle dut s'appuyer sur la table pour ne pas tomber. Non contente d'adopter un comportement condamnable et immoral, elle espérait que d'autres gens la suivraient dans la même voie uniquement pour se sentir un peu moins coupable.

Dabney se dépêcha d'ouvrir une nouvelle bouteille.

Sa fuite fut presque trop facile. Elle se glissa dehors et monta dans l'Impala.

Au moment où Dabney s'engagea sur le rond-point, elle repéra la Prius d'Agnes devant elle. Agnes l'avait-elle vue ? Impossible de passer inaperçue avec cette fichue Impala. Agnes se montrait suspicieuse ces derniers temps, et Dabney l'imagina faire discrètement le tour du rond-point et se lancer à la poursuite de sa mère. Il lui faudrait abandonner sa mission.

Mais Agnes devait être plongée dans ses pensées ou au téléphone avec CJ, car elle continua son chemin et se dirigea vers la maison. Dabney accéléra.

— J'ai eu un rendez-vous avec Elizabeth Jennings, lui annonça Clen.

Dabney accusa le coup. Elle eut l'impression que ses organes internes étaient taillés en tranches par des couteaux acérés.

— Un rendez-vous… amoureux ?

— Elle m'a invité à dîner chez elle. Je pensais qu'il y aurait d'autres gens, mais il n'y avait que moi.

Dabney et Clen étaient allongés nus sur ses draps de luxe. Le long baiser pour lequel Dabney était venue s'était prolongé et ils s'étaient laissé emporter, même si elle l'avait prévenu qu'elle ne pouvait pas rester trop longtemps.

Et si Agnes l'avait vue ? Et si elle rentrait à la maison, interrompait Box et Miranda à un moment importun pour dire, « J'ai vu Maman au rond-point, où est-ce qu'elle allait ? »

Mais son inquiétude était mise en sourdine par la pensée d'un tête-à-tête entre Clen et Elizabeth.

— Et alors, comment c'était ? s'enquit-elle.

— Elle m'a servi un steak. Je n'ai pas pu le couper.

— Aïe. De quoi avez-vous parlé ?

— On a évoqué le bon vieux temps, ambiance sauce poisson et toilettes asiatiques. Elle m'a demandé pour mon bras.

— Tu lui as dit la vérité ?

— Oui.

Dabney exhala par le nez. Son ventre la faisait tant souffrir qu'elle aurait pu en hurler. Elle imagina dix chefs japonais appliqués à la découper en filets.

— C'est très intime comme sujet. Est-ce que vous vous êtes beaucoup rapprochés ?

— Elle a essayé de m'embrasser.

Oh, non. Dabney gémit et se recroquevilla en position fœtale, ce qui ne fit qu'aggraver sa douleur. Elle se mit à pleurer. Elle allait perdre tout ce qui comptait pour elle. Elle se revit, une trentaine d'années plus tôt, à ce pique-nique de malheur. Elle avait surpris Jocelyne les mains plongées dans les cheveux de Clen.

Il enroula son bras autour d'elle.

— Ne pleure pas, Cupi. Je ne l'ai pas laissée faire. J'ai été très grossier, je l'ai repoussée et je suis parti.

Il caressa doucement sa nuque.

— Et puis souviens-toi que moi, chaque nuit, je dois supporter l'idée que tu es en train de dormir dans le même lit que l'économiste.

— Oui, je sais.

— Il n'y a que toi au monde, Dabney. Les autres femmes n'existent pas pour moi. Je ne vois que toi.

Quand Dabney rentra, elle fut soulagée de voir que la maison était plongée dans le noir. Elle avait eu du mal à se séparer de Clen, surtout après qu'il lui eut dit ce qui était arrivé avec Elizabeth. N'importe qui, sauf Elizabeth ! Elle ne savait pas exactement pourquoi elle détestait tant cette femme idiote et inoffensive. Mais Dabney se corrigea immédiatement : Elizabeth était loin d'être idiote, et tout sauf inoffensive. Aux réunions de la Chambre de commerce, elle se montrait toujours déterminée et intransigeante. De tous les membres du conseil d'administration, c'était la seule à qui Dabney sentait qu'elle avait quelque chose à prouver. Cela tenait peut-être à sa fortune ou au prestige de sa famille. Sans oublier qu'elle partageait avec Clen des souvenirs d'un autre monde, un monde que Dabney ne pouvait même pas imaginer. Elizabeth allait attraper Clen au lasso, l'emmener à Washington et lui présenter des gens. Elle réussirait à le faire engager au *Washington Post*. Il escorterait Elizabeth au Kennedy Center et aux soirées mondaines. Il enseignerait à Georgetown, il aurait ses habitudes au bar du National Press Club. Bientôt, il aurait complètement changé.

Elle était restée chez Clen bien plus longtemps qu'elle ne le voulait, lui laissant le temps de la rassurer, attendant que la douleur lancinante dans son ventre diminuât enfin pour pouvoir se lever.

Quand elle se prépara à partir, Clen lui demanda :

— Cupi, tu as perdu beaucoup de poids. Est-ce que tu en as parlé à un médecin ?

— Un médecin ? répéta-t-elle, estomaquée.

— Tu es vraiment très mince. On devine tes os, et ta peau a une couleur étrange. Tu m'as dit toi-même que tu avais failli t'évanouir pendant la réunion. Je m'inquiète pour toi, c'est tout.

Dabney afficha un sourire forcé, comme un tableau accroché de travers sur un mur.

— La maladie d'amour, dit-elle.

— Tu dis toujours ça, Cupi, mais...

Dabney l'embrassa et se faufila dehors.

Arrivée chez elle, Dabney décida d'entrer par la porte de devant, celle que personne n'utilisait jamais. Elle alluma la lumière et laissa échapper un cri de surprise.

Box se tenait là, au pied de l'escalier.

— Où étais-tu ? interrogea-t-il.

— Pardon ?

— Dis-moi la vérité, Dabney.

— J'avais besoin d'air. Je suis allée faire un tour en voiture, avec la capote ouverte.

— Juste un tour ?

— Oui.

— Tu ne t'es pas arrêtée quelque part ? Tu n'as vu personne ?

Jusque-là, elle avait dit plus ou moins la vérité.

— J'ai très mal, Box. Je me sens encore malade.

— Tu n'as pas répondu à ma question, insista-t-il en plissant les yeux. Où es-tu allée ? As-tu vu quelqu'un ?

Dabney ne pouvait pas lui avouer où elle était, mais elle ne voulait pas non plus mentir.

— Je n'arrive pas à croire que tu me demandes ça. Comme si tu en avais quelque chose à faire. Tu ne fais plus attention à moi depuis des années, Box ! Et maintenant, tout à coup, tu exiges de savoir où j'étais, et avec qui ?

— Tu es ma femme, assena-t-il.

— Oui.

— Dis-moi la vérité !

Dis-lui la vérité, pensa-t-elle. Elle lui devait bien ça.

— J'ai fait le tour de l'île en voiture. Ça me fait toujours du bien de conduire.

— Tu te fous de moi ! cria Box. Il se passe quelque chose, et je veux savoir quoi !

Il fonça alors vers la porte d'entrée et la claqua si fort que toute la maison en trembla. Dabney se sentit soulagée que la porte fût enfin fermée, car, du coin de l'œil, elle avait remarqué qu'une lumière s'était allumée chez les Roseman, la maison en face. Qu'est-ce que York et Dolly Roseman penseraient des cris qu'ils avaient entendus chez les Beech, deux des personnes les plus civilisées qui soient ? Est-ce qu'ils croiraient seulement à une dispute ? Non, ils imagineraient le pire, et ils appelleraient la police.

— Je ne me sens pas bien, répéta Dabney. Les antibiotiques n'y changent rien, alors je pensais au gluten, mais…

— Il faut que tu voies un médecin.

— Oui…, murmura-t-elle.

— Un vrai médecin. À Boston.

— D'accord.

Elle espérait que si elle cédait sur ce point, il la laisserait tranquille.

— Ah, et je voulais te dire, reprit Box. Quand je parlais à ce philistin de Hughes chez Elizabeth, il m'a dit que vous deux vous étiez croisés dans Main Street. Tu lui as parlé, et tu ne me l'as pas dit. Mais il y a pire. Le pire, c'est que tu lui as dit que j'étais à Washington pour travailler avec le président.

Oh non, pensa-t-elle. C'était le moment ou jamais de tout avouer.

— Je suis désolée…

— C'est un journaliste, et avec ça, un loup assoiffé de sang que rien n'arrête. Je ne veux pas que mon travail pour le gouvernement soit révélé dans le *Times* ou le *Wall Street Journal*, ni nulle part ailleurs !

— Bien sûr que non, chéri. Clen ne ferait jamais…

— On ne sait pas ce que Clen ferait ou non.

— Il n'utiliserait jamais ce que je lui dis pour un de ses articles. Ça, je peux te l'assurer.

— J'ignorais que tu lui avais pardonné de si bon cœur. Je ne savais pas que vous étiez en si bons termes.

— Nous ne sommes pas en « si bons termes ».

— Arrête de me mentir ! hurla Box.

Il avait de la bave au coin des lèvres et ses lunettes lui pendaient au bout du nez, menaçant de tomber au sol. Il était officiellement devenu un autre homme.

— S'il te plaît, Box… Ne crie pas comme ça, tu vas réveiller Miranda.

— Rien à faire de Miranda !

— Je crois qu'elle a des sentiments pour toi. Elle dégage une aura rose depuis qu'elle est arrivée.

— Ça me fait une belle jambe, que Miranda soit rose ou pas ! Et d'ailleurs elle ne l'est sûrement pas. Je te rappelle qu'elle va se marier, Dabney.

— Et pourtant, elle est amoureuse de toi. Je le vois.

— Tu le vois ! Comment tu pourrais voir ça ? Je me fous de ce que tu t'imagines voir, Dabney. J'en ai ma claque de tes histoires d'aura et de couples parfaits. Je n'y crois pas, tu comprends ? Je n'y crois pas une seconde !

— Je ne me suis jamais trompée.

— Tu te trompes à propos de moi et Miranda, ça, je peux te le dire !

À ce moment précis, la silhouette de Miranda apparut en haut de l'escalier.

— Je partirai demain, dit la jeune femme. Je ne savais pas que la situation était… si compliquée entre vous.

— Non, protesta Dabney. Reste, je t'en prie ! J'ai prévu un pique-nique à la plage demain, et j'ai réservé au Boarding House pour le dîner.

Miranda se balançait d'un pied sur l'autre. Même dans la pénombre, Dabney voyait distinctement le rose de son aura.

— Laisse Miranda partir, dit Box. Puisqu'elle en a envie.

— Je n'en ai pas vraiment envie, mais je crois que cela vaut mieux.

— Elle n'en a pas envie ! dit Dabney.

Box redressa les épaules et se retourna pour parler à Miranda.

— Toutes mes excuses, Miranda, mais je crois qu'il vaut effectivement mieux que tu partes demain. J'ai besoin d'être seul avec ma femme.

Agnes

De toute son enfance, pas une seule fois Agnes n'avait entendu ses parents se disputer. Bien sûr, il leur arrivait de n'être pas d'accord : Box était républicain, tandis que Dabney votait démocrate, aussi ils se lançaient souvent dans d'interminables débats politiques. Agnes savait que ses parents avaient également des sujets de discorde plus profonds (le prétendu pouvoir de Dabney, ou le temps que Box consacrait à son travail), mais ces problèmes n'étaient absolument jamais évoqués à portée d'oreille de leur fille.

Aussi quand elle les entendit se hurler dessus à minuit passé, elle fut vraiment surprise. Elle comprenait chacun des mots qu'ils se criaient l'un à l'autre. Puis la voix de Miranda intervint. Une femme courageuse, plus courageuse qu'Agnes, qui restait tapie sous ses couvertures comme une petite fille. Elle était si perturbée qu'elle pensa à attraper son téléphone pour appeler CJ, mais elle savait qu'il ne la rassurerait pas. CJ prendrait la défense de Box.

La personne qu'Agnes voulait vraiment appeler, c'était Riley. Ce soir-là, elle était sortie au bar du Summer House avec Riley et Celerie. Ils avaient écouté le pianiste et bu des cocktails au champagne, une soirée que Celerie avait qualifiée de « très adulte ». La jeune fille avait suivi Agnes aux toilettes, et, sur le ton des confidences qui n'arrivent jamais que devant un lavabo après trop de champagne, elle lui avait dit : « Riley ne s'intéresse pas à moi. C'est toi qu'il veut. » Elle avait dit cela sur un ton résigné, sans aucune agressivité ; elle ne faisait qu'énoncer les faits. Il sembla aussi à Agnes qu'elle lui donnait la permission de répondre aux avances de Riley.

Agnes savait bien qu'elle plaisait à Riley, plus que Celerie. Cela se voyait dans chacun de ses gestes, s'entendait dans chacun de ses mots.

— Je suis fiancée, dit Agnes.

— Peut-être, céda Celerie en haussant les épaules. Mais c'est un mec bien, et il s'intéresse à toi. Avoue que c'est flatteur.

Riley était plus qu'un mec bien ; c'était un ami chaleureux et agréable, un homme drôle, intelligent et séduisant, un gentleman, et Agnes adorait l'écouter quand il chantait pour accompagner le piano et tapait le rythme sur le comptoir du bar. Oui, c'était flatteur de savoir que cet homme-là l'appréciait, et en écoutant ses parents se disputer, elle sut qu'elle pourrait appeler Riley et lui expliquer ce qui se passait, et qu'il trouverait les mots pour la rassurer. Il comprenait Dabney, la respectait, et appréciait ses petites manies comme peu de personnes en étaient capables.

Mais quand elle se décida enfin à l'appeler, les cris cessèrent tout à coup. La dispute était terminée. Elle entendit des pas dans l'escalier, et des bruits de porte.

Où es-tu allée ? As-tu vu quelqu'un ?

Box posait enfin les questions qu'Agnes posait depuis des semaines déjà.

Dabney

Haut les cœurs. Le lendemain matin, elle alla faire sa marche comme d'habitude, saluant les mêmes voisins, caressant les mêmes chiens. Quand elle rentra, la maison était encore silencieuse, et elle décida de presser des oranges, cuire du bacon et préparer des pancakes aux myrtilles.

Elle s'affairait aux fourneaux quand Miranda descendit, sa valise à la main.

— J'aimerais vraiment que tu restes, dit Dabney.

Elle espérait que les odeurs de cuisine aideraient les choses à revenir à la normale.

— Nous avons beaucoup bu hier, et les esprits se sont un peu échauffés, mais je sais que Box ne veut pas vraiment que tu partes.

Une ombre passa sur le visage de Miranda. L'espace d'un instant, il sembla qu'elle allait éclater en sanglots, et Dabney pensa : *Voilà que je vais devoir consoler cette femme parce qu'elle aime mon mari et que lui ne l'aime pas. Comment est-ce que je me débrouille pour me mettre toujours dans ces situations ?* Elle pensa : *Tu parles d'une entremetteuse. Agnes va épouser CJ, Clen a eu un rendez-vous galant avec Elizabeth, et j'ai réussi à faire voler en éclats la relation de Box et Miranda.*

— Reste, je t'en prie, supplia-t-elle une dernière fois.

— Non, soupira Miranda. Vraiment, je ne peux pas.

Agnes

Lundi, après sa journée de travail, Agnes fit ses adieux à son groupe de petits campeurs et monta dans sa voiture, direction Polpis Road, numéro 436. Son cœur battait la chamade. Elle était terrorisée à l'idée de découvrir le secret de sa mère, et en même temps, elle avait besoin de savoir.

Elle pensa encore à appeler Riley. Après tout, c'était lui qui avait trouvé cette adresse. Il pourrait être son bras droit, comme Watson pour Sherlock Holmes.

Elle repéra la boîte aux lettres du 436 et s'engagea dans l'allée. Elle n'était plus qu'une boule de nerfs. Qu'allait-elle trouver ?

Elle avança prudemment, les pneus de la Prius crissant sur l'allée, jusqu'à ce qu'elle arrive dans une clairière découvrant une gigantesque maison, similaire à certaines des villas spectaculaires des estivants. Une maison de rêve, toute en terrasses et balcons, bardeaux de cèdre gris et ornements d'un blanc impeccable, avec une fenêtre en demi-lune au-dessus de la porte d'entrée. La maison avait l'air vide ; les fenêtres étaient toutes fermées et rien ne bougeait à l'intérieur. Agnes se sentit à la fois soulagée et déçue. Riley lui avait donné cette adresse, mais elle n'y avait rien trouvé.

Alors elle remarqua que l'allée continuait et tournait derrière la maison. Elle la suivit, passant devant une piscine rectangulaire bordée de troènes. Elle aperçut une table et des chaises, un parasol rouge et un barbecue. Plus loin, elle repéra un bâtiment plus petit ; une sorte de cottage, pour les invités, probablement.

Et un homme, assis dans un rocking-chair sur la terrasse, qui fumait une cigarette. Il l'observait avancer avec un air méfiant, et elle paniqua. Elle s'était introduite dans une propriété privée, certes, mais elle pourrait peut-être dire qu'elle s'était trompée d'allée, qu'elle s'était perdue. Elle cherchait sa mère, Dabney Kimball Beech. Trouverait-elle seulement le courage de parler ?

L'homme jeta sa cigarette dans un pot à ses pieds. Il se leva et sortit de l'ombre du porche pour se dresser dans le soleil de la fin d'après-midi. Agnes remarqua alors qu'il n'avait qu'un bras. Et il y avait quelque chose chez lui… Elle ne pensait pas l'avoir déjà rencontré, pourtant, il lui semblait familier.

Elle baissa la vitre de la voiture pour qu'ils puissent parler, même si l'homme était effrayant, avec sa taille de géant et sa barbe, et qu'il aurait bien pu être très dangereux. Il se pencha et regarda Agnes, et son visage s'éclaira sous l'effet de la surprise. *Il me reconnaît*, songea Agnes. La pensée qui suivit fut *Oh mon dieu*.

C'était son père.

Couple n° 14 : Shannon Wright et David Kimball, mariés depuis seize ans.
Couple n° 29 : Shannon Wright Kimball et Hal Green, en couple depuis quatre ans.

Shannon : Je suis la seule personne que Dabney ait mise en couple deux fois. La première, bien sûr, fut avec son père.

J'ai commencé à travailler au poste de police avec David en 1973. Mon père était un ancien policier, et donc, même si j'avais débarqué à Nantucket dans l'idée de travailler comme serveuse entre deux séances de bronzette, j'ai fini sans surprise par me retrouver à travailler pour la police de l'île.

J'ai rencontré David l'année précédant celle de la disparition de son épouse. Ma première impression : un gars solide, ayant fait le Vietnam, un peu colérique peut-être, et l'air nerveux, comme tous les vétérans. C'était un patriote, un homme sérieux et dévoué à son travail dans les forces de l'ordre. Sa famille était sur l'île depuis quatre générations, et il avait hérité d'une belle propriété, et, d'après ce que j'avais entendu, avait épousé une estivante très chic, membre du Beach Club de Sankaty et tout le tralala. Il avait une photo d'elle sur son bureau, mais pendant toute cette première année, je n'ai rencontré ni l'épouse ni la fille. Elles ne venaient jamais au poste pour dire bonjour, comme les autres familles.

Et puis, en décembre 1974, sa femme, Patty, a fait un sacré coup. Elle a emmené leur fille voir *Casse-noisette* à Boston. David parlait de ce voyage comme il parlait de tout ce que faisait son épouse : les fauteuils d'orchestre, la suite au Park Plaza, le manteau de velours noir de Dabney. « Patty sait comment s'y prendre pour ces choses-là », disait David.

Patty savait effectivement comment s'y prendre. Elle a laissé la fillette dans la chambre d'hôtel et s'est volatilisée, après avoir chargé le concierge, moyennant un pourboire de vingt dollars, d'appeler David pour délivrer ce message : *Viens à Boston récupérer ta fille.*

Il n'a jamais plus entendu parler de Patty. Je trouvais curieux qu'il ne soit pas dévoré par la curiosité. Et puis, une fois où l'on travaillait de nuit, il m'a confié qu'il avait engagé un détective privé. Celui-ci avait localisé Patty à Midland, dans le Texas, où elle était hôtesse dans un jet privé.

— Tu ne vas pas aller la voir ? ai-je demandé. Au moins l'appeler, lui écrire ?

— Pour quoi faire ? a répondu David. Elle ne veut pas de moi.

Pendant des années après cette disparition, David a été un homme résigné. Il ne vivait que pour sa fille ; mais pour un homme, élever une fille tout seul est une affaire délicate. Il pouvait compter sur sa mère, Agnes Bernadette, pour l'aider, mais cette Agnes-là était une sorte de harpie, avec ses cheveux couleur de feu à soixante-dix ans passés et son gros accent irlandais. Alors je me suis glissée dans les coulisses, et j'ai aidé David à élever Dabney. Je suis allée à la pharmacie acheter des serviettes hygiéniques quand elle a eu ses premières règles. J'ai donné des conseils à David : comment s'y retrouver parmi tous les modèles de soutien-gorge, jusqu'à quelle heure la laisser sortir, quand avoir une discussion sérieuse sur la sexualité avec elle.

Notez bien, à ce sujet, que je lui ai également conseillé d'évoquer les moyens de contraception, mais Agnes Bernadette était une catholique vieux jeu et David n'osait pas lui tenir tête. Dabney n'a donc jamais eu la moindre information sur la contraception, et on sait ce qui est arrivé…

Est-ce que je me suis intéressée à David, dans un sens romantique, pendant toutes ces années ? Je dirais que, la plupart du temps, notre relation était strictement professionnelle et platonique. David avait ses humeurs, la plus courante d'entre elles étant son humeur sérieuse, concentrée, et un poil bourrue. Il n'était pas du genre à plaisanter ou à flirter. Mais parfois, pendant nos services de nuit, quand il partait pour un appel particulièrement déplaisant (disons un ivrogne qui a cassé le nez de sa femme), il me racontait ensuite toute l'histoire en détail et je voyais bien, dans son regard, que cela le touchait. J'ai été mariée, il y a longtemps ; un pêcheur du nom de Benjamin Copper, qui a fini par quitter l'île pour s'exiler en Alaska. Ben était parti depuis longtemps, à cette époque, et même si j'avais quelques aventures sans lendemain quand je visitais le continent, je n'avais jamais ressenti le besoin de le remplacer.

Et puis un soir, très tard, alors que le poste de police était vide et silencieux, David a failli m'embrasser. Mais au dernier moment, pour des raisons que je ne m'explique pas, il s'est arrêté.

C'est alors que Dabney a commencé à s'en mêler. Elle terminait le lycée et venait d'être acceptée à Harvard. Agnes Bernadette était très malade et n'avait plus beaucoup de temps à vivre. Dabney avait peut-être peur que son père se retrouve tout seul. Quand Pâques arriva cette année-là, Dabney appela au poste et me proposa de venir dîner chez eux. J'acceptai de bon cœur. Pour une femme seule, il n'est pas facile de célébrer Pâques. Les années précédentes, je m'étais rendue à la messe, puis j'avais regardé *Le Magicien d'Oz* à la télé en grignotant un lapin en chocolat.

Mais tout de suite après avoir accepté, j'ai eu un doute.

— Attends voir, ai-je demandé. Ton père sait que tu m'invites à dîner ?

— Non… Mais croyez-moi, Shannon, il sera ravi.

Je me suis présentée chez les Kimball avec des tulipes en pot. J'ai essayé de ne pas me sentir comme une intruse, car je travaillais avec David depuis dix ans, mais il ne m'avait jamais invitée chez lui. Il m'a accueillie à la porte, vêtu d'une chemise et d'une cravate. Il sentait bon ; on voyait qu'il avait fait un effort. Je portais la robe que j'avais achetée pour la confirmation de ma nièce, une robe à fleurs pleine de volants, peut-être un peu trop printanière pour ce jour gris et froid d'avril, mais elle me permettait de me sentir séduisante. Je ne portais jamais ce genre de tenue au travail.

— Wahou, a dit David. Tu es ravissante !

Je ne savais pas trop comment répondre ou réagir, car nous ne nous étions jamais salués socialement avant ce soir-là. Mais c'était Pâques, et j'étais contente d'être là, alors je me suis penchée vers lui et ai déposé une bise près de ses lèvres. Il a paru choqué un instant, puis il a rougi en baissant les yeux sur les tulipes.

À dix-sept ans déjà, Dabney était une cuisinière phénoménale. Elle avait préparé des gougères avec une sauce au crabe pour l'apéritif, puis des filets de bœuf en croûte de raifort, pommes de terre au four et épinards à la crème. Elle et Agnes Bernadette buvaient de l'eau, mais David et moi avons partagé une bouteille de vin rouge. C'était l'idée de Dabney, qui était allée chercher à la cave une bonne bouteille qu'un citoyen reconnaissant avait offerte à David, et qu'il gardait pour une grande occasion.

— C'est une grande occasion, ce soir, non? a dit Dabney. On fête Pâques et Shannon est là.

— Notre sauveur règne, chantonnait Agnes Bernadette.

Le repas était délicieux, et, le vin aidant, les langues se sont progressivement déliées. David et moi avons commencé à nous remémorer ensemble les appels d'urgence les plus mémorables reçus au travail : la femme à qui son mari avait fait boire du lave-vitre, ou le père replet qui était resté coincé dans la cheminée à Noël. Dabney écoutait attentivement et posait des questions, tandis qu'Agnes Bernadette débitait des sophismes.

Pour le dessert, Dabney nous a servi une tarte au citron meringuée entièrement faite maison, puis elle m'a tendu un petit panier rempli d'œufs en chocolat et de bonbons aux fruits. C'est vraiment l'un de mes plus jolis souvenirs de Pâques.

Dabney s'est levée de table.

— Je vais ramener Mamie chez elle, et ensuite je passe chez Clendenin. Je serai rentrée pour 22 heures.

David a approuvé d'un signe de tête, même si je savais, parce qu'il me l'avait dit, qu'il n'aimait pas beaucoup Clendenin Hughes. David n'arrivait pas à faire totalement confiance au jeune homme ; il le trouvait arrogant et disait qu'il faisait trop le malin, et que cela lui jouerait des tours. J'ai posé ma serviette froissée en boule sur la table.

— Je vais y aller, moi aussi.

— Non, a dit Dabney, restez un peu, voyons !

J'ai interrogé David du regard.

— Oui, reste. On peut regarder *Le Magicien d'Oz*.

David et moi, on a commencé à sortir ensemble peu après. Au début, nous avons préféré être discrets, sortant en public seulement en tant qu'amis, mais je suis sûre que personne n'était dupe. Agnes Bernadette est décédée en janvier, et David m'a demandée en mariage à Pâques l'an suivant, pendant le dîner que Dabney avait encore une fois préparé pour nous.

— Vous êtes faits l'un pour l'autre, a-t-elle dit. Je le vois.

Le seul souci était que David ne pouvait pas vraiment m'épouser parce qu'il était encore marié à Patty Benson, et il n'avait jamais cherché à la contacter pour obtenir d'elle le divorce. C'est là qu'il a décidé enfin d'utiliser les informations fournies par le détective, suivant les traces jusqu'au Texas pour découvrir que Patty avait fait une overdose de Valium un an plus tôt. Elle était morte.

David n'osait pas en parler à Dabney. Il pensait qu'elle avait passé toute sa vie à espérer que sa mère reviendrait un jour. Depuis plusieurs années, elle suivait une thérapie pour essayer de venir à bout de sa peur de quitter l'île, une phobie que David et le psy de Dabney, le Dr Donegal, estimaient tous les deux liée à l'abandon de sa mère. Mais Dabney a accueilli la nouvelle sans sourciller.

— Ah, a-t-elle dit en haussant les épaules. Ça devrait me faire de la peine, je suppose, mais je me souviens à peine d'elle.

294

Dabney se montrait moins raisonnable quand il s'agissait de sa relation avec Clendenin. Leur histoire a continué malgré la distance quand ils ont étudié à Harvard et Yale. Et puis il y a eu l'épisode désastreux, le week-end du match entre les équipes des deux universités. David et moi avons tous les deux cru que c'en était fini, mais Dabney refusait de baisser les bras.

Et puis elle s'est retrouvée enceinte à vingt-deux ans. Clen se trouvait déjà à Bangkok. Il lui a envoyé un billet d'avion, mais Dabney refusait toujours de quitter l'île. Elle comptait élever son bébé toute seule.

Un jour, pendant sa grossesse, je l'ai entendue pleurer dans sa chambre. J'ai frappé doucement à sa porte avant d'entrer. Je l'ai trouvée le visage enfoncé dans son oreiller. Elle a levé les yeux vers moi et m'a dit :

— Je déteste l'amour, Shannon ! L'amour est la pire chose au monde.

Je me suis assise près d'elle un moment, et je lui ai caressé le dos. Je me sentais presque comme une mère. Je lui ai demandé si Clen lui manquait, et elle m'a dit que oui, chaque fibre de son être se languissait de lui. Est-ce qu'elle en voulait à Clen de ne pas être revenu à Nantucket ? Elle m'a dit qu'elle l'avait elle-même prié de ne pas revenir, et de ne plus lui écrire ou lui téléphoner, de ne plus jamais la contacter, par quelque moyen que ce soit. J'ignorais ce détail, et j'étais sûre que David l'ignorait aussi.

— Son rêve est là-bas, a dit Dabney. Je ne peux pas exiger qu'il revienne pour moi, Shannon. Il finirait par nous détester, moi et le bébé. Exactement comme...

— Comme quoi, Dabney ? ai-je murmuré.

— Comme ma mère.

— Ta mère ne te détestait pas.

En prononçant cette phrase, je me suis sentie terriblement mal à l'aise. Qui étais-je pour prétendre expliquer ce qui avait poussé Patty à agir comme elle l'avait fait ?

Dabney a sangloté de plus belle.

— Clen et moi, je pensais qu'on était faits l'un pour l'autre. J'ai eu raison pour tous les autres couples. Pourquoi est-ce que je me suis trompée sur lui et moi ? C'est pas juste !

J'ai acquiescé. Ce n'était pas juste.

Et puis David nous a quittées, emporté par une crise cardiaque dans son sommeil. Dabney avait trente-quatre ans, et Agnes presque douze. Cela a été très dur pour nous toutes, même si Box s'est montré très présent et nous a beaucoup aidées.

J'ai continué de travailler au poste de police jusqu'à avoir cumulé mes trente années pour pouvoir prétendre à une retraite digne de ce nom, puis j'ai décidé de quitter Nantucket. L'île n'a pas beaucoup de charme pour une femme seule de soixante-cinq ans. J'avais des cousins en Virginie. J'aimais l'idée de déménager dans le Sud, quelque part de plus chaud.

C'est alors que Dabney s'en est mêlée. Elle m'a demandé si je connaissais Hal Green, un homme qui passait ses vacances dans une maison de Eel Point depuis des années, et venait de déménager à Nantucket pour de bon. Il avait perdu sa femme d'un cancer du sein quelques années plus tôt, et il était fantastique. Dabney le connaissait parce qu'il inscrivait toujours sa Ford Model A à la parade des voitures anciennes pendant la Fête des jonquilles.

— Non, Dabney, je ne connais pas ce Hal Green.

— Excellent. Ça veut dire qu'il n'a jamais eu de problème avec la justice.

J'ai retenu un sourire. Je savais pertinemment ce qu'elle préparait.

— Je crois que tu devrais rencontrer Hal. Je pense que vous vous entendriez bien.

— Ah oui ?

— Viens dîner à la maison samedi, je l'inviterai aussi.

— Dabney...

— Allez, s'il te plaît !

Hal et moi sommes mariés depuis quatre ans.

Clendenin

Elle ressemblait à Dabney vingt ans plus tôt, la Dabney qui l'observait depuis le quai tandis que le ferry s'éloignait. Mais il y avait autre chose dans le visage de la jeune femme qui retint son attention : ses yeux noisette, et une certaine expression qu'il n'avait jamais rencontrée ailleurs que dans un miroir.

Il serra le poing et le fantôme de sa main gauche se serra également. Il sentait tout le bras qu'il avait perdu avec une intensité qu'il n'avait pas ressentie depuis des années, à part dans ses rêves.

Il n'en croyait pas ses yeux.

— Agnes ? s'enquit-il dans un murmure.

— Oui.

Il eut du mal à la convaincre d'entrer chez lui, mais il ne pouvait pas lui reprocher sa méfiance. Cette rencontre inattendue était évidemment effrayante et bouleversante. Pourtant, il devait avouer qu'il avait déjà espéré vivre un jour cette scène.

— Est-ce que tu aimerais un café, un thé ?

Elle cligna des yeux.

— Je ne mords pas, promis.

Elle fit un petit signe de tête qui aurait aussi bien pu signifier oui que non.

— J'ai du bourbon, sinon.

Agnes coupa le contact de sa voiture, une Prius, presque un jouet. Clen se demanda ce que Dabney, l'amatrice de grosses cylindrées, pensait de cette voiture hybride.

Il servit deux verres de Gentleman Jack et Agnes avala le sien cul sec sans sourciller. La fille de son père.

— Ma mère vient ici, dit-elle sans vraiment poser la question.

— Oui. On est amis.

— Amis…

Clen but son bourbon et servit deux autres verres. Il ne savait pas comment s'y prendre, il ignorait ce que Dabney avait dit ou non à la jeune femme.

— Comment tu as trouvé cette adresse ?

— Je ne peux pas vous le dire.

Il rit, non pas parce qu'il trouvait sa réponse drôle, mais parce qu'elle lui ressemblait tant. Il avait l'impression de se reconnaître. Sa fille à lui, son bébé, sa progéniture, son ADN. À lui, à lui, à lui. Comment avait-il pu manquer toutes ces années ? Ses yeux s'emplirent de larmes. C'était trop d'émotions d'un coup. Il observa le grain de la table en chêne. Agnes restait impassible et silencieuse. Une autre fille de son âge aurait sûrement piqué une crise, crié d'une voix stridente, elle aurait été en colère, fait une scène.

Oh, Dabney, pensa-t-il, *je t'en prie, pardonne-moi*.

Jusqu'à ce jour, il n'avait pas compris tout ce à quoi il avait renoncé – pas vraiment.

— Ta mère sait que tu es là ?

— Non.

— Est-ce que tu vas lui dire que tu es venue ?

— Je ne suis pas sûre.

— J'ai répondu à ta lettre, il y a des années. Tu l'as bien reçue ? Je n'ai jamais eu de nouvelles.

— Oui. Merci, ça m'a fait du bien de la lire. Ça m'a suffi.

— Ça ne suffisait pas du tout… Tu méritais bien plus.

— Ne parlons pas de ça maintenant, d'accord ?

— D'accord, dit-il, soulagé.

— Je veux parler de vous et de ma mère.

Son soulagement s'évanouit.

— Je pense que tu devrais en parler à ta mère d'abord…

— Mais je l'ai fait. Je n'arrête pas de lui demander où elle disparaît quand elle s'absente du bureau pour trois ou quatre heures. Elle dit qu'elle a des courses à faire. Mais il y a quelques semaines, je l'ai croisée pas loin d'ici par hasard, et quand je lui ai demandé, plus tard, où elle allait, elle m'a dit qu'elle avait déjeuné à Sankaty.

Clen hocha la tête. Quiconque connaissait Dabney savait qu'elle n'irait jamais à Sankaty.

— Elle mentait, évidemment.

Clen avala son deuxième bourbon. Il mourait d'envie d'une cigarette.

— Elle vient ici, pour vous voir, conclut Agnes. Tous les jours ?

— Non, pas tous les jours.

— Et vous êtes… amants ?

— Agnes…

— Est-ce que vous êtes amants, oui ou non ?

Il n'y avait aucune colère dans sa voix, mais on sentait à son ton qu'elle ne tolérerait pas de faux-fuyants. Elle exigeait une réponse. Fallait-il lui dire la vérité, dire à sa fille que oui, effectivement, sa mère et son père étaient amants ?

— Oui, lâcha-t-il enfin.

— Depuis quand ?

Clen se servit un nouveau bourbon, même si les deux premiers lui avaient laissé l'impression que sa tête nageait dans une direction et son ventre dans l'autre. Un autre homme aurait sûrement été capable de continuer cette conversation sans alcool, mais il n'était pas cet homme.

— Je suis revenu sur l'île fin avril. On a commencé à se voir quelques semaines plus tard.

— Bordel.

Clen n'aurait su dire si ce « Bordel » exprimait la surprise, l'horreur ou le reproche.

— Agnes, ta mère et moi, on est amoureux, dit-il. On s'aime vraiment, profondément, passionnément. Ça a été le cas des années avant ta naissance, et c'est encore le cas aujourd'hui. Encore plus maintenant que nous avons vu à quoi ressemblait la vie l'un sans l'autre.

Dabney Kimball est la réponse à toutes mes questions, c'est ma raison de vivre. Je ne veux pas la perdre encore une fois.

Sa voix se brisa.

Agnes

Quand elle remonta l'allée du 436 Polpis Road, elle était une nouvelle personne.

Elle avait enfin trouvé le grand secret de sa mère : Clendenin Hughes… son père.

Agnes devait en parler à quelqu'un. Elle ne pouvait porter seule le poids de cette révélation. En sortant du cottage de Clendenin, elle regarda son téléphone et vit que CJ avait laissé quatre messages sur son répondeur. Le premier était curieux (« Où est ma chérie ? »), le deuxième plus brusque (« Euh… hé oh ? »), et le troisième, ennuyé (« Bordel, Agnes, réponds à ton téléphone, là ! »). Mais c'est le quatrième message qui lui coupa le souffle. CJ hurlait avec une rage non dissimulée : « Putain de merde, où t'es !? »

Elle repensa à Manny Partida : *Je m'en voudrais de vous cacher ça… On dit qu'il s'est montré violent… Lui a tiré les cheveux, tordu le bras… Restez sur vos gardes, Agnes.* Elle se souvint de l'expression de CJ quand il l'avait regardée se faire couper les cheveux : il jubilait d'avoir tant de pouvoir sur elle.

Agnes effaça tous les messages de sa boîte vocale, sauf le dernier. Elle ne pouvait pas parler à CJ de sa rencontre avec Clendenin. Elle ne pouvait lui parler de rien du tout, en réalité, de rien d'autre que lui.

Elle se rappela alors qu'on l'attendait sûrement pour dîner à la maison, car elle n'avait pas dit à Dabney qu'elle sortait, mais elle n'imaginait pas s'asseoir à table avec Dabney et Box et leur faire la conversation comme si de rien n'était.

Clendenin avait demandé à Agnes de ne rien dire pour le moment. Il l'avait suppliée, tout en reconnaissant qu'il n'avait aucun droit de lui demander cela, et qu'elle n'avait aucune raison d'accepter.

— Laisse les adultes régler ça, dit-il.

— Je suis une adulte, remarqua sèchement Agnes.

— C'est entre ta mère et moi, et entre ta mère et l'économiste. Je sais bien que tu es une adulte, et c'est pour ça que je te demande de laisser à ta mère le temps de mettre de l'ordre dans toute cette histoire.

— Vous pensez qu'elle y arrivera ?

— Je n'en doute pas.

Ce n'était certainement pas l'été qu'elle avait imaginé. Partout où elle regardait, elle ne voyait que des secrets.

Agnes appela Riley et fut irritée de tomber sur son répondeur. Elle avait besoin de lui ! Il n'y avait personne d'autre à qui elle pouvait parler ! À part peut-être Nina Mobley. Devrait-elle téléphoner à Nina ? Agnes hésitait, le doigt sur son téléphone, quand celui-ci sonna. Riley.

— Salut, dit-il. Désolé, j'étais en train de surfer.

— Où es-tu ?

— Antenna Beach.

— Ne bouge pas. Je vais chercher des sandwiches et je te rejoins. J'en ai pour une vingtaine de minutes.

— Je suis censé retrouver Celerie au ciné. Ils font une semaine spéciale Diablo Cody au Dreamland et on va voir *Juno* ce soir. C'est le film préféré de Celerie. Elle m'appelle « Bleek » depuis trois jours.

— Tu crois que tu pourrais annuler ?

Agnes s'en voulut de poser la question, mais la situation était urgente, plus urgente qu'Agnes aurait pu le rêver.

— J'ai vraiment besoin de parler…

— O.K., dit Riley. Je préviens Celerie.

Moins d'une heure plus tard, Agnes et Riley buvaient des bières et mangeaient des sandwiches au homard en regardant le soleil se coucher sur la mer. Ils étaient assis dans la Jeep de Riley, face à la plage. Il portait encore sa combinaison de surf, mais il avait retiré le haut, laissant le loisir à Agnes d'admirer ses épaules, sa poitrine et ses abdos. Elle eut honte de regarder. CJ avait laissé deux nouveaux messages qu'elle n'avait pas encore écoutés.

Celerie n'a pas été trop déçue que tu annules ?

— Si, dépitée. Mais elle n'a pas pleuré. Elle a dit qu'elle irait avec sa coloc, et qu'elle espérait que l'amie qui avait besoin de moi avait conscience de sa chance.

— Tu ne lui as pas dit que c'était moi, j'espère ?

— Non, je n'ai pas dit qui c'était, mais… Qui d'autre ?

Agnes soupira. Il ne fallait pas que Celerie ait vent de la situation ; surtout pas.

— Alors, qu'est-ce qui t'arrive ? demanda Riley.

— Je suis allée à l'adresse que tu m'as donnée, le 436 sur Polpis Road.

— Et qu'est-ce que tu y as trouvé ?

— Mon père. Mon père biologique, je veux dire. Je ne l'avais jamais rencontré, jusqu'à aujourd'hui.

Riley but une gorgée de bière et fixa l'océan déchaîné au loin.

— Tu te souviens de ce que j'ai dit, la première fois qu'on s'est rencontrés ? Mes mots exacts : la partie émergée de l'iceberg…

— Oui, et tu avais raison.

Elle lui expliqua tout. Clendenin Hughes, cet homme qu'elle n'avait jamais rencontré, qui avait vécu plusieurs années au bout du monde, qui avait gagné un prix Pulitzer, qui avait perdu son bras gauche alors qu'il préparait un article, et qui était revenu sur Nantucket trois mois plus tôt. C'était lui, le secret que sa mère cachait depuis tout ce temps. Il était son amant.

— Et alors, comment il est ?

Comment il était ? Agnes n'avait pas passé assez de temps avec lui pour pouvoir répondre à cette question. Le premier mot qui lui vint à l'esprit fut « complexe ». Elle l'avait observé et avait deviné un imbroglio de pensées et d'émotions. Clendenin n'était pas rentré aux États-Unis pour épouser Dabney et élever Agnes. Il disait que ce n'était pas ce que sa mère voulait, qu'elle avait souhaité élever sa fille seule. Mais Agnes savait bien, elle, que sa mère aurait préféré avoir Clen à ses côtés. S'il avait été un homme fort, un homme meilleur, il aurait pris la bonne décision et serait rentré auprès d'elle. Clendenin n'avait pas agi avec honneur, et il avait été consumé par la honte et les regrets, des sentiments qui, pendant des jours, des mois, des années, avaient pris le pas sur tout le reste dans sa vie. Il avait clairement dit à Agnes qu'il osait à peine espérer qu'elle le pardonne un jour. Mais il avait aussi dit qu'il n'était rentré à Nantucket que dans le but d'y retrouver Dabney.

— J'ai compris quelque chose, quand j'ai perdu mon bras, avait-il dit. J'ai compris qu'il ne me manquait pas seulement mon bras. Il me manquait aussi mon cœur. Il était entre les mains de ta mère, là où il a toujours été.

Il n'avait pas eu d'autre choix que de revenir sur l'île. C'était comme si c'était écrit ; comme si le doigt de Dieu lui-même l'avait poussé à agir.

— Vous croyez en Dieu ? avait demandé Agnes.

— Je crois qu'il existe quelque chose de plus grand, plus haut, et plus important que nous autres humains ne pouvons pas même imaginer. Alors, oui, j'y crois.

Agnes attrapa le bras de Riley.

— Je n'arrive pas à y croire, dit-elle. J'ai rencontré mon père. La moitié de mon sang et de mes gènes.

— C'est fou. Est-ce que tu vas en parler à ta mère ?

Peut-être, mais pas tout de suite.

— Est-ce que tu vas le revoir ?

— Oui, jeudi, après le travail. Il dit qu'il aimerait apprendre à me connaître.

— Et qu'est-ce que ça signifie pour toi, et pour ton autre père… Le professeur ?

— Box, précisa Agnes. C'est lui mon vrai père. Clendenin est juste… Ah, je ne sais pas, il n'est pas grand-chose d'autre pour moi que mon ADN. Je ne suis pas sûre d'avoir de la place pour lui dans ma vie. Le problème c'est que je me demande si, en cherchant à en savoir plus sur Clendenin, je ne trahis pas un peu Box.

Elle prit une gorgée de bière.

— Ah, je n'en sais rien, soupira-t-elle. Tout ça est tellement compliqué.

— Tu veux mon avis ?

— Oui, s'il te plaît.

— Ta mère est une femme extraordinaire qui a deux hommes dans sa vie. Et elle les aime probablement tous les deux.

— Oui, probablement.

— Je suis sûr que ça arrive plus souvent qu'on le pense. Même si pour ma part, je suis du genre à être dévoué strictement à une seule femme à la fois. Mais mes parents m'ont appris à garder l'esprit ouvert et à accepter tout le spectre des expériences humaines. Ils faisaient partie du Corps de la Paix au Malawi avant ma naissance, alors pour eux c'est très important d'être généreux, tolérant, et d'accepter les gens comme ils sont.

Riley posa sa main sur celle d'Agnes, qui tenait toujours son bras.

— Et, Agnes... Je crois que tu as le droit de les aimer tous les deux, toi aussi.

Agnes regarda le bras de Riley et leurs deux mains, et se mit soudain à pleurer.

— Je ne comprends pas ce qui cloche chez moi ! Tu es tellement compréhensif avec moi, tu as même annulé ton rendez-vous avec Celerie pour me voir ! C'est si facile de me confier à toi. La situation est complètement tordue et tu réussis à me donner l'impression que ça ne l'est pas du tout, tu me donnes l'impression que je me situe juste quelque part sur le spectre des expériences humaines, qu'il n'y a rien de mal à ça et que tout va s'arranger.

— Et c'est ça qui te fait pleurer ?

Il ouvrit la boîte à gants pour attraper une boîte de Kleenex et en tendit un à Agnes.

Ce qu'elle ne disait pas, c'est qu'elle savait que CJ, l'homme à qui elle était maintenant fiancée, n'aurait certainement pas été si compréhensif. Il aurait condamné le comportement de Dabney, simplement parce qu'il s'agissait d'elle. Et il en aurait tiré des conclusions sur le comportement d'Agnes. Sa mère était une garce qui mentait et trompait son mari, et par conséquent, Agnes devait agir de la même manière. Elle imagina CJ en train de tirer les cheveux d'Annabelle et de lui tordre le bras. Si CJ la voyait en ce moment même, assise dans la Jeep de Riley, il pourrait peut-être s'en prendre à elle. C'était tout à fait possible. Agnes savait que, s'agissant de lui, sa mère n'avait pas imaginé le brouillard vert dont elle parlait. CJ se moquait toujours de ces histoires d'aura, pourtant Dabney ne s'était jamais trompée. Et, tout compte fait, Manny Partida ne se trompait probablement pas non plus. *Je m'en voudrais de vous cacher ça.*

Elle ne dit pas non plus qu'elle était terriblement jalouse des futurs patients de Riley, qui auraient tous le sentiment d'avoir le meilleur dentiste du monde. Riley glisserait d'un bout à l'autre de son cabinet avec la grâce d'un patineur artistique. Il demanderait à un jeune patient récalcitrant : « Alors, est-ce que tu as une amoureuse, Sam ? » Et si l'enfant ne répondait pas, il dirait : « Devine ce que j'ai eu pour Noël ? Du caca de bonhomme de neige ! » Et Sam éclaterait de rire et Riley en profiterait pour introduire ses instruments dans sa bouche.

Agnes jalousait aussi les jeunes filles qui écouteraient Riley jouer de la guitare et chanter des chansons de Jack Johnson avec un tel talent que Jack Johnson lui-même voudrait en faire le témoin de son mariage ou le parrain de son enfant. Mais plus que tout, elle jalousait la femme qui deviendrait un jour son épouse, celle qui aurait la chance de se réveiller auprès de lui chaque matin et profiterait toute sa vie de sa bonne humeur et de sa générosité.

Agnes ne voulait rien dire de tout cela. Elle enleva délicatement sa main du bras de Riley, essuya ses yeux avec le Kleenex, et inspira profondément. Le soleil zébrait le ciel de lignes rose vif, et Agnes se demanda s'il s'agissait de la couleur que Dabney voyait quand deux personnes étaient faites l'une pour l'autre.

En rentrant à la maison, Agnes écouta le quatrième message de CJ, celui qui disait « Putain de merde, où t'es !? » La peur au ventre, elle décida d'écouter enfin les deux autres messages qu'il avait laissés. Ils ne disaient rien, on y entendait seulement la respiration de CJ. Ces messages-là, quelque part, l'effrayèrent encore plus que les autres. Elle ouvrit le tiroir de sa commode pour y prendre la boîte de velours contenant sa bague de fiançailles, et elle observa le bijou un moment.

Demain, elle la renverrait à CJ.

Dabney

Peu après le départ de Miranda, Box annonça à Dabney qu'il se rendait compte qu'il avait négligé ses devoirs conjugaux ces trois ou quatre dernières années (comprendre : huit ou neuf), qu'il n'avait pas donné à Dabney toute l'attention qu'elle méritait, et qu'il ne l'avait pas aimée avec assez d'ardeur. Mais maintenant, tout cela allait changer.

Il ne laissait plus Dabney seule une seconde.

Quand elle se réveilla, elle le trouva dans la cuisine, affairé à lui préparer un café. Plutôt que de lire le *Wall Street Journal* comme à son habitude, il s'efforça de discuter avec elle. Avait-elle bien dormi ? De quoi avait-elle rêvé ?

— De quoi j'ai rêvé ? Qui se souvient de ses rêves ?

Elle ne dit cela que pour ne pas avoir à raconter qu'elle avait rêvé de Clen, car elle rêvait de lui sans cesse. La nuit dernière, elle s'était vue main dans la main avec lui, ils étaient nus et dansaient en cercle. Ils étaient modèles pour *La Danse* de Matisse.

Box voulut ensuite savoir comment les choses se passaient à la Chambre de commerce. Est-ce que les deux assistants travaillaient bien ? Est-ce qu'ils avaient fini par sortir ensemble ? Comment allait Nina, et quel âge avaient ses enfants maintenant ? Ils entreraient sûrement bientôt à l'université. Et George Mobley ? Est-ce qu'il continuait à jouer de l'argent ?

Dabney dévisagea Box, déconcertée. Pendant quelques années (trois ou quatre, huit ou neuf), peut-être, elle avait effectivement regretté que Box ne s'intéresse pas aux petits événements de sa vie. Pendant des années, des décennies même, elle avait parlé de ceci ou cela tandis qu'il ne l'écoutait qu'à moitié (si ce n'était moins). On eût dit qu'il avait stocké tous les menus détails qu'elle avait évoqués dans une sorte de coffre-fort mental, et qu'il venait subitement de décider de l'ouvrir. Elle aurait préféré qu'il prît le *Journal* abandonné sur la table et qu'il la laissât boire son café en paix. Était-ce horrible de penser cela ?

Box demanda quand et où aurait lieu la prochaine soirée *afterwork*. Il voulait y accompagner Dabney, il y avait des gens qu'il n'avait pas vus depuis des années et avec qui il aimerait renouer. Et s'ils essayaient un nouveau restaurant pour dîner cette semaine ? Lola Burger, par exemple, ou The Proprietors ? Préférait-elle inviter Agnes, ou bien passer plutôt une soirée romantique, juste tous les deux ?

Romantique ? pensa Dabney.

— Je vais aller faire ma marche, dit-elle.

— Dabney.

Elle s'arrêta devant la porte et se retourna vers lui.

— Il faut que tu voies un médecin.

— Oui. Je sais.

— Si tu n'as pas le temps d'appeler, je peux m'en charger pour toi.

— Non, je le ferai.

— Est-ce que tu as très mal ?

— Tu n'as pas idée.

Dieu merci, il y avait le travail. Au bureau, elle était libre. Nina connaissait la vérité, aussi Dabney n'avait pas à lui mentir ou à jouer la comédie. Elle passa sa matinée à préparer le prochain *afterwork*, qui se tiendrait à l'agence immobilière Grey Lady, et où l'on servirait des plats de Met On Main. Dabney gloussa en imaginant comment Box reviendrait sur son envie d'assister à la soirée quand il saurait où elle aurait lieu. Il haïssait les agents immobiliers. Un peu comme Holden Caulfield dans *L'Attrape-cœurs*, il trouvait qu'ils étaient tous frimeurs, et de vraies commères avec ça. Il n'appréciait pas non plus beaucoup Met On Main, parce qu'il disait qu'il y avait un restaurant de la même chaîne à Boston qui était bien meilleur. Elle en était sûre, une fois au pied du mur, Box n'aurait plus aucune envie de participer à la soirée.

Dans la salle du fond, Riley et Celerie répondaient au téléphone, enchaînant les appels qui se multipliaient à l'approche du mois d'août.

À midi, Dabney annonça qu'elle allait faire des courses.

Nina acquiesça pendant qu'elle signait le registre.

Sur le meuble de classement derrière le bureau de Nina, un bouquet de lys offerts par le Dr Marcus Cobb flétrissait. Nina et Marcus tombaient amoureux, et ils n'avaient pas eu besoin de Dabney pour cela. Si Dabney intervenait maintenant, nul doute qu'elle ne ferait que tout gâcher. Son don semblait complètement détraqué.

Elle se prépara à partir quand on entendit la porte d'entrée au rez-de-chaussée s'ouvrir puis se fermer, puis des bruits de pas dans l'escalier. Dabney espéra qu'il ne s'agissait pas de Vaughan Oglethorpe. Elle soupira à l'idée de devoir lui faire la conversation puis allumer ses bougies à la pomme verte pour couvrir les effluves de formol qu'il laisserait derrière lui. Tout ce qu'elle voulait, c'était voir Clen. Ils ne s'étaient pas vus depuis quatre jours et, comme les lys de Nina, elle commençait à se flétrir.

— Bonjour, mesdames !

Ce n'était pas Vaughan mais… Box.

Nina sursauta et Dabney fut si surprise de le voir que sa main se crispa sur le bord du bureau.

— Chéri ! dit Dabney. Qu'est-ce que tu fais là ?

— Je travaillais à la maison quand j'ai eu une révélation. Je me suis souvenu combien tu aimes le poème de William Carlos Williams, alors je t'ai apporté une prune fraîche.

Dabney resta bouche bée. *Le poème de William Carlos Williams ?* Ah, oui, celui qui s'appelle « J'ai mangé les prunes ». Quand Agnes était enfant, quelqu'un avait accroché le poème sur le réfrigérateur. C'était un poème d'excuses : « Pardonne-moi, elles étaient délicieuses, si sucrées, et si fraîches. » Box tendit la prune et une bouteille de Perrier à Dabney avec un sourire idiot.

Pile à ce moment, Celerie décida de prendre sa pause déjeuner et traversa la pièce.

— Qu'est-ce que c'est ? demanda-t-elle en dévisageant l'homme aux cheveux blancs qui tendait une prune. Vous ne seriez pas le professeur Beech, par hasard ?

— Oui, dit-il en hochant la tête.

— C'est votre mari ! s'exclama Celerie comme pour le présenter à Dabney. Et il vous a apporté un fruit et de l'eau pétillante, trop mignon !

Dabney se sentait coincée. Cette scène n'avait aucun sens ! Elle attrapa le fruit et la bouteille de Perrier et, ne sachant que dire pour se débarrasser de Box et Celerie, elle mordit dans la prune. Elle était succulente, et un peu de jus lui coula sur le menton. Box sortit une serviette de sa poche et la lui tendit. Il avait vraiment tout prévu.

— Celerie, je présume, dit-il en tendant la main. Je suis John Beech, mais tout le monde m'appelle Box.

— Ma coloc va mourir de jalousie quand je vais lui dire que je vous ai rencontré ! Elle a étudié l'économie à Penn, elle a acheté votre livre !

Box avait l'habitude d'être mis sur un piédestal par les étudiants et les jeunes diplômés.

— J'espère qu'elle n'en mourra pas vraiment.

Celerie serra ses mains jointes sur sa poitrine, comme si elle préparait un numéro de *cheerleader*. Dabney devait trouver un moyen de s'éclipser, mais comment ? Elle regarda Nina, qui suçotait nerveusement son collier en or, et la supplia du regard.

— Dabney, tu devrais partir maintenant, ou tu vas être en retard.

— Partir ? Maintenant ? Pour aller où ? demanda Box.

— Dabney a rendez-vous avec une personne qui pense à devenir membre de la Chambre.

Dabney avait rarement aimé Nina autant qu'à ce moment précis. Avant de rentrer chez elle ce soir, elle appellerait un fleuriste pour lui faire livrer un bouquet tout neuf.

— Vraiment ! Qui est ce mystérieux commerçant ?

Nina pouffa, et Dabney pensa, *Oui, vraiment, qui ?*

— Oh, qui sait ! dit Nina. Le téléphone n'a pas arrêté de sonner toute la journée.

— C'est clair ! dit Celerie en secouant sa queue-de-cheval.

Box se tourna vers Dabney.

— Tu dois bien savoir avec qui tu as rendez-vous…

— Bien sûr, dit-elle avant de mordre à nouveau dans la prune. Il a monté une start-up sur Internet.

— Sur Internet ? Et il veut rejoindre la Chambre ?

— Oui, il est basé à Nantucket. Il faut vraiment que je file.

Elle jeta le noyau de prune et la serviette dans la corbeille.

— Annule ton rendez-vous, chérie. Je t'emmène déjeuner au Yacht Club.

— Oh, trop mignon ! s'exclama Celerie.

— Je ne peux pas annuler comme ça. Je devrais déjà être sur la route.

— Ce n'était pas une suggestion, dit sèchement Box. Annule ce rendez-vous.

Voilà que la conversation prenait des allures d'épreuve de force, mais Dabney comptait bien résister. Elle n'allait pas laisser Box lui dire ce qu'elle devait faire. Elle n'annulerait pas son rendez-vous imaginaire ; elle voulait retrouver Clen.

Celerie parut enfin comprendre ce qui se passait. Elle signa le registre et se dirigea vers l'escalier.

— Bye bye ! dit-elle.

— Ravi de vous avoir rencontrée, répondit Box.

Il se tourna ensuite vers le registre.

— Tu as écrit « courses », dit-il à son épouse. Je croyais que tu avais un rendez-vous.

— Oui, et je comptais faire mes courses juste après.

Box se tourna alors vers Nina.

— Nina, annulez le rendez-vous de Dabney, je vous prie. J'emmène ma femme déjeuner.

Dabney ne put envoyer un message à Clen que près d'une heure et demie plus tard, après un déjeuner éprouvant. En réalité, le Yacht Club était un restaurant charmant. Ils commandèrent la salade au crabe et au bleu, ainsi qu'un thé glacé pour Dabney et un verre de bordeaux blanc pour Box. Installés sur la terrasse avec vue sur le port, ils mangèrent en écoutant les airs classiques que jouait une jeune pianiste et en observant plus bas les enfants en gilets de sauvetage qui partaient pour leur leçon de voile et les couples vêtus de blancs qui quittaient les courts de tennis. Dabney aurait voulu profiter davantage de cette ambiance, mais elle n'arrivait pas à se détendre et tapait du pied avec impatience. Si seulement elle pouvait prévenir Clen. Elle détestait l'imaginer assis dans son rocking-chair, à attendre pour rien. Il avait probablement préparé des sandwiches et des margaritas. Dabney avait mis son maillot de bain dans son sac à main, pensant profiter un peu de la piscine.

Toutes les personnes de plus de quatre-vingts ans présentes dans le restaurant voulaient à tout prix parler à Box et Dabney. Ils portaient tous des appareils auditifs, ce qui obligeait à répéter deux ou trois fois chaque phrase. Il y avait des amis de son père, les parents de ses amies d'enfance, et des connaissances de Box qui voulaient lui demander pourquoi leurs investissements se portaient si mal. Dabney eut envie de leur crier : *Box est économiste, bande d'imbéciles !* Il ne s'occupait que de théorie, pas de pratique. Si les gens s'inquiétaient pour leurs investissements, ils n'avaient qu'à appeler leurs banquiers !

— Un dessert ? proposa Box.

— Non. Il faut que je retourne au bureau.

Elle se dépêcha d'envoyer un SMS à Clen : *Désolée, Garou, j'étais coincée avec quelqu'un et impossible de te joindre. Je peux passer à 17 heures ?*

Clen répondit : *J'ai prévu quelque chose à 17 heures.*

Clendenin

C'était comme d'être face à un buffet quand on n'a rien mangé depuis des jours. Il fit de son mieux pour ne pas se goinfrer, mais il voulait absolument tout savoir d'Agnes. Quand avait-elle appris à faire du vélo ? Comment s'appelait son professeur de piano ? Quel livre avait changé sa vie ? Ses parents parlaient-ils de lui, parfois ? Pourquoi être allée à Dartmouth plutôt qu'à Harvard, comme sa mère et Box ? Quelle était sa pointure ? Est-ce qu'elle éternuait toujours trois fois, comme lui ?

— Mais oui ! répondit-elle à cette dernière question.

Ils éclatèrent de rire ensemble.

Elle voulut tout savoir du Vietnam, du Cambodge et de la Thaïlande. Comment était sa vie là-bas ? Vingt ans, et pourtant il n'en avait gardé que peu de souvenirs, la plupart imprécis : la chaleur oppressante et l'air si épais qu'il semblait coller au palais comme de la gelée, l'odeur du diesel et de la cigarette, les ordures, les voitures, les flux de gens qui n'en finissaient pas ; il y avait tant de gens là-bas, comment pouvait-on y exister en tant qu'individu ?

Les bébés sur des motos, les jeunes filles dans les bordels, la même question posée encore et encore : « Où est le patron ? »

— Parle-moi de ton fiancé, dit Clen.

Agnes

Elle ne savait trop que dire à Clen à propos de son fiancé, qui d'ailleurs, techniquement, ne l'était plus. Agnes avait renvoyé la bague par FedEx, ajoutant une note qui disait : *Je ne suis pas sûre de ce que je veux. S'il te plaît, n'essaie pas de me contacter. J'ai besoin de temps pour réfléchir. Je t'appellerai à mon retour à New York, le 1er septembre.* Elle avait suivi le colis sur Internet : il était parvenu à destination la veille dans l'après-midi, et, à sa grande surprise, CJ ne l'avait pas appelée, ni sur son portable, ni chez ses parents. Il respectait donc ses souhaits. Les stages d'entraînement de ses joueurs de football commenceraient dans moins d'une semaine, et il était sûrement très occupé à négocier un contrat pour Bantam Killjoy et n'avait donc que peu de temps à consacrer à l'introspection de ses sentiments blessés pour Agnes. Il regarderait probablement la bague en pensant qu'Agnes ne savait pas ce qui était bon pour elle et qu'elle se laissait embobiner par sa sorcière de mère. Il offrirait ensuite la bague à la première femme qu'il rencontrerait, après l'avoir couverte de fleurs, de cadeaux et de dîners à sa table préférée chez Nougatine.

— Est-ce que vous sauriez garder un secret ? demanda-t-elle à Clen.

— Vraiment, tu me poses cette question à moi ?

En effet. Clen était un homme bien, et il serait impartial dans cette affaire ; elle décida donc de se confier à lui.

— Est-ce que ma mère vous a parlé de CJ ?

— Pas tellement. Je sais seulement qu'elle n'approuve pas. Pas d'aura rose, pas faits l'un pour l'autre.

— Elle n'approuve pas, c'est vrai, mais ce n'est pas pour ça que j'ai fait ce que j'ai fait. Enfin, pas seulement ça.

— Qu'est-ce que tu as fait ?

— Je lui ai renvoyé la bague de fiançailles. On ne s'est pas vus depuis trois semaines et deux jours, et je me sens merveilleusement bien. Je suis enfin moi-même.

Clen haussa les sourcils.

— CJ est très sûr de lui, expliqua Agnes. Il a un côté « Grand maître de l'univers ». Il lui suffit de claquer des doigts pour faire apparaître des choses comme par magie. Des places au premier rang pour un match ou une comédie musicale, avec des passes pour aller en backstage. Une voiture avec chauffeur et une bouteille de Veuve Clicquot au frais parce qu'il sait que c'est mon

318

champagne préféré. Des fleurs livrées au bureau, des mots d'amour sur mon oreiller. Victor Cruz, des New York Giants, a débarqué une fois au Club pour signer des autographes. Bref, des choses vraiment sympa. Et puis il est intelligent, il est drôle…

Agnes cligna des yeux. Qu'avait-elle fait ? La plus grosse erreur de sa vie ?

— Il est beaucoup plus vieux que moi, de dix-huit ans, et il attend de ma part que je me comporte d'une certaine manière. J'ai passé toute cette année à essayer de lui faire plaisir. Peut-être que j'avais besoin d'une figure paternelle…, ajouta-t-elle avec un petit rire triste.

— Ah, ça… C'est bien possible.

— Mais depuis que je suis rentrée ici, je me rends compte que ma relation avec CJ a quelque chose de malsain. Il veut tout contrôler, il me traite comme une marionnette. Je n'ai pas le droit d'avoir un avis différent du sien, je ne peux pas prendre mes propres décisions. Il détestait mes amies, alors j'ai arrêté de les voir. De l'extérieur, notre couple a l'air solide, d'ailleurs Box et CJ sont copains comme cochons, mais en réalité, ça va très mal. Ma mère avait raison.

— Comme souvent.

— Comme toujours ! C'est bizarre.

Ils restèrent silencieux un moment, puis Clen se leva pour prendre deux verres dans le placard.

— Un bourbon ? demanda-t-il.

— Volontiers !

— Tu as dit à ta mère que tu avais renvoyé la bague ?

— Non… Je préfère attendre un peu. Je ne veux pas qu'elle sache pour CJ, et je ne veux pas qu'elle sache pour vous non plus.

— J'ai de la peine pour ce gars. Il aurait pu passer sa vie avec toi.

— Oh, il trouvera quelqu'un d'autre en un rien de temps, dit-elle en avalant son bourbon. Il y a un type que j'aime bien, il travaille pour ma mère. Il s'appelle Riley, il veut devenir dentiste.

— Oui, le petit dentiste, j'en ai entendu parler. Il surfe et il joue de la guitare. Je me suis demandé si ta mère n'avait pas le béguin pour lui !

— Oh, elle a bien assez d'hommes dans sa vie comme ça !

— On est d'accord.

Quand Agnes remonta l'allée qui menait au cottage de Clen, elle croisa une femme blonde au volant d'une Mercedes. Elles faillirent se rentrer dedans, mais la Prius était petite et maniable, et Agnes réussit à s'écarter avant de faire signe à la femme de passer. Celle-ci dévisagea Agnes avec insistance avant de lui offrir un demi-sourire hésitant.

Ce n'est qu'une fois rentrée chez ses parents qu'Agnes s'interrogea sur l'identité de cette femme. D'après Clen, les propriétaires de la maison principale n'arriveraient qu'en août. Cela aurait pu être la femme de ménage, mais combien de femmes de ménage roulaient en Mercedes ?

Une amie de Clen, alors ? Une femme qu'il courtisait ? Après toutes les émotions inattendues qui assaillaient Agnes cet été, voilà qu'elle en découvrait une toute nouvelle : elle se sentait jalouse au nom de sa mère.

Dabney

Box ne la lâchait plus d'une semelle, et ne lui laissait plus une seconde à elle. Ils dînaient ensemble, lisaient ensemble, allaient se coucher ensemble. Par chance, il ne lui avait pas encore fait d'avances sexuelles.

Elle profita de sa marche matinale pour appeler Clen.

— Bon sang, Dabney, quand est-ce qu'on pourra enfin se voir ?

— J'étais libre hier à 17 heures, mais toi tu étais pris. Avec qui, d'ailleurs ?

— Je ne peux pas te le dire.

— Elizabeth Jennings ?

— Je déteste te dire ça, Dabney, mais tu m'as l'air jalouse.

— Bien sûr que je suis jalouse ! Avec qui tu étais ?

— Je ne peux pas te dire qui, mais ça n'était pas Elizabeth. Quoiqu'elle soit passée hier, pour déposer une tarte aux myrtilles maison avec un petit mot devant ma porte.

— Une tarte maison ? Tu parles, elle l'a fait faire par son chef !

— Jalouse et mauvaise, avec ça ! s'exclama Clen, l'air ravi.

— Je peux passer à 17 heures ce soir. À moins que tu aies encore quelque chose de prévu ?

— Non, je prévois seulement de te manger toute crue.

*

Dabney se rendit chez Clen à 17 heures, prétextant un rendez-vous au salon de coiffure pour une coupe. Elle estima que cela lui permettrait de s'absenter une heure et demie. Elle et Clen en avaient désespérément besoin. Elle l'écouta murmurer à son oreille, elle goûta sa peau, elle le sentit la serrer contre lui (et lui faire mal ! mais qu'il continue !), et ce fut comme s'ils n'avaient jamais été séparés. Elle lui appartenait, il lui appartenait, ils ne formaient plus qu'un.

Mais alors le compte à rebours commença. Il ne leur resta plus que quinze minutes, puis dix, puis cinq.

— Je vais te manquer ? demanda-t-elle.

— Tu me manques déjà.

Dabney attrapa ses clés de voiture et observa le visage de Clen, qui se voila d'une ombre orageuse semblable à celle qu'elle sentait lui envelopper le cœur. Elle n'avait aucune envie de le quitter.

— Il faut que j'avoue tout à Box. Je veux être avec toi, tout le temps.

— Alors fais-le.

— Oui, je vais le faire, dit-elle tout en pensant : *Je ne peux pas.*

Elle demanda à nouveau à Clen ce qu'il avait fait la veille à 17 heures, et il s'arrangea encore pour ne pas lui répondre, l'accusant d'être trop curieuse. Son instinct lui disait qu'il avait vu Elizabeth et refusait simplement de l'admettre, mais ils avaient passé un si bon moment tous les deux que Dabney décida de ne pas le gâcher avec une joute verbale à base de reproches et de déni.

Après tout, il avait bien le droit d'avoir son jardin secret. Du moins essaya-t-elle de s'en convaincre…

Quand elle arriva chez elle, Box fixa sa coiffure en plissant les yeux.

— Je ne vois aucun changement.

— Ma coupe ne change jamais. J'ai exactement la même depuis l'école primaire, quand ma grand-mère m'a acheté mon premier serre-tête chez Murray's. Il était en gros-grain rose avec des baleines bleu marine.

Elle plissa les yeux à son tour.

— C'est fou, j'ai un souvenir tellement vivant de cette journée. Comment cela se fait-il, d'après toi ? Juste à cause du serre-tête ? Ma grand-mère ne dépensait pas beaucoup d'argent en accessoires de mode, mais elle m'a offert ce serre-tête pour que mes cheveux arrêtent de tomber sur mes yeux, et j'en étais ravie.

Box s'approcha d'elle et attrapa une mèche de ses cheveux qu'il approcha de son nez pour la renifler.

— Ça ne sent pas comme d'habitude quand tu vas au salon.

— Qu'est-ce que tu racontes ? dit Dabney en repoussant sa main.

— Tes cheveux n'ont pas l'odeur du coiffeur, et tu as exactement la même coupe que tout à l'heure.

Dabney n'en revenait pas. C'était bien la première fois que Box mentionnait cette « odeur du coiffeur ».

— Dabney, es-tu vraiment allée au salon de coiffure ?

— Mais oui ! répondit-elle sur un ton exaspéré.

Ce qui l'exaspérait vraiment était de devoir encore mentir.

— Appelle donc le salon si tu ne me crois pas !

L'espace d'une seconde, elle crut qu'il allait effectivement décrocher le téléphone. Elle savait combien il en coûterait à Box de s'abaisser à ce genre de scène. Comment réagirait-il ensuite quand la réceptionniste, Lindsey, lui dirait que non, Dabney n'était pas passée cet après-midi, mais qu'elle avait un rendez-vous samedi, exprès pour que ses cheveux soient beaux et sentent bon pour le barbecue annuel des Levinson ?

Heureusement, elle n'eut pas à s'en inquiéter, car Box n'insista pas. Elle respira enfin. Le soir, tout parut retourner à la normale quand ils allèrent dîner au Proprietors avec Agnes, même si celle-ci semblait préoccupée et était étrangement silencieuse.

Mais en se brossant les dents et en se préparant à se coucher avec Box, Dabney pensa : *Je ne veux pas que les choses retournent à la normale.*

Elle ne voulait qu'une chose : Clendenin.

Box

Miranda Gilbert lui apprit sa démission non pas par téléphone, comme il l'aurait pensé, mais par courrier. Elle lui envoya à son adresse à Nantucket une lettre sur un épais papier couleur crème qui lui laissa penser, de prime abord, qu'il s'agissait d'une note pour les remercier de leur accueil. Mais dès qu'il commença à la lire, il comprit que c'était tout autre chose.

Mon très cher Box,

*Je t'écris afin de te remercier pour les quatre années les
plus stimulantes qu'une économiste puisse rêver. Quelle
joie et quel honneur d'avoir travaillé avec toi.*

*Les circonstances, malheureusement, me forcent à quit-
ter Harvard. Pour des raisons que je préfère ne pas évoquer ici, j'ai rompu mes fiançailles avec Christian, et peu
après, j'ai été contactée par le Dr Wilma Dresdalay de
l'université de Columbia à New York. Elle m'a proposé
un poste de recherche et, pour des raisons personnelles
comme professionnelles, j'ai le sentiment que quitter
Harvard pour Columbia, et Cambridge pour Manhattan,
est le bon choix. Comme tu le sais, New York est l'épi-
centre de la pensée économique, et je ne peux pas laisser
passer cette opportunité.*

*Tu vas beaucoup me manquer, toi qui es si intelligent,
patient, gentil, et vif d'esprit. Je t'enverrai plus tard ma
nouvelle adresse e-mail ainsi que mon adresse, pour que
nous puissions garder contact.*

Tendrement, et avec toute ma gratitude,
Miranda

Box posa la lettre sur son sous-main et laissa échapper un long soufflement de frustration.

— Et merde ! cria-t-il.

Il allait perdre Miranda. Elle avait travaillé avec lui
plus longtemps que n'importe lequel de ses assistants ;
ils étaient remarquablement compatibles, tous les deux.
Il ne trouverait jamais quelqu'un comme elle. Personne
ne lui arriverait à la cheville.

— Merde !

Dabney se trouvait quelque part dans la maison et entendait probablement ses cris, mais elle n'oserait jamais venir voir ce qui se passait. Elle disait toujours que la porte fermée du bureau l'intimidait.

Il relut la lettre. Certaines choses avaient attiré son attention, à commencer par les premiers mots. *Mon très cher Box.*

Lui était-il effectivement « très cher » ? Est-ce que tout cela était lié à cette histoire complètement folle que Dabney avait inventée ? Est-ce que Miranda était vraiment amoureuse de lui, comme Dabney le prétendait ?

Elle employait le mot « stimulantes ».

Elle évoquait ses fiançailles avortées, et refusait d'entrer dans les détails. Annuler ses fiançailles maintenant, alors qu'une semaine plus tôt, elle avait l'air sur un petit nuage ? Box avait demandé des nouvelles du gentil docteur, et Miranda lui avait confié que Christian était très occupé par son travail, mais que c'était toujours le cas. *Pour des raisons que je préfère ne pas évoquer ici.* À quoi faisait-elle référence ? Box avait le sentiment qu'elle avait rompu avec Christian immédiatement après son retour de Nantucket.

Que lui avait raconté Dabney ?

Ensuite, la surprise de découvrir que Miranda allait déménager à New York pour travailler à Columbia avec Wilma Dresdalay. Miranda avait déjà mentionné son nom une ou deux fois dans leurs conversations, l'air de rien, comme si elle ignorait que Wilma était la seule économiste encore en vie que Box admirait et même enviait. Il n'y avait qu'une personne au monde pour qui

Miranda aurait raison de quitter Box, et cette personne était Wilma. Il n'y trouvait rien à redire.

Et quelques lignes plus loin : *Tu vas beaucoup me manquer.* C'était cette phrase en particulier qui intriguait Box. Il allait beaucoup lui manquer. Il y avait là quelque chose de sentimental, presque romantique. Bien sûr, Miranda manquerait beaucoup à Box, elle aussi ; c'était une personne extraordinaire. Il essaya de ne pas penser à son sourire qui illuminait le bureau, ou à son accent qu'il appréciait comme d'autres apprécient la musique, ou à ces moments où, au cinéma, elle avait agrippé son bras sous le coup de la peur ou de l'excitation. Quand ils dînaient avec leurs collègues, elle était toujours joliment apprêtée, avec ses cheveux blond vénitien remontés en un chignon lâche, et des tenues délicates et féminines. Elle portait beaucoup de vêtements ivoire et pêche, des couleurs qui mettaient en valeur son teint. Elle avait une grande connaissance des vins, elle aimait essayer de nouveaux cépages, et choisissait toujours un vin dont elle pensait qu'il plairait à Box ou le surprendrait.

Il s'avoua alors que Miranda lui manquerait beaucoup aussi, et pas seulement en tant que collègue. À l'idée même de la perdre, il sentait son cœur toussoter comme un vieux moteur. Plus que tout, elle avait été son amie.

Tendrement, et avec toute ma gratitude. Ces mots étaient parfaitement choisis, et le sentiment était mutuel.

— Merde, merde !

Cette fois-ci, Dabney frappa doucement à la porte.

— Box ? Tout va bien ?

Il ouvrit la porte et jeta la lettre dans les mains de Dabney, mais il ne lui laissa pas le temps de la lire.

— Miranda a démissionné pour aller travailler à Columbia avec Wilma, dit-il avant de s'éclaircir la gorge. Apparemment, elle a rompu avec Christian.

— Oh… Mince alors !

Agnes

Cinq jours passèrent sans un mot de la part de CJ. Cela tournait à un match de patience : il attendait, persuadé qu'elle craquerait et reviendrait sur sa décision. Ce silence la surprenait beaucoup ; elle ne l'en aurait pas cru capable.

Elle commença à rejoindre Riley après le travail pour se rendre avec lui à la plage. Elle nageait pendant que lui surfait, puis ils s'étendaient comme deux phoques sur une couverture rouge cerise et profitaient de l'heure dorée ; ce moment où le soleil couvre tout d'une magnifique lumière veloutée. Malgré l'agitation de cet été, Agnes se sentait détendue avec Riley.

Un soir, elle laissa Clendenin lui faire à dîner. Du riz sauté avec des épices authentiques qu'il avait commandées sur Internet. Le riz, délicieusement parfumé, avait une couleur ocre et était garni de raisins dorés, porc laqué et crevettes roses, comme autant de petits bijoux. Ce soir-là, Clen lui décrivit Dabney à l'époque du lycée ; combien elle était populaire et sûre d'elle, comment elle s'y prenait pour arranger des couples, même parmi les professeurs, et bien sûr, sa passion pour Nantucket. Clen et Dabney étaient les deux meilleurs élèves de leur niveau, et Dabney avait été déçue de ne pas finir première. Il l'avait dépassée de seulement quelques points sur la moyenne générale, mais elle avait été acceptée à Harvard, et pas lui. Il s'était rassuré en se disant qu'à l'époque, il était plus facile d'entrer à Harvard quand on était une fille. Dabney gardait un carnet dans lequel elle listait ses rues préférées dans l'île. Charter Street, dans le « quartier des pêcheurs », était sa favorite. Elle voulait vivre dans cette rue quand elle serait plus vieille, ou alors Quince Street ou Lily Street.

Après dîner, Clen servit deux verres de bourbon et il alla fumer sur la terrasse pendant qu'Agnes lavait la vaisselle. Puis elle le rejoignit et ils observèrent les étoiles dans le ciel, et l'immense demeure tout illuminée que Clen était chargé de surveiller.

— Vous allez rester à Nantucket ? demanda Agnes.

— Je n'imagine pas repartir, à moins que quelque chose n'arrive à ta mère. Je me sens chez moi ici, mais seulement parce que c'est là que se trouve Dabney. Je suis arrivé sur l'île à quatorze ans. Trois semaines plus tard, nous sommes devenus amis et immédiatement, je n'ai plus eu aucune envie de partir. Elle donne tout son sens à cette île. Dabney c'est Nantucket, et vice versa. Alors aussi longtemps qu'elle reste, je reste aussi.

Il soupira. Agnes n'osa pas lui demander ce qui, selon lui, pourrait arriver à sa mère. Espérait-il qu'elle quitterait Box ? Pour l'épouser lui ? À ce moment, elle se rendit compte qu'elle était maintenant beaucoup trop impliquée dans ce triangle amoureux. Sa mère, son père, et son autre père.

— Il est temps que je rentre, dit-elle en attrapant ses clés de voiture.

Dabney

Elle se trouvait à la ferme, où elle sélectionnait des épis de maïs pour le dîner. Elle aurait dû appeler un médecin des semaines plus tôt, mais à chaque fois qu'elle se décidait, elle se sentait soudain mieux, ou tout simplement, la vie l'en empêchait. Ce matin-là, Marcus Cobb, le petit ami de Nina, était allé pêcher et avait attrapé cinq bars rayés. En passant au bureau pour emmener Nina déjeuner, il avait donné à Dabney un sac contenant plusieurs filets fraîchement découpés.

Ravie, Dabney avait immédiatement imaginé le dîner : bar grillé, épis de maïs et salade avec une sauce légère. À midi, la perspective du repas l'enchantait, mais maintenant, à 17 heures, elle avait tellement mal qu'elle aurait voulu prendre un cachet et dormir jusqu'au lendemain matin.

Haut les cœurs. Elle allait choisir le maïs. Le poisson marinait déjà dans la cuisine, et avec quelques instructions, Agnes pourrait cuisiner à sa place.

Soudain, de l'autre côté du rayon, une femme essaya d'attirer son attention. Elizabeth Jennings.

— Elizabeth, bonjour ! dit Dabney.

Elle avait bien trop mal pour faire la conversation. La douleur était comme un bloc de marbre noir à l'intérieur duquel elle flottait.

— Dabney, je suis contente de vous voir. J'ai une histoire croustillante à vous raconter.

Dabney se méfiait des histoires « croustillantes » que tout le monde aimait tant à lui raconter. Il s'agissait le plus souvent de rumeurs ou de potins. Et une chose était sûre, Elizabeth était bien la dernière personne dont elle avait envie d'entendre ce genre d'histoires.

— Je suis très pressée, dit Dabney.

Elle attrapa au hasard deux épis de maïs qu'elle fourra dans son cabas recyclable.

Mais Elizabeth n'entendit pas, ou fit semblant de ne pas entendre.

— Vous êtes amie avec Clendenin Hughes, n'est-ce pas ?

Dabney resta interdite. Elle sentit son ventre se nouer. Malade d'amour.

— Quand il est venu dîner chez moi l'autre jour, continua Elizabeth, il m'a confié que vous vous connaissiez depuis le lycée. N'est-ce pas adorable !

Elle sourit, montrant fièrement ses dents refaites. Elle portait une robe blanche à motifs turquoise avec des sandales assorties, et ses ongles de pied étaient vernis avec exactement la même teinte. Elizabeth allait-elle tous les jours chez la pédicure pour se faire vernir les pieds en accord avec sa tenue ? Cela ne paraissait pas impossible… Car qu'avait-elle d'autre à faire de ses journées, cette femme, à part colporter des ragots et courir après Clendenin ? Elle ne s'intéressait absolument pas aux légumes dans le rayon, d'ailleurs. Elle n'était venue là que pour torturer Dabney !

— Il faut que je me sauve, dit Dabney en posant le maïs dans son chariot.

— Je suis allée chez Clen hier pour lui donner la tarte que j'avais faite pour lui.

Dabney secoua involontairement la tête. Elizabeth, préparer une tarte elle-même ? Impossible !

— J'ai vu une femme qui repartait en voiture au moment où j'entrais dans l'allée. Jeune et très séduisante… Je crois bien que Clendenin a une petite amie !

Dabney regagna l'Impala tant bien que mal, juste avant que la douleur ne devienne insupportable. Elizabeth était jalouse et rancunière, et elle soupçonnait probablement Dabney d'avoir une aventure avec Clen. Elle ne lui avait parlé de cette jeune femme que dans le but d'apprendre son nom, ou de se faire plaindre. Les hommes finissaient toujours par se tourner vers des femmes plus jeunes. La vie était injuste à bien des égards, mais cette injustice-là était peut-être la pire de toutes.

Au moins, maintenant, Dabney savait qu'Elizabeth n'était pas l'invitée mystérieuse de Clen. Il y avait quelqu'un d'autre.

Elle appela Clen depuis le parking.

— Avec qui étais-tu l'autre jour, quand j'ai voulu venir à 17 heures et que tu avais déjà prévu quelque chose ?

— Cupi, soupira-t-il… Je suis désolé, je ne peux pas te le dire.

— Clen ! cria-t-elle, sous le coup de la douleur. Une jeune femme ? Jeune et très séduisante ?

— Dabney, je ne peux pas...

*

Cette douleur aiguë et lancinante qui n'en finissait pas... Elle gémit. C'était comme si un million de lames de rasoir minuscules lui lacéraient simultanément les entrailles.

Je crois bien que Clendenin a une petite amie !
Je suis désolé, je ne peux pas te le dire.
Malade d'amour... ?
Non ! pensa-t-elle.

Le lendemain matin, elle appela enfin le cabinet du Dr Field.

— Il faut que je parle à Ted, dit-elle à Genevieve. Je t'en supplie, je crois bien que c'est une urgence.

— Le genre d'urgence qu'on traite aux urgences ?

— Genevieve, s'il te plaît, il faut vraiment que je lui parle. Tu peux m'arranger ça ?

— Dabney, voyons, pour toi, je peux arranger n'importe quoi.

Ted Field s'occupa de tout. Il envoya les analyses de sang de Dabney au Massachusetts General Hospital et lui obtint un rendez-vous pour un scanner abdominal le jeudi matin.

— Vous allez devoir aller à Boston, Dabney.

— Oui, je sais.

Elle avait toujours affirmé qu'elle ne quitterait l'île que si sa vie en dépendait. Or maintenant, elle le sentait, sa vie en dépendait bel et bien.

Elle annonça sa décision à Box.

— J'ai parlé avec Ted Field. Je vais passer un scanner à Boston.

— Ça a l'air sérieux. J'irai avec toi.

— Non. J'irai seule.

— Je connais Boston comme ma poche alors que tu n'y es pas allée depuis des décennies, et jamais seule. Laisse-moi t'accompagner. On pourra dîner chez Harvest, dormir dans mon appartement puis rentrer dans la matinée.

— Je suppose que c'est ton idée d'une merveilleuse journée. Mais j'irai seule, je ferai juste l'aller-retour.

— Tu plaisantes, j'espère !

— Je prendrai le premier vol jeudi matin et je rentrerai en fin de journée.

— Tu ne vas pas me faire avaler que tu vas vraiment te rendre à Boston toute seule…

— Si. Je tiens à y aller seule.

Elle en parla ensuite à Clen.

— Jeudi, j'irai à Boston pour passer des examens.

— Je n'aime pas ça du tout. Laisse-moi t'accompagner, Dabney.

— Tu ne peux pas.

— C'est un défi ?

— Clen…

— Tu y vas avec l'économiste ? demanda-t-il en fronçant les sourcils.

— Non. Je tiens à y aller seule.

Elle prévint ensuite Agnes, puis Nina. Sans laisser le temps ni à l'une ni à l'autre de répondre, elle annonça :

— Je tiens à y aller seule.

À l'aéroport, elle prit sa carte d'embarquement en se demandant : *Est-ce que je suis vraiment prête ?* Certes, l'épreuve aurait été moins difficile si Box, Clen, Agnes ou Nina avaient été là pour la soutenir, mais elle avait vraiment besoin de faire ce voyage seule, agissant de sa propre volonté, ne comptant que sur elle-même.

Quand l'avion se prépara à décoller, elle sentit quelque chose de précieux la quitter ; son esprit, son âme, son identité peut-être. Quelle qu'elle fût, cette part d'elle-même resta sur Terre, et une fois dans les airs, Dabney n'était plus qu'une coquille vide.

Taxi, tunnel Ted Williams, Cambridge Street, et enfin l'hôpital. En atterrissant, elle avait observé les gratte-ciel connus de la ville : la tour Prudential, le Hancock Center. Les gratte-ciel, symboles du vaste monde qui l'effrayait tant. Mais elle se rassura : elle était à Boston, à une centaine de kilomètres de chez elle. Harvard se trouvait juste de l'autre côté de la rivière, et elle y avait tenu quatre ans sans flancher ; elle tiendrait aujourd'hui également.

Pression artérielle, température, aiguilles, questions par centaines, et enfin le scanner, avec un appareil qui semblait sorti tout droit d'un film de science-fiction.

Puis la longue attente, le temps qu'un docteur analyse les images. Tout le personnel de l'hôpital se montrait très prévenant. Rosemary, l'infirmière du service d'imagerie, traitait Dabney comme une célébrité locale.

— Tout va aller très vite, vous verrez. On ne veut pas vous retenir plus que nécessaire.

Elle se rendit à la cafétéria pour acheter un sandwich au thon qu'elle mangea en observant les gens attablés autour d'elle. Des malades, des visiteurs, des employés. Il y avait tant de monde sur cette planète, des gens qu'elle ne connaissait pas et qui ne la connaissaient pas. C'était peut-être là ce qui l'effrayait le plus.

Le Dr Chand Rohatgi était un Indien séduisant au regard doux.

— Est-ce que quelqu'un vous accompagne ? demanda le médecin.

— Non, je suis venue seule.

Il hocha doucement la tête, l'air désolé.

— Allez-y, murmura Dabney. Dites-moi ce que j'ai.

— J'ai de mauvaises nouvelles…

*

Un cancer du pancréas, qui avait déjà eu le temps de métastaser dans son foie. Selon toute vraisemblance, les poumons suivraient. La tumeur n'était pas opérable, et compte tenu de l'intensité de ses douleurs, elle ne supporterait probablement pas une chimiothérapie, un traitement dont on ne pouvait même pas garantir qu'il ne la rendrait pas simplement plus malade. En bref, le Dr Rohatgi lui annonça qu'il n'y avait plus rien à faire, à part espérer que le cancer progressât lentement. Il pouvait seulement rendre la douleur plus supportable.

— Combien de temps ? s'enquit-elle.

— C'est difficile à dire.

— Est-ce que je serai encore là pour voir les lumières de la Promenade de Noël sur Main Street ? C'est la semaine la plus chargée de l'année.

Il la regarda, l'air hésitant. Il ne connaissait pas la Promenade de Noël, mais si elle voulait dire décembre, alors oui, ce n'était pas impossible. Mais encore une fois, c'était difficile à dire.

Pas impossible ? La Promenade n'avait lieu que dans quatre mois. Était-il vraiment en train de lui annoncer qu'elle n'avait même pas quatre mois à vivre ? Elle fut choquée. Personne ne devrait avoir le droit de vous dire que vous allez bientôt mourir.

Voilà pourquoi elle se sentait comme une coquille vide : le cancer avalait ses organes un à un.

— J'ai toujours eu beaucoup d'intuition, dit-elle. J'étais persuadée que c'était autre chose, je pensais que j'étais… malade d'amour.

— Oui, je comprends. Les symptômes se ressemblent beaucoup.

Ou peut-être que le Dr Rohatgi n'avait jamais dit que les symptômes se ressemblaient, peut-être qu'il n'avait jamais prononcé les mots « cancer », « métastasé », « foie ». Dabney sortit de l'hôpital dans un état de confusion extrême, mais le plus étonnant de tout, pour elle, fut qu'elle ne pensa pas tout de suite à Agnes, à Box ou à Clen. Non, elle pensa à sa mère.

Le Dr Donegal lui avait souvent demandé, pendant les sept ou huit ans qu'avait duré sa thérapie, de décrire exactement le déroulement du fameux soir où sa mère avait disparu. Et à chaque fois, Dabney avait regardé son thérapeute droit dans les yeux sans dire un mot, parce qu'elle n'en avait tout simplement aucun souvenir.

Pourquoi, alors, après toutes ces années, est-ce que cette... nouvelle rappelait la scène à son esprit avec tant de précision ? La suite du Park Plaza, des plumes d'autruche dans un vase en céramique, le gigantesque chandelier du hall de l'hôtel qui brillait comme un feu de joie, le lit *king size* sur lequel sa mère l'avait autorisée à sauter pendant qu'elle se maquillait, les fauteuils d'orchestre au premier rang pour *Casse-noisette*, sa mère qui tapotait sa main en rythme pendant la *Danse de la Fée Dragée*, et la beauté incroyable de la danseuse qui semblait flotter, voler, virevolter dans les airs. Plus tard, à l'hôtel, des cheeseburgers et un sundae pour Dabney. Sa mère buvait du vin rouge, comme elle le faisait à la maison, et le vin tachait ses dents de bleu, ce qui amusait beaucoup Dabney. « Pourquoi ça fait bleu et pas rouge, Maman ? » Il était très tard, dehors il faisait nuit noire, et il commençait à neiger, et sa mère ouvrait la fenêtre pour qu'elle pût regarder les flocons tomber. Dabney portait sa chemise de nuit en flanelle blanche, et elle avait fait couler de la sauce au chocolat dessus, ce qui la contrariait beaucoup. Elle pleurnichait, elle avait sommeil. Elle se brossait les dents et grimpait dans le grand lit. Sa mère s'asseyait à côté d'elle et lui caressait le visage. Un nuage vert autour de sa mère qui, un peu ivre peut-être, parlait en mangeant ses mots et disait à Dabney des choses sur son père qu'elle ne pouvait pas comprendre. Comment il était rentré après la guerre en jurant « Nantucket, à jamais Nantucket », et comment elle n'en pouvait plus, alors que lui refusait de vivre ailleurs. « Je t'aimerai toujours, Dabney, tu seras toujours ma petite fille, et c'est dur pour moi, très dur. » Le parfum de sa mère, une odeur de dragée, lui avait-il semblé. Le collier de perles qui brillait même dans la pénombre. Sa mère était là, assise au bord du lit, et puis soudain, Dabney se réveillait, et elle avait disparu. May, la femme de chambre irlandaise, qui s'occupait d'elle.

— Maman ! Où est ma maman ?

— Ton papa va venir te chercher, ma petite.

Bye bye, Miss American Pie…

— Maman !

Dabney héla un taxi et réussit tout juste à dire « Terminal C de l'aéroport, s'il vous plaît » avant de fondre en larmes. Elle ne pleurait pas à cause de ce qu'elle venait d'apprendre, car elle n'avait pas encore digéré la nouvelle. Elle pleurait parce que sa mère était partie et que, encore maintenant, elle lui manquait terriblement.

Ses pensées n'avaient ni queue ni tête. Ce n'était pas possible, cela ne pouvait pas lui arriver. Elle était gravement malade, elle allait mourir. Mourir ? Elle devrait passer cette porte sans savoir ce qu'elle trouverait de l'autre côté. Sa grand-mère Agnes Bernadette croyait en un paradis avec des nuages joufflus, des anges, des harpes, et un sentiment de paix, et c'était ce en quoi Dabney avait appris à croire en grandissant. Mais à présent qu'elle se trouvait face à la réalité concrète de la chose, elle doutait : *Des anges ? Des harpes ? Vraiment ?*

Elle essaya de se rassurer. *Tout le monde meurt un jour, sans exception. Personne n'y échappe.* Alors il ne lui restait plus qu'à se concentrer sur le temps qu'il lui restait à vivre.

Le Dr Rohatgi lui avait conseillé de ne pas trop se projeter dans l'avenir, de vivre au jour le jour. Il lui avait donné quelques articles et brochures à lire qu'elle avait glissés dans son sac, et il lui avait prescrit des antidouleurs. Elle pensa à Clen, Box, Agnes, Nina, Riley, Celerie, Vaughan Oglethorpe, Diana qui faisait son café… Tous ces gens qu'elle aimait et qui faisaient d'elle la femme qu'elle était. Elle ne dirait rien à personne. Mais était-ce seulement faisable ? Elle avait tellement de secrets à garder déjà. Combien de temps avant qu'elle n'éclatât, comme une digue en pleine tempête ?

La vie de Dabney avait été rassurante tant que sa mère avait été là, et puis plus rassurante du tout. À nouveau rassurante avec Clen, et plus du tout avec son départ. Rassurante encore, pendant très long-temps, mais aujourd'hui, moins que jamais. Tout le monde connaissait ces hauts et ces bas. Elle aimait pen-ser qu'elle était différente parce qu'elle avait survécu à quelque chose de difficile, mais elle ne survivrait pas à ce qui l'affligeait désormais. Les brochures glissées dans son sac étaient censées l'aider à accepter sa condi-tion de malade en phase terminale, mais qui écrivait ces machins ? Comment ces personnes savaient-elles de quoi elles parlaient ? Puisque personne ne savait ce qui arrivait quand on mourait…

Elle fut soulagée quand elle aperçut enfin Nantucket au loin. Les maisons historiques, les phares, les étangs et les landes, le ruban bleu et blanc de l'océan qui venait inlassablement frapper la plage. Toute la journée, elle n'avait songé qu'à une chose : rentrer enfin chez elle.

En route pour sa maison, elle décida qu'elle attendrait lundi avant d'annoncer la nouvelle à tout le monde. Elle repensa au conseil du Dr Rohatgi : vivre au jour le jour. Elle voulait se rendre au barbecue des Levinson samedi, elle voulait danser, boire du vin, rire, s'amuser.

Elle voulait, tout simplement, avoir le luxe d'un tout dernier week-end d'été parfait.

Box fut le premier à demander : puis Agnes, Nina, et enfin Clen.

— Comment cela s'est passé, à l'hôpital ?

— J'ai eu différents examens, répondit-elle. Une chose est sûre, je ne suis pas allergique au gluten.

*

Dabney serait bientôt trop malade pour aller à une fête, mais ce jour n'était pas encore arrivé. Aussi le vendredi, dans la matinée, elle s'éclipsa du bureau en notant « Courses » dans le registre, mais cette fois-ci, au lieu d'aller voir Clen, elle alla acheter une robe chez Hepburn. Son choix s'arrêta sur une robe dos nu blanche avec une frange à la taille qui ondulerait quand elle danserait. Car, malgré la peur et le doute, elle avait décidé de danser, puisqu'elle n'en aurait peut-être plus jamais l'occasion. Elle acheta des chaussures assorties, des sandales plates simples. Elle adorait sa nouvelle tenue, et elle pendit la robe sur un cintre accroché à la porte de son armoire pour pouvoir l'admirer. Quand elle se réveilla au milieu de la nuit, elle vit la robe blanche qui luisait dans la pénombre, comme un fantôme.

Hanterait-elle cette maison, quand elle serait partie ? Peut-être… Tout semblait possible.

Box lui apporta un verre de vin pendant qu'elle se préparait pour le barbecue dans sa chambre.

— Tiens, ma chérie, dit-il en posant le verre sur son secrétaire.

Dabney enlaça Box et le serra contre lui avec une force qu'il aurait sûrement qualifiée d'hystérique, mais quelle importance, maintenant ? À sa grande surprise, Box lui rendit son étreinte.

— C'est bon de t'avoir dans mes bras, dit-il.

Dabney ferma les yeux. Elle ne voyait pas de rose avec Box, mais c'était quelqu'un de bien.

Il la dirigea vers son lit, et elle s'inquiéta un instant de ses intentions, pensant qu'il voudrait peut-être lui faire l'amour, une entreprise qui à coup sûr se révélerait embarrassante pour tous les deux. Mais au lieu de cela, il s'assit sur le lit à côté d'elle et prit sa main dans les siennes.

— J'ai une confession à te faire.

— Ah oui ? répliqua Dabney.

— J'ai été affreusement jaloux de Clendenin Hughes. Cela a commencé dès que j'ai appris son existence, et c'est encore pire depuis qu'il est revenu à Nantucket.

Dabney regarda fixement ses genoux.

— Je sais que ton histoire avec lui est compliquée, dit-il, probablement même plus compliquée que je ne peux comprendre. Je suis certain que tu as encore des sentiments pour lui, et même si je ne connais pas exactement leur nature, je veux te présenter mes excuses. À cause de ma jalousie, je me suis comporté de manière anormale cet été, et j'en suis désolé.

— Tu n'as pas à l'être.

— Je veux simplement que tu comprennes que je ne suis pas aussi insensible que tu le penses. Et je ne suis pas déraisonnable. Tu as besoin de savoir où tu en es avec Clendenin. Quand tu auras pris une décision et que tu seras fixée sur tes sentiments, dis-le-moi, pour que je puisse enfin arrêter de jouer les maris jaloux.

Il marqua une pause et lui tapota la main.

— J'imagine que son retour te rend la vie difficile.

— Oh oui, dit-elle. Tu n'as pas idée.

Elle fut soulagée de dire enfin quelque chose de vrai à propos de Clen.

— Je m'en doutais, dit Box en se levant. Allons nous amuser, maintenant, si tu veux bien ?

Les Levinson avaient fait dresser une grande tente dans le jardin, engagé des valets pour le parking et des serveurs. Devant l'entrée, une jolie jeune femme blonde attendait près d'une table couverte de cocktails orange vif. Dabney était si fascinée par la couleur des cocktails qu'il lui fallut une seconde pour reconnaître Celerie.

— Dabney ! cria la jeune femme.

Dabney sursauta, puis tenta de se ressaisir tandis que Celerie l'enlaçait vigoureusement.

— Tu travailles pour… ? demanda Dabney.

— Nantucket Traiteur ! interrompit Celerie en faisant son fameux V avec les bras. Riley est là aussi ! Il joue de la guitare dans le jardin !

— Ah… Comment en es-tu venue à… ?

— Ma coloc travaille pour ce traiteur ! Ils avaient besoin de renfort ce soir, alors j'ai proposé d'aider, vu que ça paie très bien, et puis je leur ai parlé de Riley. Quand on a dit aux Levinson qu'on travaillait pour vous à la Chambre, ils étaient aux anges ! Ils vous adorent, ils disent que c'est vous qui les avez présentés !

Dabney soupçonnait Celerie d'adopter la même voix qu'elle utilisait pour ses numéros de *cheerleader*. Elle se sentit embarrassée.

— Ah, oui… Moi et mes couples !

Box contourna habilement la table des cocktails (Cosmo à la mandarine, annonça Celerie) et se dirigea vers la tente, où plusieurs invités discutaient déjà. Dabney le suivit et, en passant sous une arche en treillis, elle le vit saluer Larry Levinson. Marguerite Levinson fondit sur Dabney dès qu'elle l'aperçut, et lui attrapa les deux mains.

— Dabney ! Comment vas-tu ?

Elle avait adoré Marguerite dès leur première rencontre, douze ans auparavant, à Tupancy Links. Dabney se rendait régulièrement sur l'ancien parcours de golf pour promener son labrador chocolat, Henry, et y avait rencontré Marguerite avec son golden retriever, Oncle Frank, qui n'était alors qu'un chiot. Larry fréquentait le même parc pour promener son golden retriever plus âgé nommé Arthur Fielder. Dabney avait vite présenté sa nouvelle amie Marguerite à son vieil ami Larry, et avant même que le premier frisbee ne volât, elle avait vu leurs auras devenir roses.

Comment allait-elle ?

Je vais mourir, pensa-t-elle. *Et tout mon être réclame Clen.* Box lui avait fait un discours si gentil et si attentionné plus tôt, dans la chambre. Il avait prouvé qu'il savait garder son sang-froid, et lui avait fait comprendre que quels que fussent les sentiments qu'elle avait pour Clen, il comprendrait. Encore une occasion en or de tout avouer… Et elle ne l'avait pas saisie.

Haut les cœurs.

— Quelle merveilleuse soirée ! dit-elle à Marguerite. Tu sais, c'est vraiment ma fête préférée. J'ai hâte de danser !

Elle secoua les hanches, faisant voler les franges de sa robe blanche.

— Wouhou ! s'exclama Marguerite. Excellent ! Allons vite nous amuser, alors !

Dabney termina son Cosmopolitan. Il était étonnamment bon, et elle serait bien allée en prendre un autre, mais elle décida de continuer plutôt à aller de l'avant pour ne pas distraire Celerie davantage. Elle fit la queue au bar pour demander un verre de vin pour elle ainsi que pour Box. La soirée était des plus agréables, avec un ciel bleu sans un nuage et pas un seul moustique. La propriété des Levinson, située à Abrams Point, était orientée vers le sud et surplombait le port. Il y avait juste assez de brise pour faire flotter mollement le drapeau américain planté dans la pelouse, et porter la voix de Riley jusqu'à la tente.

Vivre au jour le jour. Rétrospectivement, sa vie avait compté peu d'instants aussi esthétiquement plaisants que celui-ci.

Avec un verre de vin dans chaque main, elle alla retrouver Box et, ensemble, ils fondirent sur le buffet de fruits de mer pour faire leur sort à quelques huîtres.

Il y avait un flot ininterrompu de gens à qui parler. Dabney connaissait tous les invités, même si pour certains, elle ne les voyait que durant ce barbecue annuel, comme Donald et Irene de Newport Beach, en Californie, et le frère célibataire de Marguerite, Charles Baldwin. Charles avait un balai dans le derrière et ne desserrait jamais la mâchoire. Il travaillait dans la finance et possédait une maison à Potomac, dans le Maryland. D'après Marguerite, il se sentait très seul, et elle espérait bien que Dabney lui présenterait un jour la femme parfaite. Charles avait essayé tous les sites de rencontre qu'on trouvait sur Internet, de Meetic à eHarmony, mais cela n'avait pas fonctionné. Dabney avait promis à Marguerite qu'elle essaierait de faire quelque chose pour Charles. Quelques années plus tôt, elle avait failli lui arranger un rendez-vous avec Nina Mobley, avant de revenir sur sa décision. Dabney était bien forcée de l'admettre : Cupi n'avait aucune flèche dans son carquois pour ce pauvre vieux Charles Baldwin.

Vivre au jour le jour. Elle profita de sa conversation avec Charles, ou plutôt de la conversation entre Charles et Box (son mari était très doué avec les gens coincés), puis elle écouta Riley chanter une chanson de James Taylor et goûta à toutes les bouchées apéritives : crevettes à la noix de coco et aïoli mangue-curry, satés de porc, chaussons de pâte filo au homard et au maïs. Le soleil lui caressait doucement le visage.

À la fin de la chanson, il y eut quelques applaudissements et Dabney repéra Riley du coin de l'œil avant de flotter vers lui.

— Belle performance ! dit-elle.

Il s'écarta du micro et vint à sa rencontre.

— J'espère que vous n'êtes pas fâchée que j'aie accepté un numéro en plus du travail ! J'aurais dû demander votre permission.

— Mais non, Riley, répondit-elle en riant. Je suis ravie que tu puisses faire profiter tout le monde de ton talent, et gagner un peu d'argent au passage.

— Oui, ils me paient drôlement bien…

L'esprit de Dabney folâtrait comme un chiot qu'on libère enfin de sa laisse. *S'il te plaît, Riley, reste travailler à la Chambre*. Le fait qu'il possédât un labrador chocolat était allé droit au cœur de Dabney. Son labrador Henry lui manquait terriblement, si bien qu'elle n'avait jamais voulu prendre d'autre chien. Comme elle aurait voulu revenir au temps des promenades à Tupancy Links avec Henry, Oncle Frank et Arthur Fielder ! Les roulades dans l'herbe sur les collines, les frisbees qui volaient de toute part, disques rouges, violets et blancs contrastant sur le ciel d'un bleu impeccable. À l'époque, Agnes était encore au lycée, et Clen vivait dans un pays si lointain qu'il aurait aussi bien pu être imaginaire. Riley, Riley, Riley… Il semblait tellement parfait pour Agnes ! Il serait bien plus facile pour Dabney de quitter ce monde en sachant que Riley éclairerait le futur de sa fille. Agnes hériterait de la maison sur Charter Street, bien sûr. Elle et Riley pourraient y emmener leurs enfants pour l'été – les petits-enfants de Dabney, qu'elle ne rencontrerait jamais… Dabney aimait s'imaginer en fantôme dans sa maison ; de cette manière, elle pourrait peut-être poser les yeux sur ses petits-enfants, et les embrasser quand ils seraient endormis.

Riley lui posait une question.

— Pardon ?

— Je disais : Agnes n'est pas venue ce soir ?

Elle reprit ses esprits. Tiens, que faisait Agnes ? Avec Box, ils avaient quitté la maison avant son retour du travail. Dabney avait laissé un mot pour la prévenir qu'il y avait une salade au poulet au frigo et des scones au cheddar si elle voulait une collation. Agnes passait beaucoup de ses soirées à l'extérieur, ces temps-ci, et la seule fois où Dabney s'était montrée curieuse, sa fille avait répondu qu'elle était simplement restée tard au travail. Agnes s'intéressait-elle à son patron, Dave Patterson ? Ce ne serait pas une mauvaise chose. Dave n'était peut-être pas l'homme idéal pour elle, mais tout ce qui pourrait la libérer du joug de son fiancé était bon à prendre. Tout sauf CJ ! Maintenant qu'elle y pensait, Agnes n'avait pas mentionné CJ depuis longtemps, dix jours peut-être, et elle ne l'avait pas non plus entendu lui téléphoner. Et bien sûr, CJ n'avait pas voulu venir à Nantucket. Dabney se demanda maintenant si elle n'aurait pas dû se pencher un peu plus sur ce qui se passait dans la vie d'Agnes, mais après tout, sa fille avait maintenant vingt-six ans, c'était une adulte, et elle n'avait certainement aucune envie de raconter sa vie dans les moindres détails à sa mère. Si elle avait besoin de parler, elle viendrait la trouver.

Dans tous les cas, Dabney devait bien reconnaître qu'elle ne s'était guère intéressée à autre chose qu'à elle-même, ces dernières semaines.

— Je ne sais pas du tout où elle est, répondit-elle enfin.

Au moment où elle quittait le travail, elle reçut un appel d'un numéro inconnu. Elle eut peur de décrocher et préféra laisser son mystérieux interlocuteur parler à son répondeur. Elle attendit d'être arrivée à la maison pour écouter le message, assise dans sa voiture. Il venait de Rocky DeMotta, l'un des partenaires de CJ. Agnes l'avait rencontré en septembre, pendant l'US Open. Il appelait, disait-il, parce que CJ avait disparu. Personne ne savait où il était. Il venait juste d'obtenir un contrat avec les Chiefs de Kansas City pour Bantam Killjoy, et le jeune joueur devait commencer son entraînement la veille. CJ était censé l'accompagner à Kansas City, mais il ne s'était pas présenté à l'aéroport. Il n'était pas non plus venu au bureau et n'avait contacté personne. Il ne répondait ni aux appels, ni aux SMS.

— Je suis désolé de vous appeler sur votre téléphone personnel, concluait Rocky, mais pour tout vous dire, on s'inquiète pas mal. S'il vous plaît, rappelez moi si CJ est avec vous, ou si vous avez eu de ses nouvelles.

Agnes eut un hoquet de terreur. *Il est mort, il est mort, je l'ai tué !*

Elle écouta le message une seconde fois. La voix de Rocky trahissait une certaine panique. Rien d'étonnant à cela : CJ était toujours joignable, où qu'il se trouvât, avec son Blackberry, ses deux iPhones et son ordinateur portable. Qu'est-ce qui avait bien pu l'empêcher de prendre son vol pour Kansas City ? S'était-il pendu dans son appartement, avait-il laissé une lettre d'adieu glissée sous la bague de fiançailles qu'elle lui avait renvoyée ?

Il faisait une chaleur infernale dans la Prius, et pourtant, Agnes fut prise de frissons. Elle avait froid, si froid. Elle se dirigea enfin vers la maison. Elle devait parler à sa mère.

Mais la maison était vide. Elle trouva le mot de Dabney lui indiquant les plats qu'elle lui avait laissés. Le mot disait aussi : *Nous sommes chez les Levinson. Ne nous attends pas pour te coucher, j'espère bien rentrer très, très tard !*

Les Levinson. Dabney adorait leur barbecue annuel, elle avait toujours si hâte d'y aller. Agnes ne voulut pas appeler sa mère ou Box maintenant, et gâcher leur soirée juste parce que CJ ne répondait pas à son téléphone.

Elle s'installa à la table de la cuisine et se mit à ronger ses ongles. Elle essaya d'imaginer ce qui avait pu se passer. Si CJ avait été malade, il aurait prévenu le bureau. Alors quoi ? Avait-il été renversé par un bus ? Avait-il avalé tellement de Dirty Goose après avoir reçu la bague qu'il était maintenant étendu inconscient quelque part dans un bar ? Fallait-il prévenir quelqu'un ? Les parents de CJ étaient tous les deux décédés. Il avait un frère dans le nord de l'État de New York, mais il ne lui adressait plus la parole. CJ connaissait des milliers de gens, mais il n'était proche de personne, dans le fond – à part Agnes, et peut-être Rocky, avec qui il jouait au squash. Il était allé au lycée Collegiate, dans l'Upper West Side, puis avait passé un an en pension dans le Massachusetts avant de s'inscrire à l'université de Floride. Il ne parlait jamais de ses années d'étudiant, à part pour mentionner les Gators, l'équipe de sport de l'université qui avait depuis rejoint ses clients. Agnes pensa à Annabelle, dans sa maison avec vue sur la mer en Floride… Devrait-elle l'appeler pour l'interroger sur CJ, ou plutôt Charlie Pippin, son ex-mari ? N'était-ce pas curieux qu'il eût changé de nom après le divorce ? Agnes n'avait pas encore décidé ce qu'elle ferait avec CJ, mais elle savait qu'elle ne comptait pas l'épouser, du moins pas tout de suite, alors pourquoi se souciait-elle de sa disparition ?

Elle n'en savait rien, mais le fait était qu'elle s'en souciait. Pis, elle se sentait coupable.

Que faire ?

Elle appela Riley. Il saurait la rassurer.

Mais elle tomba directement sur son répondeur, ce qui n'arrivait jamais. Il surfait peut-être à Antenna Beach, elle pourrait aller le rejoindre. Elle fixa son téléphone. Elle n'avait personne à qui parler. C'était la faute de CJ si elle avait si peu d'amis.

Elle rappela Riley, sans succès. Elle essaya alors Celerie. Elle savait que celle-ci ne pourrait rien pour elle, mais sa bonne humeur et son optimisme lui feraient du bien.

Mais là aussi, elle tomba sur le répondeur. Étrange. Celerie ne lâchait jamais son téléphone.

Et si Riley et Celerie avaient un rendez-vous ensemble ? Et s'ils étaient… au lit ensemble ? Elle dut l'admettre, cette idée la dérangeait.

Qu'allait-elle faire, maintenant ? Appeler sa mère ? Rappeler Rocky DeMotta ? Aller à Antenna Beach ?

Presque malgré elle, elle composa le numéro de CJ, puis se creusa la tête pour savoir quoi lui dire dans le message qu'elle laisserait. Devrait-elle dire, « Salut, c'est moi » ou « Salut, c'est Agnes » ? Maintenant qu'elle avait renvoyé la bague, dire simplement « c'est moi » lui paraissait quelque peu déplacé.

— Allô ?

Agnes fut si surprise qu'elle faillit lâcher son téléphone. CJ avait répondu !

— Salut !

Sa voix semblait normale, même enjouée, mais ses pensées partaient dans tous les sens. Qu'allait-elle bien pouvoir lui dire ?

— Bonjour, Agnes, dit CJ d'une voix calme et monotone. Où es-tu ?

— À Nantucket, chez mes parents. Et toi ?

Clic. CJ avait raccroché.

Dabney

Dabney attendait son tour au buffet, réfléchissant aux garnitures qu'elle choisirait pour la purée de pommes de terre (*bacon, ciboulette, champignons sautés, oignons caramélisés, cheddar, une pointe de crème*) quand elle vit Clendenin entrer dans la tente avec, à son bras, Elizabeth Jennings.

Impossible !

Et pourtant. Ils étaient là, tous les deux, indéniablement ensemble. Clen aurait-il menti à Dabney sur leur relation… ?

La lourde assiette de porcelaine trembla dans la main de Dabney, et sa vision se troubla. Tant pis pour la purée, la queue de homard grillée, le filet de bœuf ou les tomates à la burrata. Elle n'avait aucun appétit, et il lui semblait qu'elle ne pourrait plus jamais rien avaler. Mais elle ne pouvait pas non plus repartir du buffet avec une assiette vide. Box était juste derrière elle, et elle connaissait tout le monde, ici. Elle se servit donc une cuillère de purée, une queue de homard, quelques asperges grillées et une petite tomate, avant de chercher une place pour s'asseoir. Il y avait deux sièges libres à la table des Levinson, mais dans son état, elle ne préférait pas manger avec eux.

Elle sentit une main dans son dos et se retourna : Clen et Elizabeth.

— Hello, Dabney ! dit Elizabeth avec l'amabilité d'un chat qui aborde un canari.

— Bonjour. Vous êtes très élégants, tous les deux.

Il lui coûta de sourire, mais elle se força.

Clen portait une belle chemise en vichy bleu et blanc, le revers de la manche élégamment replié sur son poignet droit, et il avait taillé sa barbe. Son visage, pourtant, n'exprimait rien d'autre qu'un pur désespoir. La manière dont il regardait Dabney trahissait la même tristesse qu'elle-même s'efforçait de cacher.

— Dabney, dit Clen.

Il se pencha pour l'embrasser, tout près de la bouche. C'était comme si un étranger l'embrassait.

— Où est votre mari, ce malotru ? Je ne lui ai toujours pas pardonné d'être parti de ma fête sans dire au revoir.

Dabney chercha Box du regard. Il se trouvait juste derrière elle au buffet, et lui avait collé aux talons toute la soirée. Dabney le repéra enfin à l'autre bout de la tente, assis avec les Levinson. Il avait dû voir Clen et s'écarter volontairement. Il lui fit un signe de la main.

— Le voilà, dit-elle à Elizabeth. Allez donc lui dire bonjour.

— Certainement. Je reviens tout de suite, Clen.

Dabney attendit qu'Elizabeth eût rejoint Box pour lever les yeux vers Clen.

— Allons-nous-en, lui murmura-t-il.

— Quoi ?

Il lui prit l'assiette des mains et la posa sur un plateau de service.

— Suis-moi. Il faut que je te parle.

— Tu plaisantes ? Tout le monde nous regarde !

— Je m'en fous.

— Eh bien, pas moi.

Elle entendit le rire cristallin d'Elizabeth, mais elle savait que, aussi drôles que fussent les blagues que Box racontait, il gardait un œil fixé sur son épouse.

— S'il te plaît, Dabney. Il faut vraiment que je te parle.

Il se fraya un chemin entre deux tables et se dirigea vers une ouverture sur le côté de la tente, et disparut dans la nuit violacée.

Dabney comprit que ce moment serait décisif. « Nous faisons tous des choix. »

Dabney le suivit.

*

— Tu m'as menti. Tu as vu Elizabeth.

— On n'est pas venus ensemble. Je suis tombé sur elle en arrivant et elle m'a sauté dessus. C'était une coïncidence.

— Tu crois vraiment que je vais croire ça ?

— Je suis venu en vélo, et elle sûrement avec la vieille Mercedes de Mingus.

— Vous ne vous étiez pas donné rendez-vous ?

— Pas du tout.

— Qui est la séduisante jeune femme dont m'a parlé Elizabeth ?

— Dabney…

— Dis-moi qui c'est !

Elle avait haussé le ton si haut qu'elle crut entendre toute la tente se taire pour les écouter, mais c'était juste son imagination. La tente continuait de bourdonner de voix, de rires, et d'instruments de musique.

— C'est ma nouvelle femme de ménage, dit Clen. J'ai voulu apprendre à la connaître.

Dabney fronça les sourcils. Quelques semaines plus tôt, elle avait envoyé à Clen une femme de ménage originaire du Brésil.

— Tu parles d'Opaline ?

— Oui, Opaline.

Dabney ne fut pas satisfaite de cette réponse. Opaline ne lui paraissait ni jeune, ni séduisante. Mère de cinq garçons, elle avait la trentaine bien avancée, des cheveux teints en orange et affichait un rictus mécontent en permanence.

— Elizabeth te court après. Elle a essayé de t'embrasser.

— Oui, elle a essayé. Mais je te rappelle qu'un baiser demande la participation de deux personnes.

— Pourquoi est-ce que tu continues à la voir ? Dis-lui de te laisser tranquille. Qu'est-ce que tu cherches à faire ? Tu veux me torturer ?

— Non, Cupi, je ne cherche pas à te torturer.

— Et pourtant, c'est ce que tu fais ! dit-elle en sanglotant.

— As-tu la moindre idée de ce que je ressens, moi, en sachant que tu vis encore avec l'économiste, que tu dors dans le même lit que lui ? Tu dis que tu vas le quitter, mais tu sais quoi, Dabney ?

Il l'appelait par son prénom. Ce n'était pas bon signe.

— Quoi… ?

— Tu ne le quitteras pas. Je voudrais t'avoir toute à moi, mais cela n'arrivera jamais. Jamais !

Elle s'avança pour se lover dans ses bras.

— Tais-toi. Tu n'es qu'un idiot doublé d'une tête de mule. J'ai toujours été toute à toi, et rien qu'à toi.

Il la serra contre lui avec tant de force que la douleur dans son ventre se rappela à elle, et quand il l'embrassa, sa vision se brouilla et des étoiles dansèrent devant ses yeux. Elle allait s'évanouir d'amour, non, mourir d'amour, là, tout de suite.

— Dabney !

Elle ne se retourna même pas pour regarder Box, et ne chercha pas à s'éloigner de Clen. Il était déjà trop tard.

Elle essaya de rappeler CJ à trois reprises, en vain. Elle aurait plutôt dû s'estimer heureuse : elle n'avait rien à lui dire. Elle n'était même pas particulièrement contente de le savoir en vie. S'il ne voulait pas s'occuper de son client, cela le regardait, et Agnes ne se sentait pas le moins du monde concernée.

Si seulement Riley pouvait répondre au téléphone, ou bien écouter son message et la rappeler, si seulement ses parents pouvaient enfin rentrer... Elle s'était toujours sentie en sécurité dans cette maison, mais ce soir, elle avait peur de rester seule. Elle alluma la télévision juste pour entendre des voix, et elle se servit un peu de la salade préparée par sa mère et réchauffa un des scones qu'elle tartina de beurre, mais, trop agitée, elle ne réussit à rien avaler. Et si elle sortait, même seule ? Elle pourrait aller dans ce bar sur Straight Wharf, ou bien chez Cru pour quelques huîtres et une coupe de champagne. Son portefeuille débordait de billets de vingt, cinquante et cent dollars que Box lui glissait dans la main à chaque fois qu'elle sortait. Elle rencontrerait peut-être quelqu'un de sympathique, une nouvelle tête – homme ou femme, peu importe. Elle manquait si cruellement d'amis.

Elle crut entendre un bruit à l'extérieur ; une sorte de bruissement, comme si quelqu'un agitait les hortensias près de l'entrée. Agnes avait trop peur pour aller regarder à la fenêtre, mais elle essaya de se raisonner : Nantucket était l'endroit le plus sûr du monde. La plupart des voisins ne fermaient jamais leurs portes à clé, et Dabney et Box ne le faisaient que pour protéger leurs objets d'art.

La porte de son appartement à Manhattan n'avait pas moins de quatre verrous.

Elle attrapa ses clés de voiture. Hors de question de rester seule une minute de plus.

Une fois dans sa Prius, il lui fallut quelques minutes pour se rendre compte qu'elle se dirigeait instinctivement vers le cottage de Clendenin. Il serait sûrement à la maison, car il se décrivait lui-même comme un ermite, et puisque Dabney se trouvait chez les Levinson avec Box, Agnes ne risquait pas d'interrompre un rendez-vous amoureux. Agnes se sentait à l'aise pour parler avec Clen. Il écoutait avec une attention dont peu d'hommes étaient capables, pas même Box. Box entendait tous les mots que vous prononciez, mais à moins que vous ne parliez d'économie, il ne s'investissait jamais vraiment dans la conversation. Agnes comprenait combien il devait être agréable pour Dabney de savoir que le moindre de ses mots était précieux.

Agnes allait tout raconter à Clendenin.

Elle se gara au bout de l'allée, mais fut surprise de trouver le cottage toutes lumières éteintes. Son cœur se serra. Mais où étaient-ils tous, ce soir ? C'était comme si le monde entier l'avait abandonnée. Il y avait bien quelques lumières allumées dans la maison principale, mais elle savait qu'elle marchait avec des minuteurs. Clendenin lui avait expliqué que les propriétaires, la famille Jones, avaient décidé de passer leurs vacances dans le sud de la France, et qu'ils ne reviendraient donc pas à Nantucket de tout l'été.

Agnes resta assise dans sa voiture, face à l'entrée du cottage, et, dans un geste de désespoir, posa son front sur le volant.

Soudain, elle perçut la lumière de phares qui arrivaient dans l'allée. Dieu merci, Clen rentrait enfin ! Il n'utilisait la Volvo des Jones que pour aller au supermarché ou faire d'autres courses qu'il ne pouvait pas faire en vélo.

La lumière des phares, arrivant droit sur son pare-brise, l'éblouit un moment, avant qu'elle ne réalise que ce n'était pas Clen au volant de la Volvo. Son premier instinct fut de paniquer, car la maison était isolée et le quartier moins habité que sa rue, et personne ne l'entendrait si elle appelait à l'aide. Elle se rassura : il s'agissait sûrement d'un vacancier qui s'était perdu et avait tourné dans la mauvaise allée. Agnes sortit calmement de sa voiture pour aller offrir son aide à l'inconnu. Ensuite, elle laisserait un mot sur la porte de Clen, et irait en centre-ville boire un verre.

Un homme sortit de l'autre voiture et marcha dans sa direction.

Agnes écarquilla les yeux.

C'était CJ.

Dabney

Box resta silencieux, et Dabney espéra qu'il penserait qu'elle suivait son conseil et cherchait simplement à voir clair dans ses sentiments pour Clendenin, à trouver une solution et à être en paix avec elle-même. Elle espéra qu'il aurait l'intelligence de retourner dans la tente.

Malheureusement, Elizabeth Jennings l'avait suivi dehors.

Dabney s'écarta de Clen sans se presser, puis se retourna et regarda Box et Elizabeth droit dans les yeux.

— Tout va bien, pas d'inquiétude. J'ai eu un petit malaise, c'est tout.

Box toisa Clendenin, et Dabney craignit qu'il n'en vînt à nouveau aux mains. Elle aurait voulu s'évaporer. Son esprit déroulait le scandale dans toute son ampleur. Demain, tout le monde raconterait comment Dabney Kimball Beech, la personne préférée de toute l'île, la star locale, était en fait une manipulatrice doublée d'une adultère.

Et pourtant, comprit-elle, c'était enfin le bon moment ; toutes les autres occasions n'avaient été là que pour l'entraîner, pour trouver enfin la force. Elle ne croyait pas vraiment au destin, mais elle était persuadée qu'il existait une raison pour laquelle elle avait retrouvé Clen après l'avoir perdu. Pour qu'ils puissent se réconcilier avant qu'il ne fût trop tard. *Vivre au jour le jour.*

Dabney s'éclaircit la gorge et s'adressa à Box, figé face à elle avec une dignité incroyable. Elle se fichait complètement d'Elizabeth.

— Tu m'as dit tout à l'heure que tu pensais que j'avais toujours des sentiments pour Clendenin, mais que tu ignorais quels sentiments exactement. La réponse c'est que… je suis amoureuse de lui.

Elle marqua une pause, doutant un moment d'avoir vraiment prononcé ces mots.

— Je l'aime et je l'ai aimé toute ma vie. Je suis vraiment désolée.

Box hocha la tête, mais la nouvelle sembla mettre un moment avant d'arriver au cerveau. Dabney avait-elle été assez claire, assez délicate ?

— Merci, dit-il enfin. Merci de m'avoir dit la vérité. Je pensais que je devenais fou. C'est bon de savoir que mon instinct était bon et que ma santé mentale, au moins, est intacte.

Il tourna les talons et Dabney le regarda s'éloigner, ce brillant professeur respecté de tous, l'homme qui l'avait sauvée, qui avait élevé Agnes comme sa propre fille ; un homme bon, pétri de principes. Elle décida, par respect pour lui, de ne pas le poursuivre dans la tente et de lui épargner une nouvelle crise d'hystérie.

Elizabeth eut un petit bruit surpris, reniflement ou cri.

— Je n'aurais jamais cru.

— Elizabeth, aboya Clen, mêle-toi de tes affaires.

— Mais je sentais bien qu'il y avait anguille sous roche. La soirée du 4 Juillet, j'ai su. Un triangle amoureux dans les règles de l'art, conclut-elle en souriant mollement à Dabney.

Celle-ci se demanda s'il existait vraiment des règles pour les triangles amoureux. Peut-être, oui. Peut-être que des années plus tôt, à l'étranger, Elizabeth avait été impliquée dans un triangle amoureux avec Clen, ou du moins en avait-elle eu envie. Comment savoir ? Elle fut alors submergée de regrets. Elle avait vraiment mis un beau bazar. Elle observa la tente au milieu du jardin, ces murs de toile immaculée qui renfermaient tant de lumière, de musique, de nourriture et de conversations,

et, entre autres regrets, Dabney comprit qu'elle ne danserait pas ce soir.

— Je retourne à l'intérieur, dit Elizabeth. À plus tard,
peut-être.

— Bonne soirée, dit Clen.

Elizabeth entra dans la tente avec un air décidé, et
Dabney frissonna. C'en était fini de sa réputation.

— Bon, dit Clen.

— Bon quoi ?

— Il va falloir que je te ramène sur le guidon de mon
vélo.

Agnes

La première chose qu'elle remarqua fut la bouteille
de vodka Grey Goose vide aux deux tiers que CJ tenait
dans sa main gauche. Elle remarqua aussi son costume
froissé comme s'il avait vécu et dormi trois jours sans
l'enlever, ses cheveux en bataille, et ses lèvres retrous-
sées sur ses dents étincelantes. Il faisait peur à voir.

— Salut, mon cœur, dit-il.

— Salut…

Agnes sentit l'émotion la prendre à la gorge rien
qu'en entendant sa voix et en le voyant là, physiquement
présent devant elle. Il avait abandonné son précieux
Bantam Killjoy et était venu à Nantucket uniquement
pour la voir. Ce sacrifice trahissait un désespoir qu'elle

trouva romantique, et elle se surprit à remettre en cause sa décision.

Il lui tendit la bouteille de vodka.

— T'en veux ?

Elle attrapa la bouteille, qui était glacée. Elle la porta à ses lèvres et avala une bonne gorgée, appréciant la brûlure froide qui glissa dans sa gorge et sa poitrine. Elle inspira profondément, puis posa la bouteille sur le capot de la Prius.

Que dire ?

Elle n'en avait vraiment aucune idée. Elle attendit.

CJ prit son visage entre ses deux mains et l'embrassa violemment, enfonçant ses dents dans ses lèvres. Puis il l'attrapa par les cheveux, qui lui arrivaient maintenant en bas de la nuque, et tira brusquement sa tête en arrière, comme une poupée qu'il chercherait à décapiter.

— Tu m'as renvoyé la bague, lâcha-t il entre ses dents.

— Je...

Elle n'arrivait pas à parler ; il tirait si fort sur sa tête que tout son cou se crispait, et elle avait du mal à respirer. Il lui faisait mal.

— Aïe... CJ...

Il se jeta sur elle en ouvrant la bouche comme un chien enragé, et se mit à mordiller et lécher sa clavicule.

— Lâche-moi !

Une main toujours refermée sur sa nuque, il attrapa son poignet gauche, juste en dessous de son bracelet Cartier. Il la tenait fermement, les doigts refermés sur sa chair comme un autre bracelet, un bracelet de rage. Il la poussa contre la Prius, et elle sentit son érection contre sa cuisse, mais n'y trouva rien d'excitant. Elle n'avait aucune envie de coucher avec CJ, là, devant le cottage de Clendenin.

Je vais avoir des bleus, pensa-t-elle.

— Lâche-moi ! dit-elle en essayant de se dégager. CJ ! Tu me fais mal !

— Moi ? Moi, je te fais mal ? hurla-t-il. Tu crois pas que c'est plutôt l'inverse ? Tu m'as renvoyé la bague ! Après tout ce que j'ai fait pour toi !

— C'est vrai, répondit Agnes pour l'apaiser. Tu as fait énormément pour moi...

— La ferme ! Tu n'as pas idée ! Tes petits chouchous, là, ceux pour qui tu t'inquiètes tant... Quincy et...

— Dahlia.

— J'ai acheté un appartement à leur mère, merde ! Un foutu appartement, pour qu'ils ne soient plus dans la rue. C'était censé être une surprise pour toi !

— C'est vrai ?

CJ avait acheté un appartement pour Quincy et Dahlia ? Elle n'y croyait pas. Et pourtant, c'était exactement le genre de choses dont il était capable. Il faisait preuve d'une générosité à toute épreuve avec les choses matérielles, pour compenser la générosité dont n'était pas capable son cœur.

— Merci, dit Agnes, c'est très gentil de ta part...

— Gentil ? Tu crois que je l'ai fait pour être gentil ? Non, Agnes, j'ai fait ça parce que je t'aime !

— Lâche mon bras, CJ. Et mes cheveux.

Les mots de Manny Partida résonnèrent dans sa tête, aussi clairs que quand il les avait prononcés : *Je m'en voudrais de vous cacher ça...*

— J'ai renvoyé la bague parce que... parce que...

— Parce que quoi !?

— Parce que je ne veux plus t'épouser, CJ.

Il approcha la tête d'Agnes vers lui, au niveau de son torse, avant de la frapper violemment contre le toit de la Prius. Agnes en eut le souffle coupé. Le lendemain matin, elle aurait une bosse grosse comme un œuf.

— Arrête, CJ… Je t'en supplie…

— Arrête, Charlie, aboya-t-il. Arrête Charlie arrête Charlie arrête Charlie !

Il continuait à frapper la tête d'Agnes contre la voiture, encore et encore. Agnes ne comprenait plus ce qui lui arrivait ; elle sentit quelque chose de chaud et humide dans ses cheveux. Du sang ?

— Salope ! Après tout ce que j'ai fait pour toi ! Tu viens ici pour te taper quelqu'un d'autre !

— Quoi ? Non, c'est faux ! Je te jure que non !

Sa tête cogna encore, et cette fois-ci la douleur fit trembler ses genoux. CJ tira sur son bras de toutes ses forces, comme s'il cherchait à le lui arracher. *Tiré les cheveux, tordu le bras, entre autres…* Elle allait s'évanouir. *Il est sympa, ton fiancé ?* Elle sentit un liquide visqueux lui couler dans le cou, et elle vomit sur les pavés.

— Qu'est-ce qui se passe ici ?

Une autre voix, grave, comme un grognement d'ours. Puis une voix aiguë qu'Agnes reconnut tout de suite. Sa mère.

— Agnes !

CJ relâcha sa prise et Agnes s'écroula au sol. Elle porta la main à sa tête et regarda ses doigts couverts de sang, incrédule. Son bras gauche était ankylosé.

Elle entendit des bruits de lutte ; des respirations saccadées, le bruit des poings contre la chair. CJ se battait contre Clendenin. Clen, qui n'avait qu'un seul bras pour se défendre.

— Clen ! cria Dabney. Arrête, il va te faire mal !

Mal, pensa Agnes. *Mal mal mal mal.*

Clendenin, qui lui avait donné la moitié du sang qui coulait dans son cou.

Agnes ouvrit les yeux pour voir Dabney grimper les marches de la terrasse du cottage et elle pensa, *Vas-y, maman ! Cours chercher le téléphone et appelle la police !* Les mots ne sortaient pas de sa bouche. CJ frappait Clen avec la même fureur qu'elle l'avait vu utiliser contre les punching-balls à la salle de gym. Aucun répit. Et pourtant Clen tenait bon, campé sur ses jambes, se défendant avec son bras droit.

Agnes repensa au moment où on lui avait présenté CJ Pippin, dans la salle de bal du Waldorf, avec en fond la musique jouée par un orchestre, et des canapés servis sur des plateaux d'argent. Ce gala de charité exhibait un luxe à mille lieues de la cause pour laquelle il prétendait récolter de l'argent. Agnes se souvint combien cela l'avait déconcertée, même si elle comprenait qu'un endroit comme le Waldorf avait besoin de ce genre d'événements prestigieux pour survivre. CJ avait demandé à danser avec elle, puis lui avait apporté une coupe de champagne. Ensuite, pendant les enchères, il avait levé la main et offert cent mille dollars. Agnes avait été bouleversée de tant de générosité. Il lui avait semblé être un héros, alors.

— Lâche-le, espèce de monstre ! cria Dabney.

Elle était plantée sur la terrasse, un pistolet à la main. Agnes tressaillit. *Ma mère, avec une arme à feu ?*

Elle comprit alors qu'il s'agissait du pistolet à billes de Clen, mais, dans l'obscurité, il faisait illusion, assez du moins pour que CJ reculât immédiatement en levant les mains en l'air.

— Vous êtes une vraie tarée ! dit-il à Dabney. Une putain de malade mentale ! Vous le savez ?

Dabney s'avança vers lui, pointant le pistolet droit sur son visage.

— Oh oui. Je le sais.

Agnes ferma les yeux. Elle se sentit soudain extrêmement fatiguée. Les pensées se bousculaient dans sa tête. *Ma mère menace CJ avec un pistolet. Ma mère est folle. Mais je l'aime. Oh oui, je l'aime tellement.*

Box

Il prépara une valise. Rien d'exceptionnel là-dedans : toute son histoire avec Dabney avait été caractérisée par les bagages qu'il faisait les lundis et défaisait les vendredis, sa vie tout entière avec elle avait été, en réalité, deux vies distinctes : celle qu'il vivait ici avec elle, à Nantucket, et la vie qu'il menait à Cambridge, Washington, New York ou Londres, sans elle.

Et peut-être était-ce là le cœur du problème ?

Laquelle de ces deux vies-là avait été sa « vraie » vie ? Il n'avait jamais pris la peine de se le demander, même si, durant leurs premières années de mariage,

Dabney l'asticotait sans cesse avec ses questions. Aimait-il Harvard plus qu'il ne l'aimait elle ? Aimait-il l'économie plus qu'elle ?

« Tu es mon épouse, répondait-il à chaque fois. Je t'aime comme il est impossible d'aimer une université ou l'économie. »

Elle lui avait posé ces questions, une quinzaine d'années plus tôt, parce qu'elle-même aimait quelque chose plus qu'elle n'aimait Box, ou plutôt quelqu'un ; ce garçon qui lui avait brisé le cœur. Elle ne s'en était jamais cachée. Le jour où il l'avait demandée en mariage, elle l'avait prévenu : « Oui, je veux t'épouser, mais il faut que tu saches que je ne me remettrai jamais de ce que j'éprouvais pour Clendenin Hughes. Il ne m'a pas seulement brisé le cœur... il l'a volé. »

Il savait donc à quoi s'en tenir.

D'autres hommes, peut-être, auraient renoncé. Qui avait envie d'être un éternel numéro deux ? Mais en réalité, Box ne s'était jamais senti menacé par le fantôme de Clendenin Hughes. Cet homme vivait à l'autre bout du monde, et il ne reviendrait jamais. Et s'il revenait, il ne trouverait que les ruines de tout ce qu'il avait abandonné en partant. Il ne serait jamais en mesure de récupérer Dabney ou Agnes.

Voilà ce que Box avait pensé à l'époque.

Peut-être que s'il avait été un mari plus attentif, Dabney aurait trouvé le courage de résister à la tentation de revoir Hughes. Box plaidait coupable : toujours occupé et distant, il avait tenu sa relation avec Dabney pour acquise et s'était si peu impliqué dans leur mariage qu'elle avait pu s'éloigner de lui sans qu'il s'en rendît compte. Ou peut-être que les sentiments de Dabney pour Hughes n'avaient grandi que parce qu'elle avait cru l'avoir à jamais perdu. Box n'était pas très bon pour comprendre les sentiments de ses semblables, ni même les siens, malheureusement, mais il connaissait toutefois le pouvoir aphrodisiaque irrésistible qu'exerçaient souvent les choses qu'on pensait inaccessibles. C'était, ironiquement, l'illustration parfaite de la loi de l'offre et de la demande. On désire toujours ce qu'on ne peut pas avoir.

Box remplit un sac, puis deux, puis trois. Il prenait tout ce qui avait la moindre importance, y compris des vêtements et objets qu'il possédait en double dans son appartement à Cambridge. Puéril, peut-être, mais il voulait que Dabney, en entrant dans cette pièce cette nuit, sentît cruellement son absence.

Je suis amoureuse de Clendenin. Je l'aime et je l'ai aimé toute ma vie. Je suis vraiment désolée.

Désolée ? Elle était désolée ?

Il pouvait essayer de rationaliser la situation autant qu'il voulait, mais le fait était là : il était en crise, sa banque avait fait faillite, son économie tout entière s'effondrait. Il allait quitter cette maison. Il allait quitter la femme la plus merveilleuse qu'il eût connue, et même la personne la plus merveilleuse, tous sexes confondus – oui, malgré tout, il le pensait toujours. Il était John Boxmiller Beech, professeur respecté de Harvard, auteur d'un manuel de référence et consultant du président des États-Unis – mais que valait tout cela, sans Dabney ?

Clendenin

Un officier procéda à l'arrestation de CJ et emmena les deux hommes au poste de police tandis que Dabney conduisait Agnes aux urgences. La nuit fut des plus longues. CJ fut inculpé pour agression à main armée, et Agnes reçut trente-cinq points de suture sur la tête et resta à l'hôpital en observation pour la nuit.

Clen et Dabney se retrouvèrent au cottage aux alentours de 4 heures du matin, et Clen se servit un doigt de Gentleman Jack et tendit un verre de vin à Dabney. Ils s'installèrent à la grosse table en chêne sans même allumer la lumière. Clen avala son verre d'un trait. Il était mal en point : l'affrontement avec CJ lui avait valu des coupures sur les lèvres, des bleus sur la joue, et un méchant œil au beurre noir. Avant de le rejoindre, Dabney s'était arrêtée au supermarché pour acheter un sachet de petits pois surgelés et un steak.

— Mets ça sur ton visage, dit-elle.

— Et puis comme ça, on a de quoi dîner demain.

— Alors, la séduisante jeune femme que tu voyais… c'était Agnes ?

Elle avala une gorgée de vin. Clen se resservit, mais ne but pas. Il fit doucement tourner le verre dans sa main.

— Oui, avoua-t-il. Elle est venue un jour en pensant te trouver là, et elle est tombée sur moi.

Les yeux de Dabney s'emplirent de larmes. Des larmes de joie, espérait-il, mais il n'aurait pas pu le jurer.

— Et comment ça s'est passé, entre elle et toi ?

Clen savait que sa réponse était importante. La nuit avait déjà mis leurs émotions à mal. Il n'y avait plus de place pour les ronds-de-jambe, il fallait dire la vérité, sans détour.

— On s'entend merveilleusement bien, dit-il avant d'avaler son verre. Tu as élevé une jeune femme intelligente, attentionnée, et profondément bonne. Mais c'est ta fille, Dabney, et je n'ai aucun droit sur elle.

— Box est un père formidable. Je n'aurais pu rêver mieux. Mais il y a des choses chez Agnes qui me font penser à toi.

— Oui, j'ai remarqué, même en si peu de temps.

— Eh bien, maintenant que tu l'as trouvée, ne la laisse plus jamais partir.

Il ne voyait rien de pertinent à répondre à cela, alors il attrapa sa main et la mena jusqu'au lit.

Agnes

Quand elle se réveilla à l'hôpital, sa mère était là qui attendait assise près du lit. Elle portait comme toujours son serre-tête et ses perles, mais elle avait l'air exténuée.

— Tu es restée là toute la nuit ? demanda Agnes.

— Non, je suis retournée chez Clendenin pour prendre une douche et dormir un peu. Mais je voulais être là pour ton réveil.

Agnes nota les mots « retournée chez Clendenin » sans savoir quoi en faire.

— Où est papa ?

— À Cambridge. Il… il a dû partir. Il a pris le dernier ferry hier soir.

— Il est au courant ?

— Je lui ai laissé un message. Je suis sûre qu'il t'appellera ou qu'il viendra te voir. Il t'aime très, très fort.

— Je sais bien.

Elle se rallongea sur les oreillers. Elle avait mal à la tête, et très soif.

— Tu avais raison, maman. CJ n'était pas mon homme idéal.

— Il existe un homme idéal pour toi, ma chérie, et tu finiras par le rencontrer, je te le promets.

L'arrestation de CJ eut droit à un court article dans la rubrique des sports du *New York Post*, et un producteur d'ESPN, la grande chaîne sportive nationale, laissa un message sur le portable d'Agnes pour lui proposer de participer à un reportage sur « La déchéance de Charlie Pippin ». Annabelle Pippin lui avait déjà promis une interview.

Agnes ne rappela pas le producteur. Elle laissait volontiers à Annabelle le plaisir de raconter aux médias comment Charlie Pippin était tombé de son piédestal. Personnellement, elle préférait oublier jusqu'à l'existence de cet homme.

Il était accusé d'agression à main armée, mais il marchanderait sûrement un chef d'inculpation moins grave en échange d'aveux complets. Il écoperait de douze à dix-huit mois de prison, de quelques heures de travail d'intérêt général, et il serait forcé de suivre une thérapie. Il avait été viré de son entreprise. Bantam Killjoy était maintenant représenté par Tom Condon.

C'était sa faute à lui. Agnes avait peut-être rompu les fiançailles et brisé son cœur, mais il y avait d'autres manières de réagir que de lui casser la figure. CJ devait se faire soigner, sans quoi il recommencerait avec la prochaine femme qu'il rencontrerait.

Dans les jours qui suivirent l'incident, les messages s'accumulèrent sur son répondeur : Wilder, son collègue du Club de Brooklyn, Manny Partida, Dave Patterson du parc d'aventures, Jane Meyer, sa compagne de chambre à l'université, Rocky DeMotta, qui dit combien lui et toute l'équipe étaient désolés, Celerie, et enfin Riley.

Ce dernier message était le seul qui lui importait. Il disait : « Salut, Agnes. J'ai appris ce qui t'était arrivé. Tu as sûrement besoin d'être un peu seule, mais quand tu seras prête, je suis là si tu veux parler. On pourra aller à la plage et jouer avec Sadie. »

Agnes reçut un arrêt de travail d'une semaine, et une prescription de comprimés à l'oxycodone pour la douleur. Il fallait au moins cela pour favoriser sa guérison. Cela lui laissait beaucoup de temps pour rester au lit à penser.

Sa mère lui apportait régulièrement des plateaux-repas, ses médicaments, des verres d'eau glacée avec des rondelles de citron, des DVD et des romans. Agnes n'avait pas faim, et ne pouvait pas se concentrer sur un film ou un livre. Les pilules et les verres d'eau lui suffisaient amplement ; cela et une pièce sombre, des oreillers moelleux et la présence réconfortante de sa mère. Plusieurs fois, elle s'imagina en train de marcher sur la plage avec Riley, lançant une balle de tennis au loin sous un ciel rosissant. *Va chercher la balle, Sadie ! Va !*

Sa mère entra dans la chambre et s'assit près d'elle sur le lit.

— Tu te sens mieux ? demanda-t-elle, la main sur sa cuisse.

— Oui, je crois !

Sa vision était plus claire, sa tête plus légère, et la douleur avait presque disparu. Elle était prête à se lever et à reprendre une vie normale.

Mais d'abord, sa mère voulait lui parler.

— Tu as sûrement remarqué que Box n'est pas à la maison…

— Il m'a appelée tous les jours. Il voulait rentrer, mais je lui ai dit que ce n'était pas la peine. Je vais bien.

— Ma chérie, dit Dabney après une grande inspiration, Box est parti… pour de bon. Il m'a quittée. Il a découvert la vérité… Que Clen et moi sommes à nouveau amis… amants…

— Ah.

— J'ai mis un beau bazar dans nos vies.

Dabney éclata en sanglots et cacha son visage dans ses mains. Agnes fut heureuse de se sentir assez en forme pour pouvoir se relever et enlacer sa mère pour la consoler. Elle n'avait peut-être pas de visions ou de superpouvoir comme elle, mais elle n'en avait pas besoin pour comprendre que sa mère aimait deux hommes à la fois. Agnes lui pardonnait, car elle savait qu'elle n'y pouvait rien.

Dabney

Vendredi, Agnes se sentit assez en forme pour rester seule à la maison, et Dabney retourna donc travailler à la Chambre de commerce. Nina avait laissé de nombreux messages demandant de la rappeler, au bureau ou chez elle, mais Dabney était trop occupée à prendre soin de sa fille. Elle avait appelé Box tous les jours pour le tenir au courant, et à chaque fois, avait dû s'adresser à son répondeur. À part Clen, elle n'avait parlé à personne.

Quand elle arriva devant la Chambre, un peu avant 9 heures, elle tomba sur Nina qui attendait assise sur un banc avec deux gobelets de café.

Les yeux de Nina brillèrent de larmes.

— Dieu merci, tu es là ! Voilà une semaine que j'achète deux cafés tous les jours au cas où tu reviennes, et que je me retrouve à boire les deux. Avec toute cette caféine, je suis au bord de la crise de nerfs.

Dabney attrapa le gobelet que Nina lui tendait. Il était parfait, comme d'habitude, avec de la crème et six sucres – ah, Diana ! Elle s'assit à côté de Nina sur le banc et son regard se fixa sur le bâtiment abritant la Chambre de commerce. La façade lui semblait si familière que c'était comme regarder dans un miroir.

— Je ne sais pas comment t'annoncer ça…, commença Nina.

— Dis-moi.

— Vaughan Oglethorpe est là-haut. Il t'attend dans le bureau.

Dabney but calmement son café. Elle ne pouvait pas dire que la nouvelle la surprenait. Vaughan venait pour la licencier. Et pourquoi pas ? Tout le monde savait maintenant ce qu'elle était : une garce, une pouffiasse, une honte pour la Chambre.

— Bon. Je ferais mieux de monter, alors. Il est au courant de tout ?

— Si seulement tu m'avais rappelée… J'ai pensé à passer chez toi, mais je n'osais pas te déranger, avec Agnes.

— Merci…

— Vaughan a vu le registre. Je t'avais dit de ne pas signer à chaque fois ! Je t'aurais couverte…

— Je ne voulais pas que tu mentes pour moi.

Elle continua de boire son café. La sensation de chaleur dans sa gorge l'empêchait de crier.

— Toi qui as des oreilles partout, reprit-elle, tu peux me dire ce qu'on raconte sur moi ?

— Ça pourrait être pire, répondit Nina. Mais tu sais comment sont les gens, ici…

Oh oui, elle ne le savait que trop bien. Ils raffolaient des ragots, et quand la réputation des gens était en jeu, ils se jetaient dessus comme des requins s'arrachant le corps d'un phoque blessé. Ses paupières battirent en repensant à ce que Tammy Block avait dû endurer quand les gens avaient appris son aventure avec Flynn Sheehan. Elle frissonna : elle était responsable de cette histoire-là aussi. Elle seule avait vu l'aura rose qu'ils dégageaient tous les deux.

— Qu'est-ce que tu as entendu dire, exactement ?

— Que tu as avoué être amoureuse de Clendenin et que vous vous voyez en cachette depuis son retour. Que vous avez communiqué secrètement pendant ces vingt-sept ans, et que tu lui envoyais de l'argent en Asie.

— On n'a pas communiqué pendant tout ce temps, et je ne lui ai certainement pas envoyé d'argent !

Mais à quoi bon protester : une fois une rumeur lancée, on n'avait plus son mot à dire sur quelle part était vraie, et quelle part était inventée.

— On raconte aussi que toi et Box avez une sorte d'arrangement, parce qu'il est gay et qu'il a des relations sexuelles avec le directeur de la banque centrale.

— C'est une blague ! Quelqu'un a vraiment prononcé ces mots-là, des relations sexuelles avec le directeur de la banque centrale ?

— Oui… C'est le théâtre de l'absurde ! Je ne sais pas où les gens vont chercher tout ça.

Nina contemplait le fond de son gobelet de café comme s'il s'agissait d'un puits.

— Et il y a plus bizarre encore…, reprit-elle. D'après quelqu'un, tu as un cancer en phase terminale et tu voulais te remettre avec Clen avant de mourir.

Oh mon dieu, pensa Dabney. La tête lui tourna, elle allait s'évanouir. Elle fixa ses pieds dans ses mocassins, alignés l'un à côté de l'autre, aussi immobiles que l'horizon.

— Si seulement tu m'avais rappelée…, répéta Nina. Je t'aurais conseillé d'appeler Vaughan pour limiter la casse. Il t'adore, Dabney ! Il est dur avec toi, mais comme un professeur peut l'être avec son élève. Tu aurais pu t'expliquer.

— Lui expliquer quoi ? Cet homme me connaît depuis toujours. Je ne pense pas qu'il soit surpris.

— J'aurais pu brûler le registre, ou le jeter à la mer… Ça n'aurait peut-être même pas été nécessaire. Vaughan t'aurait peut-être pardonné pour les heures que tu as manquées. Après tout, la Chambre marche sans accroc et, grâce à toi, les caisses sont pleines… Malheureusement, comme c'est souvent le cas, il y a un membre du conseil qui réclame ta tête sur un plateau…

— Elizabeth Jennings.

Nina acquiesça.

— Eh bien, je ferais mieux de monter.

Vaughan Oglethorpe attendait assis dans le fauteuil de Dabney, les pieds croisés sur son bureau. Elle trouva cela très irrespectueux. Il s'agissait du vieux bureau de son père, et elle y était plus attachée qu'à n'importe quel autre meuble ou objet d'art qu'elle possédait. Vaughan tenait le registre ouvert sur ses genoux et le feuilletait en prenant des notes sur un carnet. Quand il la vit arriver, il se leva.

Il avait soixante-dix-huit ans, l'âge que la mère de Dabney aurait eu si elle vivait encore. Vaughan et Patty s'étaient mis en couple un été, et leur histoire n'avait été que coktails, dîners dansants au Beach Club de Sankaty et virées en voiture dans la décapotable MG de Vaughan, qu'il conduisait quand il n'était pas au volant du corbillard de son père. C'était la seule personne ayant connu sa mère avec qui Dabney était encore en contact. Mais parce que Patty avait plaqué Vaughan, Dabney le soupçonnait de lui en vouloir un peu à elle, sa fille, malgré ses fréquentes manifestations d'affection.

La pièce empestait le formol.

Dabney décida qu'elle demanderait à être incinérée.

Il l'accueillit en prononçant son nom d'une voix grave et sévère comme un coup de tonnerre. Selon Dabney, il n'était réélu au siège de président de la Chambre que parce que les autres membres du conseil le craignaient comme on craint la Grande Faucheuse.

— Vaughan ! répondit-elle.

Sourire éclatant, visage radieux, avec son serre-tête et ses perles – même si elle n'avait dormi que dix heures en tout durant cette semaine, et qu'elle pesait maintenant quarante-cinq kilos. Peut-être qu'il ne la licencierait pas. Peut-être qu'elle s'en tirerait avec un avertissement.

— J'ai appris que certains problèmes personnels t'avaient empêchée de faire ton travail, ces derniers temps. Depuis le Festival des jonquilles, tu as manqué quatorze journées complètes, et même pendant tes jours de présence, tu t'es absentée, au total, cent quatre-vingt-douze heures.

Vraiment ? Elle repensa à tous ces déjeuners, ces après-midi entiers à la plage avec Clen. Les jours où elle était restée clouée au lit, malade. Les quatre derniers jours passés auprès d'Agnes. Ce fichu déjeuner au Yacht Club avec Box. Clen, Clen, Clen. Cent quatre-vingt-douze heures, oui, cela se pouvait. Consternant. À la place de Vaughan, elle aussi se serait licenciée sur-le-champ.

— Le conseil est très mécontent. Une personne en particulier. Elle pense que ta vie privée a pris le pas sur tes performances professionnelles.

Elle veut Clen, pensa Dabney. Cette femme était pire qu'une harpie ! Mais d'ailleurs, que fichait Elizabeth au comité d'administration de la Chambre de commerce ? Elle ne possédait pas de commerce à Nantucket, n'avait aucun lien avec eux. Elle avait simplement beaucoup d'argent et d'influence, et on voyait en elle une estivante « attachée » à l'île. Elle avait sûrement séduit Vaughan en battant des cils et en exhibant sa manucure, avant de lui promettre une faveur quelconque.

Dabney resta silencieuse. Vaughan allait-il enfin se décider à prononcer la sentence ?

— Nous avons procédé à un vote, et le conseil a décidé de te demander de te retirer.

Dabney remarqua soudain Riley et Celerie, assis à leurs bureaux, les yeux braqués sur elle, ne perdant pas un mot de la conversation.

— Me retirer ?

— Je te demande ta démission, Dabney.

Demander sa démission ? Se retirer ? Mais la Chambre de commerce et Dabney Kimball Beech étaient indissociables ! C'était elle, avec l'aide de Nina, qui avait fait de la Chambre l'affaire prospère qu'elle était à présent. En 1992, il y avait trois cent quarante membres et un budget de 175 000 dollars. Maintenant, grâce aux efforts de Dabney, on comptait six cent vingt membres, un budget de plus d'un million de dollars, et soixante-quinze mille visiteurs chaque année.

Fallait-il rappeler ces statistiques à Vaughan ? Non, il les connaissait probablement déjà. Mais cela ne comptait pas, car Dabney avait eu un tort qui avait perdu nombre de personnes admirables avant elle... Elle s'était montrée humaine.

— D'accord. Laissez-moi juste récupérer mes affaires.

Elle promena son regard dans la pièce, cherchant par où commencer, faisant l'inventaire de ce qui lui appartenait : les bureaux, les tapis persans, les photographies signées Abigail Pease qui plaisaient tant aux visiteurs, et l'odeur des bougies à la pomme verte. Mais comment emballer une odeur ?

— Je vais demander à Nina de prendre la direction de la Chambre le temps de te remplacer, dit Vaughan. Un choix que tu approuves, je suppose ?

— Oui, marmonna-t-elle.

Comme si Vaughan et le conseil d'administration se souciaient encore de son avis, alors qu'ils se débarrassaient d'elle comme d'une vieille chaussette.

Nina apparut alors en haut des escaliers.

— Si vous demandez à Dabney sa démission, alors vous aurez aussi la mienne. Je ne veux pas travailler ici sans elle.

— Nina…, dit Dabney.

Mais Nina commençait déjà à rassembler ses affaires. Elle décrocha le calendrier offert par la carrosserie qu'elle consultait cent fois par jour. Nina avait raison : Dabney non plus n'aurait jamais pu travailler dans ce bureau sans sa précieuse acolyte.

Vaughan croisa les mains sur le bureau, affichant la même empathie feinte qu'il devait montrer à ses clients aux pompes funèbres.

— Je suis navré de l'entendre, Nina. Permettez-moi de vous encourager à bien réfléchir.

— Moi aussi, je démissionne ! dit Celerie depuis le fond du bureau. Dabney est mon idole, mon héroïne ! Je ne connais personne d'aussi merveilleux qu'elle ! C'est elle qui m'a fait aimer Nantucket, elle m'a montré que cette île est unique et elle m'a donné envie de la faire connaître au monde ! Grâce à elle, ici, je me sens chez moi, alors que j'ai grandi à des milliers de kilomètres ! Je serai toujours loyale à Nantucket, mais plus que tout, ma loyauté va à Dabney Kimball Beech !

— Je pars aussi, dit Riley.

Il rassembla son étui à guitare, un exemplaire des *Raisins de la colère* et la photo encadrée de son labrador, Sadie, qu'il gardait sur son bureau.

— Attendez une minute, protesta Vaughan. Vous ne pouvez pas tous démissionner comme ça.

Pile à ce moment-là, le téléphona sonna, et Riley sembla trouver cela très comique. Il sourit de toutes ses dents parfaitement alignées.

— Avec tout le respect que je vous dois, monsieur, dit-il à Vaughan, vous feriez mieux de répondre.

Box

Il adorait Cambridge en automne, en hiver, et au printemps, mais il n'en raffolait pas en été. Le climat lui-même ne lui plaisait pas, mais en plus, il fallait s'abrutir avec l'air conditionné au lieu d'ouvrir les fenêtres, et tout le campus grouillait de visiteurs étrangers. Même la rivière Charles perdait tout son charme et ressemblait à une marée de lait chocolaté périmé, sans parler de son odeur.

Box dînait tous les soirs à l'extérieur, choisissant de préférence des restaurants situés loin de chez lui, juste parce que le trajet lui permettait d'occuper le vide de ses nuits. Il s'y rendait souvent à pied, pour la même raison. Il n'y avait rien de plus déprimant que de se retrouver dans son appartement plongé dans le noir. S'il ne sortait pas, il aurait été capable de passer des heures assis face à la fenêtre, à boire lentement toute une bouteille de vin en écoutant le *Requiem* de Mozart.

Qu'avait-il fait pour mériter cela ?

Ses pensées tournaient en rond comme un disque rayé. Il avait fait passer son travail avant son mariage, il avait négligé Dabney, il s'était trop reposé sur leur arrangement, il n'avait pas assez répondu à ses avances passionnées (surtout ces dernières années), il s'était satisfait de trop peu, et avait attendu de son épouse qu'elle trouvât elle-même le moyen de s'amuser et d'être heureuse, et devinez quoi ? C'était ce qu'elle avait fait !

Il ne pouvait pas s'étonner.

S'il avait su, vingt-sept ans plus tôt, que tout finirait de cette manière, avec les retrouvailles de Clen et Dabney, l'aurait-il épousée quand même ?

Oui. Sans hésiter.

Un soir, en sortant du Grill 23, il tomba sur un homme qu'il connaissait, mais il ne réussit pas tout de suite à se souvenir de qui il s'agissait. Il avait beaucoup bu. Ce visage…

— Box ? C'est moi, Christian Bartelby, dit l'homme en tendant la main.

— Ah, bonsoir !

Il fouilla sa mémoire encore quelques secondes pour retrouver qui était Christian Bartelby, puis il reprit avec enthousiasme :

— Mais oui, ce bon vieux docteur Bartelby ! Ça alors, comment allez-vous ?

Box tenait à peine debout. Il avait mangé installé au bar, et la sympathique barmaid l'avait convaincu de finir la soirée avec un verre de porto vintage. Box l'avait observée en se demandant pourquoi aucune femme, aussi belle ou charmante fût-elle, n'arrivait à retenir son attention et à lui faire oublier Dabney.

Christian prolongea la poignée de main plus que nécessaire.

— Je suppose que vous êtes au courant, pour Miranda. Elle est partie à New York.

— Oui. Elle nous a abandonnés tous les deux.

Christian lâcha enfin la main de Box pour se caresser les cheveux. Il portait un T-shirt bleu marine, une veste de la même couleur sur un pantalon beige, et des mocassins sans chaussettes. Box se demanda si Christian venait au restaurant pour un rendez-vous galant.

— Et votre femme, comment va-t-elle ? demanda Christian.

— Eh bien, elle m'a abandonné aussi.

— Elle vous a quitté ?

— On dirait bien…

Il ne se sentit pas capable d'en dire plus, et il salua le docteur avant de s'éloigner.

Tous les trois ou quatre jours, Agnes l'appelait pour « voir s'il allait bien ».

— Alors, papa, tu travailles ?

— Oui.

— Tu penses à manger ?

— Oui.

— Quoi ?

— Comment ça, quoi ?

— Qu'est-ce que tu manges ?

— Je vais au restaurant. Les endroits habituels, le Russell House par exemple. Freddy en a déjà assez de voir ma tête. Et, hmm… Comment va ta mère ?

— Elle a perdu son boulot…

— Quoi ?

— Vaughan Oglethorpe et les autres membres du conseil ont demandé sa démission.

— Pour quel motif ? Pas à cause de son aventure avec Clen, j'espère. C'est illégal, sa vie privée ne les regarde pas.

Agnes resta silencieuse un long moment.

— Papa, elle a manqué beaucoup d'heures de travail cet été. Ils ont des preuves. Et puis Elizabeth Jennings fait partie du conseil d'administration, et maman pense qu'il s'agit d'une vendetta.

Box, à son tour, resta silencieux. *Elle a manqué beaucoup d'heures de travail cet été.* Pour voir Clendenin, bien sûr… Puisque Box était toujours à la maison, Dabney avait dû programmer leurs rendez-vous amoureux pendant ses heures de travail.

Oh Dabney, mais qu'est-ce qui t'a pris ? Tu fiches ta vie en l'air, alors que les choses auraient pu se passer autrement… Est-ce qu'il en valait la peine, au moins ? Est-ce qu'il est vraiment si précieux ?

Et pourtant, Box se sentait indigné. Vaughan Oglethorpe n'était qu'un abruti prétentieux et Elizabeth

Jennings n'agissait que par jalousie. Ils avaient commis une grossière erreur en forçant Dabney à démissionner. Peu importe combien de temps elle passait effectivement au bureau, tout le monde savait qu'elle aurait pu diriger la Chambre de commerce à la perfection dans son sommeil ou depuis une colonie martienne.

Laissez ma femme tranquille !

— Est-ce qu'elle est là ? demanda-t-il sans réfléchir.

Dabney l'avait appelé régulièrement pour lui donner des nouvelles de la santé d'Agnes, mais il n'avait pas décroché, parce que le seul fait d'entendre sa voix suffisait à le bouleverser. Il lui semblait irréel que Dabney pût être *licenciée de la Chambre* (la phrase même sonnait faux) et il s'étonnait qu'elle ne l'eût pas appelé pour le lui annoncer elle-même. Mais après tout, se souvint-il, ils étaient maintenant séparés…

— Euh…, répondit Agnes. Non, elle n'est pas là.

Bien sûr que non, pensa Box.

Dabney

Il ne restait plus qu'une seule chose sur laquelle elle mentait, et il était grand temps de dévoiler ce dernier secret.

En apprenant la nouvelle, Clen, ainsi que Dabney le prévoyait, resta silencieux. Elle attendit qu'ils aient fait l'amour, car elle chérissait tant leurs ébats qu'elle ne voulait pas gâcher ce qui serait peut-être l'un des derniers. C'était probablement l'une des choses qui lui manqueraient le plus : Clen s'enfonçant en elle, sa bouche dévorant ses seins, les cris bestiaux qu'ils poussaient, des cris de bonheur et de gratitude. Il se montrait si tendre qu'il ne manquait jamais de la mener au bord des larmes.

Elle était allongée la tête sur son épaule, épuisée et pleine de sueur. Elle s'étonnait toujours de la façon dont il réussissait à l'enlacer si fort malgré son handicap, et elle se sentait bien plus en sécurité avec lui qu'avec n'importe quel homme valide. Elle repensa à toutes les fois où elle s'était persuadée que les symptômes qu'elle présentait (la douleur dans l'abdomen, la fatigue constante, les essoufflements, la perte d'appétit) s'expliquaient par la situation impossible dans laquelle elle s'était fourrée : aimer deux hommes à la fois.

Maintenant, elle donnerait n'importe quoi : sa maison, son café du matin, le lever et le coucher du soleil, les couleurs d'automne, le bruit des pneus de l'Impala sur les pavés… Elle donnerait aussi les bons romans, le champagne, les club sandwiches et le homard au beurre, la parade arc-en-ciel des voiliers autour du phare de Brant Point, son service sournois au tennis, ses perles, ses serre-tête et ses mocassins ; elle renoncerait même au droit de prendre un jour ses petits-enfants dans ses bras… Oui, elle donnerait tout, absolument tout à la Mort, mais, *Pitié*, songea-t-elle, *Pitié, ne me prenez pas Clendenin.*

Le crépuscule s'épaississait, mais on entendait encore des oiseaux et des bourdons batifoler derrière les moustiquaires des fenêtres.

— Je suis malade, annonça-t-elle. Cancer du pancréas en phase terminale. J'ai encore quelques mois avant d'aller vraiment mal.

Clen la serra contre elle avec tant de force qu'elle crut qu'il allait la briser en deux. Il lui fit mal : sous son étreinte, les organes de Dabney, déjà si abîmés, lui parurent s'écraser comme des fruits trop mûrs. Et pourtant, cette sensation avait du bon. Elle savait ce qu'il faisait, ce qu'il pensait : il voulait être au plus proche d'elle, pour ne plus former qu'une personne. *Viens à l'intérieur de moi, viens vivre en moi. Je te protégerai, et tu n'auras pas à mourir seule.*

Bien évidemment, annoncer la nouvelle à Agnes fut encore plus douloureux. C'était une chose de laisser derrière soi un mari ou un amant, mais abandonner votre enfant…

Elle décida de lui parler pendant le petit déjeuner : pain perdu aux pêches, bacon à la poêle et frites maison aux herbes du jardin. Un repas somptueux, mais dès que Dabney ouvrit la bouche, elles perdirent toutes deux l'appétit. Et pourtant, Dabney aimait tant nourrir les gens, leur faire don de sa cuisine. Elle n'allait pas s'arrêter maintenant.

— Ma chérie, écoute… Je suis malade.

Agnes stoppa net son mouvement, une tranche de pêche suspendue dans les airs au bout de sa fourchette.

— Quoi ? Malade comment ?

— Ma puce…

Agnes éclata en sanglots, et Dabney reconnut les larmes d'Agnes petite fille, les mêmes qu'autrefois quand elle s'écorchait le genou sur une pierre ou faisait un cauchemar, et cela lui brisa tant le cœur qu'elle crut bien ne pas y survivre.

Certains jours se déroulaient encore normalement. Certains jours, Dabney partait pour sa marche matinale, et saluait les mêmes voisins et caressait les mêmes chiens. Elle prenait ensuite sa voiture pour se rendre chez Clendenin. Ils nageaient dans la piscine et Clen préparait des sandwiches qu'elle mangeait lentement, comme si elle ne voulait jamais en arriver à la dernière bouchée. L'après-midi, il lui fallait absolument une sieste – elle était si fatiguée, et la douleur ne la lâchait presque plus. Elle dormait dans le grand lit blanc et les draps luxueux de Clen pendant que celui-ci lisait ses journaux, installé à la table en chêne.

Certains soirs, Dabney restait avec Clen au cottage, et elle cuisinait pour lui. D'autres soirs, elle rentrait chez elle pour passer du temps avec sa fille. Agnes voyait très souvent Riley. Ils se retrouvaient à la plage après le travail, puis allaient déguster des huîtres chez Cru ou des tacos au poisson de chez Easy Street Cantina.

L'aura rose qui entourait Agnes et Riley brillait d'une telle intensité que Dabney aurait pu la voir même dans le noir complet. Elle mourait d'envie de demander comment les choses se passaient entre eux, mais ainsi qu'elle l'avait appris, après avoir formé quarante-deux couples, il fallait savoir quand forcer la main au destin, et quand le laisser aller à son rythme. Après tout ce qu'elle avait vécu cet été, Agnes avait avant tout besoin d'un bon ami, plus que d'un petit ami.

Néanmoins, Dabney continuait d'espérer.

Dabney téléphona à Nina pour lui proposer de la retrouver sur le banc devant la Chambre de commerce. Elle apporta deux cafés, avec des glaçons pour Nina, ainsi que des serviettes en papier, au cas où elle recracherait encore sa boisson en entendant ce que Dabney avait à lui dire.

Au lieu de cela, quand elle apprit la nouvelle, Nina posa soigneusement son gobelet entre ses pieds, puis cacha son visage dans ses mains et se mit à pleurer. Dabney lui tendit les serviettes pour essuyer son visage et se moucher.

Dabney ne savait que faire, que penser ou que ressentir à propos de Box.

Il avait laissé sa paire de lunettes de lecture près du lavabo, dans la salle de bains. Toutes les personnes que Dabney connaissait achetaient leurs lunettes de lecture à la pharmacie, mais Box, dans un rare élan de vanité, avait décidé d'en faire réaliser une paire personnalisée, avec l'épaisse monture noire qui le caractérisait. Dabney ne pouvait regarder ces lunettes sans penser aux yeux de Box, à leur couleur extraordinaire, le bleu des glaciers, d'une froideur irréelle. Quand ils se fâchaient, elle choisissait de lire dans ces yeux de la dureté, de l'indifférence et de l'arrogance.

Mais le soir chez Elizabeth Jennings, et cette autre fois, chez les Levinson, elle y avait lu autre chose : de la douleur. Elle se rendit compte qu'avant ces incidents, elle n'avait jamais vu cette émotion dans l'expression de Box. Jamais. Et c'était elle qui, la première, la lui avait fait ressentir.

Elle aurait voulu lui parler, lui annoncer sa maladie, mais elle se sentait absolument incapable de se lancer dans cette conversation tout de suite. Elle ne voulait pas qu'il pense qu'elle inventait des histoires pour s'attirer sa compassion, ou qu'elle cherchait à justifier ses actions par son état de santé. Il y verrait le comble de l'hystérie – et n'aurait-il pas raison ? *Je vais mourir, Box, je t'en supplie, pardonne-moi !* Elle ne l'appelait pas tout simplement parce qu'elle ne méritait pas sa pitié, quelles que fussent les circonstances.

— Tu as dit à papa que tu es malade ? demanda Agnes.

— Non.

— Tu veux que je lui dise ?

— Non, s'il te plaît. C'est à moi de le faire.

— Ne traîne pas trop, maman… J'ai peur de faire une gaffe.

— Oui, je comprends.

Elle avait appris ces derniers temps que cacher la vérité à Box n'était jamais la bonne solution.

Elle l'appela donc, mais tomba encore une fois sur son répondeur.

— S'il te plaît, Box, supplia-t-elle. Je t'en prie, rappelle-moi, c'est très important. S'il te plaît.

Son travail lui manquait beaucoup. C'était bientôt la saison des mariages, suivie de la période des festivals d'automne. Qui allait juger la meilleure confiture de cranberry, qui épinglerait le ruban du prix de la plus grosse citrouille ? Elle pensait sans cesse à la Chambre de commerce, nuit et jour, et s'inquiétait comme si on lui avait enlevé son enfant pour le placer dans un foyer d'accueil.

Dabney n'arrivait pas à croire que personne ne l'appelait pour lui demander conseil. Il fallait préparer la prochaine réunion de direction, et la date limite pour déposer les dossiers de subventions approchait dangereusement. Personne d'autre que Dabney ne savait gérer tout cela. Que se passait-il donc, là-bas ?

Nina Mobley fut immédiatement engagée en tant que responsable du service des relations publiques de l'hôpital Nantucket Cottage. Le poste était intéressant et offrait un salaire bien plus important, et de meilleurs avantages en nature. Dabney se sentit coupable : avait-elle vraiment privé Nina de ce genre d'opportunités pendant toutes ces années ?

— Ce n'était pas pour le boulot lui-même que j'aimais tant la Chambre, dit Nina quand elle vint lui rendre visite à l'hôpital. J'adorais travailler avec toi, tout simplement. On était au cœur de la vie de l'île, et ça me plaisait de partager des milkshakes à la fraise et des cafés, te voir mâchonner tes perles, échanger des blagues sur Vaughan, regarder les voitures passer sur Main Street… J'aimais le rythme de nos journées, qui sont devenues des semaines, des mois, et enfin des années. Nos années ensemble.

Elle cligna des yeux et des larmes s'échappèrent.

— Dix-huit ans passés à travailler avec ma meilleure amie. Je vois maintenant combien j'ai eu de la chance.

— Nina, arrête… Je suis encore là !

— Je sais… La seule manière pour moi d'accepter ce qui arrive, c'est de me répéter que toi et moi, c'est pour toujours.

Riley décrocha un contrat pour jouer de la guitare au Brotherhood of Thieves, trois concerts par semaine. Un soir, Dabney, Clen et Agnes allèrent l'applaudir. Dabney eut l'impression de se donner en spectacle : sortir en public avec son amant ! Mais elle n'avait pas révélé les secrets de son cœur au monde entier pour ensuite rester sagement cachée dans un cottage avec l'homme qu'elle aimait. Et son courage fut récompensé, car ils passèrent une soirée délicieuse. Ils commandèrent un plateau de fromages pour Agnes, qui en raffolait déjà dans son enfance, ainsi que de copieux sandwiches, de la soupe et des frites, et ils burent des pintes de bière fraîche en écoutant Riley jouer.

Il chanta *Brown Eyed Girl* de Van Morrison, ainsi que Dabney le lui avait discrètement demandé. Dès qu'il entama le premier accord, Dabney attrapa la main de Clen et ils se levèrent pour danser dans l'espace étroit entre deux tables. Ils formaient un couple bien mal en point, lui amputé d'un bras, elle avec son cancer, et pourtant, ils dansèrent avec la même fougue que lors de leurs années de lycée, ou presque, et la foule les applaudit.

Making love in the green grass, behind the stadium with you…

En se rasseyant, elle pensa que cela pouvait bien être la dernière fois qu'elle dansait. Ses perles étaient de travers, et elle s'en fichait. Ce moment avait été incroyable : liberté, émotion, passion… Voilà les émotions qu'on cherchait, quand on dansait, et assurément, elle les avait trouvées.

Le Brotherhood grouillait de silhouettes connues. Julia, de la boutique de fournitures de bureau, Genevieve du cabinet médical, et Diana, bien sûr... Toutes vinrent saluer Dabney et lui dire combien elles avaient été peinées d'apprendre sa démission. Nantucket ne serait plus jamais la même, sans elle.

Agnes parla à Celerie du cancer de sa mère, et celle-ci fut complètement dévastée. Elle voyait s'écrouler son rêve de suivre les pas de son idole et de faire carrière à la Chambre à ses côtés. Durant des jours, Celerie était restée au lit, refusant de quitter sa maison.

— Celerie, clouée au lit ? Vraiment ?

Dabney avait du mal à imaginer la jeune fille allongée, immobile ; elle qui paraissait toujours en mouvement !

— Maman, elle se voit comme ta groupie, ta disciple. Tu as bien dû le voir, avec le serre-tête, les perles... Non ?

Celerie continuait à dépanner le service de traiteur où travaillait son amie, mais elle n'avait plus aucun projet à long terme, à part accepter bénévolement de jouer les coachs pour les *cheerleaders* du Boys and Girls Club. Elle pensait sérieusement à rentrer dans son Minnesota natal.

Dabney décida de passer un coup de fil à Vaughan Oglethorpe. Clen se trouvait alors dans la pièce.

— Tu vas vraiment appeler ce zombie de malheur ?

— Il le faut, Clen.

Contre toute attente, Vaughan se montra heureux d'avoir de ses nouvelles. Il lui parla comme il l'avait toujours fait, sans animosité, mais comme un oncle qui renouerait le contact avec sa nièce préférée.

— Dabney, quel bonheur d'entendre ta voix !

Elle entendit de la musique en fond, un orgue jouant les accords funestes d'une *Toccata et fugue* de Bach. Un morceau de pompes funèbres.

— J'ai à vous parler, Vaughan.

— J'espère que tu appelles pour demander à reprendre ton poste. Depuis que j'ai réclamé ta démission, je n'ai qu'une envie : revenir sur ma décision. La Chambre n'est rien sans toi, Dabney. À la minute où tu es partie, plus rien n'allait ! J'ai dû engager un intérimaire, et Elizabeth Jennings a accepté de répondre au téléphone, mais seulement quand ça lui chante. Je suis perdu, j'ai besoin de toi. Si tu reviens, je te promets même une augmentation.

Dabney étouffa un rire. Vaughan ne comprenait manifestement pas qu'elle aurait effectué son travail avec le même bonheur pendant toutes ces années aurait-elle été payée la moitié ou même le quart de son salaire. Mince, elle aurait même travaillé bénévolement !

— Je ne compte pas revenir, Vaughan. En revanche, j'ai quelqu'un à suggérer pour me remplacer…

Certes, Celerie était très jeune, mais cela voulait dire qu'elle débordait d'énergie et d'enthousiasme, et elle apporterait un regard neuf et moderne sur les affaires de la Chambre. Intelligente comme elle était, elle apprendrait vite les ficelles. Elle pourrait aussi demander conseil directement à Dabney, qui se ferait un plaisir de l'aider jusqu'à…

— Eh bien, jusqu'à ce que je ne sois plus en mesure de le faire.

Vaughan se racla la gorge de manière exagérée, probablement pour cacher combien il était soulagé.

— Très bien. Dis à Celerie de m'envoyer un CV, pronto.

Dabney se rendit ensuite chez Celerie, qui louait une petite maison miteuse sur Hooper Farm Road. En se garant dans l'allée, elle reconnut la maison que ses amis Moe et Curly occupaient autrefois. Moe et Curly surfaient régulièrement à la plage de Madequecham à l'époque du lycée, puis de l'université. Dabney avait été invitée à plusieurs fêtes dans cette maison, et elle avait vomi plusieurs fois dans ce jardin après avoir ingurgité trop de mélange vodka-soda au raisin.

Elle se dirigea vers la porte en gloussant. Elle était Dabney aujourd'hui, et elle avait été Dabney à l'époque, mais ces deux Dabney étaient deux personnes complètement différentes.

La vie, parfois, vous paraissait bien longue.

Et d'autres fois, pas du tout.

Dabney n'eut le temps de frapper qu'un petit coup sur la porte, et Celerie ouvrit immédiatement. Elle avait un livre de poche à la main, *Emma* de Jane Austen, et portait un accoutrement curieux : peignoir en éponge bleu, collier de perles, et le fameux serre-tête à étoiles.

Dabney comprit qu'elle avait bien fait de venir.

La bouche de Celerie s'ouvrit dans un « O » de surprise, de la même manière que d'autres jeunes filles de son âge auraient réagi à une visite impromptue de Justin Bieber, ou avec la réaction que la vieille Agnes Bernadette aurait eue en rencontrant le Saint-Père Jean-Paul II.

— C'est mon roman préféré, tu sais ? remarqua Dabney.

— Oui, je sais, répondit Celerie, les yeux pleins de larmes.

— Est-ce que je peux entrer une minute pour discuter ?

— Bien sûr.

Celerie la laissa passer et fit un grand geste du bras en montrant le salon devant elle : un sofa gris bouloché, un grand tapis carré, une vieille télévision à antenne, un téléphone à cadran rotatif.

— On appelle cette pièce le musée. Parce qu'aucun de ces objets ne fonctionne vraiment.

Dabney rit de bon cœur. Elle pouvait presque sentir encore les effluves de la marijuana et deviner les silhouettes incertaines de Moe et Curly avec une fille qu'ils appelaient Mcg-la-cochonne, tous accroupis autour d'un bong en verre rouge.

— Je viens de préparer de la limonade à la pastèque, ça vous dit ? demanda Celerie en essuyant ses larmes.

— Oui, va pour un verre de limonade !

Celerie disparut dans la cuisine. Dabney la suivit du coin de l'œil et reconnut le linoléum et le formica qui étaient déjà là trente ans plus tôt, et le vieux réfrigérateur dans lequel on entreposait autrefois la vodka et le soda au raisin. Moe et Curly se vantaient toujours de ne dépenser que dix dollars par semaine en nourriture, consacrant tout le reste de leur budget à l'alcool, l'herbe, et la wax.

Pourquoi retenait-elle toujours des détails aussi insignifiants ?

Elle s'installa à un bout du sofa ; à l'autre extrémité, un oreiller avait gardé la trace de la tête de Celerie.

Celle-ci revint avec un verre de limonade frappée d'une belle couleur rose.

— Parfaitement délicieux ! s'exclama Dabney après avoir goûté une gorgée.

Cela arracha enfin un sourire à Celerie, qui vint s'asseoir près d'elle.

— Avant tout, Celerie, je te dois des excuses.

— Mais non, pas du tout. Je vous comprends.

— Non, tu ne devrais pas dire ça. J'ai manqué beaucoup d'heures, j'ai trompé mon mari, j'ai trahi Nantucket. Et je vous ai trahis, toi et Riley, et surtout Nina, en la laissant tenir le fort toute seule.

— Elle n'était pas toute seule, protesta Celerie. Même quand vous n'étiez pas là, on sentait votre présence.

— C'est très gentil, mais je ne suis pas venue te voir pour que tu me complimentes. Je suis venue pour te complimenter, moi. Tu as fait un travail incroyable cet été, et je n'aurais pas pu rêvé d'une meilleure assistante. Et à ce sujet, j'ai une question à te poser.

— Une question ? Quoi donc ?

— Veux-tu bien, s'il te plaît, envoyer un e-mail à Vaughan Oglethorpe avec ton CV ? Aujourd'hui, si possible. J'aimerais que tu postules pour être la nouvelle directrice de la Chambre. Tu peux compter sur moi pour t'aider et te donner tous les conseils nécessaires tant que j'en serai capable.

Celerie resta un moment immobile avant de pousser un cri de guerre en écartant ses bras en l'air dans son fameux V de la victoire.

— Ouiii !

Parce qu'il ne servait à rien de repousser plus long-temps ce qui allait inévitablement arriver, il prit rendez-vous pour dîner avec Michael Ohner, un célèbre avocat spécialisé dans les divorces. Ohner passa la soirée à évoquer dépositions, relevés de carte de crédit, déclarations de revenus, bilans financiers, biens communs et pension alimentaire.

— Seriez-vous prêt à céder la maison de Nantucket à Dabney, en échange d'un arrangement financier moins lourd ? Car même si cela paraît injuste, vous n'y échapperez pas : il va falloir mettre la main à la poche.

Box écarta la question en secouant la main.

— Je lui cède volontiers tout ce qu'elle veut.

— Il n'est pas question de vous faire plumer, protesta Ohner. Vous n'allez quand même pas laisser ce Hughes prendre votre place ?

Ma place ? Dire que des décennies plus tôt, c'était lui, Box, qui avait eu le sentiment de prendre la place encore chaude de Clendenin...

Le lendemain, il appela Dabney pour la prévenir de l'imminence de la procédure. Il trouva quantité de messages sur son répondeur, notamment un de Dabney dans lequel elle paraissait particulièrement désespérée. Le message datait d'une semaine, et il supposa qu'après avoir bu un peu trop de vin, elle s'était sentie coupable de l'avoir humilié publiquement. Ou bien peut-être s'était-elle enfin rendu compte que Clendenin Hughes ne méritait pas son respect, et que ce qu'elle pensait être de l'amour s'était révélé un vieux reste de fantasme amoureux d'adolescente.

Elle répondit immédiatement.

— Box, c'est bien toi?

Le ton de sa voix le frappa. Pour la première fois en vingt-quatre ans, son instinct lui soufflait que quelque chose n'allait pas chez sa femme.

— Dabney, est-ce que ça va?

— Non… Ça ne va pas du tout.

Il raccrocha le téléphone en tremblant. Il venait seulement d'accepter l'idée de vivre sa vie sans avoir Dabney à ses côtés. Et maintenant, elle allait mourir, et il devrait, d'ici à quelques mois, apprendre à vivre dans un monde privé à jamais de Dabney… Cette perspective terrifiante lui perça le cœur comme une longue aiguille tirant jusqu'à la dernière goutte de son sang.

Il s'empressa d'écrire un e-mail à l'attention de Michael Ohner pour lui annoncer qu'il n'aurait finalement pas besoin de ses services.

III
L'automne

Agnes

Agnes décida de rester à Nantucket pour l'automne, et peut-être même l'hiver.

Elle resterait à Nantucket jusqu'à ce que…

Elle appela Manny Partida pour demander un congé et ils tombèrent d'accord sur son remplaçant pour diriger le Boys and Girls Club : Wilder. Elle continuerait à travailler au parc d'aventures de l'île vingt heures par semaine. Dave Patterson se réjouissait de pouvoir la garder encore un peu.

Ainsi qu'elle l'avait pressenti, CJ et son avocat obtinrent la peine la moins sévère possible. Il écopa de trois mois de prison suivis de dix-huit mois de liberté conditionnelle, et le juge ajouta une ordonnance restrictive : CJ n'avait pas le droit d'approcher Agnes à moins de cent mètres pendant les cinq prochaines années.

À quoi ressemblerait la vie d'Agnes dans cinq ans ?

Début septembre, Riley dut retourner sur le continent pour faire sa rentrée au programme de chirurgie dentaire à l'université de Pennsylvanie. Agnes l'accompagna à l'aéroport en voiture, avec Sadie. Elle n'aurait su dire exactement ce qu'elle ressentait. Cette nuit passée avec lui, à manger des cheeseburgers dans la Jeep avant de partir à la recherche de Dabney, paraissait avoir eu lieu dans une autre vie… Et en même temps, elle avait l'impression de n'avoir pas assez profité de Riley.

Ils étaient debout dans le terminal noir de monde. Tous ces gens quittaient l'île en même temps, que ce soit pour rentrer chez eux à New York, Washington ou Los Angeles, pour faire leur rentrée ou pour reprendre le travail, et bientôt, tous retrouveraient les pulls, les chaussures fermées, les matches de football et les spectacles de Broadway. L'été touchait à sa fin. Cela arrivait tous les ans, bien sûr, mais Agnes avait le cœur lourd, car un été sur Nantucket était vraiment quelque chose qu'on aimerait voir durer toujours.

Elle craignait de se mettre à pleurer.

— Tu as sauvé mon été, dit-elle à Riley. Merci d'avoir été là pour moi. Merci de m'avoir aidée à trouver Clen. Merci d'avoir été si gentil avec ma mère. Merci… pour tout ce que tu es.

Il attrapa son menton du bout des doigts, et elle sentit son cœur faire un tour sur lui-même.

— De rien, dit-il avant de se pencher pour l'embrasser.

Leur baiser dura encore et encore, comme s'ils rattrapaient tout le temps perdu à ne pas s'embrasser durant l'été. Leurs lèvres ne se séparèrent que quand ils entendirent l'annonce invitant les passagers de son vol à embarquer, et Riley dut abandonner Agnes, se dirigeant vers sa porte avec Sadie qui manifestait son mécontentement en aboyant.

Clendenin

Quand le fond de l'air commença à fraîchir, ce soir-là, elle lui échappa.

Lui échapper… L'expression lui vint spontanément, et convoqua un souvenir de leur jeunesse, l'un de leurs premiers rendez-vous. C'était en décembre 1980, et ils avaient décidé de profiter d'une grosse chute de neige pour faire de la luge.

Clen et Dabney n'avaient guère fait plus que se tenir la main, à cette époque, mais on ne pouvait nier qu'ils avaient déjà une relation particulière. Dabney poursuivait alors Clen avec un enthousiasme qu'il croyait découler seulement de sa pitié pour lui. Un garçon qui débarquait au lycée, et qui était trop intelligent pour trouver des amis parmi ses camarades. Dabney lui avait parlé pour la première fois après un cours d'anglais. Elle lui avait demandé s'il avait déjà lu John Cheever.

Est-ce qu'elle cherchait à se moquer de lui ?

Bien sûr, qu'il l'avait lu. L'année précédente, sur le conseil d'une jeune bibliothécaire d'Attleboro, il avait dévoré l'énorme volume à couverture rouge qui rassemblait toutes les nouvelles de l'écrivain. Il savait maintenant tout ce qu'il y avait à savoir sur les transports en commun, les gin tonic et l'adultère.

Après ce jour, Dabney avait entamé des conversations avec lui à propos des livres qu'ils aimaient (elle appréciait Jane Austen, il préférait Tchekhov et Kafka), et de là, elle avait dérivé progressivement vers des questions plus intimes. Qu'aimait-il donc chez ces Russes déprimants ? Avant de venir à Nantucket, vivait-il dans un goulag ? Clen refusait de se confier vraiment à elle, mais il laissait tout de même échapper quelques détails personnels. Il était fils unique, il vivait avec sa mère, elle était serveuse au Lobster Trap, ils habitaient dans une maisonnette derrière le restaurant.

— Ça a l'air sympa ! s'était exclamée Dabney. Tu peux manger du homard gratis, alors ?

Clen avait hoché la tête. Sa mère rapportait du homard tous les soirs, ainsi que des pâtés de crabe tout secs et des pommes de terre couvertes de beurre coagulé qui ressemblait à de la cire. Le homard avait fini par l'écœurer, mais il s'était gardé de le dire.

Dabney avait commencé ensuite à s'asseoir avec lui à la cantine tous les midis, ainsi que dans la salle d'études, où elle attrapait ses copies simples pour y gribouiller dans la marge. Après les gribouillages étaient venus les petits mots. Un jour, elle avait écrit : *Moi aussi je suis fille unique. Ma mère n'est plus là.*

Clen avait froncé les sourcils. En dessous, il avait répondu : *Elle est morte ?*

Aucune idée. Je ne pense pas.

Clen avait griffonné : *Mon père s'est tué en buvant.*

Dabney avait alors dessiné un petit visage triste avec deux grosses larmes.

Clen aurait voulu lui dire qu'il n'avait pas pleuré son père. Il n'avait ressenti aucune tristesse, simplement du soulagement, car son père était un homme costaud qui buvait trop, et donc… Clen s'était étonné de voir sa mère pleurer, mais pas de l'entendre dire qu'elle voulait déménager.

« L'océan nous fera du bien » avait-elle dit.

Clen aurait préféré une grande ville, Boston par exemple. Il aurait aimé avoir sa chance là-bas, aller dans un lycée prestigieux comme Boston Latin ou Buckingham Browne & Nichols et y recevoir une instruction digne de ce nom. Mais son opinion ne comptait pour rien : ce serait Nantucket, point.

Tu regrettes vraiment d'être ici ? avait demandé Dabney.

Il l'avait regardée. Cet après-midi, ils étaient plongés dans le silence de la bibliothèque du lycée, et Dabney portait son serre-tête et un collier de perles probablement factices, mais qui auraient aussi bien pu être authentiques, car, même si son père n'était qu'un policier, quelque chose chez Dabney laissait deviner que chez elle, on avait de l'argent. Son nez était couvert de taches de rousseur et ses grands yeux bruns semblaient émettre une douce lumière dorée.

Non, avait-il répondu.

Le jour de la tempête de neige, ils ne formaient pas encore un couple, mais ils étaient déjà plus qu'amis. La neige s'accumulait derrière les fenêtres, et Dabney avait écrit dans la marge : *RDV Dead Horse Valley à 16 heures. Couvre-toi bien. J'apporte ma luge.*

Clen avait déjà fait de la luge et d'autres sports d'hiver à Attleboro, mais ceux-ci ne l'avaient jamais particulièrement amusé. Avec sa taille et sa carrure, il était maladroit sur des patins comme sur des skis. Quand il neigeait, il préférait rester à l'intérieur et lire bien au chaud.

D'accord.

Après les premières chutes de neige de la saison, on trouvait toujours beaucoup de monde au parc de Dead Horse Valley, mais il y avait surtout des enfants et des préadolescents. Les gens de leur âge préféraient sûrement s'entasser dans la chambre d'un ami pour boire de la bière et fumer de l'herbe. Dabney l'attendait au beau milieu de la route, vêtue d'un pantalon de ski bleu marine, une parka fuchsia et un bonnet rose avec un gros pompon blanc. Elle tenait contre elle la plus belle luge que Clen eût jamais vue, tout en bois de noyer verni, avec un bout arrondi et un siège matelassé vert.

— Elle a l'air confortable.

— Avec mon père, on utilise cette luge depuis que je suis toute petite. On en prend bien soin.

Clen avait acquiescé en pensant encore une fois : *Beaucoup d'argent*. La luge était plus belle que n'importe lequel des meubles que sa mère avait arrangés dans leur petite maison.

Dabney s'assit devant et attrapa les rênes.

— Parfait ! Tu n'as qu'à pousser. On va décoller !

Clen n'avait pas peur de la vitesse, mais du haut de la colline, la pente lui avait paru tout de même bien raide et les bosses bien grosses. Comment une telle pente pouvait-elle exister sur une île qui ne culminait qu'à trente mètres au-dessus de la mer ? Les autres enfants, qui avaient entre dix et douze ans, descendaient à toute vitesse en poussant des cris aigus. Certains tombaient à mi-parcours, d'autres s'élevaient au-dessus de leur luge après une bosse et retombaient à leur place avec un bruit sourd avant de prendre encore plus de vitesse. Plus que tout, Clen redoutait la prouesse sportive qu'il était censé accomplir : pousser la luge tout en courant derrière puis prendre assez d'élan pour sauter dessus et atterrir pile sur le siège, les jambes calées autour de celles de Dabney. Il ne s'en sentait pas capable.

Mais pour Dabney, il essaierait.

Il s'était penché et avait posé ses mains gantées à plat sur la luge, puis s'était lancé en avant, tête baissée, et avait poussé de toutes ses forces. Dabney criait d'excitation. Il sentait la force de la gravité le tirer inexorablement vers le bas de la colline. Ses jambes couraient toutes seules, il ne les contrôlait plus. Il n'arriverait jamais à les soulever pour sauter sur la luge ! Jamais !

Il avait accéléré encore un peu en poussant la luge, puis avait trébuché quelques pas avant de tomber de manière spectaculaire, tête la première dans la neige. Il avait relevé la tête juste à temps pour voir Dabney décoller, comme elle l'avait prédit – la luge flottait dans les airs comme un tapis volant. Il l'observait lui échapper et s'éloigner de plus en plus loin, paraissant de plus en plus petite, jusqu'à ce qu'elle disparût pour de bon derrière une rangée de sapins. Il l'avait perdue.

Elle va remonter la colline, avait-il pensé, *et quand elle m'aura rejoint, je vais l'embrasser. Je vais l'embrasser et la faire mienne.*

Une trentaine d'années avaient passé, mais il voyait une étrange ressemblance entre cette fameuse descente en luge, et la manière dont la santé de Dabney se dégradait depuis la fin du mois de septembre. Maintenant comme alors, Clen se sentait complètement incompétent, impuissant, incapable. Elle lui échappait, elle allait disparaître, et il ne pouvait pas la suivre.

Elle resta clouée au lit pendant des jours. Cette douleur, cette douleur… ! Agnes appela le Dr Rohatgi, qui expliqua qu'il ne pouvait rien faire : c'était l'évolution normale de la maladie.

Le cancer la dévorait de l'intérieur ; elle sentait comme des milliers de minuscules dents pointues la ronger. Les cellules cancéreuses, ces mutantes difformes, attaquaient et colonisaient inexorablement les cellules encore saines. Les puissants médicaments qu'elle prenait ne suffisaient pas toujours, et elle hurlait parfois de douleur au milieu de la nuit. Elle appelait Clen, le plus souvent, mais aussi parfois Agnes, et même, un soir, sa mère.

Maman !

Clen sentit son corps se raidir. Il avait sûrement mal entendu. Mais non, elle répéta son cri, avec une voix bien plus jeune que sa voix adulte.

Maman !

Au cours de leur jeunesse, à l'époque du lycée et de l'université, ils avaient eu quelques occasions de parler de Patty Benson et de sa disparition. Pendant ces conversations, Dabney affectait toujours ce que Clen aurait appelé de l'indifférence résignée. *Elle n'était pas faite pour être mère, c'est tout. Et alors ? Il y a des tas de gens comme ça. Elle ne m'a pas étouffée avec un oreiller ou noyée dans la baignoire. Elle est simplement partie, et elle m'a laissée avec quelqu'un de fiable. Il faut au moins lui reconnaître ça. Et je suis sûre qu'elle a des regrets, parfois, où qu'elle soit.*

Son attitude laissait Clen coi. Il savait qu'il lui avait fallu des années de thérapie avec le Dr Donegal pour en arriver à parler de sa mère avec tant de détachement.

Mais tout de même, n'en voulait-elle pas du tout à Patty ? Clen était furieux contre son père – les bouteilles de whisky vides sur la table basse, les longues heures dans un bar dès qu'il avait du temps libre quand il aurait pu enseigner à son fils comment jouer au football, ou comment courir derrière une luge avant de sauter dessus. Mais non, son père ne pensait qu'à une chose : boire, boire, et boire encore, jusqu'à en mourir.

La vérité le frappa alors et lui coupa le souffle : il ne valait guère mieux que son père ou que Patty Benson…

Maman !

Clen essuya le front de Dabney avec une serviette fraîche et l'observa s'endormir.

Il y eut encore quelques bons jours, tout de même, des jours où Dabney se levait de son lit, le sourire aux lèvres, et partait faire son tour de marche, bien que moins vite que d'habitude, et toujours moins vite à mesure que le temps passait. Un jour, elle rentra chez elle et raconta :

— M. Lawson a proposé de me ramener en voiture. J'ai refusé, mais il m'a suivie en roulant au pas jusqu'à la maison ! Est-ce que j'ai vraiment l'air si mal en point ?

— Non, répondit Clen en lui embrassant le bout du nez. Tu es toujours aussi belle.

Il pouvait presque entendre le sable couler dans le sablier. Il n'aurait jamais assez de temps pour lui dire combien elle était belle, combien il l'aimait, et combien il était désolé, terriblement, profondément désolé, d'avoir choisi de rester en Asie. Il aurait dû rentrer sur-le-champ !

Vingt-sept années complètement gâchées !

Vingt-sept années, cela paraissait irréel… Où étaient-elles ? Il lui avait fallu sept ans pour apprendre l'histoire du Vietnam et pour savoir comment vivre parmi des gens qui le regardaient avec peur et méfiance. Malgré la barrière de la langue, il s'était débrouillé avec un peu d'anglais et de français maladroit. Le pays était une vraie fournaise, et le seul endroit auquel il avait trouvé du charme était la ville de Dalat, perchée dans les hauts plateaux. Le *New York Times* lui payait une chambre au Dalat Palace, et chaque matin, en ouvrant les volets de bois, il admirait le lac qui s'étendait sous ses yeux. Il passait ses soirées dans le bar de l'hôtel, niché dans une cave, où il buvait une douzaine de bières bien fraîches et jouait au billard – les meilleures tables de billard de toute l'Asie du Sud-Est, d'après lui. Les gens allaient et venaient, des Français, des Australiens, des soldats, des docteurs, des business-men qui affirmaient que le communisme courait à sa perte. C'est dans la nature de l'homme de vouloir gagner de l'argent, peu importe qu'il se trouve à Dalat ou à Detroit.

Et pendant tout ce temps, il aurait pu être avec Dabney… Il avait fumé tant de cigarettes, mangé tellement de soupe phở et de sandwiches bánh mì préparés sur le trottoir par une femme affublée d'un chapeau triangulaire, accroupie au-dessus du gril pour retourner la viande, puis disposant sur le pain des tranches de porc, carottes, menthe, coriandre et concombre avant de couvrir le tout d'une sauce divine.

Il aurait pu être avec Dabney.

Il était resté cinq ans avec Mi Linh, mais elle n'avait pas voulu l'accompagner à Bangkok. D'après elle, il avait eu une chance incroyable de survivre un an dans ce trou à rats. Alors pourquoi y retourner ? Et elle avait raison : c'était un trou, et son deuxième séjour fut pire encore que le premier. Il lui avait coûté son bras gauche.

Pourtant, il ne regrettait pas tant la perte de son bras que le temps qu'il avait perdu loin de Dabney.

Il décida de lui préparer une surprise, profitant des heures où elle dormait. Son projet lui prenait des heures et des heures ; il fallait mener les entretiens puis les retranscrire, et il avait bien peur de ne jamais en venir à bout. Il manquait tout simplement de ressources. Alors il demanda de l'aide à Agnes, qui lui assura que son idée était extraordinaire, au sens propre. *C'est la meilleure idée au monde*, répétait-elle. *La meilleure au monde.*

Par chance, Dabney fut assez en forme pour assister à la Foire des cranberries. Elle enfila un pull torsadé rouge foncé avec une jupe à carreaux assortie, et s'installa avec Clen et Agnes dans l'Impala décapotée pour se rendre aux tourbières où poussaient les canneberges. Elle n'avait pas voulu l'avouer, mais elle se sentait trop faible pour conduire, et elle profita de la sortie pour renverser la tête en arrière et laisser le soleil lui caresser le visage.

Quand ils arrivèrent aux tourbières, Dabney s'était endormie.

— Qu'est-ce qu'on fait ? demanda Clen.

Il gara l'Impala à l'emplacement prévu, face à une pancarte indiquant *RÉSERVÉ JUGE.* Dabney participait aux délibérations pour les concours de la meilleure confiture et du meilleur muffin.

— On la réveille, répondit Agnes. Je vais le faire, tiens.

Elle s'extirpa de sa place à l'arrière de la voiture et se pencha sur sa mère pour lui secouer doucement l'épaule.

— Maman? Maman, on est arrivés!

Dabney ouvrit grand les yeux et se redressa en ajustant ses lunettes de soleil sur son nez.

— D'accord! Je suis prête!

Les tourbières grouillaient de visiteurs. Dabney se réjouit de voir un public si nombreux, des enfants, des adultes et des seniors, des habitants de l'île qu'elle connaissait tous par leurs noms. Ils passèrent devant les stands gratuits qui offraient aux enfants des ballons ou de les maquiller, puis devant les étalages de nourriture, qui ne proposaient que des recettes à base de cranberry : confiture, biscuits, sauce, jus de fruits, muffins… Clen attrapa un échantillon de tout ce qu'il vit, même s'il n'aimait pas particulièrement le goût de ces petites baies.

Soudain, Celerie apparut, les joues délicatement rosies, et ses cheveux ramenés en une longue tresse dans son dos. Elle portait une robe en laine de la couleur des canneberges et des collants noirs. Et bien sûr, un serre-tête et des perles. On eût dit une version plus jeune (et plus blonde) de Dabney. Clen avait été prévenu, mais tout de même, cette apparition le fit sourire.

— Notre invitée d'honneur! s'écria Celerie.

Elle serra Dabney dans ses bras, qui grimaça. Elle avait dit à Clen qu'elle se sentait plus fragile que jamais : se brosser les dents, plier une serviette, tout

414

lui faisait mal. Il s'apprêtait à dire à Celerie d'y aller doucement, mais celle-ci relâcha enfin son étreinte et Dabney se contenta de sourire de soulagement avant de la complimenter.

— Tu as fait un travail formidable, Celerie !

La jeune fille rayonna de plaisir, puis se tourna vers Clen.

— Je suis ravie de vous rencontrer, monsieur Hughes !

— Le plaisir est partagé, mademoiselle Truman.

Puis ils s'exclamèrent en même temps :

— Dabney m'a beaucoup parlé de vous !

Dabney alla s'installer à la table des juges, où elle retrouva Nina, Ted Field et Jordan Randolph, le rédacteur en chef du *Nantucket Standard*. On leur apporta à tous des assiettes comprenant des échantillons de ceci ou cela, et Dabney prit consciencieusement des notes sur un carnet. Clen recula de quelques pas pour l'observer. Elle était à coup sûr dans son élément, mais telle qu'il la connaissait, elle aurait voulu pouvoir donner le premier prix à chacun des participants.

À un moment, elle leva les yeux de son carnet et parcourut la foule du regard. Clen comprit qu'elle le cherchait, lui. Il leva le bras pour lui faire signe.

Je suis là, Cupi. Je ne bouge pas.

Après la foire, Clen, Dabney et Agnes remontèrent dans l'Impala pour aller chercher Riley à l'aéroport. Il venait passer quelques jours à Nantucket pour découvrir les plaisirs de l'île en automne. Il serait venu plus tôt dans la journée, mais un examen pratique l'avait retenu à l'université toute la matinée.

Agnes ne pouvait contenir son excitation. Quand Clen se gara devant les portes de l'aéroport, elle sauta hors de la voiture et partit en courant, criant par-dessus son épaule :

— Je vais le chercher !

Dabney observa sa fille qui se précipitait dans l'aéroport.

— Son aura…, remarqua-t-elle. Je n'en ai jamais vu une aussi rose.

Le soir venu, Dabney leur prépara un dîner en profitant de la grande cuisine professionnelle de la maison des Jones. Clen alluma un feu dans l'énorme cheminée en pierre et tous les quatre prirent place dans le sofa et les fauteuils moelleux. Dabney apporta plateaux après plateaux d'amuse-bouche tous plus délicieux les uns que les autres : dattes fourrées au bleu enroulées dans du bacon, *ceviche* de saint-jacques de la baie, noix de cajou grillées au romarin… Un vrai festin, et le repas ne faisait encore que commencer ! Riley endossa le rôle du barman, servant à du champagne Agnes, du scotch à Clen, et préparant pour lui-même des cocktails au rhum de plus en plus forts que tous goûtèrent tour à tour, y compris Dabney. Riley parla des difficultés de son cursus, Agnes raconta des anecdotes à propos des enfants du Club, et Dabney s'assura que tout le monde avait à manger et que tout était absolument délicieux.

Elle retourna à la cuisine et s'arrêta à mi-chemin pour embrasser Clen.

— Tu es magnifique, murmura-t-il.

Il n'y aurait jamais assez de temps…

Dabney décréta qu'ils étaient tous si bien installés autour de la cheminée qu'ils n'avaient qu'à continuer le dîner là plutôt que de se déplacer jusqu'à la salle à manger. Elle leur servit un bœuf Wellington au foie gras entier (avec une pâte feuilletée et un duxelles de champignon maison), accompagné d'un gratin de pommes de terre au fromage, d'asperges sautées avec des pignons de pin et un soupçon de sauce à la moutarde, et enfin une salade aux poires, cranberries séchées et croûtons de pain de seigle.

— Maman, tu t'es surpassée ! commenta Agnes.

Clen remarqua qu'elle appelait toujours sa mère « Maman », maintenant. Mais peut-être l'avait-elle toujours fait ? Comment aurait-il pu le savoir…

— Je peux à peine bouger, dit Riley.

Il repoussa son assiette vide et cala son dos contre les gros coussins du fauteuil. Il avait repris deux fois de chaque plat, ce qui lui avait valu encore plus de cajoleries de la part de Dabney, si cela était possible.

— C'était délicieux, *boss*.

— J'ai cuisiné mon premier bœuf Wellington au printemps 1982, dit Dabney. Juste avant d'aller au bal de fin d'année avec Clen.

— Celui-ci était encore meilleur, commenta Clen.

Dabney se glissa sous le bras droit de Clen et posa la tête contre sa poitrine. Il la sentit sourire. Elle n'avait quasiment rien avalé, mais ni Clen ni Agnes n'avaient eu le cœur de la réprimander, car cela ne servait à rien. Ces temps-ci, Dabney mangeait seulement quand elle avait faim, ce qui lui arrivait peut-être tous les deux ou trois jours. Elle avait eu raison de se surpasser pour ce dîner, car Clen pressentait que ce serait le tout dernier repas qu'elle cuisinerait.

Il y avait probablement un dessert élaboré et décadent qui attendait quelque part dans l'énorme réfrigérateur Sub-Zero des Jones, mais aucun d'eux n'entreprit d'aller le chercher. Dabney s'assoupit contre Clen, et Agnes et Riley se levèrent en silence pour aller faire la vaisselle. Clen resta assis sur le sofa à regarder le feu qui mourait lentement dans l'âtre, avant de soulever doucement les quarante-trois kilos de Dabney et de la porter jusqu'à son lit, dans le cottage.

Pitié, faites que le temps s'arrête, pria-t-il. *Arrêtez le temps, là, maintenant.*

Dabney

Elle voulait quelque chose, mais elle n'arrivait pas à le demander.

Agnes

Le mois d'octobre avait filé, et sa mère ne se déplaçait plus que dans un fauteuil roulant. Elle dormait presque toute la journée, et, à sa demande, elle restait dans le cottage de Clen. Elle ne pesait plus rien, maintenant. Elle était si mince qu'on eût dit qu'un morceau d'elle avait déjà quitté le monde.

Agnes ignorait ce qu'elle devait faire. Elle téléphonait à Riley tous les soirs pour en parler. Sa mère allait mourir. Il ne semblait plus réaliste d'imaginer qu'elle serait encore là à Noël. Il faudrait appeler un hôpital, et vite…

Clendenin

L'anniversaire de Dabney arriva, le 6 novembre. Elle avait quarante-neuf ans.

Clen lui demanda comment elle voulait le fêter, et elle décida de commander des sandwiches cubains à Foods For Here And There, et de les manger en regardant *Love Story* avec Clen et Agnes.

— Tu ne veux pas de gâteau ?

Dabney aimait faire les choses en grande pompe, pour les anniversaires : gâteau, bougies, cartes, cadeaux. C'était vrai quand elle était adolescente, du moins ; il supposait que cela n'avait pas changé.

Mais Dabney secoua la tête. Les sandwiches et le film, rien d'autre.

— *Love Story*, ça n'est pas un peu sinistre, comme histoire ?

— C'est mon film préféré, répondit-elle. J'ai envie de le regarder une dernière fois.

*

Agnes arriva au cottage avec la mine la plus triste qu'il lui eût jamais vue. Avec Clen, ils avaient décidé d'appeler un hôpital dans la journée. Ils laisseraient Dabney fêter son anniversaire tranquillement, mais ensuite, des infirmières viendraient lui rendre visite tous les jours, aussi longtemps que nécessaire.

Dabney n'atteindrait jamais ses cinquante ans.

Ils décidèrent d'offrir sa surprise à Dabney avant de manger et de regarder le film. Elle posa le paquet sur ses genoux pour admirer le papier dans lequel il était emballé : un motif écossais, bleu marine, rouge de Nantucket et vert irlandais.

— J'adore ce papier, dit-elle. J'aurais voulu que tous mes cadeaux soient emballés comme ça.

Ça commence plutôt bien, pensa Clen. Agnes avait choisi ce papier à carreaux.

Dabney prit le paquet dans ses mains et fit glisser ses doigts sur les bords. Elle prenait son temps pour ouvrir ce qui serait sûrement le dernier cadeau de sa vie.

— On dirait un livre…

— Ouvre-le, maman !

Alors elle l'ouvrit. C'était bien un livre. La couverture, d'un joli rose poudré, affichait en lettres noires : *DABNEY KIMBALL BEECH : HISTOIRES D'AMOUR.*

— Oh…, murmura Dabney.

Elle ouvrit le livre et commença à en lire la première page. *Couple n° 1 : Phil et Ginger (née O'Brian)
Bruschelli, mariés depuis vingt-neuf ans. Ginger : Il
serait présomptueux de ma part de présenter Dabney
comme ma meilleure amie car, déjà en 1981 (notre première année au lycée), Dabney était la fille la plus populaire…*

Elle continua à tourner les pages, et les noms défi-
lèrent : Tammy Block et Flynn Sheehan, le Dr Donegal,
les Levinson, Genevieve et Brian Lefebvre, et l'histoire
malheureuse de Nina Mobley. Clen avait réussi à col-
lecter dix-neuf histoires sur les quarante-deux qu'il y
avait à raconter. Il avait patiemment interrogé et enre-
gistré chaque protagoniste, puis édité leurs témoi-
gnages pour rendre le tout aisément lisible.

Dabney feuilleta tout le livre, riant et gloussant, s'exclamant « Mais oui, je me souviens de ça ! ». Puis elle
leva la tête vers Clen, et ses yeux s'emplirent de larmes.

— Je n'arrive pas à croire que tu aies fait tout ça…
C'est le plus beau cadeau qu'on m'ait jamais fait.

— Tu as apporté tellement d'amour à tellement de
gens, Maman, dit Agnes.

— C'était important pour moi, dit Clen. Agnes va le
garder, et ses enfants pourront le lire, et leurs enfants
après ça. Ils te connaîtront tous à travers ces histoires.

Dabney cligna lentement des yeux, et des larmes
tombèrent sur les pages du livre.

— Merci, murmura-t-elle.

Elle voulait quelque chose, mais elle avait trop peur de demander. *Haut les cœurs*. Il lui restait si peu de temps.

C'était le milieu de la nuit, vers 3 ou 4 heures du matin, et son anniversaire était officiellement passé. Le livre qu'ils lui avaient offert l'avait bouleversée. C'était une histoire vivante, l'histoire de sa vie, que liraient ses petits-enfants, ses arrière-petits-enfants… Ils penseraient peut-être à elle, comme elle-même avait pensé à Dabney Margaret Wright ou Winford Dabney Wright et toutes les autres femmes qui l'avaient précédée. Elle prenait sa place dans la cette longue lignée.

Les sandwiches étaient délicieux, et elle avait ressenti du plaisir à retrouver *Love Story*, jusqu'au moment où Oliver explique à son père que Jenny est morte.

— Arrête là, avait-elle dit.

— Arrêter le film ? Tu es sûre ? avait demandé Clen.

— Oui.

Elle savait quelle scène viendrait après, et elle ne l'aurait pas supportée. Oliver, assis seul dans la neige…

Mourir, ce n'était pas triste. Ce qui était triste, c'était de penser à tous les gens qu'on laissait derrière soi.

Elle voulait quelque chose. Il était exactement 3 h 44. Elle avait dormi presque toute la journée, mais quand il était très tard, si tard qu'il était tôt, le sommeil refusait de s'offrir à elle. *Haut les cœurs*. Son arrière-grand-mère, Winford, avait passé huit heures par jour debout pendant six semaines à faire circuler une pétition pour obtenir le droit de vote, et à discuter et débattre avec qui voudrait bien l'écouter. Sa grand-mère chérie, Agnes Bernadette, avait passé ses cinq premières années sur l'île de Nantucket à changer des draps et à récurer des toilettes tous les jours de la semaine, à la seule exception du dimanche matin, consacré à la messe.

Dabney enfonça son doigt dans les côtes de Clen pour le réveiller.

— Quoi?

Quand on le réveillait au beau milieu de la nuit, il paraissait toujours alerte, mais Dabney savait qu'il pouvait avoir tout oublié le lendemain matin. Il fallait donc s'assurer qu'il était bien réveillé. Elle se redressa pour allumer la lumière – un effort douloureux. Elle avait l'impression que son ventre était plein de gelée.

Clen se redressa à son tour en se frottant les yeux, et il attrapa le verre d'eau posé sur sa table de chevet.

— Dabney? Tu as besoin d'un cachet?

— Non.

— Tu veux parler? Est-ce que tu as peur?

Elle secoua la tête. Ils avaient eu des conversations terrifiantes à propos de ce qui allait arriver. Qu'allait-il se passer quand elle mourrait? Que ressentirait-elle? Elle avait apprécié les réponses sincères de Clen. (*On ne sait pas, Cupi, personne ne peut nous le dire.*) Elle avait ensuite décidé de se concentrer plutôt sur le temps qui lui restait à vivre, et de refermer pour le moment la porte qu'elle avait entrouverte sur sa propre mort.

Le temps qui lui restait à vivre…

— Je voudrais voir Box.

Clen demeura silencieux, comme elle s'y attendait. Elle tendit la main et toucha son bras amputé.

— Je veux que tu l'appelles et que tu lui dises de venir.

— Moi ? Pourquoi moi ? Appelle-le, toi, ou bien demande à Agnes.

— Non. J'ai beaucoup réfléchi, et je veux que ce soit toi.

Elle attrapa son cachet et un verre d'eau. Elle avait à peine assez de force dans le bras pour le soulever. Si Clen appelait plutôt qu'elle ou Agnes, Box n'aurait aucun mal à lui dire non. Et donc, s'il acceptait de venir, Dabney saurait que c'était parce qu'il en avait vraiment envie.

Clen soupira, évidemment. Elle s'était préparée à un refus.

— D'accord, lâcha-t-il enfin.

Box

Il n'avait plus une minute à lui. Le semestre battait à présent son plein, et il enseignait dans trois classes, donnait deux séminaires ainsi que son cours de macroéconomie. En temps normal, il laissait Miranda ou un autre assistant pédagogique du Département d'économie s'occuper du plus gros du travail pour ce cours-là, mais cette année, il s'en chargerait seul. Il était débordé, occupé comme jamais. Les plus courageux ou les plus attentionnés de ses collègues lui demandaient parfois comment il allait. Ils avaient eu vent du départ de Miranda et de la maladie de Dabney, peut-être, mais ils ne savaient rien de plus. En tout cas, il l'espérait.

Il se trouvait dans l'aile ouest de la Maison Blanche quand son téléphone portable sonna. Il l'avait mis en silencieux, mais il le sentit vibrer et jeta un coup d'œil discret. Ne reconnaissant pas le numéro, il décida que l'appel pouvait attendre.

Mais moins d'une heure plus tard, une assistante entra dans la salle et lui tendit un message.

— Je suis désolée, mais ça a l'air urgent.

Box regarda le papier et y lut le nom de Clendenin Hughes. Il eut un goût de bile dans la gorge, non pas à cause de son mépris pour cet homme, mais parce qu'il ne voyait qu'une seule raison qui pourrait pousser Hughes à l'appeler...

Elle est morte ? La veille était l'anniversaire de Dabney, et il lui avait fait livrer une douzaine de roses à la maison. Des roses roses. En général, pour son anniversaire et la Saint-Valentin, il optait plutôt pour du rouge, mais les roses rouges voulaient dire « Je t'aime », et cela ne lui avait pas paru approprié, même si, bien sûr, il l'aimait toujours. Il l'aimait tant qu'il aurait soulevé des montagnes pour elle. Il avait choisi le rose pour faire passer un message : les choses avaient changé entre eux. Dabney comprendrait, elle qui était si attentive à ce genre de détails.

Il avait envoyé un SMS à Agnes pour demander si les roses avaient bien été livrées. Elle avait confirmé, avant d'ajouter que sa mère n'étant pas à la maison, elle la préviendrait qu'il avait envoyé des fleurs.

Son dernier message disait : *Tu es vraiment quelqu'un de bien, papa.*

Mais Box était resté bloqué sur le message précédent. Elle n'était pas à la maison ? Elle n'avait donc pas vu les roses, et encore moins remarqué leur couleur… À quoi bon ! Il aurait préféré ne rien envoyer du tout.

Il se doutait bien que Dabney choisirait de passer son anniversaire avec l'autre mufle, mais en y réfléchissant à présent, il se demanda si Agnes ne cherchait pas tout simplement à lui cacher que sa mère se trouvait à l'hôpital.

Il se prit les pieds dans sa chaise en se levant. *Elle est morte. Ma femme est morte.* Le secrétaire du Trésor et son équipe se tournèrent vers lui.

— Professeur ? Y a-t-il un problème ?

— Excusez-moi, je dois partir.

Une assistante lui indiqua un petit bureau isolé pour passer tranquillement son appel. Hughes répondit immédiatement.

— Elle est encore en vie, dit-il. Elle a insisté pour que je vous appelle. Elle veut vous voir.

Box se sentit brûler d'un sentiment plus fort que la colère, plus fort que la rage. Et en même, quel soulagement… *Respire. Respire.* Elle était vivante.

— Comment va-t-elle ? Dites-moi la vérité. Combien de temps encore ?

— Personne ne sait vraiment. Quelques semaines, un mois ? Peut-être plus, ou moins... Agnes a appelé un hôpital, ils vont envoyer une infirmière lundi. Elle et moi, on veut être sûrs que Dabney ne souffre pas.

— Elle et vous..., laissa échapper Box.

Clen s'éclaircit la gorge.

— Elle veut vraiment vous voir. Elle vous réclame.

— Oui, j'ai bien compris.

— C'est elle qui a voulu que je vous appelle. Croyez-moi, je m'en serais bien passé.

— Oh, je n'en doute pas.

Dabney voulait le voir. La rage prit le pas sur le soulagement, et la douleur entra par tous les pores. Elle voulait le voir, maintenant, après lui avoir menti, l'avoir trompé ? Trompé, quel mot terrible, quel concept incompréhensible... Dabney Kimball, une menteuse doublée d'une adultère ! Qu'avait-il donc fait pour mériter pareille humiliation publique ? Elle lui avait menti encore, encore, et encore, et maintenant, elle voulait le voir ? Pourtant, il n'y avait pas si longtemps, elle ne pensait qu'à voir Hughes, et lui seul.

Il savait pertinemment qu'elle avait menti à propos du salon de coiffure, et pourtant il n'avait pas eu le courage d'exiger la vérité.

Elle l'avait ridiculisé ! Elle avait fait de lui, John Boxmiller Beech, la risée de tout Nantucket !

Et pourquoi avoir demandé à Hughes de téléphoner ? Pourquoi ne pas l'avoir appelé elle-même ? Pourquoi Hughes ? Agnes aurait pu s'en charger. Pourquoi lui ?

Box n'était pas un expert en passions humaines et il méprisait les effusions d'émotions et les raisonnements sentimentaux, surtout chez lui. Il préférait rester au-dessus. Pourtant, quelque part, il comprenait la requête de Dabney. Elle voulait les réconcilier, lui et Hughes. Elle voulait les rapprocher, comme elle l'avait fait pour tant de couples. Quelle idée révoltante... Mais cette fois, il lui tiendrait tête.

C'était décidé : il n'irait pas la voir.

Bientôt l'hôpital, puis des semaines, des mois, une vie entière à avancer sans Dabney. La part de tarte aux fraises, le soda glacé, elle qui « avait envie d'en avoir envie », mais dont le cœur était ailleurs. Il avait bien vu l'ombre dans son regard, le jour de leur mariage, pendant la réception dans la maison de sa grand-mère, mais il avait choisi de l'ignorer, parce qu'il se réjouissait tant de l'avoir pour épouse.

Il valait mieux qu'elle ne le revît jamais. Ainsi, elle se souviendrait de lui tel qu'il était alors, et il aurait au moins la satisfaction d'avoir gardé sa dignité jusqu'au bout. S'il la revoyait, qui savait ce qu'il serait capable de dire ou de faire. Comment pourrait-il dissimuler sa douleur, son chagrin, son incrédulité, et cette autre émotion, celle qui surpassait même la colère et la rage ? Il se savait incapable de lui cacher combien son cœur souffrait, et il ne voulait pas qu'elle mourût en se sentant coupable de sa peine.

Il n'irait pas.

Clen

Dabney lui annonça qu'elle souhaitait passer le temps qui lui restait à la maison. Elle voulait bien sûr parler de la maison sur Charter Street.

— Je t'aime. Et j'ai apprécié et chéri tout le temps que nous avons passé ensemble au cottage, mais ce n'est pas chez moi.

Elle avala sa salive.

— Je veux être chez moi, et si tu veux m'accompagner jusqu'au bout, ce que j'espère, alors je te demande, humblement, de m'accompagner à Charter Street.

Les poils de Clen se hérissèrent. Maintenant que la fin approchait, elle attendait de lui des efforts de plus en plus difficiles. Passer du temps dans la maison qu'elle avait achetée avec l'économiste, celle où elle avait vécu avec lui pendant vingt-quatre ans ! Allait-elle lui demander aussi de dormir là-bas ? Et où ? Dans une chambre d'amis ?

Agnes

Un nombre impressionnant de personnes exprimèrent leur envie de venir voir sa mère, si bien qu'Agnes décida de préparer un planning pour les visites, à raison de deux personnes par jour, pour dix minutes chacune. Dabney les recevait dans son lit, bien calée contre des oreillers, avec son serre-tête et ses perles bien en place. Parfois, elle avait assez d'énergie pour faire la conversation. D'autres fois, pas du tout.

Dabney disait qu'avec la morphine elle se sentait comme une libellule posée à la surface d'un étang.

— L'été de tes trois ans, raconta-t-elle, je t'ai emmenée plusieurs fois jouer près d'un étang, à Jewel Pond. C'était très difficile d'y accéder, et la Nova s'est retrouvée coincée dans le sable plus d'une fois, mais tu adorais lancer des cailloux dans l'eau et chercher des tortues. Au soleil, l'étang ressemblait à un bijou, parfois de la couleur d'une émeraude, d'autres fois un saphir. Tu te souviens ?

Agnes hocha la tête – un mensonge. Elle n'en avait aucun souvenir, mais elle aimait la scène qu'elle imaginait : elle et sa mère, seules près d'un étang isolé, la fillette les pieds dans l'eau pour faire des ricochets et Dabney l'observant depuis sa serviette étalée sous le parasol à rayures rouges et blanches, puis Agnes piquant un somme à plat ventre sur la serviette tandis que Dabney lui caressait doucement le dos en lisant un roman de Jane Austen.

Agnes et sa mère, dans une parenthèse enchantée de sérénité. Si Agnes avait trois ans à l'époque, alors Box faisait déjà partie de sa vie. Il était déjà son père, puisqu'il l'avait adoptée quelques mois après son mariage avec Dabney. Mais il était souvent absent, occupé quelque part à travailler, à voyager, à parler, enseigner, ou écrire.

Agnes ne gardait rancune à sa mère que pour une chose, un sujet de discorde vieux de plus de dix ans mais qui resterait celui de toute une vie : avoir attendu ses seize ans pour lui révéler la vérité au sujet de son père. Seize ans ! Une erreur effroyable, selon Agnes. Elle aurait dû le savoir bien plus tôt, elle aurait dû grandir en le sachant. Elle se souvint d'une remarque de Mme Annapale, qui lui enseignait le catéchisme, et possédait l'hôtel où Box avait séjourné au début de sa relation avec Dabney. Mme Annapale avait dit, à propos de Box : « Il est venu chez moi tous les week-ends sans exception jusqu'à ce que ta mère accepte de l'épouser. Elle t'emmenait avec elle, parfois. Tu étais tellement mignonne ! »

Et Agnes avait pensé, *Hein ?*

Quand elle avait rapporté cette conversation à sa mère, celle-ci avait eu l'air très inquiète l'espace d'une seconde, puis elle s'était reprise et avait affirmé que Mme Annapale, qui n'était plus toute jeune, confondrait bientôt la Vierge Marie avec Marie-Madeleine.

Un mensonge, bien sûr, ou presque. Ne pas parler de Clendenin à Agnes représentait un mensonge par omission ; une imposture volontaire et éhontée.

Du moins était-ce ce qu'Agnes avait cru pendant des années. Mais depuis qu'elle avait rencontré Clendenin, elle n'était plus si catégorique. Elle comprenait, maintenant, que Clen avait bel et bien disparu pour Dabney. Il se trouvait à l'autre bout du monde, et la seule manière pour sa mère de survivre à cette absence avait été de vivre comme s'il avait disparu de la surface de la Terre. Agnes comprenait aussi que sa mère avait aimé cet homme de tout son cœur, et qu'elle avait continué à l'aimer même après son départ, et c'était ce mélange d'amour et de douleur qui l'avait empêchée de révéler la vérité à Agnes. Et puis Box était apparu, et il avait été un vrai père pour Dabney à tous les égards, sauf, bien sûr, du point de vue du sang. *Qu'est-ce que ça change ?* avait demandé Dabney, gardant son sang-froid face à la crise de colère de sa fille. Clendenin Hughes ne représentait plus qu'un nom, et le seul lien qu'il partageait avec Agnes était celui de la biologie. Il n'avait jamais été son père, et ne le serait jamais. Voilà ce que Dabney avait déclaré, dix années plus tôt.

Et pourtant, Clendenin avait fini par trouver sa place dans la vie d'Agnes. Elle ne savait pas exactement qui il était pour elle, mais elle était sûre d'une chose : ils partageaient maintenant leur amour pour Dabney. Cela faisait de lui un camarade, un coéquipier, ou peut-être même un ami.

Un soir, alors que la lumière commençait à faiblir (car la nuit tombait bien tôt en automne), Agnes s'assit à côté de sa mère endormie et regarda sa poitrine se soulever et retomber au rythme de sa respiration. Au bout d'un moment, elle murmura :

— Je te pardonne, Maman.

Tammy Block vint rendre visite à Dabney, suivie de Marguerite Levinson, avec son golden retriever Oncle Frank. Genevieve Lefebvre passa aussi, puis Vaughan Oglethorpe, laissant derrière lui une odeur de formol. Et puis, tous les trois ou quatre jours, Celerie venait discuter des stratégies à adopter pour l'avenir de la Chambre de commerce.

Nina Mobley vint pour annoncer ses fiançailles avec le Dr Marcus Cobb. Dabney demanda à Agnes d'ouvrir une bouteille de champagne pour célébrer la nouvelle, même si elle n'en boirait pas elle-même.

Un jour, la femme inconnue qu'Agnes avait vue dans l'allée chez Clendenin passa, elle aussi, et se présenta : Elizabeth Jennings. Quand Agnes monta dans la chambre de sa mère pour annoncer la visite, celle-ci lui demanda de dire qu'elle dormait.

Elizabeth accueillit son mensonge avec un petit hochement de tête résigné.

— Je me doutais qu'elle ne voudrait pas me voir. Dites-lui que je suis désolée, et donnez-lui ça de ma part.

Elle tendit à Agnes une tarte tatin.

— J'aimerais dire que je l'ai préparée moi-même, mais en réalité, c'est mon cuisinier.

— Oh. Eh bien, merci.

Agnes observa la tarte : un mont de pommes cuites et de sucre caramélisé aux magnifiques reflets dorés. Appétissant, mais Dabney ne mangeait plus rien de solide depuis une semaine.

L'ancien psychiatre de Dabney, le Dr Donegal, vint aussi lui rendre visite. Dépassant de beaucoup les dix minutes convenues, il resta auprès de Dabney près d'une heure, et il redescendit l'escalier en essuyant ses larmes du revers de la main.

Et puis enfin, Dabney reçut la visite que plus personne n'attendait – ou celle que tout le monde attendait ? Agnes avait espéré, prié pour que cela arrive, mais elle n'avait pas eu le courage de demander directement.

Elle se trouvait dans la cuisine quand elle entendit des pas dans l'entrée, et elle crut d'abord qu'il s'agissait de Clen. Clendenin passait la plupart des nuits dans la maison. Il restait au chevet de Dabney et, quand elle s'endormait, il allait se coucher dans la vilaine petite chambre aménagée au grenier. *Comme un domestique !* plaisantait-il. Il avait refusé de s'installer dans la chambre d'amis car il ne s'y sentait pas à sa place. La chambre du grenier n'avait qu'un petit lit dans lequel il peinait sûrement à trouver le sommeil, mais à chaque fois qu'Agnes le suppliait de changer de chambre, il résistait.

Mais ce n'était pas Clen qui marchait dans le couloir. Quand elle tourna la tête vers la porte de la cuisine, les yeux d'Agnes se posèrent sur son père.

Box.

Ce n'est qu'à ce moment-là, qu'enfin, elle craqua et éclata en sanglots.

Dabney

Elle avait tout ce qu'il lui fallait, sauf…

Les infirmières envoyées par l'hôpital étaient des anges aux ailes immaculées et à la voix douce. Inlassablement, elles essuyaient le front de Dabney, lui peignaient les cheveux et lui massaient les pieds. Elles lui donnaient également sa morphine. La morphine éradiquait enfin tout besoin de se montrer courageuse. Il n'appartenait maintenant plus qu'aux vivants et aux valides de se dire *Haut les cœurs*. De temps en temps, les infirmières lui lisaient des histoires tirées du livre réalisé par Clen. D'autres fois, c'était Agnes qui se chargeait de la lecture.

Ah, pensait Dabney. Ginger O'Brien et Phil Bruschelli, le début du lycée, l'odeur du gymnase où on jouait les matches de basket en hiver, le couinement des chaussures de sport et le bruit sourd de la balle rebondissant sur le parquet, les gradins grouillant de lycéens venus encourager leur équipe. Après les réunions du *yearbook*, Dabney avait l'habitude de passer quelques minutes dans le gymnase. Elle réalisait des maquettes de l'album reliées au mastic, et il lui restait toujours des boulettes de pâte collées sur les mains. Elle portait ses perles, une chemise en coton et son Levi's au délavage parfait, qu'elle ne lavait que le dimanche avant de le repasser en regardant un magazine d'informations à la télé. Et ses mocassins, délicatement patinés, qu'elle rachetait chaque année au début du mois d'août et portait tout l'été chez elle pour les assouplir à temps pour la rentrée.

Comme elle aurait voulu retourner à ces jours heureux, cette époque sereine…

— Tu avais tes deux bras, au lycée, dit-elle à Clen.

— Oui, c'est vrai.

Clen restait souvent à son chevet. Il disait aux infirmières de prendre une pause, ou bien c'était elles qui décidaient de les laisser tranquilles ; elle ne savait pas exactement comment tout ce petit monde s'arrangeait. Clen lui donnait de la glace pilée à sucer et appliquait du baume sur ses lèvres du bout des doigts. Elle sentit des larmes couler sur sa joue en pensant à la main gauche de Clendenin, autrefois si forte et si belle, et maintenant disparue, devenue poussière, quelque part sur un continent lointain.

— Tu sauras quand appeler le prêtre ? demanda-t-elle.

Clen acquiesça en serrant les lèvres si fort qu'elles en devinrent blanches. Il n'avait peut-être aucune envie d'appeler un prêtre parce qu'il n'était pas catholique. Ou bien, plus simplement, il s'y refusait parce qu'il savait que cela voulait dire que la fin approchait. Mais voir le prêtre était important pour Dabney : elle voulait confesser ses péchés, recevoir les derniers sacrements, et savoir qu'on lui donnait la permission de passer dans l'autre monde, quel qu'il fût. Quand sa grand-mère, Agnes Bernadette, avait reçu l'extrême-onction, son visage avait aussitôt paru plus détendu et ses traits s'étaient figés dans une expression de résignation apaisée, à l'image d'une madone de marbre.

Clen promit qu'il appellerait le prêtre.

Mais pas encore. Pas tout de suite.

La glace pilée, les anges, les mains qui lui massaient les pieds, la voix de Clen, cette voix puissante. Comment avait-elle pu s'en passer pendant vingt-sept années ? Comment avait-elle survécu sans ses beaux yeux d'un vert mousse et caramel ?

— Il faudra que tu trouves quelqu'un d'autre, dit-elle. Je voulais t'aider, mais…

— Chut…

— Je ne voulais pas, d'abord. J'étais égoïste, je voulais te garder pour moi. Mais tu ne peux pas rester seul, Clen.

— Cupi... Arrête...

— Promets-moi que tu essaieras.

— Non. Je n'essaierai pas.

Clen, Agnes, les infirmières, et enfin, le moment venu, le prêtre. Non pas le Père Haley, qui l'avait suivie depuis son baptême jusqu'à sa première communion et sa confirmation, mais un nouveau prêtre, un jeune homme, bien trop séduisant pour prendre la robe, d'après Dabney. Le Père Carlos avait un accent hispanique et de beaux yeux bruns. Il s'assit au bord du lit, prit la main de Dabney et lui demanda de prier avec lui.

Elle avait tout ce qu'il lui fallait, sauf... Mais il était temps d'y renoncer, à présent. *Au nom du Père et du Fils et du Saint-Esprit, amen.* Elle avait confessé tous ses péchés et fait pénitence, mais la seule chose qu'elle regrettait vraiment était de devoir partir sans cette chose qui lui manquait.

Son voyage touchait à sa fin. Quarante-neuf ans. Elle avait espéré en vivre quatre-vingt-dix neuf, bien sûr, comme n'importe qui, mais elle n'était tout de même pas à plaindre. Certes, elle n'avait pas bronzé sur les plages dorées de Saint-Tropez, n'avait jamais visité le Taj Mahal, ni vu les collines de Hollywood, le mont Rushmore ou les pyramides d'Égypte. Pas plus qu'elle n'avait flâné dans les souks marocains ou mangé des plats bien gras sur la Route 66.

Mais Dabney avait connu Nantucket, et cela comptait pour quelque chose. Elle était née sur cette île, elle y avait grandi, elle y avait consacré une carrière de vingt-deux ans, et c'est sur cette île qu'elle mourrait. Fidèle à sa chère Nantucket, jusqu'au bout.

Nantucket, qui avait été plus une mère pour elle que sa propre mère.

Elle avait tout ce qu'il lui fallait. Sauf.

Et soudain, elle entendit sa voix, ou du moins crut-elle l'entendre. Le son était trop faible d'abord pour qu'elle pût être sûre.

— Chérie… ?

Elle n'arrivait pas à y croire. Ce devait être un rêve, ou un délire induit par la morphine. Elle avait de plus en plus de mal à distinguer la réalité et les souvenirs qui semblaient défiler devant ses yeux. La fillette de trois ans qui jetait des cailloux dans l'étang pour en déranger la surface couleur d'émeraude paraissait aussi vivante que la jeune femme qui lui lisait patiemment les dernières pages d'*Emma*.

Chérie.

Dabney ouvrit les yeux, et il était là. Box. Si elle avait encore été capable de pleurer, de crier, de sourire ou de rire, elle l'aurait fait.

Elle tenta de parler ; un seul mot. *Là*. Elle voulait dire, *Tu es là, tu es venu ! Tu ne m'as pas abandonnée, même après que je t'ai abandonné si cruellement. « Chérie », tu dis ? Je suis encore ta chérie ? Tu as trouvé dans ton cœur la force de venir me trouver dans notre maison, et de m'appeler chérie…*

Mais Box crut qu'elle voulait simplement dire, *Assieds-toi là.* Alors il s'assit à côté d'elle et lui prit la main.

— Oh, Dabney...

Sa voix prenait une intonation qu'elle ne lui connaissait pas. Elle trahissait à la fois sa douleur, sa tristesse, ses regrets, et son amour. Elle ne supporterait pas de l'entendre prononcer un mot de plus. Qu'avait-il encore à lui dire ?

— Je t'aime, Dabney Kimball Beech. Je t'aime et je t'aimerai toujours. À jamais.

Elle réussit à battre des cils. Il ne lui restait plus que ses yeux pour s'exprimer. Mais pour combien de temps ?

Elle essaya encore de parler.

— S'il te plaît.

— Chut, Dabney. Ne dis rien.

— S'il te plaît..., dit-elle, ou du moins essaya-t-elle de dire.

C'était déjà trop d'efforts pour elle. La fatigue... Elle ferma les yeux.

Elle entendit des voix et ressentit des sensations qu'elle n'aurait su décrire. La voix de May, la gentille femme de chambre irlandaise, chantait *Bye bye, Miss American Pie.*

Où est ma mère ?

Ton père va venir te chercher, ma puce.

Maman !

Dabney passe un samedi entier à apprendre comment cuisiner un bœuf Wellington, parce qu'elle tient tant à en préparer un pour Clendenin le soir du bal de fin d'année. Le secret d'une pâte feuilletée maison réussie : utiliser du beurre bien froid. Pas question d'acheter une pâte toute faite. Le chef cuisinier du Club Car, un vieillard à l'époque, le lui a répété plusieurs fois : *du beurre bien froid.*

Albert Maku trouve Dabney en train de pleurer, assise sur les marches du Hall Grays. Tout le monde jubile à l'idée de commencer ses études à Harvard, mais pas eux deux. Il lui parle en zoulou et elle se met à pleurer, parce que le monde paraît si étrange, et si étranger, sans Clen pour la guider. Clen se trouve à plus de deux cents kilomètres, à New Haven.

C'est le Festival des jonquilles, et voilà qu'un blizzard se lève – quelle poisse ! Nina mâchonne nerveusement le petit crucifix sur son collier en or et Dabney, à la fenêtre, regarde la neige qui n'en finit pas de tomber sur Main Street.

Des huîtres, des Island Creek, des Kumamoto. Elle pourrait en manger dix fois plus, qu'elle ne serait pas encore rassasiée.

Une Corvette Stingray de 1963 avec vitre arrière séparée, toutes pièces d'origine, bleu Bermudes. Un beau bijou qu'elle aurait aimé posséder, mais en réalité, qu'en aurait-elle fait ? Cette voiture resterait un rêve, et c'était là son rôle.

La Danse de Matisse. Peut-être une image du paradis. Du bleu et du vert, des danseurs nus, joints dans une ronde tournant à l'infini, chaque tour plus enivrant que le précédent.

Elle n'est pas honnête au sujet de sa grossesse. Pendant huit mois après le départ de Clen, elle reste à la maison, à cuisiner et faire le ménage pour son père,

à jouer au solitaire et à lire des histoires d'humilia-
tions (*Tess d'Urberville, La Foire aux vanités*) pendant
que son ventre grossit et la gêne de plus en plus au fil
des jours. Ses amis du lycée ou de l'université ne lui
parlent plus, ils demeurent à l'écart. Elle se sent plus
seule que jamais.

Dans la salle d'accouchement, il n'y a que Dabney,
une sage-femme appelée Mary-Beth, et le Dr Benton.
Dans son souvenir, l'accouchement en lui-même se fait
sans douleur, probablement parce qu'elle ne se sou-
cie pas de savoir si le bébé survivra, ni si elle-même
survivra. Quelle importance, puisque Clendenin n'est
plus là ?

Mais ensuite, bien sûr, quand la sage-femme place
le bébé dans les bras de Dabney, la sensation de solitude s'évanouit. Une mère avant tout, une mère pour
la vie.

Agnes !

Dabney saute sur le lit pendant que sa mère, assise
à la coiffeuse, applique son mascara.

Dabney crie, « Regarde comme je vais haut,
maman ! » Elle porte sa robe de Noël rouge et des
collants blancs. Sa mère lui a demandé d'enlever ses
chaussures à bride.

« Je te regarde, ma chérie. » Son regard brille dans
le miroir. « Tu vas très haut, c'est vrai. Mais fais attention, ma chérie. Ne va pas tomber et te casser le nez. »

— Maman…

Dabney ouvrit les yeux, avec le peu de forces qu'elle
avait encore. Agnes et Riley se tenaient debout devant

le lit, main dans la main, nageant dans un nuage rose pastel, comme une énorme barbe à papa.

Agnes au carnaval par un été caniculaire, du sucre rose collé partout sur son visage et ses doigts, et qui supplie sa mère de l'emmener faire un tour de chenille.

« J'ai trop peur ! » dit Dabney. « Mais tu es grande, remarque Agnes. On n'a pas peur quand on est grand. »

Agnes et Riley, et tout ce rose. Dabney le savait, oui, elle ne s'était pas trompée !

Clendenin était assis à sa gauche, et Box à sa droite. Chacun lui tenait une main. Elle ne savait pas si elle méritait de les avoir tous deux auprès d'elle, mais elle était reconnaissante. Elle avait maintenant tout ce qu'il lui fallait. Son cœur flottait comme un cerf-volant retenu au sol par deux fils, mais bientôt il serait temps pour eux de la laisser s'envoler.

Elle flottait, une libellule. Le paradis, c'était peut-être une Corvette Stingray parcourant les cieux.

Mais non : le paradis, c'était de les avoir tous avec elle à ce moment précis.

Clen serra sa main.

— Cupi...

— Je crois qu'elle s'en va, dit Box.

Tout allait bien. Maintenant que tout était fini, elle se sentait heureuse, et enfin libre.

— Maman !

Quand Dabney ferma les yeux, elle ne vit que du rose. Tout était parfaitement rose.

Couple n° 43 : Agnes Bernadette Beech et Riley Alsopp, ensemble depuis six mois.

Agnes : Le vendredi du Festival des jonquilles, on a enterré les cendres de ma mère dans la concession de la famille, là où son père, sa grand-mère, ses arrière-grands-parents et jusqu'à son arrière-arrière-grand-mère, la première Dabney, reposent déjà. Ma mère a toujours dit qu'elle avait peur de quitter Nantucket parce qu'il lui semblait que si elle partait, elle mourrait et ne retrouverait jamais son île. Ça a donc été un soulagement, pour moi, mais aussi pour Box et Clen, je crois, de la savoir enterrée là, dans son île chérie. On a préféré l'intimité d'une petite cérémonie, juste tous les trois avec Riley et Nina, mais le lendemain, pendant le pique-nique du Festival des jonquilles, tout le monde s'est rassemblé autour de l'Impala de ma mère pour lui rendre un dernier hommage, en partageant rires, larmes, et anecdotes. Celerie avait préparé un énorme plateau de sandwiches arc-en-ciel en son honneur, et ils ont été tous engloutis en un rien de temps. J'ai pensé à ma mère, et à combien cela lui aurait fait plaisir.

Un an plus tôt, je croyais être prête à épouser CJ.

Riley adore raconter qu'il est tombé amoureux de moi avant même de me rencontrer, en voyant mon portrait sur le bureau de ma mère, à la Chambre de commerce. Il dit que quand ses yeux se sont posés sur la photo, il a été stoppé net dans son élan et a immédiatement pensé, *C'est cette femme que je dois épouser*. Il dit qu'on ne lui avait jamais brisé le cœur jusque-là, mais que c'est un peu ce qu'il a ressenti en apprenant que j'étais fiancée.

Mes sentiments pour Riley se sont développés moins vite que les siens, mais il n'a eu aucun mal à le comprendre. J'avais eu plus que mon lot d'émotions, entre CJ, ma mère et Clendenin… Je savais que je l'aimais, qu'il n'existait pas au monde un dentiste-surfeur plus gentil, plus adorable, plus séduisant et plus talentueux, et que je serais cinglée de le laisser filer entre mes doigts. Malgré tout, je ne suis pas encore prête à parler de mariage – surtout pas ce week-end. On a décidé d'attendre de voir comment se déroulent les prochains mois (on reste à Nantucket tout l'été), et on verra à l'automne, peut-être, si j'ai envie de déménager avec lui à Philadelphie.

Après le pique-nique du Festival, alors que toutes les voitures anciennes de la parade se dirigeaient vers Milestone Road pour rejoindre le centre-ville, j'ai dit au revoir de la main à Box. Il allait boire un verre au Boarding House avec des amis. Le lendemain matin, on prendrait un café ensemble, puis je le déposerais à l'aéroport, comme l'avait fait ma mère tant de fois avant moi, et il rentrerait à Cambridge.

Clen était venu au Festival sur son vélo, et s'apprêtait à rentrer. En le regardant, je me suis sentie inquiète, d'une inquiétude que je ne ressentais pas pour Box. J'ai laissé Riley remballer le pique-nique et je suis allée voir Clen au moment où il montait sur sa bicyclette.

— Quel est ton programme, ce soir ? ai-je demandé.

— Bourbon. Riz sauté si j'ai le courage. Peut-être le match des Red Sox à la radio.

— Avec Riley, on pensait faire le premier barbecue de la saison. Des travers de porc. Ça te dit ?

— C'est gentil de demander, Agnes, mais ça va aller.

— Ça va aller, tu es sûr ?

Plusieurs soirs cette semaine, j'avais rendu visite à Clen au cottage et on avait bu du bourbon jusqu'à ce que l'un des deux éclate en sanglots parce qu'elle nous manque tellement. Où a-t-elle disparu ? Un instant, elle était là, près de nous, si vivante, plus vivante que n'importe qui d'autre, et soudain, elle avait disparu. Comme un claquement de doigts. Pouf, plus là.

Quand Clen pleurait, avec ses gros sanglots d'homme qui m'évoquaient les cris d'un animal énorme, élan ou orque, je me disais : *Voilà mon père, et il pleure ma mère.* Et c'était vrai, bien sûr, mais il fallait que je le répète plusieurs fois dans ma tête pour me faire à l'idée. Quel cours auraient pris nos vies s'il était resté à Nantucket pour m'élever, ou bien si ma mère avait eu le courage de le rejoindre en Thaïlande ?

— Agnes...

— Quoi, ai-je demandé, pleine d'appréhension.

— On m'a offert un poste... Directeur du bureau du *Washington Post* à Singapour. C'est le job dont j'ai rêvé toute ma vie, et il y a un logement de fonction sur Orchard Road. Elizabeth Jennings a parlé de moi à quelqu'un qui avait une dette envers Mingus. Je crois qu'elle s'en veut d'avoir traité ta mère comme elle l'a fait...

— Tu acceptes une faveur d'Elizabeth Jennings ?

— C'est le boulot de mes rêves. Je pourrai finir ma vie à boire des cocktails au bar du Raffles Hotel, a-t-il ajouté en souriant. Je ne veux pas vivre ici sans elle, Agnes. Chaque jour est une épreuve. Je ne peux pas vivre ici sans elle, et je n'ai nulle part d'autre où aller.

Il m'abandonnait alors qu'on venait tout juste de se trouver. Ce fichu continent allait encore nous arracher Clen pour vingt-sept années au moins, et je ne le reverrais jamais.

— J'ai accepté le poste à une seule condition : être libéré tout le mois d'août, chaque année, pour revenir à Nantucket. C'est la mousson là-bas, de toute façon, et tout le monde prend des congés. Trente et un jours par an, je serai tout à toi. Promis.

J'ai senti mon visage se décontracter. Un mois par an avec lui, cela me semblait un bon compromis.

— Et puis tu pourras venir me voir avec Riley. Vous pourrez passer votre lune de miel à Singapour!

À ce moment, Riley est entré dans la pièce et m'a enlacée de toutes ses forces avant de me soulever de terre.

— J'ai bien entendu les mots « lune de miel » ?

Couple n° 44 : John Boxmiller Beech et Miranda Gilbert, ensemble.

Box : Le travail me prenait tout mon temps. Harvard, le manuel d'économie, et puis le Secrétaire du Trésor qui essayait de me faire nommer président de la banque centrale, car le président actuel était au cœur d'un scandale et s'apprêtait sûrement à démissionner. Il y avait aussi mon séminaire à la London School of Economics en juin, et mes interventions à la conférence de macro-économie annuelle, qui se tenait cette année à Atlanta.

Je me suis rendu à New York sur un coup de tête. Un de mes anciens élèves, Edward Jin, avait décidé d'abandonner son doctorat d'économie pour se lancer dans une école de cuisine. Apparemment, il avait un réel talent et rencontrait beaucoup de succès. Il avait trouvé assez d'investisseurs pour ouvrir son propre restaurant, The Dividend, au sud de Manhattan, et il m'a invité à la soirée d'inauguration. Par chance, je n'avais rien de prévu ce week-end-là, et j'avais toujours aimé New York au printemps. J'ai donc appelé Edward Jin pour confirmer ma venue, et j'ai réservé une suite au St Regis.

La soirée d'inauguration se voulait plutôt intime, avec seulement une trentaine d'amis, de parents et d'investisseurs. Tout le monde s'est rassemblé autour du bar au décor rustique : parquet ancien récupéré dans une ferme amish, chandelier réalisé avec une vieille roue de charrette, rangées de pots en cuivre. On nous a servi des cocktails originaux et sans prétention à base de chou kale ou de gingembre frais. C'était la nouvelle mode dans le monde de la restauration : des produits frais triés sur le volet, de préférence bio, et cultivés à l'ancienne par des producteurs locaux. Tout cela était bon, délicat, et dans un sens, très noble, mais la cuisine de Dabney me manquait terriblement.

Je ne connaissais personne à part Edward Jin et quand bien même, occupé comme je l'étais, je n'avais le temps que de dire bonjour rapidement et parler avec une ou deux personnes peut-être, en commençant par la sœur d'Edward, une jeune mère au foyer qui vivait à Brooklyn. Je lui ai raconté que j'étais le professeur d'Edward à Harvard, et elle m'a confié qu'ils avaient tous été sidérés quand son frère avait été accepté à Harvard après avoir été refusé à Brown, Duke et Dartmouth. J'ai ri et lui ai confié que, même pour moi, les histoires d'admission à l'université resteraient toujours un mystère.

Après cet échange, nous nous sommes trouvés à court de sujets de discussion. J'ai paniqué et j'aurais voulu que Dabney soit à mes côtés, elle qui pouvait tenir une conversation avec un buffle ou même une poignée de porte.

J'ai été sauvé, toutefois, non par Dabney, mais par Miranda Gilbert, qui est entrée dans la pièce à ce moment-là.

Si je n'avais pas peur de parler comme une héroïne des romans anglais dont Dabney raffolait, je dirais que mon cœur s'est arrêté ou que j'ai eu le souffle coupé. J'ignore s'il s'agissait vraiment de mon cœur ou de ma respiration, mais il s'est bel et bien passé quelque chose quand j'ai vu Miranda.

Elle, ici?

Puis je me suis souvenu qu'elle était mon assistante pour plusieurs des cours auxquels Edward Jin avait assisté, et que tous les deux s'entendaient bien et allaient même parfois prendre un verre ensemble au Rathskeller. J'avais confié à Miranda que je ne trouvais pas cela correct, surtout que c'était elle qui se chargeait de noter ses devoirs. J'ai tout de suite été jaloux. Est-ce que Miranda et Edward étaient ensemble, maintenant?

En me voyant, Miranda a écarquillé les yeux et s'est tout de suite dirigée vers moi. Même dans l'éclairage tamisé du restaurant, il me semblait qu'elle rougissait.

— Box, ça alors! Je ne savais pas que tu serais là.

— Pareil pour moi.

J'ai déposé une bise sur sa joue en lui prenant les mains. Comme toujours, elle dégageait ce parfum qui la caractérisait. Une odeur délicate et troublante, comme celle d'une rose couleur abricot, peut-être.

— Je suis vraiment triste pour Dabney... Tu as reçu ma carte?

— Oui, merci.

J'avais reçu quantité de cartes de condoléances. Pour la plupart (y compris celle de Miranda), je n'avais pas pu me résoudre à les ouvrir, la douleur étant encore trop forte. Alors je les avais toutes fourrées dans une grande enveloppe que j'avais envoyée à Agnes.

— C'était une femme extraordinaire, a dit Miranda. Elle avait un don pour l'amour, tout comme certaines personnes ont un don avec les couleurs.

448

Elle avait raison, et, sentant mes yeux me brûler, j'ai battu des paupières.

— Oui, c'est vrai... Elle avait toujours raison, quand il s'agissait d'histoires de cœur. C'était incroyable.

Miranda et moi avons échangé nos places avec d'autres invités pour nous asseoir côte à côte, et nous avons passé une soirée parfaite, toute en nourriture délicieuse, vin exceptionnel et conversations ésotériques dans lesquelles aucun des convives ne pouvait nous suivre.

— Vois-tu beaucoup Edward, depuis que tu travailles à New York?

— Edward? a-t-elle demandé, comme si elle avait oublié son existence.

— Oui, le chef... Celui qui nous a invités.

— Ah, lui! a-t-elle répondu en riant. Non, c'est la première fois que je le revois depuis Harvard. Je ne savais même pas qu'il était ici, c'est lui qui m'a trouvée grâce à Facebook.

Quel soulagement! Miranda et Edward n'étaient pas ensemble, mais cela ne voulait pas dire qu'elle était disponible.

— Est-ce que tu... vois quelqu'un? As-tu trouvé un remplaçant au bon vieux docteur?

Elle a bu une gorgée de vin avant de remonter ses lunettes sur son nez, un geste que je trouvais fascinant.

— Non.

Dabney savait pour Miranda, mais j'avais refusé de l'écouter.

Je ne t'ai pas écoutée, Dabney, parce que j'étais marié à toi. Toi, toi, toi.

Mais j'entendais à nouveau ses mots : *Miranda Gilbert est amoureuse de toi, Box.*

Dabney ne se trompait jamais. Elle avait ce don, elle percevait parfaitement les sentiments, comme d'autres les couleurs.

À la fin de la soirée, j'ai aidé Miranda à enfiler son manteau.

— Et si on prenait un dernier verre ?

— Je suis désolée, Box, mais je suis exténuée, et j'ai une réunion très tôt demain matin. Je préfère rentrer.

— Non ! me suis-je écrié.

Pas très subtil, certes.

Elle a esquissé un sourire qui m'a réchauffé le cœur.

— Emmène-moi dîner demain soir, où tu voudras. Juste tous les deux. On fait comme ça ?

J'ai dit oui.

Et on a fait comme ça.

Et quelque part dans l'atmosphère, ou, oserais-je le dire, quelque part au paradis, je sais que l'esprit d'une autre femme soupirait d'aise en voyant que son intuition, encore une fois, était juste.

Clendenin

Cette nuit de printemps était particulièrement fraîche, et il sortit sur le pont du ferry pour regarder les lumières de Nantucket s'éloigner.

Il passerait la nuit à Boston, puis s'envolerait le lendemain matin pour Londres, et ensuite pour

Singapour. Il avait fait expédier une malle censée arriver avant lui, et il voyagerait avec une grande valise à roulettes, facile à manipuler à une seule main.

Singapour. Il n'en revenait pas. Il avait attendu si longtemps en vain, pour se rendre compte que son rêve était tout simplement hors d'atteinte ; et maintenant, voilà que son rêve qu'il croyait perdu brillait comme une pomme d'or tombée au creux de sa main.

Il avait appelé Elizabeth pour la remercier.

— Je n'y suis pour rien, avait-elle dit. J'ai simplement dit à Jack que je te connaissais, et ensuite il en a fait son affaire. Ce n'est pas surprenant, Clen : je te rappelle que tu as un Pulitzer. N'importe quel bureau étranger rêverait de t'avoir.

C'était gentil de sa part. Lui n'en était pas si sûr, mais il se garda de la contredire.

Singapour et lui, faits l'un pour l'autre ?

Il se souvint d'une autre traversée en ferry, un quart de siècle plus tôt. Un jeune homme de vingt-trois ans, avec deux bras forts et musclés, un goût pour l'aventure et un rêve ambitieux, qui s'apprêtait à conquérir le monde.

Il avait fait de grands signes à Dabney en répétant qu'il l'aimait.

Dabney lui avait dit et répété : *Nous sommes faits l'un pour l'autre, Clen. Quoi qu'il arrive, nous nous retrouverons.*

Se retrouver… Oui, dans un sens, peut-être s'étaient-ils bien retrouvés.

La corne de brume sonna, un long chant plaintif. Dabney n'était plus de ce monde, et il serait à jamais prisonnier de son absence.

Et pourtant, il s'estimait chanceux. Elle lui avait accordé une seconde chance, et les six mois qui venaient de s'écouler avaient été les plus heureux de sa vie. Il revit Dabney qui arrivait dans son allée avec l'Impala, qui montait les marches de son cottage, qui prenait son visage dans ses mains. Son sourire.

Il fouilla dans la poche de sa veste pour toucher le collier de perles de Dabney. Elle le lui avait donné, l'un des derniers jours. Il les avait serrées dans sa main, et avait senti qu'elles portaient encore la chaleur de la peau de Dabney.

— Garde-les, avait-elle dit. Comme ça, tu penseras à moi.

Comme s'il avait le choix...

REMERCIEMENTS

Reagan Arthur : Je voudrais trouver des mots assez complexes et sensationnels pour décrire combien je suis reconnaissante qu'une intelligence et une sensibilité comme les tiennes existent dans ce monde. Merci !

Michelle Aielli : Pour paraphraser le titre du roman d'Allison Pearson, *Mais comment fait cette femme ?* Tu es à la fois mon attachée de presse, ma gardienne, et mon amie. Merci !

Michael Carlisle et David Forrer : Ma citation préférée de l'année 2013 restera « Voilà ce que j'appelle un bon agent ! » Vous m'êtes tous les deux très chers. Merci !

À PJ Martin, la vraie directrice de la Chambre de commerce de Nantucket, qui n'est PAS Dabney Kimball Beech. MERCI d'avoir accepté de me rencontrer et MERCI de veiller à ce que Nantucket reste un endroit spécial et magique à la fois pour ceux qui y vivent, et ceux qui la visitent.

À Chant Rohtagi, oncologiste à Lehigh Valley en Pennsylvanie, qui a inspiré le personnage du même nom dans le roman : MERCI pour toutes les informations sur les symptômes et les manifestations physiques du cancer du pancréas. Vous faites un métier admirable.

À Sarah Cutler : Tu as supporté le capharnaüm sans nom de la famille Cunningham en faisant preuve constamment d'un savant mélange de conduite impeccable, de vigilance, de sens de l'humour, de grâce et de sérénité. Merci !

À la mémoire de Clarissa Porter. C'est aux funérailles de Clarissa que j'ai entendu cette phrase que j'ai reprise dans mon roman : « Elle avait un don pour l'amour, tout comme certaines personnes ont un don avec les couleurs. » Clarissa avait sans aucun doute un don pour l'amour. Je me souviendrai toujours avec émotion de l'amitié d'une rare qualité qu'elle m'a offerte, et elle me manquera beaucoup.

À mes trois enfants, Maxwell, Dawson et Shelby : on m'a parfois reproché de vous donner tout ce que vous vouliez, mais en réalité, c'est le contraire. Oui, c'est vous qui me donnez tout ce dont une mère peut rêver : vous êtes forts, intelligents, indépendants, audacieux, et vous avez un cœur en or. Vous êtes mon soleil, ma lune et mes étoiles, et chaque mot que j'écris, je l'écris pour vous. Je vous embrasse.

Du même auteur :

Beach Club, Michel Lafon, 2001.
Les Nuits de Nantucket, Michel Lafon, 2002.
Pieds nus, Lattès, 2009.
L'Été de la deuxième chance, Lattès, 2012.
Secret d'été, Lattès, 2013.
Un si beau jour, Lattès, 2014.

Le Livre de Poche s'engage pour
l'environnement en réduisant
l'empreinte carbone de ses livres.
Celle de cet exemplaire est de :
350 g éq. CO$_2$
Rendez-vous sur
www.livredepoche-durable.fr

**PAPIER À BASE DE
FIBRES CERTIFIÉES**

Composition réalisée par Belle Page

Imprimé en France par CPI
en avril 2016
N° d'impression : 3016762
Dépôt légal 1re publication : mai 2016
LIBRAIRIE GÉNÉRALE FRANÇAISE
31, rue de Fleurus - 75278 Paris Cedex 06

37/1860/7